Thomas Mayne Reid:

Das Steppenross

Bibliografische Information der Deutschen Nationalbibliothek: Die Deutsche Nationalbibliothek verzeichnet diese Publikation in der Deutschen National-
bibliografie; detaillierte bibliografische Daten sind im Internet über
http://dnb.dnb.de abrufbar.

Textgrundlage: Das Steppenross. Nach dem Englischen des Captain Mayne Reid
für die reifere Jugend bearbeitet von Eduard Wagner. Mit 6 Zeichnungen von G.
Bartsch. Berlin, 1865. Verlag von Julius Springer.

© 2021 Ralf Schönbach, Lohmar
Herstellung und Verlag: BoD – Books on Demand, Norderstedt
ISBN: 978-3-7543-3728-8

Inhalt

Erstes Kapitel.
Die Gefangene.

Wir befinden uns in einem mexikanischen Flecken am Ufer des Rio Bravo del Norte. Der ganze Ort besteht aus steinernen Wohnungen, welche platte, mit Ziegeln bedeckte Dächer haben; jedes derartige platte Dach, die sogenannte Azotea, ist geschmackvoll angestrichen, mit einer Brustwehr von einer halben Männerhöhe umgeben und bildet den wesentlichen Teil der mexikanischen Architektur.

Auf dem Platze in der Mitte stand ein Trupp Männer, welche sich untereinander in unbekannter Sprache unterredeten und den Bewohnern ein Gegenstand des Schreckens waren. Doch bewies ihre Anzahl, ihr stolzes und kühnes Auftreten und der laute Ton ihrer Unterhaltung, dass dieser Trupp von seltsam aussehenden Burschen sich als die Herren des Bodens betrachteten. Jeder der achtzig hatte eine Büchse in der Hand, einen Dolch in dem Gürtel und einen Revolver am Schenkel. Ihre Waffen deuteten auf eine gleichförmige Organisation; im Übrigen sahen sie in ihren verschieden-farbigen Röcken aus grobem Tuch, mit ihren bunten Decken und Pelzmützen einander ganz unähnlich. Die meisten dieser großen kräftigen Burschen waren die Söhne der Maispflanzungen von Kentucky und Tennessee und der fruchtbaren Ebene von Ohio in Indiana, in Illinois, vom westlichen Abhang der Aleghanies, Schiffer des Mississippi, Pioniere aus Arkansas und Missouri, Trapper des Steppenlandes, des Seelandes, Pflanzer der Unterstaaten, französische Kreolen von Louisiana und Ansiedler von Texas; mit einem Worte: Es war ein Guerilla-Trupp der amerikanischen Armee. Dieses Korps, so rau es aussah, war doch voll Stolz und Ehrgefühl und nur wenige der Männer eigentliche Banditen zu nennen. Die meisten waren von dem Verlangen geführt, ein neues Gebiet der Freiheit auszubeuten; nur die Texaner mochten die Absicht haben, sich an ihren mexikanischen Nachbarn für manchen Mord oder manches blutige Gemetzel zu rächen. Der Krieg zwischen Mexikanern und Nordamerikanern war schon seit mehreren Monaten am unteren Teil des Flusses im Gange, doch war dies der erste amerikanische Trupp, der bis hierher drang, um die umliegende Gegend zu durchstreifen. Mit diesem Zweck war zugleich der andere verbunden: die feindlichen Mexikaner selber vor dem indianischen Stamm der Comanchen zu schützen.

Die Leute hatten ihre Pferde hinter der Ringmauer der Kirche aufgestellt; teils an Bäume, teils an die Stangen der Fenster gebunden. Der Hauptmann stand auf dem platten Dache eines der Häuser und betrachtete mit einer gewissen Freude die runden Formen seines isabellfarbenen Rappens, welcher bei dem Brunnen in der Mitte der Plaza stand. Es ist der Capitain Warfield, den wir seine Abenteuer mit eigenen Worten dem Leser erzählen lassen:

Ich dachte noch über den seltsamen Charakter dieses Krieges nach, als ich in meinen Gedanken durch den Schall von Hufschlägen gestört wurde, die sich von fern her außerhalb des Dorfes vernehmen ließen. Ich blickte über die Brustwehr und sah einen sehr jungen Mann, ohne Bart, mit außerordentlich schönen Zügen, einher galoppieren. Sein Gesicht war fast braun, seine Schulter mit einer scharlachroten Manga bedeckt, die hinten über die Schenkel seines Pferdes herabfiel; er trug einen leichten, mit Schnüren und Goldbändern verzierten Hut, Sombrero genannt. Das Pferd war ein echter Andalusier, ein kleiner schön geformter Mustang von Isabellfarbe mit dunklen Flecken.

Als der Reiter sich genähert hatte, sprang ein wachthabender Jäger auf der andern Seite des Dorfes aus seinem Versteck hervor und forderte ihn auf, zu halten. Diese Aufforderung hatte keinen Erfolg. Der Mustang wurde durch einen Ruck am Zügel herumgeschwenkt und setzte, von den Sporen angetrieben, seinen Galopp fort, wobei er aber nicht auf die Straße zurückkehrte, sondern in einer rechtwinkligen Richtung dahinflog. Schon war man im Begriff, dem Reiter und dem Rosse eine Büchsenkugel nachzusenden, als ich der Schildwache noch zu rechter Zeit zu feuern verbot.

Mein Pferd stand am Wassertroge und trug noch den Zügel. Der schwarze Stallknecht, der meine Absicht merkte, kam mir mit dem Rosse auf halbem Wege entgegen. Ich ergriff die Zügel und schwang mich in den Sattel. Als ich auf dem Heckenweg galoppierte, bemerkte ich, dass ein halbes Dutzend der schnellsten Jäger meinem Beispiele gefolgt war und hinter mir herritt. Ich wusste jedoch, dass alle Pferde meines Trupps nicht so schnell waren wie das Meine, und da ich aus den Sprüngen des Mustangs seine Schnelligkeit bemerkt hatte, so schloss ich, dass ich allein ihn einholen konnte, wenn er ebenso viel Ausdauer wie Flüchtigkeit besäße. Der rote Reiter suchte um das Dorf zu kommen. Die Jagd ging über ein Maisfeld und während der leichte Mustang wie ein Hase darüber hinflog, sank mein Pferd tief in die lockere Erde ein, und ich fürchtete schon, dass ich ihn verlieren würde. Plötzlich sah er seinen Lauf durch einen Zaun von zehn Fuß hohen Magueys unterbrochen, der dem Tiere wie dem Reiter den Durchgang wehrte. Der Mexikaner wendete sich, um daran hinzureiten; als er aber bemerkte, dass ich ihn in schiefer Richtung einholen wollte, wendete er sein Pferd wieder gegen die Pflanzenhecke, gab ihm die Sporen und stürzte sich geradezu hinein. Ich hörte die dichten Blätter unter den Hufen des Pferdes

2

brechen und in einem Augenblick waren Ross und Reiter meinen Blicken entschwunden.

Es blieb mir keine Zeit zur Überlegung, wenn ich folgen wollte. Die Jagd aufzugeben, fiel mir nicht ein, denn meine Ehre stand gewissermaßen auf dem Spiele. Unbedenklich brauste ich mit dem Pferde durch die Hecke: Wir kamen zerrissen auf der andern Seite wieder heraus und ich sah zu meiner Freude, dass der rote Reiter durch seinen Halt Zeit verloren hatte. Er kam mir jedoch wieder zuvor, als wir über ein zweites Feld von schwerem Boden galoppierten. Jetzt blitzte ein breiter Bewässerungsgraben vor uns. Anstatt zu einer Seite abzubiegen, führte der Mexikaner sein Pferd zu dem Graben und das edle Tier erhob sich und setzte wie ein Vogel über den Kanal. Voller Bewunderung galoppierte ich ebenfalls und machte mich zum Sprunge bereit. Mein Pferd hatte das andere über den Kanal springen sehen und brauchte weder Peitsche noch Sporen; es sprang mit einem einzigen Satze bis mehrere Fuß jenseits des Grabens und griff dann mit vorgestrecktem Kopfe wie ein Wettrenner aus.

Wir bewegten uns jetzt in einer Savannah, einer weiten Rasenfläche, auf welcher man die Hufe beider Pferde laut schallen hörte. Ich war überzeugt, dass ich jetzt den Mustang einholen musste, wenn sich nicht ein neues Hindernis darböte. Dieses trat ein. Die Savannah war in ihrer ganzen Ausdehnung von einer zahlreichen Herde von Ochsen und Pferden bedeckt, welche, durch den Galopp erschreckt, die Köpfe in die Höhe warfen und uns nach allen Seiten in den Weg liefen, sodass ich mehrmals den Zügel anziehen musste, um mein Pferd vor einem Sturze zu bewahren. Der Mustang hatte durch Übung einen Vorteil, bewegte sich im Zickzack und kam mir weit voraus. Als wir endlich die Ebene hinter uns hatten, sah ich zu meinem Ärger vor mir einen Hügel, auf welchem sich eine mexikanische Sommerwohnung, eine sogenannte Hacienda, befand. Vor derselben lag ein Dickicht aus höheren Bäumen, und wenn der Reiter dasselbe erreichte, musste ich ihn sicher aus den Augen verlieren. Ich hatte die Schildwache am Schießen verhindert; die verzweifelten Anstrengungen des Reiters, zu entkommen, musste die Vermutung erregen, er sei entweder ein Spion oder eine wichtige Person der feindlichen Macht. Ich hielt es daher für meine Pflicht, ihn gefangen zu nehmen. In Folge dieses Entschlusses trieb ich mein Pferd durch die Sporen zu der äußersten Anstrengung an. Zehn Sekunden mussten genügen, die Entfernung zwischen mir und dem Mustang aufzuheben. Diese zehn Sekunden verflossen. Als ich in Schussnähe war, zog ich das Pistol aus dem Halfter.

„Halt, oder ich schieße!", rief ich laut, und als der Mustang noch immer weiter flog, wiederholte ich den Ruf: „Halt, oder es kostet Ihr Leben!"

Es erfolgte wieder keine Antwort, und da ich kaum sechs Schritte von dem Mexikaner entfernt war, hätte ich ihm leicht eine Kugel in den Rücken jagen können. Mein Finger ruhte jedoch am Drücker; ein geheimer Antrieb, ein unklarer Gedanke, vielleicht auch ein Gefühl der Bewunderung verhinderte mich zu schießen. Der Reiter näherte sich den Bäumen und ich beschloss, um ihn nicht in das Dickicht gelangen zu lassen, das Pferd zu verwunden. Während ich nach einer Stelle suchte, auf welche ich zielen konnte, wendete sich das Tier plötzlich nach einer andern Richtung, um den Zwischenraum zu vergrößern. Dies gab mir die gewünschte Gelegenheit, zu zielen. Ich erhob das Pistol und schoss dem Mustang eine Kugel durch den Leib, er machte noch einen letzten Satz vorwärts und stürzte dann mit dem Reiter zu Boden.

Der Reiter machte sich augenblicklich von dem schlagenden Tiere los, und da ich glaubte, er könnte in das Dickicht fliehen, eilte ich, ein Pistol in der Hand, vorwärts und zielte nach seinem Kopfe.

Er stand aufrecht da, wendete sich gegen die Waffe, ohne Widerstand zu leisten, und sagte in kaltblütigem Tone, indem er mir gerade ins Gesicht sah:

„Töten Sie mich nicht, Herr! Ich bin ein Mädchen."

Auf diese Erklärung war ich halb vorbereitet, denn ich hatte, während das Pferd galoppierte, manche Umstände bemerkt, die mich in dem verfolgten Spione ein Frauenzimmer vermuten ließen. Als bei dem Sprunge über den Kanal die Manga eine Zeit lang in der Luft flatterte, bemerkte ich ein seidenes Mieder und darunter eine Tunika; obgleich ich die Beine nicht sehen konnte, gewahrte ich doch einen goldenen Sporn und den Besatz eines kleinen roten Stiefels. Das zusammengebundene Haar war durch die heftige Bewegung gelöst und fiel in zwei starken Zöpfen auf den Rücken des Pferdes; diese waren nicht, wie die der Indianer, grob und pechschwarz, sondern erschienen mir weich und braun. Außerdem hatte ich bei der letzten Wendung des Pferdes das Gesicht des Reiters in größerer Nähe gesehen: Diese Züge mussten notwendig die eines Mädchens sein.

Größeres Erstaunen als jene Erklärung erregte der Ton, in welcher sie gesprochen wurde. Sie sprach dieselbe so kaltblütig wie einen Scherz. Dann aber kniete sie in tiefer Trauer nieder, legte den Mund an die Schnauze des noch atmenden Pferdes und rief: „Ach, armes Pferd, tot! Tot!" Der tote Mustang schien jetzt der einzige Gegenstand ihrer Gedanken zu sein und ich, der ihn getötet hatte, war ihr so gleichgültig, als wenn ich gar nicht vorhanden gewesen wäre.

Dann stand sie auf, trat ohne den geringsten Anschein von Furcht mir gegenüber und fragte: „Was wünschen Sie? Sie haben meinen Liebling getötet!“

„Señorita“, antwortete ich, „ich bedaure, dass ich dazu genötigt wurde; es hätte aber schlimmer werden können; mein Pistol hätte gegen Sie gerichtet werden können.“

„Es wäre nicht schlimmer gewesen“, fiel sie mir ins Wort. „Ich habe das Geschöpf dort so zärtlich wie mein Leben, wie meinen Vater geliebt.“

Bei diesen Worten, die sie zornig aussprach, beugte sie sich wieder nieder, schlang die Arme um den Hals des Pferdes und drückte die Lippen auf seine weichen Wangen, dann drückte sie ihm die Augen zu, richtete sich auf, verschränkte die Arme und blickte mit trauriger Miene auf die leblose Gestalt.

Ich befand mich der Gefangenen gegenüber in großer Verlegenheit und hätte den Sold eines Monats dafür gegeben, wenn ich den gesteckten Mustang hätte wieder ins Leben zurückrufen können. Geld durfte ich ihr nicht anbieten und ich dachte daher auf einen andern Ersatz.

Die reichen Mexikaner hegten allgemein ein großes Verlangen nach unsern amerikanischen Pferden und zahlten fabelhafte Preise für diese großen Tiere. Bei unserm Trupp fanden sich viele edle Pferde und ich machte der Dame das Anerbieten, ihren Liebling durch eines derselben zu ersetzen.

„Wie, Señor?“, rief sie, mit dem Fuße stampfend und auf die Ebene zeigend. „Mir ein Pferd? Sehen Sie dorthin! Dort sind tausend Pferde, die mir gehören. Erkennen Sie jetzt, was Ihr Anerbieten wert ist?“

„Aber diese sind eingeborene Pferde, Señorita“, stammelte ich, „und das, was ich Ihnen ...“

„Pah!“, fiel sie mir in das Wort. „Alle Ihre amerikanischen Pferde würde ich nicht für dieses einheimische Pferd vertauschen, denn keines kommt ihm gleich.“

„Doch eines, Señorita“, sagte ich, auf meinen Moro blickend. Ihre Augen folgten den meinen und sie betrachtete die edlen Umrisse meines Pferdes einige Sekunden in schweigender Bewunderung, ohne jedoch ein Wort zu sprechen.

„Sie haben Recht, Caballero“, sagte sie endlich nachdenklich.

Jetzt bedauerte ich, ihre Aufmerksamkeit auf mein Pferd gelenkt zu haben. Wenn sie Moro verlangen sollte, so würde es mir unter allen Umständen peinlich gewesen sein, mich zu weigern. Zu meinem Glücke wurde ich dadurch aus meiner peinlichen Lage befreit, dass die Jäger, welche uns gefolgt waren, in diesem Augenblick herbeikamen.

Sie warfen einen Blick auf das gestürzte Ross mit dem blutigen Geschirr und auf die malerisch gekleidete Reiterin. Die Letztere schien sich über die

Gegenwart dieser wildgekleideten und grimmig aussehenden Männer zu beunruhigen und ich schickte sie deshalb nach ihren Quartieren zurück.

Als die Männer fort waren, fragte sie: „Sind dies Texaner?"

„Nicht alle, nur einige von ihnen."

„Sie sind vermutlich ihr Capitain?"

„Dies ist mein Rang."

„Dann, Herr Capitain, bin ich Ihre Gefangene."

Dies erinnerte mich an eine peinliche Pflicht. Wenn die Dame wirklich die Überbringerin einer wichtigen Depesche an den Feind war, so konnte ich sie nicht freilassen, ohne unangenehme Folgen zu erwarten. Während ich zwischen der Pflicht und der Höflichkeit schwankte, zeigte sich mir ein Ausweg.

„Fräulein", sagte ich, ihr nähertretend, „ich fordere nur Ihr Wort. Wenn Sie mir versichern, dass Sie keine Spionin sind, so können Sie gehen."

Meine Gefangene brach in lautes Lachen aus.

„Ich, eine Spionin!", rief sie wiederholt; „eine Spionin! Hahaha! Herr Capitain, Sie scherzen."

„Warum versuchten Sie denn zu entfliehen?"

„Ach, Caballero, sind Sie nicht Texaner? Sie dürfen sich nicht beleidigt fühlen, wenn ich Ihnen sage, dass Ihre Leute bei uns Mexikanern in schlechtem Rufe stehen."

„Aber Ihr Fluchtversuch war unbesonnen, denn Sie setzten Ihr Leben auf das Spiel."

„Ja, das sehe ich wohl", versetzte sie, mit einem bittern Lächeln auf den Mustang blickend; „aber damals wusste ich es nicht. Ich glaubte nicht, dass es unter dem Trupp einen Reiter gäbe, der mich einholen könnte. Sie aber haben mich eingeholt."

„Sie mögen eine Spionin sein oder nicht, Señorita, so will ich Sie nicht länger zurückhalten, Sie dürfen gehen."

„Ich danke Ihnen, Caballero! Und da Sie sich so artig gegen mich benommen haben, will ich Sie über die Gefahr, die Sie auf sich nehmen, beruhigen. Lesen Sie!"

Dabei übergab sie mir ein zusammengelegtes Papier, welches ich auf den ersten Blick für einen Pass des Oberbefehlshabers erkannte; es wurde darin jedermann befohlen, die Donna Isolina de Vargas zu schützen.

„Sie sehen, dass ich nicht Ihre Gefangene bin; aber gerade dieser Pass veranlasste mich, zu fliehen. Ich hielt Sie nicht für Amerikaner, sondern für Guerillas von meinen Landsleuten, und wir fürchten unsere Freunde mehr als unsere Feinde. Hätten Sie mir in Ihrer eigenen Sprache: „Halt!" zugerufen, so würde ich meinen armen Liebling gerettet haben."

Nach diesen Worten sank sie wieder auf die Knie und schlang die Arme um den Hals des toten Mustangs. Sie verbarg ihr Gesicht an der langen Mähne des Tieres und ließ die Tränen wie Tautropfen über das verwirrte Haar herabrinnen.

„Armes Pferd!", fuhr sie fort. „Ich habe wohl Ursache zu trauern. Du hast mich mehr als einmal vor den wilden Indianern bewahrt. Was soll ich jetzt tun? Ich muss die indianischen Umherstreifer fürchten und darf nicht mehr ausreiten. Mein Pferd gab mir Flügel; jetzt kann ich nicht mehr fliegen."

Dies alles wurde in so traurigem Tone gesprochen, dass ich ihr Gefühl wohl zu würdigen verstand, denn ich selber liebte mein wackeres Pferd herzlich. Ich wiederholte daher mein Anerbieten.

„Señorita", sagte ich, „unter meinem Trupp sind schnelle Pferde und einige von edler Herkunft."

„Sie haben unter Ihrem Trupp kein Pferd, auf das ich den geringsten Wert lege. Ich sah Sie heute aus der Stadt kommen; Sie ritten an der Spitze Ihres Trupps; ich wiederhole, dass ich auf keines Ihrer Pferde den mindesten Wert lege, ausgenommen auf ein einziges: dieses dort!" Dabei zeigte sie auf Moro, und es war mir, als ob ich in die Erde sinken sollte. Sie bemerkte meine Verwirrung und erwartete eine Zeit lang stumm meine Antwort.

„Señorita", stammelte ich endlich, „dieses Pferd ist ein großer Liebling und ein alter erprobter Freund. Wenn Sie es aber zu besitzen wünschen, so steht es Ihnen zu Diensten."

Es half nichts, dass ich mich an ihre Großmut wendete.

„Ich danke Ihnen, es soll gut gepflegt werden", antwortete sie mir in ruhigem Tone. „Hoffentlich wird es meinen Wünschen entsprechen. Ich will versuchen, wie es mit seinem Maul steht. Ha, Sie haben eine Kinnkette: Dies wird genügen. Ich gebrauche jedoch den Mameluckenzügel. Geben Sie mir dort den Lasso!"

Sie zeigte auf einen Lasso von weißen Pferdehaaren und mit einem silbernen Ring, der um den Sattel des Mustangs geschlungen war. Ich löste ihn und schlang ihn um meinen Sattelknopf; dann verkürzte ich die Steigbügel.

Sie nahm die Zügel in die Hand und rief: „Nun, Capitain, werde ich sehen, was Ihr Pferd leistet."

Dabei sprang sie, fast ohne die Steigbügel zu berühren, in den Sattel. Ihre großen Augen drückten ruhigen Mut aus.

Ein wilder Stier war, vielleicht von Neugierde getrieben, von der Herde weggelaufen und kam auf uns zu. Das Pferd, von den Sporen berührt, galoppierte gerade auf den Stier zu. Durch den plötzlichen Angriff eingeschüchtert, wendete sich dieser zur Flucht; aber die Verfolgerin kam ihm bald nahe. Die Schlinge des Lassos fuhr durch die Luft und legte sich um die Hörner des Tieres. Das Pferd wurde herumgeworfen und nach der entgegengesetzten Seite getrieben. Durch den plötzlichen Ruck spannte sich der Lasso und der Stier stürzte betäubt zur Erde. Hier blieb er wie leblos liegen und noch ehe er Zeit hatte, sich wieder zu erholen, trabte die Reiterin auf ihn zu, bückte sich im Sattel nieder, löste die Schlinge, wickelte sie um ihren Arm und galoppierte zu mir zurück.

„Herrlich! Außerordentlich schön! Prächtig!", rief sie, indem sie aus dem Sattel sprang und das Pferd anblickte. „Ach, armer Mustang, ich werde dich vielleicht bald vergessen! – Und dies Pferd gehört mir?", fuhr sie, zu mir gewandt, fort.

„Ja, Fräulein, wenn Sie es haben wollen", antwortete ich traurig, mein bestes Pferd zu verlieren.

„Aber ich will es nicht!", sagte sie in entschlossenem Tone. „Ich kenne Ihre Gedanken, Hauptmann. Glauben Sie, ich wüsste nicht, welches Opfer Sie mir bringen wollen? Behalten Sie Ihren Liebling! Es ist genug, dass einer von uns leidet; behalten Sie das wackere Ross! Sie verstehen es zu reiten. Wenn es mir gehörte, so sollte es mir kein Sterblicher entreißen. Jetzt muss ich Sie verlassen. Adios!"

„Darf ich Sie nach Ihrer Wohnung begleiten?"

„Nein, Señor, ich danke. Dort jene Hacienda ist das Haus meines Vaters und dort ist jemand, der für meinen toten Liebling sorgen wird." Bei diesen Worten winkte sie einen Viehhüter von der Herde herbei. „Merken Sie es sich, Hauptmann, dass Sie ein Feind sind und ich Ihre Güte ebenso wenig annehmen, wie Ihnen Gastfreundschaft anbieten darf. Sie kennen den Tyrannen Santa Anna nicht. In diesem Augenblick können sogar seine Spione kommen. O Himmel, es ist Ijurra; verlassen Sie mich, Señor! Es ist mein Vetter; verlassen Sie mich!"

Der Mann, welchen sie meinte, kam vom Hügel herab; obgleich ich ihn gern in der Nähe gesehen hätte, folgte ich doch ihrer dringenden Hast, sprang in den Sattel und ritt mit einem „Adios!" davon. Als ich jedoch die Grenze des Waldes erreicht hatte, siegte die Neugierde; unter dem Vorwande, meine Steigbügel zusammenzuschnallen, drehte ich mich im Sattel und blickte zurück. Ijurra schien ungefähr dreißig Jahre alt zu sein und trug einen Schnurr- und Backenbart. Er stand seiner Cousine gegenüber, hielt ein Papier in der Hand und sprach, während er auf dasselbe zeigte. Obgleich er eigentlich schön war, hatte sein Gesicht doch einen wilden, zornigen Ausdruck.

Die Dame verließ plötzlich den Ort und ging schnell auf die Hacienda zu. Ich wendete mein Ross, vertiefte mich in den Schatten des Waldes und erreichte bald die Straße, welche nach dem Flecken führte. In Gedanken versunken, überließ ich mein Pferd seiner eigenen Leitung, bis mich plötzlich das Anrufen meiner Schildwachen erinnerte, dass ich den Eingang des Dorfes erreicht hatte.

Zweites Kapitel.
Don Ramon.

Ich wurde am andern Morgen durch die Reveille geweckt. Die Ereignisse des vorigen Tages erschienen mir wie ein Traum, aber der Sattel, der an der Wand gegenüber hing, und über dessen Halftern ein Lasso von Pferdehaar um einen silbernen Ring geschlungen war, rief mir die Wahrheit ins Gedächtnis.

Noch ehe ich meinen Kaffee getrunken hatte, war mir der Gedanke eben in den Sinn gekommen, auf welche Weise ich meine Bekanntschaft mit Isolina de Vargas erneuern könnte. Ich wusste, dass dies nur durch Zufall oder durch die Begünstigung der Dame selber geschehen würde. In dem Lasso erkannte ich meine einzige Hoffnung; denn dieses schöne Gerät musste seiner Eigentümerin zurückgegeben werden.

Kaum war ich auf dem Dache einige Male hin und her gegangen, als ein Reiter in Dragoneruniform auf die Plaza galoppiert kam. Es war eine Ordonnanz aus dem Hauptquartier, die nach dem Befehlshaber des Vorpostens fragte. Nachdem einer von den Leuten auf mich gezeigt hatte, trabte die Ordonnanz weiter und hielt vor dem Hause des Alkalden, auf dessen Dache ich mich befand, still. Sie zeigte mir ein zusammengefaltetes Papier, eine Depesche von dem Oberbefehlshaber. Ich ließ es mir mit der Säbelspitze überreichen, dann salutierte der Dragoner, warf das Pferd herum und galoppierte zurück.

Ich öffnete die Depesche und las: „An den Capitain Warfield. Hauptquartier des Okkupationsheeres.

Sie begeben sich mit einer genügenden Anzahl von Ihren Leuten nach der Hacienda des Don Ramon de Vargas in der Nähe Ihres Postens. Dort werden Sie fünftausend Stück Rinder finden, welche Sie nach dem Lager der amerikanischen Armee treiben und dem General-Commissär übergeben. Die nötigen Treiber finden Sie an Ort und Stelle und ein Teil Ihres Trupps muss als Geleit dienen. Durch das eingeschlossene Billett werden Sie Ihren Dienst genauer kennenlernen."

Dadurch hatte mir das Schicksal einen fertigen Plan überreicht, mich bei Don Ramon de Vargas einzuführen. Ich bedurfte nicht notwendigerweise des Lassos, sondern konnte in dienstlichem Auftrage nach der Hacienda reiten und mich als ein willkommener Gast einführen. Da die Depesche aus dem Hauptquartier schnelle Berücksichtigung verlangte, so befahl ich einer Anzahl von fünfzig Jägern, zu zäumen und zu satteln. Zuvor erbrach ich jedoch das Billett und wurde in nicht geringe Verlegenheit gesetzt, als ich in spanischer Sprache las:

„Die fünftausend Rinder stehen, dem Kontrakte gemäß, in Bereitschaft; ich kann sie jedoch nicht abliefern, sondern sie müssen mir mit dem Anschein der Gewalt abgenommen werden; ein wenig Rauheit vonseiten derjenigen, welche Sie schicken, würde sogar nicht unrecht sein. Meine Viehtreiber stehen Ihnen zu Diensten; ich darf ihnen jedoch keinen Befehl geben, sondern Sie müssen dieselben zwingen.

Ramon de Vargas."

Dieses Billett, welches an den General-Commissär der amerikanischen Armee gerichtet war, machte meinen entworfenen Plan nichtig. Ich konnte infolgedessen an keine freundliche Unterhaltung mit dem Wirte und seiner schönen Tochter denken, sondern musste im Gegenteil mit Gewalt in das Tor dringen, die Diener bedrohen und von dem Herrn wie ein Freibeuter fünftausend Stück Vieh fordern.

Nachdem das Horn das Zeichen gegeben hatte, sprangen meine fünfzig Jäger, darunter die Leutnants Holingsworth und Wheatley, in den Sattel und wir verließen die Plaza. In zwanzig Minuten machten wir an dem Vordertore der Hacienda Halt. Das große, massive Tor war ebenso wie die Fensterläden geschlossen und verrammelt. Draußen ließ sich nicht einmal ein schüchterner Peon sehen. Mein texanischer Leutnant folgte seiner Anweisung, sprang aus dem Sattel, hämmerte mit dem Pistolenkolben gegen das Tor und rief in spanischer Sprache:

„Aufgemacht! Öffnet die Tür!"

Als der Lärm aufhörte, vernahm man von innen eine furchtsame Stimme fragend: „Wer ist da?"

„Schnell aufgemacht! Wir sind ehrliche Leute!"

Das Kettengerassel und Zurückschieben der Riegel dauerte wenigstens zwei Minuten, dann öffneten sich die weiten Flügeltüren von innen und ließen einen Teil des innern Hofes sehen. Wheatley stürzte sich sogleich auf den zitternden Türhüter zu, packte ihn am Kragen und befahl ihm mit donnernder Stimme, den Duenno zu rufen.

„Gehe, sage deinem Herrn", fügte ich beschwichtigend hinzu, „dass ein amerikanischer Offizier Geschäfte mit ihm vorhabe und ihn sogleich sehen müsse."

Der Mann, welcher sich anfänglich verlegen gestellt hatte, ging nach einigem Zureden fort und ließ das Tor offen. Ich befahl Holingsworth, mit den Leuten draußen zu bleiben, und ritt in Begleitung des texanischen Leutnants hinein.

An drei Seiten des Hofes zog sich eine Veranda hin, deren Ziegelboden sich nur wenige Zoll über den gepflasterten Hof erhob. Das Dach dieser Veranda wurde von einer Reihe Säulen getragen. Das Ganze war von einem Geländer umgeben.

Ich warf nur einen Blick auf den Viehhof und beschäftigte mich dann mit der verhangenen Veranda. Schweigend saßen wir im Sattel und erwarteten die Rückkehr des Türstehers. Die Diener oder Peons, die Vaqueros, wie man die Viehhüter nennt, und die Weiber kamen durch den vorderen Torweg herein und blickten die unerwarteten Gäste erstaunt an. Endlich hörte man Schritte auf dem Gange und gleich darauf meldete ein Bote, dass der Duenno kommen würde. Eine Minute später wurde ein Vorhang zurückgezogen und ein alter Herr von großer Gestalt erschien vor dem Geländer. Trotz seines Alters hatte er einen festen Schritt und sein ganzes Äußeres zeugte von Entschlossenheit. Obgleich ich gern eine vertrauliche Unterhaltung mit ihm gewünscht hätte, musste ich doch meinem Befehle nachkommen. Ich ritt an die Veranda heran und fragte, ob er Don Ramon de Vargas sei. Er bejahte es im Tone des Erstaunens.

„Ich bin ein Offizier der amerikanischen Armee", sagte ich in spanischer Sprache, „und bin abgeschickt, um einen Kontrakt zur Versorgung der Armee vorzulegen."

„Ich habe keine Ochsen zu verkaufen und will nichts mit der amerikanischen Armee zu schaffen haben", fiel mir Don Ramon entrüstet in das Wort.

„Dann muss ich Ihre Ochsen ohne Ihre Erlaubnis nehmen", antwortete ich, „mein Befehl verlangt es. Sie werden dafür bezahlt werden. Außerdem müssen Ihre Vaqueros das Vieh nach dem amerikanischen Lager treiben."

Holingsworth kam jetzt hereingeritten und befahl dem Trupp, die Vaqueros zusammenzutreiben und sie zur Arbeit zu zwingen.

„Ich protestiere gegen diese schändliche Diebberei, welche den Gesetzen der zivilisierten Kriegführung zuwider ist", rief Don Ramon, „ich werde mich an meine Regierung und auch an die ihrige wenden und Genugtuung fordern."

„Sie sollen bezahlt werden, Don Ramon!", sagte ich beschwichtigend.

„Bezahlt, bezahlt von Räubern und Flibustiern!"

„Bändigen Sie Ihre Zunge, alter Herr", rief Wheatley, „sonst könnten Sie mehr verlieren als Ihr Vieh; bedenken Sie, mit wem Sie reden!"

„Texaner! Räuber!", brüllte Don Ramon, und Wheatley war schon im Begriff, seinen Revolver aus dem Gürtel zu nehmen, als ich ihm ins Ohr flüsterte, dass die Sache nicht wirklich ernst zu nehmen sei.

Don Ramon brach das Gespräch damit ab, dass er den Vorhang schloss und vor unseren Augen verschwand. Er spielte jedenfalls eine bedenkliche Rolle und ein Argwohn vonseiten seiner Hirten hätte ihm große Gefahr bringen können. Ich fühlte mich jedoch zufrieden, richtete mich im Sattel auf und gab Befehl, das Vieh mit Gewalt fortzutreiben.

Wheatley folgte dem Trupp, welcher unter Holingsworth´ Anführung bereits in den Viehhof geritten war. Die beiden Leutnants ließen schnell eine Anzahl von Treibern zum Dienst pressen und verfügten sich nach der großen Ebene am Fuße des Hügels, wo der größere Teil des Viehes weidete.

Als ich mein Pferd wendete, um zu dem Trupp hinauszureiten, fiel mein Blick auf den Springbrunnen und ich erinnerte mich, dass der heiße Julitag mir Durst gemacht hatte. Auf dem Rande des Wasserbehälters lag ein Kürbisbecher, den ich ergreifen konnte, ohne abzusteigen. Ich füllte das Gefäß mit der kühlen Flüssigkeit und leerte es.

Als ich durch den Vordertorweg an der Seite des Gebäudes entlangritt, lag die große Wiese vor mir ausgebreitet; ich hielt an, setzte mich im Sattel zurecht und betrachtete das lebhafte Schauspiel, welches sich meinen Blicken darbot: Halb wilde Stiere, die wütend hin und her rannten, Vaqueros auf leichten Steppenrossen, den Lasso schwingend, meine Jäger auf ihren Rossen, die den geübteren Hirten nur geringen Beistand leisten konnten; andere Jäger, welche die bereits eingefangenen und gebändigten Gruppen davontrieben, dazu das schallende Gebrüll der Rinder, das Rufen der Vaqueros und Peons, das Lachen der belustigten Soldaten, – das Ganze bildete einen wüsten Auftritt.

Ich ritt wieder durch den Viehhof zurück in den Hofraum. Die braunen Mestizen standen noch immer und plapperten, die Vorhänge waren an ihrem vorigen Ort. Ohne anzuhalten, ritt ich über den gepflasterten Hof bis zu dem offen stehenden massiven Tor. Die kleine Loge des Portero war leer, denn der Mann hatte sich aus Furcht vor dem texanischen Leutnant versteckt. Eben als ich durch den Torweg ritt und mein Pferd wenden wollte, hörte ich das Wort: „Capitain!" von einer zarten Stimme ausgesprochen; dann wurde das Wort etwas lauter wiederholt und ich bemerkte nun, dass die Stimme von dem platten Dache kam. Ich warf mein Pferd herum und blickte nach oben. Ich sah niemand, aber ein Arm streckte sich durch die Brustwehr und aus einer kleinen Hand fiel etwas Weißes, das ich, als es auf dem Grase lag, für ein Billett erkannte. Ich stieg ab, bemächtigte mich des Briefchens und sprang dann wieder in den Sattel. Der gewölbte und unbewohnte Torweg bot mir die erwünschte Gelegenheit, den Brief zu lesen. Ich zog den zusammengelegten Papierstreifen heraus und breitete ihn vor mir aus. Er war mit Bleistift und sehr hastig geschrieben und lautete:

„Capitain!

Erinnern Sie sich an das, was ich Ihnen gestern sagte, wir fürchten unsere Freunde mehr als unsere Feinde, und wir haben einen Gast im Hause, den mein Vater mehr fürchtet als Sie und Ihre schrecklichen Flibustier. Adios! Isolina."

Ich verstand die schlauen Worte vollkommen, denn sie bedeuteten weiter nichts, als dass Don Ramon de Vargas ein Freund der amerikanischen Sache sei. Er gehörte vielleicht zu denjenigen, welchen es gleichgültig war, ob der Name Mexiko von der Landkarte verschwand, wenn nur sein Vaterland unter anderem Namen sich des Friedens und Wohlstandes erfreute. In der Klasse der reichen Gutsbesitzer, zu welcher Señor de Vargas gehörte, gab es zu der Zeit viele solche Männer.

Der von ihrem Vater gefürchtete Gast im Hause! Dies war freilich nicht so verständlich. Dies konnte kein anderer sein als Ijurra, aber dies war ihr Vetter und wie konnte sie ihn fürchten?

Mit diesen Betrachtungen ritt ich durch den Torweg und machte erst in einiger Entfernung von der Mauer Halt. Als ich mich im Sattel drehte und nach der Brustwehr zurückschaute, zeigte sich das Gesicht Rafael Ijurras, der über die Brustwehr auf mich herabblickte. Unsere Augen begegneten sich und der erste Blick sprach ewige Feindschaft zwischen uns aus. Denn ich las in dem Gesichte Ijurras ein schlechtes Herz und einen rohen Charakter. Seine großen, freilich schönen Augen hatten einen tierischen Ausdruck, einen Ausdruck von Verstand, der aber auf Blutdurst und Treulosigkeit gerichtet war. Hufschläge veranlassten mich, die Augen nach einer andern Richtung zu wenden. Ein Reiter kam gerade von der Weide den Hügel hinauf und ich erkannte in ihm den Leutnant Holingsworth. Bald war er dicht an meiner Seite.

„Capitain Warfield", sagte er in dienstmäßigem Tone, „das Vieh ist zusammengetrieben."

In diesem Augenblicke fielen seine Augen auf Ijurras Gesicht; er fuhr im Sattel zusammen, wie von einer Schlange gestochen, die tief liegenden Augen traten blitzend hervor und die Muskeln seines Halses und Mundes zuckten krampfhaft. Er saß stumm da, wie von einer heftigen Leidenschaft gelähmt, das Gesicht, auf welchem ich niemals ein Lächeln bemerkt hatte, verkündete eine rasende Freude. Es war nicht die Freude der Freundschaft, sondern der erwünschten Rache.

„Ist das Rafael Ijurra?", kreischte er mit wilder Stimme. Dieser Ausruf blieb nicht ohne Wirkung. Ijurra musste den Mann kennen, der ihn anredete, denn sein gebräuntes Gesicht wurde plötzlich bleich und dann bläulich, seine Augen zuckten unsicher und entsetzt, unstet umher. Er schien auf den Ausruf des Leutnants nichts antworten zu können, denn Überraschung und Furcht verhinderten ihn am Sprechen.

„Schurke! Mörder! Verräter!", rief Holingsworth. „Endlich haben wir uns getroffen und können abrechnen!" Dabei richtete er die Mündung seiner Büchse gegen die Öffnung der Brustwehr auf Ijurras Gesicht.

Ich gab meinem Pferde die Sporen und ritt vorwärts; sogleich ergriff ich den Arm des Leutnants mit den Worten: „Halt! Holingsworth!" Es war zu spät, ich hielt den Schuss nicht auf, aber verrückte sein Ziel; anstatt Ijurras Kopf zu treffen, was er sonst sicher getan haben würde, traf er nur die Brustwehr und schleuderte dem Bedrohten eine Staubwolke von Kalk ins Gesicht.

Der Schrecken hatte den Mexikaner gefesselt, sodass er keinen Versuch gemacht hatte, der Kugel seines Feindes zu entgehen.

Erst nachdem der Schuss geschehen und der Kalk ihm ins Gesicht geflogen war, wendete er sich zur Flucht. Nachdem der Staub sich gelegt hatte, war er verschwunden.

„Leutnant Holingsworth", wendete ich mich zu meinem Gefährten, „ich befehle Ihnen ..."

„Capitain Warfield", fiel er mir in entschlossenem Tone in das Wort, „in jeder dienstlichen Beziehung können Sie über mich befehlen und ich werde Ihnen gehorchen; dies ist aber eine Privatangelegenheit, worin mich selbst der General nicht hindern soll. Doch ich verliere Zeit, der Schurke wird entwischen!"

Ehe ich noch Zeit hatte, seine Zügel zu erfassen, ritt er im Galopp an mir vorüber durch den Torweg.

Ich folgte ihm so schnell wie möglich und erreichte den Hof bald nach ihm, ohne jedoch sein Vorhaben verhindern zu können. Als ich ihn am Arme fasste, riss er sich kräftig und entschlossen von mir los, sprang aus dem Sattel und stürmte, das Pistol in der Hand, die Treppe hinauf, dass seine Degenscheide auf den Stufen rasselte. Bald war er mir aus den Augen und hinter der Brustwehr des Daches verschwunden.

Schnell sprang ich aus dem Sattel und folgte ihm. Oben auf der Treppe hörte ich lautes Rufen und Fluchen, das Geräusch fallender Gegenstände, zwei aufeinanderfolgende Schüsse, das Kreischen einer weiblichen Stimme und das Stöhnen eines vielleicht verwundeten oder fallenden Menschen.

Als ich nach wenigen Sekunden das platte Dach erreicht hatte, fand ich alles in Ruhe, ich sah weder einen Lebenden noch einen Toten, weder einen Mann noch ein Frauenzimmer. Der Ort war mit Pflanzen, Gesträuchen und sogar mit Bäumen in großen Kübeln bedeckt. Ich eilte auf dem Dache hin und her, um zu sehen, ob jemand hinter den Brettern versteckt sei; ich sah nichts als zerbrochene Blumentöpfe, deren Krachen ich unterwegs vernommen hatte. Weder der Leutnant noch Ijurra war zu sehen. Verwirrt eilte ich nach einem andern Teil des Daches und erblickte eine kleine Treppe, welche ins Innere des Hauses führte. Als ich die Treppe hinabeilen wollte, hörte ich draußen Geschrei und wieder einen Pistolenschuss.

Ich drehte mich um und folgte der Richtung des Schalles, indem ich über die Brustwehr blickte. Unten am Abhang des Hügels sah ich zwei Männer in der größten Schnelligkeit hintereinanderlaufen; der hinterste hatte einen blanken Säbel in der Hand. Es war Holingsworth, welcher Ijurra verfolgte.

Der Letztere hatte einen Vorsprung, denn sein rachgieriger Verfolger konnte ihm unter der schweren Uniform nur mühsam folgen. Der Mexikaner lief auf den Wald zu, der am Fuße des Hügels anfing, und war in wenigen Sekunden in denselben gelangt und verschwunden. Holingsworth folgte ihm wie ein Jagdhund auf der Fährte nach und verschwand an der nämlichen Stelle.

In der Hoffnung, Blutvergießen verhindern zu können, eilte ich schnell vom Dache hinab, bestieg mein Pferd und galoppierte den Hügel hinab. Ich erreichte den Wald an der Stelle, wo sie den Rand betreten hatten, und folgte eine Zeit lang ihrer Spur; endlich verlor ich dieselbe und musste anhalten. Einige Minuten lauschte ich auf den Klang von Stimmen oder den Knall eines Pistols, den ich zu hören erwartete. Ich hörte nichts von beidem, sondern nur das Geschrei der Viehtreiber jenseits des Hügels. Dies erinnerte mich an meine Pflicht und ich wendete mein Ross und ritt nach der Hacienda zurück, wo ich alles still und keinen Menschen vorfand. Die Bewohner des Hauses hatten sich in ihren dunklen Zimmern verriegelt, selbst die Dienerschaft der Küche war verschwunden, da sie wohl fürchtete, wir würden einen Angriff auf das Haus unternehmen, um es zu plündern und zu zerstören.

Mit einem peinlichen Gefühl eilte ich fort, ließ aber ein halbes Dutzend Jäger zurück mit dem Befehl, die Rückkehr Holingsworth' zu erwarten und uns dann zu folgen. Mit Wheatley und dem Rest der Truppe schlug ich den Weg nach dem amerikanischen Lager ein.

Drittes Kapitel.
Ijurra und der blaue Domino.

Ich ritt in übler Laune zurück. Meine düstre Stimmung wurde noch durch die brennende Sonne und die staubige Straße verschlimmert. Ich war durchaus mit dem Betragen meines ersten Leutnants unzufrieden. Es war mir ein Geheimnis und Wheatley konnte es nicht erklären. Es schien eine alte Feindschaft, ein erlittenes Unrecht und Rachedurst dahinterzustecken.

Holingsworth war ein ganz anderer Mensch als Wheatley. Dieser war ein kecker Mann, der wie jeder Vaquero ein wildes Pferd reiten und seinen Lasso werfen konnte. Als ein echter Texaner hatte er an allen Schicksalen der Republik teilgenommen und alle Grenzkriege mitgemacht, die fast ohne Unterbrechung gegen mexikanische oder indianische Feinde geführt worden waren, seitdem die Republik ihr Banner mit dem einsamen Stern erhoben hatte. Er war, wenngleich jung, doch ein alter Indianer-Kämpfer und echter Texaner-Jäger.

Holingsworth dagegen war ein Mann von ganz eigentümlichem, seltenem Charakter. Er lebte seit einigen Jahren in Texas, stammte aber aus Tennessee. Nicht zum ersten Male befand er sich jenseits des Rio Grande. Er hatte an der unglücklichen Expedition nach Mier teilgenommen und gehörte zu den wenigen, welche von dem dezimierten Korps übrig geblieben waren. Er war in Ketten nach Mexiko geschleppt und gezwungen worden, bis an die Brust im Schlamm zu arbeiten. Durch solche Erfahrungen war sein Gesicht düster und ernst geworden; er lächelte nie, sprach selten und nur von Dienstangelenheiten; wenn er sich allein glaubte, hörte man ihn Drohungen murmeln, wobei er krampfhaft die Muskeln bewegte, als ob er sich einem Todfeind gegenüber befände. Diese Ausbrüche der Wut hatte ich mehrmals bemerkt, ohne die Ursache zu wissen, denn es nahm sich niemand die Freiheit, ihn über sein Verhalten zu befragen. Dass er die Stelle eines Anführers unter den Texanern bekleidete, bewies seinen Mut und seine Tapferkeit, denn die Texaner, welche ihre Offiziere wählen konnten, hüteten sich wohl, ihre Sache unerfahrenen oder feigen Männern anzuvertrauen.

Während ich mit Wheatley die Sache besprach und das seltsame Betragen Holingsworth' zu erklären suchte, kamen wir beide zu dem Schlusse, dass hier eine alte Feindschaft, vielleicht eine Begebenheit aus der Mier'schen Expedition zugrunde läge.

Zufällig nannte ich den Namen des Mexikaners. Der texanische Leutnant hatte Ijurra nicht gesehen, da er jenseits des Hügels mit dem Vieh beschäftigt gewesen war; es hatte auch niemand den Namen desselben in seiner Gegenwart ausgesprochen.

Jetzt hielt er sein Pferd an, sah mich mit fragenden Blicken an und fragte: „Ijurra? Meinen Sie Rafael Ijurra?"

„Ja, so heißt er."

„Ein großer, finsterer, ziemlich hübscher Bursche mit Schnurr- und Backenbart?"

„Es möchte wohl derselbe sein", antwortete ich.

„Er muss es sein, denn es gibt nicht zwei dieses Namens; das ist wenigstens unwahrscheinlich. Wenn es der nämliche Rafael Ijurra ist, der früher in St. Antonio lebte, so gibt es manchen Texaner, der gern seine Kopfhaut nehmen würde."

„Was wissen Sie von ihm?"

„Was ich weiß? Ich weiß, dass er der größte Schurke in ganz Mexiko und ganz Texas ist, und das will viel sagen. Es kann kein anderer sein. Er ist es! Und Holingsworth! Ich besinne mich, Harding Holingsworth hat vor allen Menschen Grund, an ihn zu denken."

„Erklären Sie mir das!"

Nach einer Pause, während welcher der Texaner seine Erinnerungen zu sammeln schien, erzählte er mir, was er von Rafael Ijurra wusste, wobei er manchen leidenschaftlichen Ausruf einschob.

Rafael Ijurra war ein Texaner von mexikanischer Herkunft und hatte früher eine Hacienda und andere bedeutende Ländereien in der Nähe von San Antonio de Bexar besessen. Diese Besitztümer verschwendete er sämtlich durch Spiel und Ausschweifung, bis er zu einem Spieler von Profession herabsank. Zur Zeit der Mier'schen Expedition galt er unter der neuen Regierung für einen texanischen Bürger und heuchelte eine treue patriotische Anhänglichkeit an die junge Republik. Er hatte so großen Einfluss, dass er zu einem Offizier bei der Mier'schen Expedition gewählt wurde. Bei dem kecken Vordringen gegen Mier war sein Rat besonders gehört worden, da er seine Bekanntschaft mit dem Lande geltend machte. Man erfuhr später, dass sein Rat zum Vorteil des Feindes gewesen war und dass er mit demselben im geheimen Briefwechsel stand.

In der Nacht vor der Schlacht wurde Ijurra vermisst. Die texanische Armee tötete viele Feinde und verteidigte sich tapfer, wurde aber gefangen genommen und unter Bewachung nach der Hauptstadt geführt. Zu ihrem Erstaunen erblickten die texanischen Gefangenen auf ihrem Marsche Rafael Ijurra in der Uniform eines mexikanischen Offiziers; nur dass ihre Hände gebunden waren, hinderte sie, ihre Wut an dem Verräter zu kühlen.

18

„Zum Glück", fuhr der Leutnant fort, „befand ich mich nicht bei jenen Unglücklichen, denn ich lag am Fieber krank, sonst würde ich, wie die übrigen Burschen, meine Bohne haben ziehen müssen."

Ich wusste, worauf Wheatley mit diesen Worten anspielte. Die durch schlechte Behandlung gereizten Texaner hatten sich nämlich gegen ihre Wache erhoben, sie entwaffnet und überwunden; da der darauffolgende Fluchtversuch jedoch schlecht geleitet war, so wurden sie eingefangen. Sie sollten nun dezimiert werden, das heißt: Jeder zehnte Mann wurde erschossen. Man bestimmte die Opfer durch das Los und als Werkzeug des verhängnisvollen Loses wurde die schwarze und weiße mexikanische Bohne gewählt. Man warf so viel Bohnen, wie Gefangene waren, in einen irdenen Topf; je eine schwarze Bohne auf neun weiße. Derjenige, welcher eine schwarze Bohne zog, musste sterben. Beim Ziehen dieser furchtbaren Lotterie ereigneten sich heldenmütige Vorfälle.

Alle zogen ihre Bohne mit männlicher Ruhe und Festigkeit. Einige scherzten sogar über das schreckliche Trauerspiel. Der eine sagte: „Das geht mir über das Würfeln.", ein Zweiter: „Das ist eine großartige Spielpartie, wie ich sie noch niemals erlebt habe." Robert Beard, welcher gefährlich krank lag, rief seinem Bruder William zu: „Wenn du eine schwarze Bohne ziehst, Bruder, so werde ich deine Stelle einnehmen; ich will sterben." Darauf antwortete der Bruder im tiefsten Schmerz: „Nein, ich will meine Stelle behalten, denn ich bin stärker und geeigneter zu sterben als du." Als Major Cocke die verhängnisvolle Bohne gezogen hatte, hielt er sie mit den Fingern in die Höhe und sagte mit verächtlichem Lächeln: „Habe ich euch nicht gesagt, Burschen, dass ich noch niemals in meinem Leben verfehlte, einen Gewinn zu ziehen." Dann setzte er kaltblütig hinzu: „Es werden mir nur vierzig Jahre geraubt." Als Henry Whaling, einer der tapfersten Streiter, seine schwarze Bohne zog, sprach er in freudigem Tone: „An mir gewinnen sie nicht viel, ich habe wenigstens fünfundzwanzig der Ihrigen getötet." Dann verlangte er sein Mittagessen und setzte mit fester Stimme hinzu: „Darum sollen sie mich nicht betrügen." Er aß tüchtig, rauchte eine Zigarre und erlitt zwanzig Minuten später seinen Tod, wobei die Mexikaner fünfzehnmal feuerten, ehe er starb. Der junge Torrey, fast noch ein Knabe, sagte: „Ich bin bereit, mein Schicksal zu erleiden, ich kämpfte für den Ruhm meines Vaterlandes und will auch für seinen Ruhm sterben." Ganz gleichgültig sprach Eduard Este über seinen Tod. Cash sagte: „Sie haben meinen Bruder ermordet und wollen auch mich ermorden." Jonas sprach durch den Dolmetscher zu dem Offizier, er solle sich ansehen, wie Leute ohne Furcht für ihr Vaterland sterben. Capitain Gastland benahm sich würdevoll und bat, man möge seinen Tod nicht rächen. Auch James Ogden zeigte seinen gewöhnlichen Gleichmut und erklärte sich bereit, sein Schicksal zu erleiden. Unerschütterlich zeigte sich der junge Robert Harnes; er forderte seine Gefährten zur Rache auf.

Man fesselte sie aneinander mit verbundenen Augen und setzte sie auf einen Stamm an der Mauer, den Rücken gegen ihre Mörder gekehrt. Alle baten, der Offizier möge sie von vorn und aus geringer Entfernung erschießen lassen, denn sie fürchteten sich nicht, dem Tod ins Angesicht zu blicken. Der Mexikaner schlug diese Bitte ab und ließ zehn bis zwölf Minuten lang aus weiter Entfernung feuern, sodass die heldenmütigen Amerikaner auf eine entsetzliche Weise verstümmelt wurden.

„Aber wie verhält es sich mit Holingsworth?", fragte ich.

„Ah, Holingsworth hat guten Grund, sich an Ijurra zu erinnern", antwortete der Leutnant. „Ich werde Ihnen die Geschichte erzählen, wobei einem das Blut in den Adern erstarrt und wodurch sich wohl der wilde Hass erklärt, den der Tennesseer gegen Rafael Ijurra hegte."

Mein Begleiter gab hierauf die Erzählung, wie er sie gehört hatte.

Holingsworth hatte bei der Expedition gegen Mier einen Bruder, der mit ihm gefangen wurde. Dieser war ein zarter Jüngling und konnte nicht die Beschwerden und noch weniger die barbarische Behandlung, welche die Gefangenen unterwegs zu erleiden hatten, ertragen.

Er magerte zu einem Skelett ab und wurde so wund an seinen von der Haut entblößten und von dornigen Pflanzen zerrissenen Füßen, dass er sich in Todesqual zur Erde stürzte.

Ijurra befehligte die Wache und Holingsworth' Bruder bat ihn um die Erlaubnis, ein Maultier nehmen zu dürfen. Der junge Mann hatte Ijurra in St. Antonio gekannt und ihm sogar Geld geliehen.

„Weiter! Vorwärts!", antwortete Ijurra.

„Ich kann mich keinen Schritt rühren", sagte der Jüngling in Verzweiflung.

„Du kannst nicht? Das wollen wir einmal sehen. Hier, gib dem Burschen, der so störrisch ist, die Sporen!", sagte er zu einem der Soldaten.

Der rohe Soldat drang mit aufgestecktem Bajonett auf den Verwundeten heran und beabsichtigte wirklich, den Befehl zu befolgen; der Kranke erhob sich und machte einen verzweifelten Versuch, weiterzugehen, konnte aber den gewaltigen Schmerz nicht ertragen. Nachdem er ein paar Schritte vorwärtsgetaumelt war, verließ ihn die Kraft und er stürzte auf dem Felde nieder mit den Worten:

„Ich kann nicht! Ich kann nicht weiter marschieren, lasst mich hier sterben!"

„Vorwärts oder du sollst hier sterben! Vorwärts oder ich schieße", rief Ijurra, indem er ein Pistol aus dem Gürtel zog und den Hahn spannte.

„Schieß!", rief der junge Mann, indem er sein Hemd aufriss und sich aufzurichten versuchte.

„Du bist kaum eine Kugel wert", sprach das Ungeheuer mit Hohnlächeln; dann richtete er sein Pistol gegen die Brust des Opfers und feuerte. Nachdem sich der Rauch verzogen hatte, sah man die Leiche des jungen Holingsworth am Fuße des Feldes zusammengekrümmt liegen. Die Gefangenen wurden von Schauder ergriffen und selbst der rohe Wächter zeigte sich durch diese ruchlose Grausamkeit gerührt. Man denke sich, was der Bruder des Jünglings empfinden musste, der kaum sechs Schritte von dem Orte gefesselt und Zeuge des ganzen Auftritts war!

„Es ist also kein Wunder", fuhr der Texaner fort, „dass Harding Holingsworth keine Umstände macht, wenn er Rafael Ijurra irgendwo ergreifen kann. Ich glaube, selbst die Gegenwart des Oberbefehlshabers würde ihn nicht von seiner Rache abhalten."

Ich lenkte nun das Gespräch auf die Familie der Hacienda, in der Hoffnung, dass mir mein Gefährte einiges darüber mitteilen könnte.

„Ist Don Ramon de Vargas ein Oheim Ijurras?"

„Gewiss. Daran hatte ich nicht gedacht, Don Ramon ist sein Oheim und ich hätte ihn heute früh gleich erkennen müssen, aber der Wein, den ich getrunken hatte, machte mich zu jeder Erinnerung unfähig. Ich habe den seltenen Burschen zu wiederholten Malen gesehen, denn er kam jedes Jahr nach St. Antonio, um Geschäfte mit den dortigen Kaufleuten abzuschließen, er brachte auch einmal eine Tochter mit. Diese ritt immer wilde Pferde und warf den Lasso wie ein Comanche. Sie muss es auch gewesen sein, welche Sie neulich gejagt haben; das ist ganz gewiss."

„Es ist höchst wahrscheinlich", antwortete ich.

Das Gespräch wurde durch die Hufschläge von Pferden unterbrochen, welche hinter uns herkamen. Es war Holingsworth mit einem halben Dutzend Jägern, die in der Hacienda zurückgeblieben waren.

„Hauptmann Warfield", sagte der Tennesseer, als er herankam, „Sie werden durch mein Benehmen überrascht sein. Wenn die Zeit es gestattet, werde ich es Ihnen zu Ihrer Zufriedenheit erklären. Es ist eine lange, schmerzliche Geschichte. Jetzt verlangen Sie nicht mehr von mir! Aber merken Sie sich, dass ich Rafael Ijurra als meinen ärgsten Feind betrachte. Ich kam nach Texas, um diesen Menschen zu töten, und wenn es mir nicht gelingt, so soll es mir gleichgültig sein, wer mich tötet."

Ich wollte eine Frage stellen, las aber die Antwort aus den Augen des Tennesseers. Sein Blick zeigte den getäuschten Rachedurst. Er erriet meine Frage und erwiderte:

„Nein, der Schurke ist entkommen."

Was er weiter sagte, konnte ich nicht verstehen, aber der wilde Blick, der aus seinen Augen zuckte, erklärte mir seinen festen Entschluss. Dann nahm er seinen Platz unter dem Trupp wieder ein und ritt mit gesenktem Kopf weiter. Nur zuweilen flog ein ausdrucksvoller Schimmer über sein dunkles, düsteres Gesicht, welcher bewies, dass er noch immer über das Unrecht, das ihm geschehen, nachdachte.

Die folgenden beiden Tage verlebte ich in der größten Unruhe. Isolinas Billett hatte ich als eine Einladung betrachtet, die Hacienda wieder zu besuchen, und zwar in angenehmerer Gestalt als der eines Flibusteros. Nach dem, was vorgefallen war, konnte ich mich jedoch unter keinem Vorwande dort einfinden. Als Gefährte, als Befehlshaber des Mannes, der dem Neffen und Vetter das Leben rauben wollte, durfte ich nur unwillkommen sein. Don Ramon hatte viel mehr Strenge erfahren, als er verlangt hatte. Ich war überzeugt, dass man mich nur kalt in der Hacienda empfangen werde.

Das Gerücht verbreitete sich, es werde ein großer Ball in der Stadt gegeben werden. Mir lag wenig am Tanzen, obgleich ich in der Jugend ein Freund von großen Bällen gewesen war. Die weiteren Nachrichten aus dem Hauptquartier machten jedoch die Sache anziehender. Der Ball war auf Befehl veranstaltet worden und hatte einen politischen Zweck: Er sollte ein freundschaftliches Verhältnis zwischen den Siegern und Besiegten herstellen. Man wollte die einheimische Gesellschaft anlocken und ihr zeigen, dass die Yankee-Offiziere keine solchen Barbaren seien, für welche sie gehalten wurden. Zu diesem wünschenswerten Zwecke sollten viele Familien in der Hacienda anwesend sein, und zwar sollte der Ball maskiert stattfinden.

Ich beschloss, an dem Maskenball teilzunehmen. Meine spärliche Garderobe enthielt einen anständigen Zivilanzug, der gut erhalten war. Dieser sollte zu dem Balle genügen.

Die Stunde kam endlich. Ich bestieg mein Ross und ritt nach der Stadt. Nach einem scharfen Galopp von zwei Stunden war ich an Ort und Stelle. Als ich den Ballsaal betrat, war der größte Teil der Gesellschaft schon angekommen und die Räume mit Tanzenden gefüllt. Der Plan war also gelungen. Es waren etwa fünfhundert Personen anwesend, die Hälfte Damen. Einige trugen sich wie tyrolische Bauern, wie andalusische Majas, walachische Bojaren, türkische Sultaninnen oder reich geschmückte Indianerinnen. Eine größere Anzahl trug den Domino, einige den gewöhnlichen

Abendanzug. Die Mehrzahl der Damen war maskiert. Als die Nacht vorrückte und manche Flasche Wein geleert worden war, zeigten sich die unverhüllten Gesichter zahlreicher, denn die Masken waren teils verloren, teils weggelegt. Von den Herren waren einige im Kostüm, andere verliehen der Gesellschaft durch ihre Uniformen ein militärisches Ansehen. Seltsamerweise sah man auch mexikanische Offiziere in dem Gedränge. Es waren Gefangene, die man auf Ehrenwort frei umhergehen ließ. Ihre glänzende Uniform nach französischem Schnitt stach sehr gegen die einfachen blauen Röcke ihrer Besieger ab. Man merkte bald, dass die armen Burschen nicht aus freiem Willen anwesend waren. Sie sehnten sich jedenfalls danach, ihre Beine im Tanz zu bewegen, und übertrafen in dieser Kunst die Nordamerikaner bei Weitem.

Wenn Donna Isolina zugegen war, so musste sie sich unter den Masken befinden; ich begann also, die kostümierten Damen und die Dominos genauer zu beobachten. Endlich erblickte ich eine zierliche Gestalt in einem gelben Domino und musste fast vermuten, dass diese Dame Isolina de Vargas sei. Sie walzte mit einem jungen Dragoner-Offizier. Als sie an mir vorüberkam, stand ich von meinem Stuhle auf und trat dem Kreise der Tänzer näher, um sie im Auge zu behalten.

Der Walzer endigte; der Kreis löste sich und die Tänzer zerstreuten sich nach allen Richtungen. Ich folgte nur dem Dragoner-Offizier und seiner Tänzerin mit den Augen. Er führte sie nach einem Stuhl und setzte sich neben sie; beide vertieften sich, wie es schien, in eine ernste und fesselnde Unterhaltung. Er schien ihr zuzureden, die seidene Hülle von dem Gesicht zu nehmen und im folgenden Augenblick entfernte die Dame die Maske mit eigener Hand. Was sah ich? Sie war eine Negerin!

Das Erstaunen des Dragoner-Leutnants war nicht geringer als das meinige. Beim Anblick des Gesichts seiner Tänzerin schrak er zusammen, als wäre er von einer Kanonenkugel getroffen worden; dann murmelte er mit befangener Miene einige Entschuldigungen, stand auf, eilte davon und verbarg sich in dem Gewühl.

Die farbige Dame musste vermutlich ärgerlich sein; sie nahm schnell wieder die Maske vor, erhob sich und schlüpfte hinweg. Mit einem Gefühl von Neugierde und Mitleid blickte ich ihr nach und sah sie allein durch die Tür gehen, um wahrscheinlich den Ball zu verlassen. Der Domino, der sich durch seine hellgelbe Farbe auszeichnete, war fortan unter den Masken nicht zu sehen.

Ich beschloss nun, mit der ersten Tänzerin, die sich mir darbieten würde, zu tanzen. Bald kam mir ein blauer Domino so gerade in den Weg, als ob er vom Schicksal bestimmt wäre, meine Tänzerin zu werden. Da die Dame noch nicht für den nächsten Tanz engagiert war, so zeigte sie sich bereitwillig und „erfreut".

Ihre Zusage gab sie auf Französisch, was mich nicht in Erstaunen setzte, da ich wusste, dass in dieser Stadt, wie in allen großen mexikanischen Städten, viele französische Familien lebten, die gewöhnlich Juweliere, Zahnärzte, Putzmacherinnen oder derartige Künstler sind. Wenn Franzosen am Orte lebten, so war auch kein Zweifel, dass man sie auf dem Ball finden musste, und dort betragen sie sich mit der heitern Sorglosigkeit, welche ihrer Nation eigen ist. Es wunderte mich also nicht, den blauen Domino französisch reden zu hören, und ich schloss, dass sie eine französische Putzmacherin sei.

Nachdem wir einige Mal im Saale die Runde gemacht hatten, merkte ich gleich, dass ich eine Tänzerin habe, welche walzen konnte, also keine gewöhnliche Erscheinung. Mein blauer Domino schwebte um mich, als ob er keine Füße hätte, sondern von der Luft getragen würde. Ich selber tanzte niemals besser als bei dieser Gelegenheit. Wir erregten bald die Aufmerksamkeit der Gesellschaft und man schloss einen Kreis um uns. Ich walzte endlich mit meinem blauen Domino auf einen Stuhl zu und ließ sie niedersetzen, indem ich mich höflich bedankte. Die Dame antwortete meinem Gespräche in höchst geistreicher Weise und ich war jetzt außerordentlich neugierig geworden, das Gesicht meiner Gefährtin zu sehen. Ich ersuchte sie nun mit dem größten Ernste, sie möchte mir diese Gunst erzeigen und die Maske vom Gesicht nehmen.

„Wenn ich Ihnen die Gunst gewährte", sagte sie, „so würden Sie kaum schnell genug wieder aufstehen und Ihren Abschied nehmen. Ei, denken Sie an den gelben Domino!"

Auf mein dringenderes Gesuch löste sie endlich die Schleife und nahm das Stück Taffet herab. Was sah ich? Die Maske entfiel meiner Hand, als ob es glühendes Eisen gewesen wäre. Es war das Gesicht des gelben Domino! Ich war starr vor Erstaunen und Entsetzen. Ja, es war die nämliche Negerin mit den wulstigen Lippen, den hohen Backenknochen und den kleinen, glänzenden Wolllöckchen, welche ihr korkzieherartig von den Schläfen herabhingen.

Ich wusste nicht, was ich tun sollte; zwar nahm ich meinen Platz wieder ein, blieb aber doch vollkommen stumm. Wenn ich in einen Spiegel geblickt hätte, würde ich gefunden haben, dass mein Gesicht in diesem Augenblicke sehr närrisch aussah.

Meine Gesellschafterin musste auf ein solches Ende gefasst gewesen sein, denn sie brach, anstatt böse zu sein, in lautes Lachen aus und rief in spöttischem Tone: „Ach, mein Herr, Sie sind gegen uns arme farbige Damen ebenso ungalant, wie Ihr Landsmann, der Leutnant."

Ich antwortete nicht, denn ich war über mein Benehmen beschämt und durch ihren Vorwurf beleidigt. Da sie fortwährend lachte, so erhielt ich Gelegenheit, mich mit einigen abgebrochenen Sätzen zu verabschieden und davonzuschleichen. Es war ein plumper Abschied, den ich nahm. Ich ging dem Eingange zu, mit dem Entschlusse, den Ballsaal zu verlassen und nach Hause zu galoppieren.

Als ich an der Tür war, siegte meine Neugierde über meine Scham und ich wollte einen Blick zum Abschiede auf die seltsame Negerin werfen. Den blauen Domino sah ich noch in der Nische stehend; als ich aber nach dem Gesicht schaute, war es das – Isolinas.

Wie versteinert richtete ich meine Augen auf sie und konnte den Blick nicht wieder abwenden. Auch sie sah mich, aber mit welchem Ausdruck betrachtete sie mich! Mein Leben lang werde ich mich dieses Blickes erinnern. Sie lachte zwar nicht mehr, aber ihre stolzen Lippen schienen sich zu einem verächtlichen Lächeln zu verziehen.

Ich überlegte, ob ich zurückkehren und mich entschuldigen sollte; aber es war zu spät; in diesem Augenblicke trat ein Mann zu ihr und setzte sich ohne Umstände neben sie. Als er mir das Gesicht zuwendete, erkannte ich Ijurra.

Sie unterhielten sich mitsammen; sprachen sie von mir? Vielleicht lachte er. Ich würde alles Mögliche darum geben, diesen Mann über mich lachen zu sehen. Er lachte nicht; nicht einmal ein Lächeln war in seinem düstern Gesichte zu erkennen. Sie konnte ihm die Geschichte nicht erzählt haben. Sie stand wieder auf; sie nahm die Maske vor; Ijurra führte sie zum Tanz; sie flogen fort und verschwanden unter den Masken.

Ich trank ein Glas Wein, schnallte meinen Degen um, gelangte an das Tor und sprang mit einem Satze auf mein gesatteltes Pferd.

Als ich den Flecken erreichte, fand ich meine Leutnants noch wach und bei ihrem einfachen Abendessen. Meine Esslust war durch den kühlen Nachtwind erregt worden; ich nahm an ihrem Mahl teil und ihre freundschaftliche Unterhaltung beruhigte meinen Geist für den Augenblick wieder.

Viertes Kapitel.
Die Jagd auf das Gespensterross.

Ich berührte kaum mein Frühstück: eine Tasse Schokolade und ein kleines Zuckerbrot, das gewöhnliche Frühstück jedes Mexikaners.

Ich blieb auf dem platten Dache bis gegen Mittag. Da meldete mir der wachhabende Sergeant, dass mich ein Mexikaner zu sprechen wünschte. Ich gab den Befehl, dass der Mann hinaufgeschickt werden sollte, und als er vor mir erschien, erwachte ich aus meiner unangenehmen Träumerei. Ich erkannte einen der Vaqueros des Don Ramon de Vargas, und zwar denselben, den ich bei meiner ersten Zusammenkunft mit Isolina in der Ebene gesehen hatte.

Durch sein ganzes Wesen gab er sich als einen Boten zu erkennen. Nachdem er sich vorsichtig umgeschaut hatte, zog er ein zusammengelegtes Billett unter seinem Wamse hervor.

Ich nahm es ihm ab; es hatte keine Aufschrift. Ich hieß den Mann hinuntergehen und auf eine Antwort warten und las dann Folgendes:

„Herr Capitain!

Ich hatte ein Lieblingspferd. Wie sehr ich dieses Tier liebte, können Sie wohl verstehen, da Sie eine ähnliche Neigung gegen den edlen Moro hegen. Aber ach, Ihre sichere Kugel raubte mir zu einer bösen Stunde meinen Liebling. Sie erboten sich, mir Ersatz zu geben und sich selber zu berauben; denn ich weiß recht wohl, dass Ihr Rappe für Sie der liebste Gegenstand auf Erden ist. Ich verstand also das edle Opfer, das Sie mir bringen wollten, Herr Hauptmann, und untersagte es. Ich weiß aber, dass Sie den Wunsch hegen, Ihre Schuld auszugleichen und dies steht in Ihrer Macht, hören Sie mich an!"

Ich erwartete, dass eine harte Bedingung folgen werde. Es gab aber kein Opfer, zu welchem ich nicht bereit gewesen wäre; kein noch so wildes Unternehmen, das ich nicht gewagt haben würde. Ich las weiter:

„Es gibt ein Pferd, das in unserer Gegend als das weiße Ross der Steppe berühmt ist. Es ist natürlich ein wildes Pferd von schneeweißer Farbe, schöner Gestalt und schnell wie die Schwalbe. Aber warum soll ich Ihnen das weiße Ross der Steppe beschreiben? Sie sind ein Texaner und werden schon von ihm gehört haben. Nun, Herr Capitain, schon lange habe ich ein glühendes Verlangen, dieses Pferd zu besitzen. Es zeigt sich zuweilen auf unseren Ebenen und ich habe den Jägern und unsern eigenen Viehhütern Belohnungen geboten, aber vergebens. Obgleich sie es oft gesehen und gejagt haben, konnte es kein einziger von ihnen einfangen. Einige meinen, es sei nicht zu fangen, es wäre so flüchtig, dass es in einem Augenblick davongleitet! Und noch dazu in der offenen Steppe. Andere behaupten, es sei nur ein Phantom, eine böse Erscheinung. Aber ein so schönes Geschöpf kann unmöglich der Teufel sein. Ich habe außerdem gehört, und, wenn ich nicht irre, gestern Abend, dass der Teufel schwarz sei. Der arme Teufel! Ha, ha, ha!"

Diese Anspielung ging auf mein unartiges Benehmen in der vergangenen Nacht; ich war jedoch einigermaßen froh, dass sie die Sache so scherzhaft nahm, anstatt, wie ich gefürchtet hatte, mich mit Zorn und Verachtung zu behandeln. In angenehmer Ahnung las ich weiter.

„Zur Sache, mein Capitain! Ungläubige Leute wollen das weiße Ross der Steppe für eine Sage halten und gar nicht an sein Vorhandensein glauben. Ich weiß, dass es vorhanden ist und, was für den jetzigen Zweck noch wichtiger ist, dass es sich zehn Meilen von meinem Wohnorte befindet oder vor zwei Stunden befunden hat. Einer unserer Vaqueros hat es an dem Ufer eines schönen Arroyo gesehen, wo es sich gern aufzuhalten pflegt. Aus Gründen, die mir bekannt sind, hat es der Vaquero nicht belästigt, sondern mir nur die Nachricht in aller Eile gebracht.

Nun, großer Capitain! Es gibt nur einen, der dieses berühmte Ross fangen kann, und das sind Sie selbst. Ja, Sie können es tun – Sie und Moro!

Bringen Sie mir das weiße Ross der Steppe, dann werde ich aufhören, mich um den armen Mustang zu grämen. Ich werde Ihnen alles verzeihen; selbst Ihre Unart gegen meine doppelte Maske, ha, ha! Bringen Sie mir das weiße Ross, das weiße Ross!

Isolina."

Als ich diesen seltsamen Brief las, fühlte ich mich freudig aufgeregt. Der seltsame Inhalt entsprach ganz der Schreiberin; die Bedeutung verstand ich vollkommen.

Ich hatte freilich von dem weißen Ross der Steppe gehört. Welcher Jäger, Trapper, Hausierer oder Reisender in jenen wilden Steppengegenden hätte dies nicht? Ich hatte auch manche fabelhafte Geschichte über das Ross am lodernden Lagerfeuer, manche märchenhafte Erzählung vernommen, wobei das weiße Ross die Heldenrolle spielte. In den Sagen des Steppenschifffahrers spielt es dieselbe Rolle wie die des fliegenden Holländers oder des Geisterschiffes beim Seemann. Nach diesen Sagen ist das weiße Ross überall; heute sieht man es über die sandige Ebene dahinfliegen, morgen über die weiten Steppen von Texas, tausend Meilen weiter südlich dahinjagen.

Ich zweifelte keinen Augenblick, dass es unter den zahlreichen Herden wilder Rosse, welche über die großen Ebenen schweifen, einen weißen

Hengst von großer Schnelligkeit und herrlichem Bau, vielleicht zwanzig, ja hundert geben würde. Ich hatte selbst mehr als einen gesehen und gejagt, den man ein herrliches Tier nennen konnte und kaum mit einem gewöhnlichen Pferde einzuholen vermochte. Aber das unter dem Namen des weißen Rosses der Steppe bekannte unterschied sich von allen übrigen durch eine besondere Auszeichnung: Seine Ohren waren schwarz, tiefschwarz wie die Farbe des Ebenholzes; der übrige Körper, von der Mähne bis zum Schweife, war weiß wie frisch gefallener Schnee.

Von diesem seltsamen, geheimnisvollen Tiere war in dem Briefe die Rede; ich sollte das Ross mit den schwarzen Ohren einfangen.

Der Brief enthielt natürlicherweise eine Nachschrift, doch nur geschäftlichen Inhalts. Dieselbe gab Auskunft, wann, wie und wo das weiße Ross erblickt worden war, und bestimmte, dass der Vaquero, welcher mir den Brief überbrachte und das Ross gesehen hatte, mein Führer sein sollte.

Ich dachte nicht länger über den seltenen Auftrag nach, sondern beschloss, wenn Ross und Mann es vollbringen könnten, so sollte Isolina, noch ehe die Sonne wieder unterginge, die Besitzerin des weißen Rosses der Steppe sein.

Nach einer halben Stunde ritt ich, von dem Vaquero geführt, aus dem Flecken. Ein Dutzend Jäger folgten mir. Nachdem wir an einer Stelle, welche dem Dorfe gerade gegenüberlag, den Fluss überschritten hatten, vertieften wir uns in das Gebüsch auf der andern Seite.

Die Männer, welche ich zu meinen Begleitern erwählte, waren lauter alte Jäger, die zuverlässig spüren und schießen konnten. Ich vertraute ihrer Geschicklichkeit und hoffte, mit ihrer Hilfe das Wild zu finden. Meine Hoffnung wäre jedoch nicht so lebhaft gewesen ohne folgenden Umstand: Wie mir unser Führer mitteilte, hatte sich der Schimmel, als er ihn gesehen, in Gesellschaft einer starken Herde Stuten, einer sogenannten Manada befunden. Man konnte also nicht erwarten, dass er sich von ihnen trennen werde; selbst wenn sie seitdem den Ort verlassen hätten, konnten sie bei ihrer großen Anzahl leicht aufgespürt werden; ohne diesen Umstand würde unsere Jagd viel Ähnlichkeit mit einer Jagd nach wilden Gänsen gehabt haben. Nach dem, was ich vom Schimmel wusste, konnte er heute an den Ufern eines Baches und morgen an den Ufern eines andern, hundert Meilen davon, gesehen werden. Die Anwesenheit einer Manada bot jedoch eine Bürgschaft, dass er sich sicherlich noch in der Nähe des Ortes befinden werde, wo der Viehhüter ihn gesehen hatte. Fanden wir ihn einmal, so vertraute ich der Schnelligkeit meines Pferdes und meiner Geschicklichkeit im Gebrauch des Lassos.

Während wir weiterritten, teilte ich meinen Begleitern den Zweck unserer Reise mit. Alle kannten den Ruf des weißen Rosses. Einige behaupteten, es auf seinen Wanderungen auf der Steppe gesehen zu haben. Die ganze Gesellschaft war über solchen Streifzug erfreut und ebenso aufgeregt, als ob ich sie zu einem Scharmützel mit den Guerillas führte.

Die Gegend, welche wir durchzogen, war anfänglich ein dichtes Gehölz aus zahlreichen, dornigen Sträuchern bestehend. Der größere Teil dieser Pflanzen, welche Mexiko berühmt machen, gehört der Familie der Leguminosen an, – es waren Robinias, Gleditschias und mehrere Arten der texanischen Akazie, welche hier Mesquite genannt wird. Auch die Aloe bildet hier, zum Ärger des Reisenden, einen großen Teil des Unterholzes: die Art, welche den Namen Lechuguilla oder Pitapflanze führt, deren Mark als Nahrungsmittel gekocht wird, und aus deren faserigen Blättern man Bindfaden, Seile oder Tuch anfertigt; der Saft liefert destilliert den feurigen Mezcal. Hier und da sah man am Wege das starre Blätterbündel einer Baumyucca, gleich dem mit Federn geschmückten Kopf eines indianischen Kriegers. Ich erblickte einige in Gruppen mit essbaren Früchten. Von diesen fruchttragenden Yuccas gibt es in dem Gebiet des Rio Grande mehrere Arten, die dem wissenschaftlichen Pflanzenkundigen bis jetzt unbekannt sind. Ich bemerkte die Palmilla oder Seifpflanze, deren Wurzel ein ausgezeichnetes Ersatzmittel für die Seife liefert. Reichlich wuchsen in der Landschaft die verschiedenen Kaktusarten, die man überall auf mexikanischem Boden erblickt. Unter den Pflanzen von verschiedener Größe herrschten die Syngenesisten vor; die stinkende Artemisia und die widerwärtige Kreosotpflanze, Larrea Mexicana, findet man nur an sandigen Orten. Einen angenehmen Anblick boten dem Auge die scharlachroten Rispen der Fouquieria Splendeas, die damals von den Botanikern noch nicht beschrieben war und ein Liebling der Treibhäuser werden wird. Obgleich ich jetzt nicht die Laune, zu botanisieren, hatte, bewunderte ich doch diese zierlichen Pflanzen, deren halmhohe Stängel mit den glänzenden Blumenrispen sich wie Fahnen über das angrenzende Dickicht erhoben. Es gehört kein besonders feiner Geschmack dazu, um auf die Schönheiten der mexikanischen Flora mit Teilnahme zu blicken. Selbst die rauesten meiner Begleiter konnten ihre Bewunderung nicht verhehlen und ich hörte beim Weiterreiten zu wiederholten Malen Ausrufe des Verlangens.

Als wir weiterkamen, änderte sich der Anblick. In Folge von Lichtungen im Gehölz wurde die Oberfläche freier von Gebüsch, eine sogenannte mesquite Prärie. Je weiter wir ritten, desto größer wurden die Lichtungen; die mit Holz bewachsenen Flächen nahmen dagegen an Umfang ab und zuweilen stießen die freien Plätze aneinander.

Bereits waren wir zehn Meilen geritten, ohne anzuhalten, als unser Führer die Fährte der Manada betrat.

Mehrere von den alten Jägern konnten die Spuren, ohne abzusitzen, als Spuren von Stuten erkennen, die sich von denen der Hengste unterschieden. Ihr Urteil zeigte sich richtig; denn kaum waren wir der Fährte noch eine kurze Strecke weiter gefolgt, so erblickten wir die Herde, welche der Vaquero mit Zuversicht für die gesuchte Manada erklärte.

Bis hierher hatten wir den gewünschten Erfolg. Es ist aber ein großer Unterschied, eine Herde wilder Pferde sehen und das schnellste Ross davon einfangen. Dies sagte mir mein eigenes klopfendes Herz und mein unruhiger Puls. Die verschiedensten, teils zweifelvollen, teils freudigen Gedanken zogen durch meinen Geist, als ich von Weitem auf die schüchterne Herde blickte, welche unsere Annäherung noch nicht ahnte.

Die Steppe, auf welcher die Stuten weideten, war breiter als eine Meile und, ebenso wie diejenigen, durch welche wir geritten waren, von niedrigem Gehölz umgeben; doch führten Alleen zu einzelnen Lichtungen.

Die Manada hielt sich in der Mitte auf. Einige von den Stuten grasten ruhig, während andere spielend umhersprangen, sich zum Kampfe bäumten und dann in wildem Galopp davonbrausten, wobei ihre Mähnen und Schweife im Winde flatterten. Das von der Sonne blitzende Fell zeugte von der guten Weide; und selbst aus der Ferne ließ sich die Fülle ihrer Körperformen erkennen. Sie hatten alle bekannte Farben von Pferden. Wir sahen Braune, Rappen und besonders zahlreiche Schimmel, Falbe mit weißen Mähnen und Schweifen, maulwurffarbene und viele von den Schecken, welche unter den mexikanischen Mustangs nicht selten vorkommen; natürlich waren alle mit vollen Mähnen und Schweifen, da die verstümmelnde Schere des Reitknechts sie niemals berührt hatte.

Aber wo befand sich der Herr dieser schönen Manada? Wo ist der Hengst? Dieser Gedanke erfüllte uns alle und allen schwebte die Frage auf den Lippen. Wir durchblickten die Herde nach allen Richtungen. Weiße Pferde waren in großer Zahl vorhanden, aber mit einem einzigen Blick sahen wir, dass das Ross der Steppe sich nicht dabei befand.

Wir sahen einander mit mutlosen Blicken an. In mir erwachte ein bitteres Gefühl, als ich die führerlose Herde sah. Hätte ich die ganze Herde einfangen und mitnehmen können, so würde Isolina das Geschenk nicht mit einem einzigen Lächeln belohnt haben.

Der Hengst konnte sich noch immer in der Nähe befinden; oder hatte er vielleicht die Manada ganz verlassen und war weit über die Steppe weggeeilt? Der Vaquero glaubte, er sei nicht fern; ich vertraute der Meinung dieses Mannes, denn er kannte genau die Gewohnheiten der wilden und halbwilden Pferde, da er sie sein ganzes Leben lang beobachtet hatte. Es gab also noch eine Hoffnung, dass der Hengst in der Nähe sei. Vielleicht lag er im Schatten des Dickichts oder befand sich mit einem Tiere der Manada auf einer nahen Lichtung. In diesem Falle, versicherte unser Führer, würden wir ihn bald zu sehen bekommen. Er wollte den Hengst bald herbeilocken, und zwar dadurch, dass er die Stuten aufscheuchte, sodass ihr erschrockenes Wiehern in der Ferne zu hören sein musste.

Der Plan schien nicht schwer auszuführen; es war jedoch ratsam, dass wir die Manada umringten, ehe wir sie aufstörten, denn sonst konnten sie, bevor wir uns näherten, in der entgegengesetzten Richtung davongaloppieren. Ohne Zeitverlust wurde die Umschließung ausgeführt.

Das Gehölz war uns günstig, indem es unsere Bewegungen verbarg und nach Verlauf einer halben Stunde umgaben wir die Prärie in einem Kreise.

Noch immer spielte die weidende Herde. Hätte sie den Argwohn gehabt, dass sich ein Kreis von Jägern um sie aufstelle, so würde sie schon längst davongaloppiert sein. Von allen wilden Geschöpfen ist das Pferd am schüchternsten. Der Hirsch, die Antilope und der Büffel fürchten die Nähe des Menschen viel weniger.

Das Steppenpferd scheint zu wissen, welches Schicksal es in der Gefangenschaft erwartet, und man sollte fast glauben, die Flüchtlinge aus den Ansiedelungen, welche man zuweilen unter ihnen sieht, hätten ihnen die Geschichte von ihren Qualen und Leiden erzählt.

Ich selbst war nach der entgegengesetzten Seite der Steppe geritten, um zu sehen, ob der Kreis geschlossen sei. Meine Gefährten hatte ich am Rande des Waldes in gewissen Zwischenräumen zurückgelassen und befand mich allein. Ich hatte das Horn mitgenommen, in der Absicht, die Stuten durch ein paar Töne zu erschrecken. Eben als ich mich in eine Gruppe von Bäumen gestellt hatte und das Horn an die Lippen setzen wollte, hörte ich einen gellenden Schrei hinter mir. Ich nahm das Instrument herab und wendete mich schnell um. Während ich noch über die Ursache des seltsamen Tons in Zweifel war, hörte ich ihn zum zweiten Mal. Jetzt erkannte ich ihn: Es war das Wiehern des Präriehengstes.

Neben mir war das Dickicht durch eine Art Allee unterbrochen, die zu einer andern Steppe führte. Hier hörte ich die Hufschläge eines galoppierenden Pferdes. So schnell wie das Gehölz es erlaubte, eilte ich vorwärts an den Rand des freien Bodens; die tief stehende Sonne, die mir in die Augen schien, verhinderte mich aber, deutlich zu sehen. Noch immer vernahm ich den Schall der Hufe und das gellende Wiehern. Nach einiger Zeit war mein Auge weniger geblendet; ich hielt die Hand vor Augen und sah ein herrliches Ross in vollem Galopp die Allee entlang auf die Manada zukommen.

Mit einem halben Dutzend Sätzen war es mir gegenüber und als es an mir vorübergaloppierte, sah ich das weiße Ross der Steppe vor mir. Die Zeichnung des herrlichen Tiers war genau zu erkennen; ich sah den schneeweißen Körper, die ebenholzschwarzen Ohren, die bläuliche Schnauze, die roten, aufgeblasenen Nüstern, die breiten, runden Schenkel, die vollen, ebenmäßigen Beine, alle Eigenschaften eines musterhaften Pferdes!

Es schoss pfeilschnell an mir vorüber und hielt keinen Augenblick inne, sondern galoppierte gerade auf die Herde los.

Sein erstes Zeichen beantworteten die Stuten durch Wiehern und dann richtete die ganze Manada die Köpfe auf und setzte sich in Bewegung. Nach einigen Sekunden stand sie wie ein Zug Kavallerie in gerader Linie und bot ihrem herangaloppierenden Führer die Front. In solchem Falle stehen die wilden Pferde, als ob sie Reiter in Schlachtordnung wären, und viele Reisende in den Steppen haben sich oft durch diesen Anblick täuschen lassen.

Da das Wild einmal aufgetrieben war, so war jetzt fernere List unnütz. Die Sache musste jetzt durch den Lasso und durch Schnelligkeit entschieden werden; in dieser Überzeugung gab ich Moro die Sporen und jagte auf die freie Ebene. Als meine Begleiter das Wiehern des Hengstes gehört hatten, waren sie fast gleichzeitig aus dem Holz hervor und schreiend auf die Herde losgeflogen.

Ich hatte nur den Schimmel im Auge und stürmte auf ihn los.

Als er der Reihe Stuten nahe genug gekommen war, hielt er mit dem wilden Galopp ein, bäumte sich dann zweimal, stieß dann wieder ein gellendes Gekreisch aus und flog in gerader Linie dem Rande der Steppe zu. Sein Naturtrieb schien ihn auf eine breite Allee zu leiten, die dort ihren Anfang nahm. Die Manada folgte ihm anfänglich in gerader Linie; diese wurde jedoch bald gebrochen, da die schnelleren Tiere den andern zuvorkamen, und so dehnte sich die Herde über die ganze Steppe aus.

Die Verfolger spornten eifrig, die Verfolgten strengten jeden Muskel zur Flucht an; so brauste die Jagd durch die Lichtung.

Mein wackeres Pferd zeigte seine Vorzüge. Ich überholte einen meiner Gefährten nach dem andern und als wir die Allee hinter uns hatten und auf die zweite Steppe gelangten, hatte ich die hintersten von den wilden Stuten erreicht. Es waren sehr zierliche Geschöpfe darunter, und bei jeder andern Gelegenheit würde ich den Antrieb empfunden haben, den Lasso nach einer auszuwerfen. Jetzt aber dachte ich nur daran, sie aus dem Wege zu schaffen, da sie mich am Galoppieren hinderten. Noch ehe sie die zweite Steppe hinter sich hatten, war ich bereits an den vordersten Reihen. Da die Stuten sahen, dass ich über alle hinweg war, zerstreuten sie sich nach rechts und links. Alle, außer dem weißen Hengste, waren jetzt hinter mir. Er allein setzte seinen Lauf fort, indem er von Zeit zu Zeit das gellende Wiehern ausstieß. Er war noch weit von mir entfernt und, wie es schien, lief er ohne Anstrengung.

Mein Pferd bedurfte jetzt weder des Sporns noch der Zügel; es sah den Gegenstand, den ich verfolgte, vor sich und erriet meinen Willen. Gleich einer Meereswelle erhob es sich unter mir. Seine Hufe berührten den Rasen, ohne ihn einzudrücken. Nach jedem neuen Satze erhob es sich elastisch und seine Flanken wogten in Kraft. Noch ehe wir über die zweite Steppe waren, waren wir dem Schimmel bedeutend näher; zu meinem Verdruss sah ich aber, dass der Letztere sich dem Dickicht zuwandte.

Ich fand einen Pfad und folgte demselben; mein Ohr leitete mich, denn ich hörte die Zweige krachen, als das wilde Ross hindurchstürmte. Zuweilen sah ich seinen weißen Körper durch die grünen Blätter leuchten.

Aus Furcht, ihn aus den Augen zu verlieren, ritt ich entschlossen nach, durchbrach bald das Dickicht, bald folgte ich den verschlungenen Windungen. Ich kümmerte mich ebenso wenig wie mein Pferd um die dornigen Schlinggewächse, aber die großen Bäume von der Gattung der Robinia standen dicht im Wege und hinderten mich mit ihren wagerechten Ästen. Ich musste mich oft flach auf den Sattel legen, um hindurchzukommen. Dadurch wurde die Verfolgung gehindert.

Endlich erschien die ersehnte offene Prärie, wenngleich nicht ganz baumlos. Der Schimmel flog zwischen den Gehölzinseln hindurch und da er in dem Dickicht einen Vorsprung gewonnen hatte, so befand er sich in großer Entfernung von mir. Er eilte auf die offene Ebene zu und dies zeigte, dass er sich auf seine sichern Hufe verließ; vielleicht wäre es für ihn vorteilhafter gewesen, im Gehölz zu bleiben.

Nach zehn Minuten waren wir an den Waldinseln vorüber und die großartige, unbegrenzte Prärie streckte sich vor uns aus.

Weiter geht die Jagd über den Rasen, bis keine Bäume mehr hinter uns sind und das Auge nur die grüne Savannah und den blauen Himmel darüber sieht, weiter über die Mitte des Kreises, der nur vom Horizont begrenzt wird.

Die in dem Holz verirrten Jäger waren schon längst zurückgeblieben, die Pferde zurückgekehrt. Auf der ganzen Ebene zeigten sich nur zwei Gegenstände, der schneeweiße, fliegende Schimmel und die Gestalt des ihm folgenden Reiters.

Es ist ein langer, wilder, grausamer Ritt für meinen unvergleichlichen Moro. Schon mehr als zehn Meilen haben wir auf der Steppe zurückgelegt und noch bedurfte das wackere Ross weder des Antriebes der Peitsche noch der Sporen; es hat gleichfalls seinen Anteil an der Jagd: den Ehrgeiz, unübertrefflich zu sein.

Mein Beweggrund ist ein anderer. Vorwärts, Moro! Vorwärts! Du musst ihn einholen oder sterben!

Es gibt kein Hindernis mehr, hier kann er sich nicht vor uns verbergen. Die mit kurzem Grase bedeckte Ebene ist flach wie das schimmernde Meer und kein einziger Gegenstand zu sehen. Er kann sich nirgends verbergen. Noch eine Stunde wird die Sonne leuchten; ehe sich die Dunkelheit herabsenkt, wird er unser Gefangener sein. Vorwärts, Moro! Vorwärts!

Wir stiegen schweigend vorwärts. Der Schimmel lässt sein herausforderndes Wiehern nicht mehr hören; er läuft furchtsam, ohne Vertrauen auf seine Schnelligkeit. Niemals ist er so hart bedrängt worden. Es lässt sich kein Laut hören als das Schallen der galoppierenden Hufe, ein ausdrucksvolles Schweigen begleitet die ernste Verfolgung.

Kaum zweihundert Schritte liegen noch zwischen uns und ich habe die Überzeugung, zu siegen. Ich brauchte nur Moro mit den Sporen zu berühren, um ihn in die richtige Entfernung zu bringen; es ist Zeit, diesen verzweiflungsvollen Ritt zu beendigen. Noch einen Satz, wackerer Moro, und du sollst Ruhe haben.

Ich sehe nach meinem Lasso. Er hängt an meinem Sattelknopf; der Haken, an welchem das eine Ende befestigt ist, ist sicher in das Holz eingelassen. Die Schlinge ist klar und frei. Die Windungen sind in der richtigen Lage. Alles in vollkommener Ordnung!

Ich erhebe den Lasso und lege ihn leicht über den linken Arm, mache die Schlinge los und halte sie mit der rechten Hand. Ich bin bereit, aber wo ist das Ross? Ich stieß einen wilden Ausruf aus. Während ich meinen Lasso ordnete, hatte ich die Augen nur auf einen Augenblick von dem Verfolgten abgewendet; als ich wieder aufblickte, war der Schimmel verschwunden.

Ich hielt mein Pferd so plötzlich an, dass es fast auf die Schenkel niederfiel. Das Tier selber schien durch ein leichtes Wiehern Schrecken auszudrücken. Was hatte das zu bedeuten? Wo war das wilde Pferd?

Ich wendete mich nach allen Seiten und durchforschte die Prärie, obgleich ein einziger Blick genug gewesen wäre. Wie erwähnt, war die Ebene so flach wie ein Tisch; der Horizont gestattete eine freie Aussicht; es waren weder Felsen noch Bäume noch Gebüsch noch Pflanzen, nicht einmal hohes Gras vorhanden. Der Rasen war von der bekannten Art, welche man Büffelgras nennt; wenn es vollständig ausgewachsen ist, ist es nur kurz; damals erhob es sich kaum zwei Zoll über den Boden, sodass sich kaum eine Schlange darin hätte verbergen können. Wo war aber das Pferd?

Nachdem ich mich eine Zeit lang meinem Ärger überlassen hatte, überdachte ich die Lage, in welche ich geraten war. Von dem Gefühl der Furcht, welches mich vorher erdrückt hatte, war ich befreit, befand mich aber dennoch in einer unangenehmen Lage. Ich war wenigstens dreißig Meilen von dem Flecken und wusste nicht, in welcher Richtung er lag. Die Sonne ging unter, aber obgleich ich die Himmelsgegenden kannte, wusste ich doch nicht, ob wir von der Niederlassung aus nach Osten oder Westen geritten waren. Vielleicht konnte ich auf meiner eigenen Spur zurückreiten; aber dies war nicht gewiss. Ich hatte auf der Jagd weder durch das Gehölz noch auf der freien Steppe eine gerade Richtung beibehalten. Beim schnellen Vorüberfliegen hatte ich außerdem bemerkt, dass der Rasen an vielen Orten von zahlreichen Hufspuren zerwühlt war. Herden von wilden Pferden waren vorübergekommen und es wäre nicht leicht gewesen, meinen langen Galopp in allen Windungen rückwärts zu verfolgen.

Jedenfalls war es zwecklos, meine Versuche vor dem Morgen anzustellen. Die Sonne konnte keine halbe Stunde mehr scheinen und es war unmöglich, der Fährte bei Nacht zu folgen. Es blieb mir nichts übrig, als bis zum Tagesanbruch an dem Orte zu bleiben, wo ich war.

Aber wie? Ich war hungrig und was noch schlimmer, durstig. In der Nähe gab es keinen Tropfen Wasser und ich hatte dreißig Meilen weit keins gesehen. Durch den heißen Ritt war ich ungemein durstig geworden und mein armes Pferd ebenfalls. Das körperliche Bedürfnis wurde noch unerträglicher durch die Gewissheit, dass sich kein Wasser in der Nähe befinde.

Ich schaute auf den Grund der Spalte, so weit ich sehen konnte, aber sie war ebenso wasserlos wie die Ebene. Der Felsen ruhte auf Kies und Sand und in dem Bett zeigte sich kein Tropfen Wasser, obgleich es sichtlich war, dass in diesem Kanal einmal ein Strom geflossen sein musste.

Nach einigem Nachdenken kam mir der Gedanke, ich würde vielleicht Wasser finden, wenn ich der Barranca abwärts folgte; wenigstens musste ich in dieser Richtung zunächst suchen. Ich ritt daher am Rande des Spalts entlang. Die Schlucht wurde immer tiefer, bis sie eine Meile von dem Orte, wo ich zuerst darauf getroffen war, fünfzig Fuß auseinander gähnte; die Seiten waren noch ebenso steil.

Die Sonne war jetzt untergegangen und die Dämmerung versprach nur eine kurze Dauer. Ich konnte in der Dunkelheit nicht durch die Ebene reiten, wenn ich nicht über den steilen Rand der Schlucht stürzen wollte. Außerdem sah ich jetzt noch andere kleine Spalten, welche durch Nebenflüsse zur Regenzeit gebildet waren. Diese waren mehr oder weniger tief und gingen schräg oder rechtwinkelig von der größeren Spalte aus.

Die Nacht senkte sich schnell auf die Steppe. Ich wagte nicht, unter diesen gefürchteten Abgründen umherzureiten. Ich musste, ohne Wasser zu finden, Halt machen und die langen Stunden qualvoll verbringen. Es war ein furchtbarer Gedanke.

Noch immer führte ich mein Pferd langsam vorwärts, als plötzlich meine Augen auf einen glänzenden Gegenstand fielen. Mit einem freudigen Schrei fuhr ich im Sattel auf: Es war der Schein von Wasser, das ich in westlicher Richtung erblickte.

Es war ein kleiner See, oder vielmehr ein Teich, der sich nicht auf dem Grunde der Schlucht, wie ich vermutet hatte, sondern hoch oben auf der Steppe befand. Es waren weder Bäume noch Schilf in der Nähe; an den Ufern zeigte sich kein Pflanzenwuchs und die Fläche schien in gleicher Höhe mit der Ebene.

Mit freudigem Erwarten, aber nicht ohne Besorgnis, ritt ich weiter. Es konnte ein Trugbild sein, denn ich war oft durch solche Erscheinung getäuscht worden. Doch nein, es erschien nicht so nebelhaft wie die Fata Morgana, die Umrisse setzten sich scharf gegen den Rasen der Steppe ab und die Oberfläche schimmerte in den letzten Strahlen der Sonne. Es war Wasser.

In dieser festen Überzeugung ritt ich in schnellerem Schritt vorwärts.

Etwa 200 Schritte vor dem Orte angekommen, hielt ich die Augen immer noch auf das blinkende Wasser gerichtet, als mein Pferd plötzlich scheu zurückwich. Ich blickte vor mich hin, um die Ursache zu erkennen. Die Dämmerung war vorüber, aber trotz der Dunkelheit konnte ich noch immer deutlich die Oberfläche der Steppe sehen. Die Schlucht gähnte wieder vor mir und zog sich quer über meinen Weg. Zu meinem Verdruss bemerkte ich, dass die Spalte eine Wendung gemacht hatte und dass sich der Teich auf der andern Seite befand.

So hatte ich keine Hoffnung, in der Finsternis hinüberzukommen. Die Barranca war hier tiefer als oben, sodass sich die Felsentrümmer auf dem Boden nur undeutlich sehen ließen. Bei Tageslicht ließ sich vielleicht ein Ort zum Übersetzen finden; aber dies war nur ein schwacher Trost.

Es war jetzt ganz finster geworden und mir blieb keine Wahl, als eine Nacht, eine Nacht voller Qualen an dem Orte zuzubringen, wo ich mich befand.

Ich stieg ab, führte mein Pferd eine Strecke in die Prärie hinaus, um es vom Abgrunde fernzuhalten, nahm ihm Sattel und Zügel ab und ließ es weiden, wie es ihm die Länge des Lassos gestattete. Ich selber hatte nur wenige Einrichtungen zu treffen. Es war kein Abendessen zu bereiten, aber das Essen hatte für mich bei dieser Gelegenheit wenig zu bedeuten. Mir wäre ein

Glas Wasser lieber als ein gebratener Truthahn gewesen. In meiner jetzigen Lage waren nur wenige Dinge unterzubringen. Meine Büchse, mein Jagdhemd, das Pulverhorn, die Jagdtasche und die Kürbisflasche, welche leider schon in einer frühen Stunde des Tages geleert worden war. Zum Glück hatte ich meine mexikanische Decke an den Sattel angeschnallt. Diese löste ich, hüllte mich in dieselbe ein, legte den Kopf auf die Vertiefung meines Sattels und streckte mich mit der Hoffnung, einzuschlafen, am Boden aus.

Dieser Genuss blieb mir lange versagt, denn der quälende Durst verscheuchte den Schlaf. Ich wälzte mich hin und her, den Mond betrachtend, der zwischen den schwarzen, dahinfliegenden Wolken am Himmel nur von Zeit zu Zeit sichtbar wurde. Wenn er schien, so glänzte der kleine See in seinem Lichte wie eine Silberplatte. Es kam mir vor, als wenn mich das köstliche Wasser verspottete. Jetzt begriff ich die Qualen des Tantalus und überzeugte mich, dass die Göttin für den lydischen König keine schlimmere Qual hätte erdenken können. Nach einiger Zeit machte sich der Durst weniger geltend. Vielleicht erleichterte ihn die feuchtkalte Nachtluft oder, was wahrscheinlicher ist, die Ermüdung und die Abspannung der Sinne schwächten ihn. Ich litt weniger und fühlte mich allmählich dem Schlafe unterliegen. Ringsumher herrschte vollkommene Stille und kein Laut störte mich. Selbst das gewöhnliche Bellen des Präriewolfes ließ sich nicht vernehmen. Der Ort mochte für diesen weitverbreiteten Nachtschwärmer zu einsam sein. Nur das Schallen der Hufe meines Pferdes auf dem harten Rasen und das Geräusch, wenn es das kurze Büffelgras abweidete, waren die einzigen Zeichen, welche mir verkündeten, dass ich nicht allein war. Dieses Geräusch sagte mir, dass sich mein treuer Gefährte nach dem schweren Galopp wohl befinde, und ich beruhigte mich.

Mein Schlaf war aber nicht friedlich, sondern von unruhigen Träumen erfüllt. Ich glaube, dass solche Traumszenen den Körper ebenso erschöpfen, als wenn wir sie in der Wirklichkeit erleben. Oft bin ich von solchen Träumen völlig ermüdet und erschöpft aufgewacht. Ist dies der Fall, so überstand ich die Mühseligkeiten des verflossenen Tages in noch höherem Grade während der Nacht. Ein kurzes, liebliches Bild wurde bald zerstört durch Geschrei und wildes Gebrüll. Ich befand mich in einem Hause, das von Indianern umringt war. Sie waren bereits innerhalb der Mauern und bald drang eine Anzahl von ihnen in das Haus. Es folgte ein heftiger Kampf und Verwirrung. Ich ergriff die Waffen, die mir zur Hand lagen; mehrere von ihnen fielen unter meinen Streichen; aber ein großer Wilder trug Isolina, die sich plötzlich gezeigt hatte, mit sich fort.

Ich sprang schnell auf mein Pferd, ich weiß selbst nicht wie; den Räuber verfolgend, galoppierte ich über die weite Steppe; vor mir sah ich den Wilden auf einem schneeweißen Rosse, Isolina in den Armen. Vergebens trieb ich viele Stunden lang mein Pferd mit Worten und Sporen an. Ich konnte dem Schimmel nicht näher kommen; aber die Gestalt des Wilden veränderte sich. Es war nicht mehr der Indianerhäuptling, sondern er hatte Hörner auf seinem Kopfe. Jetzt fürchtete ich, er würde mich an den Rand eines schrecklichen Abgrundes locken; aber nun konnte ich mein Pferd nicht mehr aufhalten; der böse Geist setzte mit seinem Gespensterrosse über die Schlucht hinweg. Ich musste ihnen folgen. Ich war am Rande des Abgrundes, mein Pferd setzte hinüber, ich stürzte! ...

Da berührte ich die Felsen; ich war nicht getötet, nicht einmal verwundet; aber der Durst erstickte mich fast. Herz und Kopf schmerzten; die Zunge glühte. Vor meinen Ohren plätscherte Wasser und ein Bach rauschte an mir vorüber; wenn ich ihn erreichen könnte, wäre ich imstande, zu trinken; aber diese Anstrengung erschöpfte meine Kraft. Meine Versuche immer aufs Neue wiederholend, kroch ich vorwärts. Ich lasse einen Felsen nach dem andern hinter mir und nähere mich dem brausenden Wasser. Ich bin gerettet, denn ich fühle, dass mich ein kalter Schauer benetzt.

Dies war mein Traum; es lag darin eine Entstellung der Wirklichkeit; aber die angenehmste Wirklichkeit weckte mich. Ich wurde nicht vom Schaum des Baches benetzt, sondern von einem gewaltigen Regenschauer. Mit einem Freudenschrei begrüßte ich diesen Umstand, der zu andern Zeiten nicht willkommen gewesen wäre. Der Donner rollte, die Blitze flammten in kurzen Zwischenräumen und in der Schlucht brauste der Strom.

Zuerst war ich darauf bedacht, meinen Durst zu löschen; ich öffnete beide Hände und hielt den geöffneten Mund aufwärts, sodass ich den wahren Himmelsquell trank. Aber obgleich die Tropfen dicht fielen, so war dies Verfahren doch zu langsam. Ich wusste, dass meine Decke wasserdicht war, denn sie war aus der besten Fabrik von Parras gekommen und hatte mehrere Hundert Silberdollars gekostet. Jetzt kam mir der gute Gedanke, diese Decke auszubreiten und die Mitte in eine Vertiefung der Prärie einzudrücken. Nach fünf Minuten wusste ich nicht mehr, was Durst war, und konnte nicht begreifen, wie ich so viele Qualen hatte ausstehen können.

Moro trank aus dem Troge und machte sich dann wieder auf die Weide. Die untere Seite der Decke war noch trocken geblieben, ebenso das Stück Erde, welches sie bedeckt hatte. Hier streckte ich mich aus, zog den Hut über mich und schlief ein, von dem Schlummerliede des Donners gewiegt.

Ich schlief einen erquickenden Schlummer. Was ich träumte, ist mir nicht in der Erinnerung geblieben. Erst spät wachte ich auf, als die Sonne schon glänzend an dem blauen, klaren Himmel emporstieg.

Zuerst machte sich der Hunger geltend. Außer meiner Schokolade und einem Stückchen Kuchen hatte ich seit dem Morgen des vorigen Tages nichts gegessen. Ein Mensch, der nicht an langes Fasten gewöhnt ist, wird die Qual des Hungers schon nach einem einzigen Tage empfinden. Diese Qual nimmt zu, wenn der zweite Tag ohne Nahrung vergeht, sie erreicht ihren Gipfel am dritten Tage. Am vierten und fünften Tage wird der Körper schwach und das Gehirn zerstört. Aber obgleich das Leiden schmerzlich ist, sind die Nerven doch schon weniger empfindlich, als am zweiten und dritten Tage. Dies gilt natürlich nur von denjenigen Menschen, welche nicht an langes Fasten gewöhnt sind. Ich habe Gendarmen und Steppenjäger gekannt, welche sechs Tage lang hungerten und weniger Schmerz fühlten, als andere, die nur 24 Stunden gefastet hatten; da jene Männer häufig in Not geraten, so ist es ein Glück für sie, mit solcher Kraft begabt zu sein.

Ich dachte zunächst darauf, mir etwas zu essen zu verschaffen. Ich erhob mich und durchforschte die Steppe nach allen Richtungen, aber mein Blick begegnete weder einem lebenden noch einem toten Gegenstande, weder einem vierfüßigen Tiere noch einem Vogel. Ich erblickte nur mein Pferd, welches ruhig am Lasso weidete, und nicht ohne Neid betrachtete ich seinen wohlgenährten Leib. Ich dachte daran, dass der Mensch an vielen Orten verhungern würde, wo manche unverständigen Geschöpfe noch die Fähigkeit besitzen, zu leben.

Ich trat an den Rand der Schlucht und blickte hinab. Es war ein finsterer Abgrund, mehr als Fuß tief und ebenso breit. Da die Felsen von oben herabgestürzt und eine Art abschüssiges Ufer gebildet hatten, so waren die Seiten viel weniger steil; ein Fußgänger konnte hinabsteigen und auf der gegenüberliegenden Seite herausklettern; für ein Pferd war dies unmöglich, denn die Felsen waren hervorspringend und zackig, und in den Spalten wuchsen Kaktusse, Brombeeren und niedrige Zedern.

Während der Nacht hatte ich den Strom brausen hören. Ich blickte jetzt hinab und sah noch an dem Felsen die Spuren des Wassers. Es musste viel Regen geflossen sein, aber aus dem Bette der Schlucht hätte man nicht einen Becher mehr schöpfen können, denn das Wasser war teils in den Sand eingezogen oder in der heißen Atmosphäre schnell verdunstet.

In der Hoffnung, ein lebendiges Geschöpf zu erblicken, hatte ich meine Büchse mitgenommen, musste jedoch bald meine Nachforschungen aufgeben. Es war keine Spur von einem Vogel oder einem vierfüßigen Tiere zu entdecken und ich kehrte nach meiner Schlafstätte zurück.

Ich zog den Pflock, woran mein Pferd befestigt war, aus der Erde, sattelte es und überlegte dann, wohin ich reiten wollte. Der erste Gedanke war der, wieder nach dem Flecken zurückzukehren; aber wie sollte ich den Weg finden? Meine eigene Fährte, welche ich noch am vorigen Abend hatte auffinden können, war jetzt vom Regen völlig verwischt. Ich war bei meinem Ritt über große Strecken sandigen Bodens gekommen, wo die Hufe kaum eine Spur zurückließen, und jede Fährte musste von den großen, schweren Regentropfen jetzt verwischt sein. Meine Absicht war also nicht mehr ausführbar. Als ich diese Schwierigkeit überlegte, fühlte ich mit einigem Entsetzen, dass ich verirrt war.

Wer dergleichen Abenteuer noch nicht bestanden hat, hält meine Verlegenheit für unbedeutend. Man glaubt, dass derjenige, der ein gutes Pferd besitzt, nur kühn in gerader Richtung fortzureiten brauche, um endlich an irgendeinem Orte anzukommen. Dies ist jedoch nicht so bestimmt, wie man glaubt, sondern von zufälligen Umständen abhängig. Man könnte vielleicht gerade an demselben Orte ankommen, von dem man ausgeritten ist, denn wenn man keinen Gegenstand zum Führer hat, so ist es unmöglich, zehn Meilen in gerader Richtung über eine Steppe zu reiten. Unter ganz ähnlichen Umständen sind schon mehrere auf den besten Pferden umgekommen. Hat die Steppe nur einen Umfang von zehn Meilen, so gehören schon Tage dazu, hinauszukommen, und während dieser Tage erleidet man den Tod. Hunger und Durst nehmen zu und die Pein vermehrt sich durch den Gedanken, dass nichts zur Befriedigung dieser dringenden Bedürfnisse anzutreffen ist. Auch verleiht die Einsamkeit ein peinliches Gefühl, von welchem nur die ältesten Präriemänner befreit sind. Die Sinne verlieren ihre Stärke, der Geist seine Entschlussfähigkeit und alle Vorsätze werden schwankend und unbestimmt. Bei jedem Schritte fühlt man Zweifel, ob man dem rechten Weg gefolgt sei oder ob man nicht einen andern einzuschlagen habe. Auf der Prärie einsam und verirrt zu sein, ist furchtbar.

Dies fühlte ich lebhaft. Ich hatte mich schon oft auf großen Ebenen befunden, aber jetzt war ich zum ersten Male verirrt und dazu noch ungewöhnlich hungrig. Auch die Umstände, durch welche ich in meine Lage geraten war, hatten etwas Eigentümliches: Dass der Schimmel, der mich so weit gelockt hatte, mir dann auf diese freilich natürliche Ursache entgangen war, hatte doch einen besondern Eindruck in meinem Geiste zurückgelassen und ich geriet wieder an den Rand des Aberglaubens, gab mich quälenden Fantasiebildern hin und wollte durchaus in jenen Erlebnissen übernatürliche Ursachen suchen.

Mit großer Mühe gelang es mir, mich wieder einigermaßen zu sammeln und an meine Sicherheit zu denken. An diesem Orte zu bleiben, war nicht ratsam. Ein paar Stunden wenigstens konnte ich den geraden Weg verfolgen und zur Mittagsstunde Halt machen; dies war notwendig, da in dieser südlichen Breite die Sonne des Mittags so genau im Zenit steht, dass selbst der Kundigste den Norden nicht vom Süden unterscheiden kann. Vielleicht war ich fähig, noch bis Mittag das Gehölz zu erreichen, wodurch andererseits meine Lage wieder verschlimmert wurde, denn die Öffnungen der Gehölze versetzen den Wanderer in noch größere Verlegenheit als die kahle Ebene. Man kann in den sogenannten Mosquiten-Wäldern oft tagelang reisen, ohne sich weit vom Ausgangspunkte zu entfernen, und findet nicht mehr Lebensmittel als in der Wüste selbst. Ich sattelte und zäumte jedoch mein Pferd und schaute über die Ebene, um eine Richtung für meinen Ritt zu wählen.

Als ich die Ebene erforschte, wurde ich durch einige Tiere angezogen, deren Art ich jedoch nicht unterscheiden konnte. Zu manchen Zeiten lässt sich in der Ebene durchaus kein sicheres Urteil über eine Gestalt oder Größe fällen. Schon oft hat man einen Wolf für ein Pferd und einen auf einer Erhöhung stehenden Raben für einen Büffel gehalten. Nur der erfahrenste Trapper lässt sich durch solches Blendwerk nicht täuschen, welches seinen Grund in einem besonderen Zustande der Atmosphäre hat.

Die von mir bemerkten Gegenstände mussten wenigstens drei Meilen von mir entfernt sein; sie befanden sich auf der andern Seite der Schlucht und in gleicher Richtung mit dem See. Ich zählte fünf Gestalten, die sich gespensterhaft am Rande des Horizonts bewegten. Eine kurze Zeit wurde meine Aufmerksamkeit von ihnen abgezogen und als ich wieder hinausblickte, waren sie verschwunden, dagegen erblickte ich kaum 500 Schritte von mir fünf schöne Antilopen am Rande des Sees stehen. Sie befanden sich dem Wasser so nahe, dass sich ihre zierlichen Körper darin abspiegelten. Sie mochten sich von ihrem schnellen Laufe hier erholen wollen. Da ihre Zahl den vorher erblickten Gegenständen entsprach, so war ich überzeugt, dass sie die nämlichen seien; umso mehr, als diese Tiere mit der Schnelligkeit einer fliegenden Schwalbe laufen.

Der Hunger stachelte mich zu dem Gedanken an, wie ich mich ihnen nähern könnte. Sie mussten mich und mein Pferd aus der Ferne erspäht haben und waren neugierig herbeigelaufen. Näher mochten sie jedoch nicht kommen und schienen furchtsam und schüchtern zu sein.

Zwischen ihnen und mir lag die Schlucht. Konnte ich sie jedoch bis an den Rand derselben locken, so kamen sie mir zum Schuss. Ich band mein Pferd wieder an und versuchte alles Mögliche. Ich legte mich im Grase auf den Rücken und bewegte meine Beine in der Luft, vergebens, das Wild entfernte sich nicht vom Rande des Sees.

Da fiel mir ein, dass meine Decke eine lebhafte Farbe hatte. Ich nahm sie und band sie mit einem Ende an den Ladestock meiner Büchse, nachdem ich denselben durch den obersten Ring des Gewehrs gesteckt hatte. Mit dem Daumen der linken Hand hielt ich den Ladestock fest, kniete nieder, lehnte die Flinte an die Schulter und bedeckte mich vollkommen mit der bunten Decke, die sich ihrer ganzen Länge nach ausbreitete. Ich wusste, dass wenn ich das Wild verscheuchte, ich nicht nur mein Frühstück, sondern auch wahrscheinlich mein Leben verloren hatte. Dabei hatte ich mich mit der größten Stille und Vorsicht bis an den Rand der Schlucht geschlichen, um den Antilopen, wenn sie auf die andere Seite kommen sollten, so nahe wie möglich zu sein.

Der Plan, den ich geschickt auszuführen suchte, bleibt selten ohne Erfolg. Nach kurzer Zeit sah ich zu meiner Freude, dass die Tiere in die Falle gingen. Die Gabelhörner besitzen, wie die meisten Antilopen, eine größere Neugierde. Gegen einen bekannten Feind außerordentlich schüchtern, verbannt doch dieses Tier seine Furchtsamkeit in der Nähe eines neuen Gegenstandes; die Neugierde überwindet die Furcht und es kommt jeder fremden Gestalt nahe, um sie genau zu betrachten. Diese Schwäche der Antilopen benutzt auch der Präriewolf, der sogar den Fuchs an Schlauheit übertrifft. Der Präriewolf, weniger schnell als die Antilope, würde sie vergeblich verfolgen, wenn er nicht den Mangel seiner Schnelligkeit durch schlaue List ersetzte. Er legt sich, wenn zufällig eine Herde Antilopen vorüberkommen, glatt auf das Gras, rollt sich zu einer Kugel zusammen und wälzt sich so lange hin und her, bis er seinem Opfer allmählich so nahegekommen ist, um einen Sprung wagen zu können.

Die bunte Decke übte bald ihre Wirkung aus. Die fünf Antilopen trabten bis an den Rand des Sees, hielten an, betrachteten sie einen Augenblick und flüchteten dann wieder eine Strecke zurück. Dann machten sie kehrt und kamen mit größerem Zutrauen und vermehrter Neugierde wieder zurück. Man konnte ihr Schnauben hören, als sie den zierlichen Kopf zurückwarfen. Da sie jedoch den Geruch des menschlichen Jägers fürchten, so würden sie mich gespürt haben, wenn nicht zum Glück der Wind gerade auf mich zuwehte.

Der Trupp bestand aus einem jungen Bock und vier Weibchen. Unter den Antilopen haben die Männchen gewöhnlich ein zahlreiches Gefolge und dieses Häuflein war wahrscheinlich nur der Anfang einer größeren Familie. Der Bock war durch seine ziemlich großen, gabelförmig gespaltenen Hörner von den Weibchen zu unterscheiden. Er leitete und bewachte die Übrigen, die in einer Reihe hinter ihm her folgten.

Das zweite Mal kamen sie mir bis auf 200 Schritte nahe. Da meine Büchse so weit reichte, schickte ich mich an zu feuern und wählte den nächsten, den Bock, zu meinem Opfer. Ich zielte und feuerte. Nachdem der Rauch verflogen war, sah ich zu meinem Vergnügen den Bock auf der Steppe liegen und zum letzten Male zucken. Zu meinem Erstaunen war keins der übrigen Tiere durch den Knall verscheucht worden. Sie standen nur verwirrt und betrachteten ihren gefallenen Führer. Während ich im Begriff war, wieder zu laden, sprang ich unvorsichtigerweise auf und zeigte den Antilopen meine Gestalt. Jetzt erschraken die Tiere mehr als durch den Knall der Büchse und den Fall ihres Gefährten; blitzschnell drehten sie sich um und flogen davon, sodass sie in wenigen Minuten meinen Blicken entschwunden waren.

Ich überlegte jetzt, wie ich über die Schlucht kommen sollte. Das lockende Wildbret lag jenseits. Glücklicherweise entdeckte ich bald einen Weg, denn der Fels hatte auf beiden Seiten wenige Klippen und konnte, wenngleich mit großer Anstrengung, erklettert werden.

Ich untersuchte noch einmal, ob mein Pferd fest mittelst des Lassos angebunden war, legte dann die Büchse auf meine Schlafstätte und begann, nur mit meinem Messer bewaffnet, die Schlucht zu erklettern. Das Gewehr hätte mich beim Klettern nur gehindert. Auf dem Grund der Schlucht angelangt, schickte ich mich an, die steilere Seite hinaufzusteigen, wobei mir die Zweige der zwischen den Felsen wachsenden Zwergzedern Beistand leisteten. Zu meinem Erstaunen bemerkte ich jetzt, dass die Erde auf den Vorsprüngen von Füßen zerwühlt und der Felsen stellenweise zerkratzt war: Der Weg musste also schon früher von Menschen oder Tieren benutzt worden sein. Dieses Zeichen erweckte nur auf einen Augenblick mein Nachdenken, denn ich war zu hungrig, um meine Gedanken auf etwas anderes als das Essen zu lenken.

Ich erreichte endlich den Rand der Klippe, kletterte auf die Steppe hinaus und stand bald neben der Antilope. Ich zog das Messer und machte mich, wie ein Fleischer, an die Arbeit.

Man glaube nicht, dass ich mich nach etwas umsah, um ein Feuer anzuzünden und das Fleisch zu kochen. Ich verzehrte mein Frühstück roh und selbst ein Leckermaul, wenn es an meiner Stelle gewesen wäre, würde dasselbe getan haben. Erst nachdem ich den ersten Hunger durch die Zunge des Gabelhorns und durch ein paar Rippenstückchen befriedigt hatte, bedachte ich, dass das Wildbret durch Rösten schmackhafter werden könnte. Und als ich im Begriff stand, nach der Schlucht zurückzukehren, um einige Reiser von den Zwergzedern zusammenzulesen, fielen meine Augen auf einen Gegenstand, der plötzlich alle Gedanken an Kochen verscheuchte. Der

Gegenstand erfüllte mich mit Schrecken: Es war ein großes Tier, in dem ich sogleich das furchtbarste aller Steppengeschöpfe erkannte: den grauen Bären.

Der graue Bär.

Fünftes Kapitel.
Kampf mit dem grauen Bären.

Der Bär war einer der größten seiner Art. Überdies war mir der wilde Charakter dieser Tiere zu wohl bekannt, als dass ich nicht in Furcht hätte geraten sollen. Ich kannte die Gewohnheiten des grauen Barett recht wohl, denn ich war schon öfter mit ihm zusammengetroffen. Dennoch wunderte ich mich, einen in dieser Gegend zu erblicken, da sein Wohnort in den Schluchten der Felsengebirge liegt; zuweilen wandern einzelne nach Osten bis an den Mississippi. Selten stimmen zwei von diesen Tieren in der Farbe überein; der, den ich vor mir erblickte, war gelbrot und hatte schwarze Beine und Tatzen. Ich konnte mich nicht irren. Ich sah den langen, zottigen Pelz, die große Stirn, das breite Gesicht, die gelben Augen, die großen von den Lippen nur halb bedeckten Zähne und die furchtbaren Angriffswaffen, die langen, gebogenen Tatzen – an diesem allen erkannte ich den grauen Bären.

Das Tier kam im Augenblick, als ich es erblickte, an derselben Stelle aus der Schlucht, wo ich herausgeklettert war. Ich hatte also beim Erklimmen der Klippe seine Fährte bemerkt.

Als er die Ebene erreichte, machte er ein paar Schritte vorwärts, hielt dann an und richtete sich auf den Hinterbeinen auf, indem er einen schnaubenden Laut ausstieß, wie die wilden Schweine, wenn sie plötzlich im Walde aufgescheucht werden.

In dieser aufrechten Stellung blieb er ein paar Sekunden stehen und rieb sich gleich einem Affen den Kopf mit den Vorderpfoten.

Dass ich durch die Anwesenheit dieses unwillkommenen Gastes erschrocken war, kann ich nicht leugnen. Auf dem Rücken meines Moro würde ich dieses Geschöpf nicht mehr beachtet haben, als eine im Grase kriechende Schlange, denn der graue Bär ist zu langsam, um ein Pferd einzuholen. Ich war jedoch zu Fuß und wusste wohl, dass, wenn ich auch noch so schnell liefe, das Tier mich einholen würde.

Es war auch unwahrscheinlich, dass er mich nicht angreifen würde, denn ich kannte den Charakter des Feindes zu gut. Fast immer ist der graue Bär der Angreifer; kein Tier in Amerika wagt einen Kampf mit ihm und es ist noch zweifelhaft, ob der afrikanische Löwe im Kampfe mit diesem wilden Tiere den Sieg davontragen würde.

Auch der Mensch, wenn er nicht auf einem guten Pferde sitzt, scheut einen solchen Kampf und selbst in diesem Falle lässt der vorsichtige Trapper den Grauen seines Weges gehen, ohne ihn zu belästigen, denn er rechnet den grauen Bären an Tapferkeit zwei Indianern gleich. Der Indianer zählt die Vernichtung eines solchen Tieres zu den größten Heldentaten und ein Halsband von Bärenklauen gilt einem indianischen Helden für ein besonderes Ehrenzeichen, denn nur wer das Tier getötet hat, darf diese Zierde von ihm entnehmen.

Andererseits fürchtet der graue Bär keinen Gegner und greift das größte Tier an, das er erblickt. Wenn er das Elentier, den Damhirsch, den Bisamochsen und das wilde Pferd einholt, so tötet er sie augenblicklich. Er zerreißt mit einem einzigen Tatzenschlage das Fleisch, als ob es mit einer Axt durchhauen würde, und schleppt mit Leichtigkeit den Körper eines ausgewachsenen Büffels fort. Den Menschen greift er an, derselbe mag beritten sein oder nicht, und es ist schon vorgekommen, dass ein Dutzend Jäger vor seinem Angriff geflohen sind. Oft sind mehr als zwölf Kugeln gegen ihn abgeschossen worden, ohne ihn zu töten; nur durch einen Schuss durchs Gehirn oder ins Herz wird er augenblicklich getötet. Mit einem so zähen Leben und einem so wilden Charakter begabt, gehört der graue Bär natürlicherweise zu den gefürchtetsten Geschöpfen. Besäße der die Schnelligkeit des Löwen oder Tigers, so würde er beide an Furchtbarkeit übertreffen und kein Mensch dürfte sich seinem Aufenthaltsorte nähern. Er ist jedoch im Vergleich mit dem Pferde plump und kann nicht auf Bäume klettern. Obgleich er den Wald nicht liebt, ist doch gewöhnlich sein Lager von Bäumen umgeben und mancher Mensch, den er sich zum Opfer ausersehen hatte, rettete sein Leben dadurch, dass er sich auf einen Baum flüchtete.

Mit allen Zügen dieses Tieres wohl bekannt, musste ich mich daher wohl unbehaglich fühlen, als ich mich einem der größten und wildesten grauen Bären auf der kahlen Steppe und fast ohne Waffen allein gegenüber sah. Es war kein Busch vorhanden, wo ich mich verbergen, kein Baum, auf den ich klettern konnte. An eine Flucht war nicht zu denken und die Verteidigung fast ebenso unmöglich. Die einzige Waffe, welche ich bei mir hatte, war das Messer, denn meine Büchse, die auf der andern Seite der Schlucht zurückgeblieben war, konnte ich nicht erreichen. Selbst wenn ich zu dem Pfade, der von dem Felsen abwärts führte, gelangen konnte, so war es doch unmöglich, hinüberzukommen, denn der Bär hätte mit Hilfe seiner langen Tatzen die Schlucht schneller erstiegen als ich. Er würde mich eingeholt haben, ehe ich den Boden der Schlucht erreicht hätte.

Der Bär stand vor mir und ich wäre ihm auf geradem Wege in die Arme gelaufen.

In wenigen Augenblicken hatte ich meine Lage begriffen, die, wie mir meine Umgebung zeigte, vollständig hoffnungslos war; es blieb mir keine andere Wahl als ein Kampf, ein verzweifelter Kampf mit dem Messer.

Die Verzweiflung, die mich einen Augenblick gelähmt hatte, diente jetzt zu meiner Stärkung; ich zeigte meinem wilden Feinde die Stirn und machte mich zu seinem Empfange bereit.

Ich hatte gehört, dass es Jägern gelungen sei, den grauen Bären mit einem bloßen Messer zu besiegen und zu erlegen; dies war aber nur nach furchtbarem Kampfe, nach schweren Wunden und Blutverlust geschehen. In einem Naturgeschichtsbuche hatte ich gelesen, ein Mann könne den Kampf mit einem Bären in wenigen Augenblicken beendigen, wenn er mit der freien Hand den Hals des Tieres von außen mittelst des Daumen und Zeigefingers an der Zungenwurzel packe: Ein leichter Druck an dieser Stelle genüge, um einen Krampf in den Drüsen hervorzubringen und den Bären so weit zu ersticken, dass er zu jedem Widerstande unfähig sei. Scharfsinniger Naturforscher, wie würde es dir gefallen, den Versuch einmal zu machen? Deine Theorie ist ebenso richtig, wie die, dass man die Vögel fangen könnte, wenn man ihnen Salz auf den Schwanz streut.

Ich hatte jedoch keine Zeit, über die Zusammendrückung der Zunge oder die Krämpfe in den Drüsen nachzudenken. Mein Gegner war bald mit sich einig; er ließ sich auf alle viere nieder, stieß ein lautes Gebrüll aus und kam mit aufgesperrtem Rachen auf mich los.

Ich hatte beschlossen, den Angriff abzuwarten; als ich jedoch bei seiner Annäherung seine lange, hagere Gestalt, seine glänzenden Zähne und seine gelben, feurigen Augen erblickte, änderte ich plötzlich meinen Plan. Ich kehrte um und entfloh.

Ich hatte dabei nämlich den Gedanken, der Bär würde vielleicht durch den Körper der Antilope angelockt werden und sich möglicherweise so lange dabei aufhalten, dass ich einen Vorsprung gewinnen oder vielleicht ganz entkommen könnte. Meine Hoffnung währte aber nicht lange: Das Ungeheuer hielt bei der Antilope nicht an und als ich mich umblickte, sah ich, dass es schon daran vorüber war und sich mir mit Schnelligkeit nähere.

Ich gehöre zu den schnellsten Läufern, aber meine Schnelligkeit konnte gegen einen solchen Verfolger nicht aufkommen. Ich lief mich außer Atem und entkräftete mich dadurch nur für den bevorstehenden Kampf; es war besser, umzukehren und dem Feinde sogleich die Spitze zu bieten.

Schon hatte ich in diesem Entschlusse halb kehrtgemacht, als mir ein blendender Gegenstand in die Augen fiel. Ich war unwillkürlich auf den Teich zugelaufen und befand mich jetzt am Ufer. Die Oberfläche war spiegelglatt und die von dem Wasser zurückgestrahlte Sonne blendete mich.

Augenblicklich erwachte ein neuer Gedanke in meinem Geiste. Das wilde Tier war hinter mir und einen Augenblick später hätten wir kämpfen müssen.

Jetzt dachte ich darauf, einen neuen Vorteil zu gewinnen und in tiefem Wasser zu kämpfen. Der Kampf konnte dort viel gleichmäßiger sein, vielleicht konnte ich auch durch Tauchen entkommen.

Ohne mich einen Augenblick zu besinnen, sprang ich in den Teich. Das Wasser reichte mir bis an die Knie und ich eilte nach der Mitte zu. Der Schaum umspritzte mich, der Teich wurde immer tiefer und bald stand ich bis an den Oberleib im Wasser.

Als ich mich besorgt umsah, stand der Bär am Rande. Zu meiner Freude bemerkte ich, dass er anhielt und nicht geneigt schien, mir zu folgen.

Dies erregte jedoch auch mein Erstaunen, denn ich wusste, dass der graue Bär schwimmen kann und sich durch das Wasser nicht erschrecken lässt; ich hatte manchen seiner Art über tiefe Seen und reißende Flüsse schwimmen sehen.

Ich konnte nicht erraten, weshalb er mir nicht folgte; ich dachte aber auch an nichts anderes, als mich noch weiter von dem Ufer zu entfernen. Ich watete also weiter, bis ich die Mitte des Teiches erreicht hatte und bis an den Hals im Wasser stand. Weiter konnte ich nicht gelangen, ohne zu schwimmen, und wendete daher mein Gesicht dem Verfolger zu.

Ich beobachtete jede seiner Bewegungen. Er stand wieder auf den Hinterbeinen und betrachtete mich, ohne die Lust zu spüren, sich ins Wasser zu begeben. Nach einiger Zeit fiel er wieder auf alle viere nieder und lief rings um den Teich, als ob er einen Platz suche, in das Wasser zu gehen.

Der Teich hatte etwa 400 Schritte im Durchmesser und es war nur die Hälfte dieser Entfernung zwischen uns. Wenn er dazu willens gewesen wäre, hätte er mich bald erreichen können.

Eine halbe Stunde lang lief er am Ufer auf und nieder. Ich war freilich durch seine Gegenwart in Furcht gehalten; auch war meine Lage durchaus nicht behaglich. Obgleich die Sonne warm schien, war das Wasser doch eiskalt und meine Zähne klapperten. Ich wusste nicht, wie lange dieser Auftritt dauern würde, doch kannte ich den grauen Bären zu gut, um zu wissen, dass er jeden, der seine Rache geweckt hat, unermüdlich und hartnäckig verfolgt. Zum Glück hatte ich ihn weder geärgert noch verwundet und hoffte, dass meine Unschuld dazu beitragen würde, mich aus meiner gefährlichen Lage zu befreien.

Es schien, als wollte der Bär warten, bis ich herauskommen würde; ein paar Mal glaubte ich, er würde auf mich zuschwimmen, denn er blieb am Rande stehen, streckte den Kopf über das Wasser und schwankte mit dem Vorderteil des Körpers, als ob er zum Sprunge ansetzen wollte. Nachdem er dies eine Zeit lang getan hatte, drehte er sich um und lief wieder am Ufer hin und her. Fast eine Stunde lang blieb der Bär am Rande des Teiches, so lange schien mir wenigstens die Zeit zu sein. Zuweilen machte er kurze Ausflüge in die Steppe, aber immer kehrte er bald wieder zurück und beobachtete mich von Neuem, als wollte er mich durchaus nicht aus den Augen verlieren. Vergebens hoffte ich, er würde vielleicht nach der andern Seite des Teiches gehen und es mir möglich machen, nach der Schlucht zu entfliehen. Er blieb auf der Seite, wo er erschienen war, als ob er meine Lage ahne.

Meine Lage fing an, verzweiflungsvoll zu werden. Ich zitterte. Der Teich musste eine Quelle haben, denn er war sehr kalt. Obgleich ich mit den Zähnen klapperte, behauptete ich doch meinen Platz, denn ich wagte mich nicht zu entfernen. Ich fürchtete sogar, meinen wilden Feind zu einem Angriff aufzureizen, wenn ich das Wasser rings um mich in Bewegung setzte. So blieb ich trotz der Kälte lieber stehen.

Endlich wurde meine Ungeduld belohnt. Der Bär machte wieder einen kurzen Abstecher und erblickte dabei den Körper der Antilope. Ich konnte nicht sehen, wo er Halt gemacht hatte, denn meine Augen befanden sich unterhalb der Ebene. Bald aber sah ich, dass er den Kopf erhob und, die Überreste der Antilope im Rachen, sich nach der Schlucht hinschleppte; bald war er mit denselben unter dem Rande der Klippe verschwunden.

Eine kleine Strecke weit schwamm ich; dann watete ich vorsichtig und ohne Geräusch weiter und erkletterte das sandige Ufer. Bebend und triefend stand ich, ohne zu wissen, was ich tun sollte. Ich befand mich jetzt auf der entgegengesetzten Seite des Sees von der, wo ich hineingegangen war. Diese Stelle hatte ich aus Vorsicht gewählt für den Fall, dass der Bär wieder zurückkehren sollte. Es war möglich, dass er die Antilope in sein Lager trug und dann wieder zurückkehrte. Denn diese Tiere pflegen ihre Nahrung in ihren Höhlen aufzusammeln oder zu vergraben, wenn sie nicht vom Hunger gequält werden. Aber selbst wenn der Bär die Antilope verzehrte, so konnte dies nur wenige Minuten dauern und durch den Genuss des Blutes musste er noch grimmiger geworden sein.

Ich wusste nicht, was ich tun sollte. Sollte ich mich auf die Ebene hinaufflüchten, wo er mich nicht mehr verfolgen konnte? Dann hätte ich doch zurückkehren müssen, um mein Pferd und meine Büchse zu holen. Mich zu Fuß in die Steppe zu wagen, wäre ebenso viel gewesen, als ob ich ohne ein Boot zur See gehen wollte. Aber selbst wenn es möglich gewesen wäre, die Ansiedelung ohne mein Pferd zu erreichen, so hätte ich mich nicht dazu entschließen können. Ich liebte meinen Moro zu sehr, als dass ich ihn hätte verlassen sollen; lieber hätte ich das Leben gewagt, als mich von dem wackern Tiere getrennt.

Aber wie sollte ich wieder zu ihm gelangen? Den einzigen Weg, auf welchem ich über die Schlucht kommen konnte, hatte der Bär eingeschlagen. Jedenfalls befand er sich noch in der Schlucht. Bei einem Versuche, hinüberzugelangen, wäre ich von dem wilden Tiere wiedergesehen und ihm sicher zur Beute geworden. Plötzlich fiel mir ein, ich wollte an der Schlucht hinaufgehen, um einen andern Übergang zu suchen, oder sie gänzlich umgehen. Das war der beste Plan, um auf die andere Seite hinabzukommen.

Eben stand ich im Begriff, dies auszuführen, als ich zu meinem Entsetzen den Bären wieder erblickte; er stand dieses Mal nicht auf derselben Seite wie ich, sondern auf der andern, wo mein Pferd angebunden war. Langsam kletterte er aus der Schlucht heraus und schleppte seinen riesigen Körper über den Rand der Klippe; im nächsten Augenblicke stand er auf der freien Ebene.

Jetzt erfüllte mich eine neue Befürchtung; ich sah gewiss voraus, dass er im Begriff stand, mein Pferd anzugreifen. Letzteres hatte die Annäherung des Bären bereits bemerkt und schien seine Gefahr zu erkennen. Ich hatte es etwa vierhundert Schritte von der Schlucht entfernt und an einen etwa 20 Ellen langen Lasso angebunden. Als es den Bären erblickte, lief es, so weit der Riemen es gestattete, und bäumte sich schnaubend.

Durch diese neue Verlegenheit wurden meine Schritte gehemmt; ich blieb stehen und beobachtete ängstlich den Ausgang. Ich hatte keine Hoffnung, meinem armen Pferde auch nur die geringste Hilfe zu leisten, wenigstens schien es mir in diesem Augenblicke unmöglich.

Der Bär lief in gerader Richtung auf das Pferd los und mein Herz klopfte heftig, als ich sah, dass sich das wilde Ungeheuer ihm so weit näherte, dass es die Tatzen nach ihm ausstrecken konnte. Das Pferd sprang jedoch fort und galoppierte in einem Kreise umher. An dem angespannten Lasso sah ich, dass keine Möglichkeit vorhanden war, dass der Riemen nachgeben und das Pferd in Freiheit gesetzt würde. Es war ein Lasso von zähem, ungegerbtem Leder, dessen Stärke ich kannte; auch wusste ich, dass ich den Pflock sehr fest eingetrieben hatte. Was hätte ich nicht darum gegeben, wenn ich jenen Riemen mit meinem Messer hätte zerschneiden können.

Ich beobachtete den Kampf mit einer peinlichen Ungewissheit. Indem das Pferd im Kreise herumgaloppierte, hielt es sich noch immer außer dem Bereich des Bären; der Bär versuchte den Angriff dadurch, dass er von einem Punkte zum andern rannte.

Ein paar Mal wurden die Beine des Bären von dem umhergleitenden angespannten Riemen erfasst; der Bär wurde eine Strecke fortgeschleppt und dann auf den Rücken geworfen. Dies schien jedoch seine Wut noch zu vermehren, denn jedes Mal, nachdem er sich erhoben hatte, lief er mit größerem Grimme hinter dem Pferde her.

Dieser Auftritt dauerte einige Minuten lang, ohne dass sich die gegenseitige Stellung der Tiere bedeutend veränderte. Schon hoffte ich, der Bär werde sich am Ende doch noch getäuscht sehen und seinen Versuch aufgeben, wenn er dem Pferde nicht folgen könnte; auch hatte ich bemerkt, dass ihm das Ross mehrere Schläge versetzte, wodurch jeder andere Angreifer abgeschreckt worden wäre.

Plötzlich aber erhielt das Schauspiel ein anderes Ansehen und die Entwickelung schien nahe zu sein. Der Riemen hatte den Bären wieder getroffen; anstatt ihm aber auszuweichen, packte ihn der Bär mit den Zähnen und Tatzen. Ich glaubte anfangs, er würde ihn durchbeißen; bald aber sah ich zu meiner Bestürzung, dass er daran fortkroch, indem er ihn immer wieder fasste und sich dem Pferde näherte. Das Pferd stieß jetzt einen lauten Ruf der Furcht aus.

Ich konnte den Anblick nicht länger ertragen; mir fiel ein, dass ich meine Büchse am Rande der Schlucht und in geringer Entfernung vom Pferde zurückgelassen und nach der Erlegung der Antilope wieder geladen hatte. Ich eilte auf die Klippe zu, sprang hastig daran hinunter, erkletterte die andere Seite und stürzte mich, das Gewehr haltend, auf den Kampfplatz.

Ich kam zur rechten Zeit. Der Bär hatte zwar sein Opfer noch nicht erreicht, war aber nur noch kaum sechs Fuß von ihm entfernt.

Ich näherte mich bis auf zehn Schritte und schoss; der Riemen riss, als ob er von meiner Kugel durchschnitten worden sei, und das Pferd entsprang wiehernd in die Steppe.

Wie sich's später zeigte, hatte ich den Bären getroffen, aber an keiner gefährlichen Stelle; meine Kugel machte keinen größeren Eindruck auf ihn als eine kleine Ladung Schrot. Mit der Kraft der Verzweiflung hatte er den Riemen zerrissen und das Pferd in Freiheit gesetzt.

Die Reihe war jetzt an mir. Kaum hatte der Bär bemerkt, dass ihm das Pferd entsprungen sei, als er heulend auf mich losstürzte. Mir blieb keine andere Wahl als der Kampf. Da ich keine Zeit zum Laden hatte, so versetzte ich dem Bären einen Schlag mit dem Büchsenkolben, warf das Gewehr weg und fasste das Messer. Mit der starken und scharfen Bowieklinge stieß ich nach vorn, aber in demselben Augenblicke fühlte ich mich gepackt und festgehalten. Die scharfen Tatzen zerrissen mein Fleisch; die eine fühlte ich um meinen Hals, die andere auf meiner Schulter und die weißen Zähne glänzten vor meinen Augen. Meinen rechten Arm hatte ich frei und ich versenkte die Klinge mit verzweifelter Kraft zwischen die Rippen meines Gegners, indem ich das Herz zu treffen suchte.

Wir rollten zu wiederholten Malen übereinander. Das rote Blut bedeckte den Boden. Durch die Rippen des grimmigen Ungeheuers sah ich es herausquellen und freute mich bei dem Gedanken, dass mein Messer sein Herz getroffen habe. Ich war wie toll und wild und glühte vor grimmiger Rachelust, vor Zorn.

In dem wilden Kampfe um Tod und Leben rollten wir immer wieder auf der Erde übereinander. Ich fühlte wieder die furchtbaren Tatzen, die spitzen Zähne, und meine Klinge drang abermals bis an das Heft ein.

Himmel! Wie lange lebte er? Wird er von dem blutigen Stahl erliegen? Die Steppe ist gerötet – wir wälzen uns im Blute; ich werde immer matter, matter – ohnmächtig – –

Es war mir, als wäre ich in einer andern Welt und kämpfte mit einem furchtbaren, bösen Geiste; doch nein, die Gestalten, welche ich erblickte, gehörten der Erde an. Ich lebe noch.

Ich fühle den Schmerz meiner Wunden, jemand verbindet sie mir, es ist eine raue Hand, aber sein Herz ist freundlich; das sehe ich aus dem sanften Ausdruck seiner Augen. Wer ist er und woher kommt er?

Ich erkenne deutlich, dass ich mich noch immer auf der weiten Steppe befinde. Wo ist mein furchtbarer Gegner? Ich erinnere mich unseres wilden Kampfes und aller einzelnen Umstände, aber ich glaubte, er hätte mich getötet.

Ich erblickte über mir den blauen Himmel und um mich her die grüne Ebene. Menschengestalten stehen neben mir und dort sind die Pferde.

Die Männer beugen sich über mich; ich sehe einen Mann mit einem langen Barte und einem braunen, buschigen Backenbarte.

Ich war wieder in Ohnmacht gesunken und hatte die Besinnung verloren – –

Als ich wieder zum Bewusstsein kam, fühlte ich mich etwas stärker; ich konnte besser begreifen, was um mich her geschah. Die Sonne war dem Untergange nahe, mich schützte ein Büffelfell, auf zwei aufgerichteten Stangen befestigt, gegen ihre Strahlen. Unter mir lag meine Decke und mein Kopf ruhte auf meinem Sattel, über welchem man ein zweites Fell ausgebreitet hatte. Da ich auf der Seite lag, konnte ich alles, was vorging, deutlich sehen. In der Nähe brannte ein Feuer, bei welchem sich zwei Personen befanden; die eine stand, die andere saß. Mein Auge ging von einer zur andern.

Der eine stand auf seine Büchse gestützt und blickte in das Feuer. Es war das Musterbild eines Mannes der Gebirge, eines Trappers. Er war volle sechs Fuß hoch und hatte einen Körperbau, der auf sächsische Abstammung und

Kraft deutete. Seine Arme glichen jungen Eichen und die Hand, mit welcher er die Mündung seines Gewehrs umspannte, war groß, hager und muskulös. Seine breiten, derben Wangen wurden zum Teil von einem buschigen Backenbarte bedeckt, der am Kinn zusammentraf, während ein dunkelbrauner Schnurrbart die Lippen einfasste. Die Kleidung dieser Person war der Anzug eines Trappers: ein Jagdhemd von gegerbtem Hirschfell, welches durch Räuchern weich gemacht worden war; bis an die Hüften reichende Gamaschen, an den Nähten mit Fransen besetzt, und ächte Wildschuhe aus Büffelleder nach indianischem Schnitte. Die Ausrüstung bestand in einer Jagdtasche aus der ungegerbten Haut einer Tigerkatze, mit den Köpfen der schönen Sommerente geziert. Wie diese wurde ein großes halbmondförmiges Horn, auf welchem vielerlei Erinnerungen eingeschnitten waren, an einem Riemen getragen. Im Gürtel steckte ein Messer und eine Pistole, außerdem gehörte zu der Bewaffnung eine lange Büchse, deren Lauf fast in gleicher Richtung mit dem Kolben lag.

Der Begleiter dieses Mannes hatte ein ganz anderes Aussehen, war ihm fast gänzlich unähnlich. Dieser seltsame und auffallende Mann saß auf der einen Seite des Feuers, das Gesicht zum Teil gegen mich gewandt, den Kopf zwischen die langen, hagern Schenkel gesenkt. Er glich eher einem mit erdfarbigem Hirschleder überzogenen Baumstamm als einem Menschen; nur die Bewegungen seiner Arme verrieten ein belebtes Wesen. Ebenso wie seine Arme waren auch seine Kinnladen in Bewegung, denn er war gerade damit beschäftigt, ein Rippenstück abzunagen, das er am Kohlenfeuer geröstet hatte.

Sein Anzug war wild und einfach. Er bestand aus einem ehemaligen Jagdhemd, das aber jetzt eher einem am Boden aufgeschnittenen, ledernen Sacke glich. Es war schmutzig braun, in den Ärmeln und Gelenken zusammengeschrumpft, voll Fett und auf den Achseln gestickt. Die Gamaschen und Wildschuhe passten zum Hemd und schienen aus demselben Stoff gefertigt; auch waren sie ebenso schmutzig, schrumpfig, gestickt und fettig. Die ganze Kleidung sah aus, als wäre sie seit dem Tage, wo sie angelegt worden, d. h. seit vielen Jahren, nicht wieder ausgezogen worden. Das offen stehende Hemd zeigte die nackte Brust und den Hals; diese waren, ebenso wie das Gesicht und die Hände, von der Sonne und dem Feuer kupferrot gebrannt und geräuchert worden. Der ganze Mann sah in seinem Anzuge wie geräuchert aus.

Nach seinem Gesicht zu urteilen, konnte man ihn ungefähr sechzig Jahre alt schätzen. Seine Züge waren scharf ausgeprägt. Er hatte eine stark gebogene Nase, kleine, schwarze und durchdringende Augen; sein schwarzes

Haar war kurz geschnitten, doch konnte man seiner Gesichtsbildung ansehen, dass er nicht von Franzosen oder Spaniern abstamme, sondern eher von der sächsischen Rasse.

Bei meiner näheren Betrachtung fand ich außer dem sonderbaren Anzuge noch etwas höchst Eigentümliches an dem Manne. Seinem Kopfe fehlten die Ohren.

Ein Mann ohne Ohren deutete auf ein entsetzliches Trauerspiel, auf eine furchtbare Racheszene. Man denkt an die Strafe für ein schweres Verbrechen.

Solche peinlichen Gedanken hätte ich haben können, aber zufällig wusste ich, warum die Ohren fehlten; ich erkannte den Mann, der vor mir saß.

Es war mir, als träumte ich oder als wiederhole sich ein früherer Auftritt. Diese Personen hatte ich vor Jahren in einer ähnlichen Lage gesehen. Ich hatte ihn gerade so erblickt, wie er jetzt am Feuer saß und aß und briet. Ich erkannte ihn auf den ersten Blick. Es war Reuben Rawling oder, wie er bekannter war, der alte Rube, einer der berühmtesten Trapper. Der jüngere Mann war der stete Begleiter des alten Rube, Bill Garey, ein zweiter Trapper.

Als ich diese alten Bekannten erblickte, wurde mein Herz von Freude erfüllt. Ich wusste, dass ich mich unter Freunden befand.

Eben wollte ich ihnen zurufen, als mein scharfes Auge auf die Gruppe der Pferde fiel; vor Erstaunen richtete ich mich aus meiner liegenden Stellung auf.

Dort stand die alte, blinde, langbeinige und langohrige Stute Rubes. Ich erinnerte mich noch recht wohl ihres hageren, grauen Leibes, des kahlen Schwanzes und des Maultierkopfes. Dort stand auch Gareys kräftiges Pferd und neben ihm mein Moro. Es war eine frohe Überraschung für mich, denn als er sich von dem Bären befreite, fürchtete ich, ihn nicht wieder zu bekommen. Aber nicht durch den Anblick Moros, sondern durch die Gegenwart eines andern bekannten Tiers wurde ich in Erstaunen gesetzt. Es war ein viertes Pferd.

Täuschte ich mich? Täuschten sich meine Augen, oder spielte mir meine Einbildungskraft einen Streich?

Nein, es war die Wirklichkeit.

Dort stand die schöne Gestalt, der zierliche Umriss, das glatte, silberne Fell, der wehende Schweif, die aufgerichteten Ohren, alles stand vor meinen Augen da – es war das weiße Ross der Steppe!

Sechstes Kapitel.
Zwei alte Gefährten.

Von der Überraschung und der Anstrengung überwältigt, sank ich ohnmächtig zurück. Es war jedoch nur ein augenblicklicher Schwindel und nach kurzer Zeit erhielt ich mein Bewusstsein wieder. Die beiden Männer waren herangetreten, hatten meine Schläfe mit einer kalten Flüssigkeit gekühlt und standen nun neben mir und unterhielten sich. Ich konnte jedes Wort hören.

Ich nahm weder an dem Gespräch teil noch gab ich einem der Trapper zu erkennen, dass ich etwas von ihrer Anwesenheit wisse. Durch die Gegenwart des weißen Rosses war ich schon hinlänglich in Erstaunen gesetzt worden, vielmehr noch durch die meiner alten Bekannten Rube und Garey. Der ganze Auftritt war mir rätselhaft und geheimnisvoll. Dass sie den Zweck meines Hierseins kannten, war aus ihrer Unterhaltung hervorgegangen. Woher hatten sie aber hierüber Auskunft erhalten? Wenn einer von ihnen in dem Flecken oder bei der Armee gewesen wäre, so würde ich jedenfalls von ihnen gehört haben, ja, sie würden sich beide mir zu erkennen gegeben haben, da wir früher in enger Freundschaft mitsammen gelebt hatten.

Sie allein konnten mir eine Erklärung geben, und ohne weitere Vermutungen anzustellen, wendete ich mich an sie.

„Rube! Garey!", sagte ich, die Hand ausstreckend.

„Holla! Kommen Sie wieder zu sich, junger Bursche? Das ist recht. Aber liegen Sie ein wenig still! Strengen Sie sich nicht an! Sie werden allmählich wieder stärker werden."

„Nehmen Sie einen Schluck hiervon", sagte der andere mit roher Freundlichkeit, indem er mir seine Feldflasche an die Lippen setzte. Es war das Getränk, welches bei den Trappern unter dem Namen Pass-Whisky bekannt ist. Dieses starke Getränk belebte sogleich meine Nerven und verlieh mir die Fähigkeit, zu sprechen.

„Ich sehe, dass Sie sich unserer erinnern", sagte Garey, der sich sichtlich über dies Erkennen freute.

„Recht gut, alte Kameraden, ich erinnere mich Eurer recht gut."

„Wir haben Sie auch nicht vergessen. Rube und ich haben oft von Ihnen gesprochen. Jedes Mal haben wir uns den Kopf zerbrochen, was wohl aus Ihnen geworden sein könnte. Wir hörten freilich, dass Sie in die Ansiedelung zurückgekehrt seien, ein großes Vermögen geerbt und dazu Ihren

Namen verändert hätten. Nein, Capitain, wir hatten Sie nie vergessen, keiner von uns."

„Es war merkwürdig, nicht wahr, junger Bursche", fuhr der alte Trapper fort, „Sie haben mir damals den Leichnam gerettet und das werde ich niemals vergessen."

„Ihr habt es mir schon vergolten, glaube ich, Ihr habt mich von dem Bären befreit."

„Von einem Bären mögen wir es getan haben, aber von dem andern haben Sie sich selbst befreit, junger Bursche. Sie müssen tüchtig gekämpft haben, ehe das Untier die Sache aufgab. Die Art, wie Sie ihm das Messer gegeben haben, konnte eine Warnung für andere sein."

„Wie? Waren es denn zwei Bären?"

„Sehen Sie nur dort hin! Sind es nicht ein paar?".

Der Trapper zeigte nach dem Feuer; dort lagen allerdings zwei Bären abgehäutet.

„Ich habe nur mit einem gekämpft."

„Und das war auch genug auf einmal, wohl schon etwas zu viel. Es gibt nicht viele, die, nachdem sie sich mit einem Grauen gebalgt haben, noch am Leben bleiben, um die Kinnbacken zu bewegen. Sie müssen tüchtig gekämpft haben, um den Bären zu erlegen."

„Ich habe also den Bären getötet?"

„Das haben Sie sicher getan, junger Bursche. Als ich mit Bill an den Ort kam, war der Bär schon so tot wie Pökelfleisch. Wir dachten, es wäre derselbe Fall mit Ihnen. Sie lagen dort und umarmten den Bären und der Bär umarmte Sie, als ob Sie beide wie Kinder freundlich im Walde eingeschlafen wären. Aber die Steppe war mehrere Ellen in der Runde mit Blut bedeckt. Sie hatten nicht mehr so viel Blut im Leibe, wie ein Blutegel zum Frühstück gebrauchen würde!"

„Und der andere Bär?"

„Er kam später aus der Schlucht. Bill war hingegangen, um nach dem Schimmel zu sehen. Ich saß hier neben Ihnen, als ich das Ungetüm die Schnauze heraufstecken sah. Ich wusste: Es war die Bärin, die nachsehen wollte, wo der alte Graue hingeraten sei. Ich schickte also dem Geschöpf eine Kugel ins Auge und damit war es vorbei. Nun sehen Sie, junger Bursche! Bill und ich sind keine Doktoren; aber ich verstehe mich genug auf die Wunden, um zu wissen, dass Sie still liegen müssen und nicht reden dürfen. Sie sind gewaltig zerkratzt, aber nicht gefährlich. Jedoch haben Sie kein Blut im Leibe und müssen warten, bis es sich wieder sammelt. Trinken Sie noch einen Schluck aus der Flasche! So! Nun komm´, Bill, und lass ihn allein! Wir wollen noch ein paar Bissen Bärenfleisch verspeisen!"

Nach diesen Worten ging die Ledergestalt, von dem jüngern Trapper begleitet, nach dem Feuer. Ich hätte gern eine genauere Erklärung über die andern Punkte gehabt, über den Schimmel, über die Anwesenheit der Trapper und ihre Bekanntschaft mit meiner wilden Jagd und was derselben vorangegangen war. – Ich wusste aber, dass es nichts nützen würde, wenn ich den alten Rube noch jetzt weiter fragte. Daher sah ich mich genötigt, seinem Rat zu folgen und ruhig zu bleiben.

Ich schlummerte bald wieder ein und schlief ziemlich lange und fest. Erst nach Einbruch der Dunkelheit, wohl erst gegen Mitternacht, erwachte ich. Die Luft war kalt geworden, aber ich fand mich nicht vernachlässigt; meine Decke hatte man sorgfältig um mich geschlungen und mich außerdem noch durch ein Büffelfell während meines Schlafs hinlänglich gegen die Kälte geschützt. Ich fühlte mich beim Erwachen wohler und kräftiger. Ich schaute mich nach meinen Gefährten um. Das Feuer war ausgegangen oder absichtlich ausgelöscht worden, damit kein umherschweifender Indianer durch seinen Schein angelockt würde. Es war eine klare Nacht; wenngleich der Mond nicht schien, so strahlte doch der Sternenschimmer vom Himmel und machte es mir möglich, die Gestalten der beiden Trapper und die Gruppe der weidenden Pferde zu erkennen. Der eine Trapper schlief und der andere saß aufrecht und bewachte das Lager. Er saß regungslos wie eine Bildsäule; aber seine Wachsamkeit wurde durch einen kleinen Funken verkündet, der in seinem Pfeifenkopfe wie ein Leuchtkäfer glühte. Es war nur ein schwaches Licht, aber ich konnte doch die Gestalt des Trappers ohne Ohren erkennen; der Schlafende war Garey.

Ich hätte es anders gewünscht. Ich wollte mich gern mit dem jüngeren meiner Gefährten unterreden; denn ich fühlte ein Verlangen nach einer Erklärung. Meine Ungeduld ließ mich nicht in Ruhe und ich wendete mich an Rube. Da er neben mir saß, so konnte ich mit leiser Stimme sprechen, ohne den Schläfer zu wecken.

„Wie haben Sie mich gefunden?"

„Wir folgten Ihrer Fährte."

„Sie sind mir von der Niederlassung aus gefolgt?"

„Nein, nicht so weit; Bill und ich lagerten im Gehölz und sahen Sie dem Schimmel nachgaloppieren, als ob alle Teufel hinter Ihnen her wären; wir beide erkannten Sie auf den ersten Blick. ‚Bill', sagte ich, ‚das ist der junge Bursche, der mich oben im Gebirge für einen Bären gehalten hatte.' Die Erinnerung an die Geschichte brachte mich zum Lachen, dass mir die alten Rippen wehe taten. ‚Es ist derselbe', sagte Bill; da erblickten wir einen Mexikaner, der Ihr Führer gewesen war; er wollte Sie aufsuchen und erzählte uns eine Geschichte von einem Mädchen, einer Señora mit einem verwünscht langen Namen, die Sie ausgeschickt hatte, um den Schimmel zu fangen. ‚Der Kuckuck hole die Weiber!‘, sagte ich zu Bill. Nicht wahr, Bill?"

Garey, der nur halb schlief, gab auf diese Frage durch ein beistimmendes Grunzen seine Antwort.

„Da ich sah", fuhr Rube fort, „was bei der Sache im Spiel war, so sagte ich zu Bill: ‚Der junge Bursche wird nicht eher anhalten, als bis er entweder das Pferd hat oder das Pferd davonkommt.‘ Nun wusste ich zwar, dass Sie gut beritten waren; ich wusste aber auch, dass Sie das schnellste Tier auf allen Steppen verfolgten; so sagte ich zu Bill: ‚Bill, die werden einen langen Galopp machen.‘ ‚Das ist gewiss‘, sagte Bill. Nun setzten wir beide uns in den Kopf, Sie könnten sich vielleicht verirren; denn wir sahen den Schimmel nach der großen Prärie hinlaufen. Es ist nicht die größte Steppe in der Welt, aber eine von den schlimmsten, auf denen man sich verirren kann. Als wir auf die Steppe hinauskamen, sahen wir keine andere Spur von Ihnen als Ihre Fährte. Wir folgten ihr, aber ehe wir nur halb bis hierher kamen, war es schon lange Nacht; wir mussten bis zum Sonnenaufgang warten.

Am Morgen war die Fährte fast vom Regen ausgelöscht und wir hatten eine ziemliche Zeit nötig, um an die Schlucht zu kommen. ‚Das Pferd wird hier hinuntergesprungen sein‘, sagte Bill, ‚und dort führt die Fährte des jungen Burschen in die Schlucht.‘ Wir wollten eben hinuntersteigen, als wir Ihr Pferd ein ganzes Stück auf der Prärie ohne Sattel und Zaum laufen sahen. Wir ritten gerade darauf zu, und als wir näher kamen, erblickten wir etwas an der Erde, gerade unter der Nase des Pferdes. Dieses Etwas waren Sie selbst und neben Ihnen lag ganz ruhig der Graue. Zuerst dachten wir, es sei aus mit Ihnen; bei genauerer Betrachtung fanden wir jedoch, dass Sie nur ohnmächtig waren. Der Bär aber war tot wie ein Bock. Natürlich fingen wir an, Sie zu kurieren."

„Aber das Pferd? Der Schimmel?"

„Bill packte ihn in der Schlucht. Ein wenig weiter hin wird sie durch hohe Felsen versperrt. Da wir schon früher hier gewesen waren, wussten wir dies und auch, dass das Pferd nicht über die Felsen kommen konnte. Bill ging ihm nach und fand es auf einem Vorsprung, wohin es sich vor dem Wasser gerettet hatte. Er warf dem Tiere den Lasso um und brachte es hierher. Dies ist die ganze Geschichte, junger Bursche."

„Und das Pferd", setzte er aufstehend hinzu, „gehört Ihnen, Capitain. Hätten Sie es nicht matt geritten, so würde ich es nicht so leicht haben fangen können. Es gehört Ihnen, wenn Sie es nehmen wollen."

„Dank! Nicht für das Geschenk allein danke ich Euch, sondern auch für mein Leben. Ohne Euch würde ich vielleicht den Ort niemals verlassen haben. Dank, alte Kameraden!"

Jetzt war alles aufgeklärt und es gab keine Geheimnisse mehr; doch hätte ich mit Garey noch ein Wort im Geheimen zu sprechen gewünscht. Bei näherer Erkundigung erfuhr ich, dass die Trapper im Begriff standen, an dem Feldzuge teilzunehmen. Auf einem Grenzposten war ihnen von mexikanischen Soldaten eine barbarische Behandlung zugefügt worden; dadurch waren sie grimmige Feinde Mexikos geworden, und Rube erklärte, er würde sich nicht eher zufriedengeben, als bis er eine Mandel von dem gelbhäutigen Ungeziefer abgetrumpft habe. Der Ausbruch des Krieges bot ihnen die gewünschte Gelegenheit, und sie kamen jetzt aus einem fernen Teil der Prärie, um daran teilzunehmen.

Ich wurde zwar durch ihre Feindseligkeit gegen die Mexikaner überrascht und erkundigte mich daher genauer, in welcher Art man sie denn schlecht behandelt habe. Sie erzählten mir die Geschichte ausführlich. Man hatte die Trapper unter einem geringfügigen Vorwande in einer mexikanischen Grenzstadt verhaftet und auf Befehl des kommandierenden Offiziers ausgepeitscht.

„Ja, ausgepeitscht", sagte Rube, grimmig mit den Zähnen knirschend.

„Ein Trapper von einem mexikanischen Affen ausgepeitscht! Schon gut! Schon gut! Beim Ewigen! Und wenn ich das sage, so schwöre ich – ich verlasse Mexiko nicht eher, als bis ich für jeden Schlag, den sie mir gegeben haben, einem Soldaten das Lebenslicht ausgeblasen habe, und das sind zwanzig."

„Hier ist noch einer", rief Garey ernsthaft, „hier ist noch einer, der denselben Schwur tut."

„Ja, Bill, ich denke, wir werden etwas beim Scharmützel ausrichten. Sehen Sie, junger Bursche, hier sind schon ihrer zwei!"

Bei diesen Worten zeigte mir Rube die Büchse und deutete auf einen Teil des Schafts. Ich sah zwei kleine, frisch in das Holz eingeschnittene Kerben und wusste recht gut, dass sie das Zeichen des Todes zweier Mexikaner seien, welche durch die Hand oder die Kugel des Trappers getötet waren. Sie waren nicht die einzigen Opfer dieser mörderischen Waffe gewesen. Auf dem nämlichen Stück Holz waren lange Reihen ähnlicher Erinnerungen, voneinander getrennt und nur ein wenig in der Form verschieden. Ich kannte ein wenig von der Bedeutung dieser Zeichenschrift. Es war die Geschichte eines furchtbaren blutigen Lebens.

Der Anblick machte keinen angenehmen Eindruck auf mich. Ich wendete die Augen ab und schwieg.

„Hören Sie, junger Bursche", fuhr Rube fort, als er bemerkte, dass mir der Anblick keine Freude machte, „halten Sie Bill Garey und mich nicht für wilde Tiere! Wir sind nicht ganz so schlimm; man hat uns furchtbar gereizt; aber trotzdem werden wir uns nicht wie die Indianer an Weibern und Kindern rächen; auch nicht an Männern, wenn es nicht Soldaten sind. Wir hegen keinen Zorn gegen die armen mexikanischen Sklaven. Sie haben uns beiden niemals etwas zuleid getan. Wir waren mit den Utaws unten in der Ansiedelung auf einem Zuge; da habe ich die beiden Zeichen gemacht; aber wir beide haben weder Weiber noch Kinder mit einem Finger berührt. Wir kommen eben von dort her und wollen einen ehrlichen Kampf unter Weißen und deshalb sind wir hier. Was meinen Sie, junger Bursche?"

Es freute mich, Rube so sprechen zu hören. So verwildert der alte Trapper auch war, wusste ich doch, dass er in seiner Brust noch einen Rest menschlicher Empfindung hegte. Ich hatte sogar bei manchen Gelegenheiten ihn noch zarte Gefühle bekunden sehen. Er durfte in seinen Verhältnissen nicht nach den Gesetzen des zivilisierten Lebens beurteilt werden.

„Sie haben also die Absicht, sich mit einem Jägerkorps zu vereinigen?", fragte ich nach einer Pause.

„Das möchte ich wohl", antwortete Garey; „ich möchte gern zu Ihrer Jägercompagnie gehen, Capitain, aber Rube ist dagegen."

„Nein", rief der andere im bestimmten Tone; „ich will zu keiner Compagnie gehen; ich kämpfe für meine Rechnung. Sehen Sie, mein junger Bursche, mein ganzes Leben lang bin ich ein freier Trapper gewesen und verstehe nichts vom Soldatenspiel. Ich könnte einen Fehler machen, oder mir gefielen ein paar Vorschriften nicht; und so ziehe ich es vor, lieber in meiner eigenen Art zu kämpfen. Wir beide können für uns selbst sorgen, glaube ich, nicht wahr, Bill?"

„Ich denke das wohl, alter Junge", antwortete Garey in mildem Tone; „aber ich glaube, es würde besser sein, regelrecht zu kämpfen; besonders da uns der Capitain die Soldatengeschichte so leicht wie möglich machen wird. Nicht wahr, Capitain?"

„In meinem Korps herrscht keine so strenge Disziplin. Wir sind Jäger und haben einen andern Dienst als die regelmäßigen Truppen."

„Es nützt alles nichts", fiel mir Rube in das Wort; „ich muss kämpfen, wie ich es immer getan habe, und kommen und gehen können, wie es mir beliebt. Ich will mich nicht binden; wenn es mir nicht gefiele, würde ich vielleicht desertieren."

„Wenn Sie sich verbindlich machen", sagte ich, „so bekommen Sie Sold und Ration, während ..."

„Zum Kuckuck mit Sold und Ration!", rief der alte Trapper, mit seinem Büchsenkolben auf den Boden stampfend; „hole der Kuckuck Sold und Ration; ich kämpfe für die Rache!"

Dies wurde so entschieden gesprochen, dass ich mit meinem Rat nicht weiter fortfuhr.

„Sehen Sie", setzte der Trapper hinzu, „wenn ich auch nicht Lust habe, einer von Ihren Leuten zu werden, so möchte ich Sie doch um eine Gunst bitten: dass Sie uns beide nämlich bei sich behalten. Ich mag nicht um Ration betteln; solange noch ein einziges Stück Wild in Mexiko vorhanden ist, können wir etwas zu essen bekommen, und wenn keins da ist, können wir ebenso gut einen Mexikaner verzehren. Nicht wahr, Bill?"

Garey wusste wohl, dass Rube mit diesen Worten einen Scherz beabsichtigte; er stimmte ihm lachend bei.

„Lass das gut sein!", fuhr Rube fort; „wir werden nicht verhungern. Also, junger Bursche, wenn Sie einwilligen, dass wir nur unter dieser Bedingung kommen sollen, so werden Sie ein paar sichere Büchsen in Ihrer Nähe haben."

„Genug, Sie sollen kommen und gehen, wie es Ihnen beliebt. Ich werde Sie gern bei mir sehen, ohne eine Bedingung zu stellen."

„Hurra! Das ist die rechte Art für uns! Komm´, Bill! Gib mir noch einen Schluck aus deiner Flasche! Auf das Glück der Sterne und Streifen! Hurra für Texas!"

Siebtes Kapitel.
Ein Steppenbrand.

Ich erholte mich schnell. Wenngleich meine Wunden tief waren, so waren sie doch nur Fleischwunden und schlossen sich in Folge der Wirkung der Arzneien. So rau meine Ärzte waren, so hätte ich doch bei einer solchen Krankheit nicht in bessere Hände fallen können. Während ihres Lebens voll Abenteuer und Gefahren hatten sie sich reiche Erfahrung in der Heilkunde erworben und verstanden einen Klapperschlangenbiss oder die Schmarren von einer Bärentatze besser zu heilen als der amerikanische Arzt. Besonders gut kannte der alte Rube die Heilpflanzen der Steppe und er bewies seine Geschicklichkeit dadurch, dass er meine Wunden mit der Pita-Pflanze behandelte, die er zwischen den Felsen der Schlucht gepflückt hatte.

Nach drei Tagen war ich stark genug, zu Pferde zu steigen. Wir nahmen Abschied von unserm Lager und brachen mit unserm schönen Gefangenen auf. Er war noch immer wild wie ein Hirsch; aber wir ergriffen Vorsichtsmaßregeln, um seine Flucht zu verhindern. Die Trapper befestigten ihn mittelst des Lassos an ihre beiden Sättel und nahmen ihn zwischen sich.

Wir kehrten nicht auf der alten Fährte zurück, denn meine Kameraden kannten einen kürzeren Weg, auf welchem wir überdies eher Wasser erreichen konnten. Wir schlugen eine westlichere Richtung ein, welche uns in gerader Richtung nach dem Rio Grande, ein wenig oberhalb der Ansiedelung, bringen musste.

Der Himmel war grau und die Sonne unsichtbar; wir hatten keinen Führer und fürchteten, von der geraden Linie abzuweichen. Um dies zu verhindern, bedienten sich meine Begleiter eines Kompasses, den sie selber erfunden hatten. Als wir uns aus dem Lager entfernten, wurde ein Schößling in die Erde gesteckt und an die Spitze desselben ein Stück Bärenfell befestigt, welches man in der Entfernung von einer englischen Meile erkennen konnte. Nachdem die Richtung festgestellt worden war, steckten sie einige Hundert Schritte davon einen zweiten Stock, ebenfalls mit einem Stück Bärenfell versehen, in die Erde. Diesen Signalstangen wendeten wir den Rücken und ritten zuversichtlich ab, indem wir von Zeit zu Zeit zurückblickten, ob wir auch die Richtung innehatten. Solange sie sich einander deckten, konnten wir in gerader Richtung reiten. Ich hatte den Instinkt meiner Freunde schon früher kennengelernt und wunderte mich daher nicht über diese sinnreiche Erfindung.

Waren die schwarzen Punkte unsern Blicken ziemlich entschwunden, so wurde ein ähnliches Paar, wozu wir das Zeug mitgenommen hatten, aufgesteckt und unsere Richtung wieder auf eine Meile gesichert. So pflanzten wir neue Schößlinge auf, bis wir ziemlich sechs Meilen auf der Ebene zurückgelegt hatten.

Jetzt erblickten wir gerade vor uns, etwa fünf Meilen entfernt, ein Gehölz und richteten unseren Lauf darauf hin.

Wir erreichten das Gehölz gegen Mittag und fanden, dass es aus Eichen bestand und mit wilden Chinabäumen und Akazien, auch mit einigen größeren Heuschreckenbäumen untermischt war.

Wir hatten nur einen kurzen Ritt gemacht. Meine Begleiter fürchteten jedoch, dass eine größere Anstrengung mir Fieber verursachen könne; sie schlugen vor, hier unser Lager für die Nacht aufzuschlagen und die Reise am folgenden Tage zu beenden. Ich fühlte mich zwar stark genug, weiterzureiten, machte jedoch keine Einwendung gegen den Vorschlag; unsere Pferde wurden abgesattelt und an dem Ufer des Flusses angebunden.

Garey führte in seiner Jagdtasche Angel und Schnur bei sich; er versah den Haken schnell mit einem Köder und wir begaben uns beide an den Bach, warfen die Schnur aus und setzten uns nieder, zu warten, bis ein Fisch anbeißen würde.

Das Fischen war nicht nach Rubes Geschmack, denn er war kein Fischesser. Lange Zeit sah er uns ohne große Teilnahme zu.

„Der Kuckuck hole das Fischen", rief er endlich, „ich gebe alle Fische in Texas für ein Stück Hirschfleisch; ich will nur sehen, ob ich nicht etwas auftreiben kann; der Ort sieht ganz nach Hirschen aus."

Mit diesen Worten warf der alte Trapper die lange Büchse über die Schulter, verfolgte den Lauf des Flusses und entschwand unseren Blicken.

Garey und ich fuhren fort zu angeln. Der Erfolg war gering, denn es gelang uns nur, ein paar Katzenfische zu fangen, die gerade nicht zu den schmackhaftesten aus dem Flossengeschlecht gehören. Plötzlich hörten wir den Knall von Rubes Büchse. Er schien von der Steppe zu kommen und wir eilten auf den Hügel, um zu sehen, ob der Schuss Erfolg gehabt hatte. Rube war auf der Steppe fast eine halbe Meile von dem Lager entfernt. Sein Kopf und seine Schultern wurden über den Stängeln der Sonnenrosen sichtbar, und da er sich von Zeit zu Zeit bückte, erkannten wir, dass er ein Wild getötet hatte und es abzog oder ausweidete. Das Wild konnten wir wegen der Stängel nicht sehen.

„Es wird wahrscheinlich ein Hirsch sein", bemerkte Garey; „die Büffel gehen in der letzten Zeit nicht mehr so weit nach Süden; doch habe ich oben am Grande einige erlegt."

Schweigend gingen wir wieder nach dem Flusse und setzten unser Angeln fort. Wir dachten nicht daran, dass Rube Hilfe bedürfen könnte, da er uns ja sonst ein Zeichen gegeben haben würde. Wir erwarteten, er würde mit seinem Wilde bald in das Lager zurückkehren.

Eben hatten wir in dem Bache viele Silberfische bemerkt und waren dadurch wieder zurückgelockt worden. Da wir sie als eine ausgezeichnete Speise kannten, so wünschten wir, einige davon zu fangen.

Wir vertauschten unsern Köder mit einigen Stücken Goldschnur von meiner Uniform; es gelang uns, mehrere von den schönen Fischen aus dem Wasser zu ziehen, und wir freuten uns über das köstliche Gericht, das wir zu erwarten hatten.

Unvermutet wurde unsere Unterhaltung durch ein Knistern unterbrochen, das uns beide veranlasste, nach der Prärie zu blicken. Auf den ersten Blick sprangen wir gleichzeitig auf. Unsere Pferde bäumten sich am Lasso und wieherten vor Furcht und Rubes Mustang kreischte laut. Die Veranlassung ließ sich auf den ersten Blick erkennen. Der Wind hatte einige Funken zwischen die dürren Blumenstängel getrieben und die Steppe stand in Flammen. Beim ersten Anblick des Feuers erschraken wir zwar, hatten aber für uns selbst nichts zu fürchten. Die Niederung, auf welcher wir standen, war kurzes Büffelgras und konnte nicht leicht Feuer fangen; selbst in diesem Falle war leicht zu entkommen. Aber unser Gefährte musste, wenn er nach dem Rande des Flusses zurückkehren sollte, gerade den Flammen entgegengeführt werden; war er nicht schon lange vor dem Ausbruch des Feuers unterwegs, so musste ihm dieser Rückzug notwendigerweise abgeschnitten sein. Die Pflanzen waren trocken wie Zunder und die vom Winde angefachte Flamme loderte hoch empor, züngelte sich an den dürren Stängeln hinauf oder schlang sich um sie und verzehrte sie in einem Augenblicke.

Von schlimmer Ahnung erfüllt, eilten wir beide nach der Steppe hin. Als wir das Feuer zuerst bemerkten, hatte es sich nur zu beiden Seiten des Heuschreckenbaumes, wo wir lagerten, ausgedehnt; wir befanden uns gerade nicht an der Stelle, sondern ein wenig abwärts am Flusse; wir eilten daher nicht nach dem Baume zu, sondern nach der nächsten Höhe, um die Lage unsers Freundes zu beobachten. Die Höhe, welche wir erreichten, war ungefähr zweihundert Schritte vom Heuschreckenbaum entfernt. Wir sahen zu unserm Erstaunen jetzt, dass sich das Feuer bereits verbreitet hatte und schon an dem Orte wütete, wo wir hinaufgeklommen waren. Dieser einzige Blick enthüllte uns die Lage des Trappers. Er hatte einen sichern Tod zu erwarten. Es war ein furchtbarer Anblick, den alten Sünder in diesem Zustande zu sehen. Ich erinnere mich seines wilden Aussehens, als sein Kopf und seine Schultern über die hohen Stängel hinausreichten. Er gab weder mit der Stimme noch mit den Händen ein Zeichen; es war mir, als hätte ich seinen verzweifelten Blick erkannt. Es war keine Hoffnung: Der Trapper war verloren.

Wir beide standen wie betäubt da und beobachteten die fortschreitenden Flammen. Keiner sprach ein Wort. Das peinlichste Gefühl hielt unsere Zungen gebunden. Unsere Herzen schlugen hörbar, und ich wusste, dass mein armer Begleiter den tiefsten Schmerz empfand.

Wir blieben nicht lange in unserer Ungewissheit, obgleich kein Schrei, kein Ruf einer menschlichen Stimme ausgestoßen wurde oder wenigstens zu hören gewesen wäre. Die Flammen waren bereits über den Ort hinaus, wo wir den unglücklichen Trapper zuletzt gesehen, und hatten die Erde schwarz und verkohlt zurückgelassen. Die Ebene konnten wir vor Rauch nicht übersehen; doch wussten wir, das unglückliche Opfer war unterlegen, und es blieb uns nichts anderes übrig, als seine Gebeine in der glühenden Asche zu suchen.

„O, barmherziger Gott!", rief jetzt Garey. „Er ist tot! Er ist tot! Wir haben den lieben alten Rube zum letzten Mal gesehen!"

Was hätte ich auf diese traurigen Worten antworten können? Ich konnte ihm keinen Trost bieten. Ich weinte mit ihm und stimmte durch mein Schweigen seinem traurigen Ausruf bei. Nach einer Pause fuhr er in schmerzlichem Tone fort:

„Kommen Sie, Kamerad! Es nützt nicht, wenn wir wie ein paar Weiber heulen."

Er wischte sich mit seinen langen Fingern die Tränen aus den Augen, als ob er sich schämte, sie vergossen zu haben.

„Es ist jetzt alles vorbei. Wir wollen nach seinen Knochen sehen, wenn noch etwas davon übrig ist, und wollen ihm ein christliches Begräbnis geben. Kommen Sie!"

Wir fingen unsere Pferde ein, stiegen in den Sattel und ritten über die verbrannte Steppe hin. Die Hufe der Tiere warfen die glühende Asche in die Höhe. Der Rauch wurde beschwerlich für unsere Augen, so dass wir nicht vor uns sehen konnten; dennoch verfolgten wir so gut wie möglich unsern Weg nach dem Punkte, wo wir den Trapper zuletzt gesehen hatten und wo wir seine Überreste zu finden hofften.

Als wir uns dem Orte näherten, fielen unsere Augen auf eine dunkle Masse, die auf der Erde lag; sie war viel größer als der Körper eines Menschen. Wir konnten nicht erkennen, was es war, bis wir nur noch wenige Schritte davon entfernt waren; selbst dann erkannten wir es erst mit Mühe für den Körper eines Büffels. Es war das Wild, welches der Trapper erlegt hatte, und lag da, wie es gefallen war und wie diese Tiere gewöhnlich fallen:

auf der Brust, mit weit ausgebreiteten Beinen und nach oben gedrückten Schultern. Wie wir sahen, war der Unglückliche beinahe mit dem Abhäuten fertig gewesen; denn die Haut war auf dem Rücken aufgeschnitten und von oben über die Seiten zurückgeschlagen und hing, mit der blutigen Seite nach außen gekehrt, zur Erde herab. Die ganze Oberfläche war verkohlt. Aber wo waren die Überreste des Jägers?

Wir blickten nach dem Feuer, das in der Ferne wütete, doch ließ sich nicht voraussetzen, dass er dorthin gegangen sein konnte. Nach seinem festen Blick zu urteilen, den wir an ihm bemerkt hatten, schien er nicht willens gewesen zu sein, zu entfliehen; er konnte kaum hundert Schritte gegangen sein, ehe die Flammen den Ort erreicht hatten. Waren also seine Knochen vollständig verbrannt und in Asche verwandelt? Der magere und ausgedörrte Körper des alten Trappers machte dies nicht unmöglich und wir gaben uns dieser Voraussetzung ernstlich hin, da wir auf keine Weise die Sache erklären konnten.

„Nein!", sagte Garey nach einer Pause mit einem tiefen Seufzer. „Der arme alte Rube! Das verwünschte Feuer hat die Knochen und alles zu Asche verbrannt. Es ist nicht eine Tabakspfeife voll von ihm übrig geblieben."

„Den Kuckuck auch!", antwortete eine Stimme wie der Geist Rubes, sodass wir im Sattel zusammenfuhren; „den Kuckuck auch! Es ist noch genug vom alten Rube übrig, um den Magen dieses alten Büffels zu füllen; aber beim alten Josaphat! Es war eine hübsche Geschichte. Pah! Ich bin fast erstickt, gib mir die Tatzen, Bill, und ziehe mich aus der Falle!"

Zu unserm Erstaunen wurde die herabhängende Haut des Büffels von unsichtbarer Hand erhoben, und in einem Loche an der Seite des Körpers zeigte sich das Gesicht des Trappers ohne Ohren. Die Erscheinung hatte etwas so Lächerliches, dass sowohl Garey wie ich in ein krampfhaftes Lachen ausbrachen.

„Höret auf mit Eurem Lachen!", rief Rube endlich. „Komm, Bill! Pack hier an und hilf mir, sonst muss ich mich selbst herauswinden. Das verwünschte Loch ist nicht so groß wie vorhin, als ich hineinkroch. Beeile dich, Mann, ich bin mehr als halb gebacken."

Nachdem Rube aus seiner unbehaglichen Lage heraus war, kümmerte er sich nicht weiter um unsere Heiterkeit, sondern bückte sich nieder, holte seine lange Büchse unter dem herabhängenden Felle hervor, untersuchte sie, ob sie unbeschädigt sei, und legte sie sorgfältig über die Hörner des Tieres. Dann nahm er das Messer aus dem Gürtel und setzte das Abhäuten des Büffels so ruhig fort, als ob nichts vorgefallen wäre.

Garey und ich hatten uns inzwischen heiser gelacht. Wir waren höchst neugierig darauf, die näheren Umstände des Abenteuers kennenzulernen.

Rube wich unsern Fragen eine Zeit lang aus und zeigte sich ärgerlich. Dies war jedoch, wie Garey recht gut wusste, nur Schein. Nachdem der Letztere seinem Kameraden die Flasche, welche noch etwas Pass-Whisky enthielt, in die Hand geschoben hatte, wurde derselbe wieder versöhnt und erzählte uns nach einigem Zureden folgende Geschichte von seiner seltsamen Rettung:

„Ihr seid beide gewaltig unerfahren, wenn Ihr glaubtet, dass ich, der ich mich beinahe vierzig Jahre in der Steppe mit den grauen Bären und den Indianern herumgeschlagen habe, mich von einem solchen Funken Feuer würde erwischen lassen. Jener junge Bursche dort könnte mich allenfalls für einen Gelbschnabel halten, denn er selber hat mich einmal mit einem grauen Bären verwechselt. Aber du hättest es besser wissen müssen, Bill Garey, da du mich besser kennen musstest.

„Nun, als ich das Kraut brennen sah", fuhr Rube fort, nachdem er einen tüchtigen Schluck aus der Flasche getan hatte, „da wusste ich, dass es nichts nützen würde, davonzulaufen. Hätte ich das Ding genau besehen, als das Feuer ausbrach, so würde ich vielleicht Zeit zum Davonlaufen gehabt haben, aber ich war gerade im Begriff, das Vieh abzuhäuten, hatte den Kopf tief heruntergebückt und sah nicht eher etwas davon, als bis ich das Knistern hörte; dann war natürlicherweise keine Möglichkeit vorhanden, davonzukommen. Das sah ich gleich auf den ersten Blick.

Ich war gerade nicht gleichgültig, im Gegenteil, ich war gewaltig erschrocken. Eine Zeit lang glaubte ich schon, dass ich daran glauben müsste, da fiel mein Auge aber auf den Büffel. Wie ihr sehet, hatte ich das Tier ungefähr zur Hälfte abgehäutet und da fiel mir ein, ich könnte hinunterkriechen und das Fell über mich ziehen. Zuerst versuchte ich es, aber ich konnte mich nicht zu meiner Zufriedenheit zudecken und gab es auf. Dann kam mir der bessere Gedanke, das Innere des Tieres auszuräumen und mich dort zu verstecken. Ich glaubte nicht, dass ich dazu lange Zeit brauchte, ein paar Rippen des Büffels herauszuschneiden und das Eingeweide auszureißen; ebenso wenig Zeit brauchte ich dazu, meinen Körper mit den Füßen voraus durch das Loch zu zwängen. Es blieb mir auch nicht viel Zeit übrig; es war gerade der letzte Augenblick, und kaum noch davonzukommen. Als ich aber den Kopf beinahe hindurch hatte, kam das Feuer gepfiffen und sengte mir fast die Ohren ab. Haha! Nun, die Art, wie das Feuer herankam, war ein Warnungszeichen. Es brüllte, kreischte, heulte und zischte und das Gras knisterte wie eine Million Pferdepeitschen. Fast wäre ich von dem Rauch erstickt worden, aber es glückte, mir das Stück überzuziehen, und dies gewährte mir einige Erleichterung. So lag ich, bis ich den Jungen von einer

Tabakspfeife sprechen hörte und daraus erfuhr, dass die ganze Geschichte vorüber wäre."

Damit schloss Rube seine Erzählung und machte sich wieder daran, den halb gerösteten Büffel auszuweiden. Garey und ich halfen ihm und nachdem wir die besten Leckerbissen herausgeschnitten hatten, kehrten wir nach dem Lager zurück.

Am andern Morgen nach einem herrlichen Frühstück von Büffelfleisch, das mit einem Becher kalten Wassers aus dem Bache hinuntergespült wurde, sattelten wir unsere Pferde und schlugen den Weg nach einem Hügel ein, der sich über die Ebene erhob.

Plötzlich wurde ich durch die Stimme Gareys erschreckt, welcher mit Nachdruck meldete:

„Beim Himmel! Indianer!"

Meinen Lippen entschlüpfte die Frage: „Wo?" Diese Frage wurde unwillkürlich getan, bedurfte aber keiner Antwort. Das Auge Gareys leitete mich und als ich der Richtung seines Blickes folgte, sah ich eine Reihe Reiter hinter dem Hügel hervorkommen und auf der Ebene hinreiten. Meine beiden Begleiter zogen die Zügel an und machten Halt. Ich folgte ihrem Beispiel und wir saßen alle drei regungslos im Sattel und beobachteten die plötzlich erschienenen Reiter. Ein Dutzend mochten etwa hinter dem Hügel hervorgekommen sein und einer ritt gerade auf uns zu.

„Wenn es Indianer sind", sagte Garey, „so sind es Comanchen."

„Und wenn es Comanchen sind", setzte Rube mit Nachdruck hinzu, „so müssen wir kämpfen. Sie befinden sich auf der Kriegsfährte und haben Übles vor. Sehet nach Euern Steinen und Euerem Zündkraut!"

Augenblicklich befolgten wir Rubes Rat. Es war notwendig, die Vorsichtsmaßregel so schnell wie möglich zutreffen. Wir alle wussten, dass uns nichts als Kampf übrig blieb, sobald die herankommenden Reiter wirklich Comanchen waren.

Infolgedessen nahmen wir unverzüglich eine Verteidigungsstellung ein. Wir stiegen schnell ab, schützten uns durch unsere Pferde und erwarteten die herankommenden Feinde.

Achtes Kapitel.
Mexikanische Guerilleros.

Dieses Manöver hatte doch einige Augenblicke erfordert und die Reiter waren noch in weiter Ferne. Sie waren regelmäßig formiert und ritten zu Zweien.

„Wenn sie Indianer sind, so bin ich ein Neger!", rief Rube, nachdem er sie aufmerksam betrachtet hatte. „Sie haben Bärte und Strohhüte, das sind durchaus keine indianischen Zeichen. Nein, es ist eine Bande gelbhäutiger Mexikaner!", setzte er mit lauterer Stimme hinzu.

Wir waren alle zu gleicher Zeit zu dem Schlusse gekommen, dass die Reiter Mexikaner seien. Bis jetzt waren sie gerade auf uns zugeritten und befanden sich in gerader Linie zwischen uns und dem Hügel.

Als sie noch ungefähr eine halbe Meile von uns entfernt waren, wendeten sie scharf nach Westen und ritten, als ob sie uns umzingeln wollten. Dadurch kamen wir natürlicherweise in ihre Flanke und konnten ihre Gestalten, ihre Bekleidung und die Bewaffnung deutlich am klaren Himmel abgezeichnet sehen. Sie konnten keine regelmäßige Truppe sein, das sah man an ihrer Kleidung und ihren unregelmäßigen Schwenkungen. Auch trugen sie ihre Lanzen etwas gesenkt, teils auf dem Steigbügel, teils wie eine Flinte auf der Schulter.

Nachdem sie in einem Halbkreise herumgeritten waren, wobei sie sich in gleicher Entfernung hielten, machten sie plötzlich gegen uns Front. Wir blieben bis zu dem Augenblick, wo sie Halt machten, im Unklaren darüber, weswegen sie uns in den Rücken geritten waren; jetzt wurde ihre Absicht klar: Sie hatten zwischen uns und der Sonne Halt gemacht.

Es blieb jetzt wenig Zeit zum Überlegen; in den Bewegungen der Reiter merkten wir, dass sie sich zu einem Angriff vorbereiteten. Einer, der auf einem größeren Pferde saß als die Übrigen, wahrscheinlich der Anführer, redete zu ihnen. Er ritt an der Linie hin, sprach mit lauter Stimme, machte heftige Bewegungen und erhielt zur Antwort, wie wir deutlich hörten, lauten Beifallsruf. Wir erwarteten jeden Augenblick, dass sie vorwärtsgaloppieren würden.

„Sie täten besser, wenn sie uns nicht zu nahe kämen, ohne uns zu sagen, was sie wollen", meinte Garey. „Ich sehe einen Sattel, den ich leer machen werde, sobald sie über jenes Kraut hinweg sind."

Trotz der Ungleichheit der Zahl standen wir unsern Feinden doch nicht gänzlich nach. Wurden wir nicht von ihren Karabinern niedergeschossen, so fehlte keine von unsern Büchsen ihren Mann. Ich traute meinem Gewehr und noch mehr den Waffen meiner Begleiter. Sie waren Männer, die nie fehlten, nie aufs Geratewohl schossen und nie den Drücker berührten, ehe sie sicher gezielt hatten. Sollten uns daher die Reiter angreifen, so war ich überzeugt, dass nur neun von ihnen auf Pistolenschussnähe herankommen würden, und darauf waren wir gut vorbereitet. Ich hatte einen sechsläufigen Revolver im Gürtel und Garey besaß einen zweiten, den ich ihm vor vielen Jahren zum Geschenk gemacht hatte; Rube führte ein paar tüchtige Einzelläufer, welche gute Dienste versprachen.

„Siebzehn Schüsse und die Bowiemesser als letzte Zuflucht!", rief Garey triumphierend, nachdem wir unsere Waffen überschlagen hatten.

Inzwischen waren wir nicht müßig gewesen und hatten uns in einem Viereck aufgestellt, um den Angriff anzunehmen. Wir hatten wirklich ein Karree formiert – und zwar mit unsern Pferden: Das wilde Pferd mitgerechnet, waren es ihrer vier. Garey, der wie ein Indianer ritt, hatte den Schimmel in unserm letzten Lager dressiert und er war jetzt ganz fügsam. Mit dem Schatten eines Lassos konnte man ihn wie ein Lamm leiten. Die vier Tiere wurden Kopf an Kopf und Croupe an Croupe gebunden und jedes auf eine Seite des Vierecks gestellt.

Ein wiederholter Beifallsruf verkündete jetzt, dass der Guerilla-Anführer seine Rede beendigt hatte und der Angriff gemacht werden sollte. Wir sahen ihn mit ein paar anderen Reitern auf uns zukommen, ohne Zweifel in der Absicht, den Angriff auszuführen. Das Kommando: „Vorwärts!" und die wilden Töne des Hornes drangen in unsere Ohren. Den folgenden Augenblick setzte sich der Trupp in Bewegung und galoppierte vorwärts.

Sie waren noch nicht weit gekommen, als sie ihre Linie auflösten, denn mehrere der Schnellsten und Mutigsten ritten den andern voraus. Rube murmelte vor sich hin, bis er plötzlich einen Ausruf des Erstaunens und dann einen langen, leisen Pfiff hören ließ. Die Veranlassung war folgende: Die Guerillas waren dreihundert Schritte von uns entfernt und noch immer im Galopp; doch bemerkten wir, dass sich ihre Bewegung allmählich mäßigte und wenig Ähnlichkeit mit einem ernsten Angriff hatte. Nachdem sie uns nahegekommen waren und die blitzenden Läufe unserer bereit gehaltenen Büchsen gesehen hatten, war ihnen wahrscheinlich die Lust zu diesem Unternehmen vergangen.

„Wahrhaftig, sie sind erschrocken", rief Rube mit verächtlichem Lachen.

„Heda! Was wollt Ihr denn?", fuhr er mit lauterer Stimme, gegen die haltenden Reiter gewandt, fort.

Ob die Frage Rubes verstanden worden war oder nicht, – genug, wir vernahmen eine Antwort.

„Wir sind Freunde!", rief der Anführer des Trupps. „Wir sind Freunde und haben keine böse Absicht gehabt. Um es euch zu beweisen, werde ich meinen Leuten befehlen, nach der Steppe zurückzureiten, während mein Leutnant unbewaffnet mit einem von euch auf neutralem Boden zusammentrifft. Dagegen werdet ihr nichts einzuwenden haben?"

„Weshalb denn eine solche Einrichtung?", fragte Garey in spanischer Sprache. „Wir verlangen nichts von euch, was wollt Ihr mit dem ganzen verwünschten Lärm von uns?"

„Ich habe Geschäfte mit Ihnen und ganz ausdrücklich mit Ihnen, meine Herren", antwortete der Mexikaner. „Ich habe Ihnen etwas zu sagen, was ich andere nicht gern hören lassen möchte."

Bei diesen Worten drehte sich der Sprechende nach seinen Begleitern um und winkte ausdrucksvoll. Wir beschlossen nach einer kurzen Beratung, dass Garey den Antrag annehmen sollte, da nichts Böses daraus hervorgehen konnte.

Wir gingen also auf die Unterhandlung ein und man stellte von beiden Seiten die Bedingungen mit großer Vorsicht fest. Die Reiter sollten, mit Ausnahme des Anführers und des Leutnants, eine halbe Meile weit zurückgehen; der Führer sollte an Ort und Stelle bleiben, Garey und der Leutnant, beide zu Fuß und unbewaffnet, sollten sich auf halbem Wege zwischen uns und dem Feinde treffen.

Die Guerillas kehrten auf Befehl ihres Anführers zurück. Der Leutnant stieg ab, legte seine Lanze auf den Boden, schnallte den Säbel ab, zog das Pistol aus dem Gürtel, legte es neben die Lanze und näherte sich dem bestimmten Orte.

Garey nahm auf gleiche Weise seine Waffen ab, übergab uns seine Büchse und Pistolen und schritt dem Mexikaner entgegen. Nach Verlauf einer Minute standen die beiden gegenüber und begannen die Unterhandlungen.

Diese dauerten nur kurze Zeit. Das Gespräch wurde mit leiser Stimme geführt und wir sahen, dass der Mexikaner, welcher der Hauptredner zu sein schien, zu wiederholten Malen auf uns zeigte, als ob von uns die Rede sei. Wir bemerkten, dass Garey ihn plötzlich unterbrach und in demselben Augenblick wendete dieser sich zu uns um und rief uns auf Englisch zu:

„Heda, Rube, was meinst du, was der Schurke will?"

„Wie sollte ich das wissen?", antwortete Rube. „Was will er?"

„Er verlangt", fuhr Garey entrüstet fort, „dass wir den Jäger-Capitain ausliefern sollen. In diesem Falle sollen wir beide, du und ich, frei ausgehen."

Diese Mitteilung schloss der Trapper mit einem verächtlichen Lachen.

„Steht es so?", fragte Garey, nachdem er ein leises Pfeifen hatte hören lassen. „Und was für eine Antwort gabst du ihm, Bill?", fuhr er mit lauter Stimme fort.

„Ich habe ihm noch nicht geantwortet", erwiderte er schnell, „aber hier ist die Antwort."

Bei diesen Worten erhob Garey seine gewaltige Faust wie einen Schmiedehammer und ließ sie auf das Gesicht des Mexikaners hinabfallen, dass dieser zu Boden stürzte.

Dieser unerwartete Schluss der Beratung bewog die mexikanischen Reiter zu einem Zorngeschrei. Ohne Befehl abzuwarten, galoppierten sie auf ihren Anführer los. In weiter Entfernung hielten sie an, schossen ihre Karabiner ab, aber die Kugeln fuhren durch das Gras; einige, welche vorüberpfiffen, verfehlten das Ziel. Der Leutnant, der nur betäubt worden war, erholte sich bald wieder. Sein Zorn überwog aber seine Klugheit, denn nachdem er sich wieder aufgerichtet hatte, suchte er nicht so schnell wie möglich zu seinen Kameraden zurückzueilen, sondern erhob die Arme und schüttelte drohend die Faust gegen uns, indem er einen Strom herausfordernder Worte hören ließ. Kaum hatte er aber das letzte Wort über seine Lippen gebracht, so hatte er aufgehört zu leben. Ich hörte den Knall einer Büchse und meine Augen sahen den Staub aus der gestickten Jacke des Mexikaners aufsteigen und seine Hand schnell nach der Stelle des Herzens fahren; im nächsten Augenblick stürzte er ohne Laut regungslos auf die Steppe nieder.

Ich wendete mich unwillkürlich nach Rube hin. Seine Büchse rauchte noch aus der Mündung und er war damit beschäftigt, sie wieder zu laden. Merkwürdigerweise ließ man ihm dazu Zeit und unsere drei Läufe ragten nochmals über die Schulter von Gareys Pferd hervor. Unsere Pferde blieben ruhig in ihrer Stellung.

Die Guerillas hatten sich in der Eile um ihren Anführer gesammelt, schienen sich aber seinem Befehle nicht sonderlich zu fügen. Es sah aus, als dränge man in ihn, dass er sie vorwärtsführen solle. Einige kamen herangaloppiert und feuerten ihre Karabiner ab, andere schwangen drohend ihre Lanzen; alle aber hüteten sich sorgfältig, in die Tragweite unserer Büchsen zu kommen. Das Schicksal ihres Kameraden hatte sie so eingeschüchtert, dass sie zu einem Handgemenge vollends nicht geneigt schienen.

Ich hatte unterdessen über die Forderung des Anführers der Guerilla nachgedacht. Warum hatte man gerade meine Person ausgewählt? Plötzlich erwachte in meinem Geiste ein Verdacht, der bald zur Gewissheit wurde. Die Sonne, die mir ins Auge schien, hatte mich verhindert, mir das Geheimnis schon früher zu erklären. Ich zog den Schirm meiner Feldmütze so weit wie möglich herab, hielt noch die Hände flach vor und richtete mein Auge auf den Anführer der Bande. Schon während er mit Garey sprach, hatte seine Stimme eine leise Erinnerung in mir geweckt. Diese Stimme hatte ich nur ein einziges Mal gehört, aber sie war mir bekannt. Von Argwohn angetrieben, betrachtete ich das Gesicht des Mannes jetzt genauer, da es mir gerade zugekehrt war. Trotz der Blendung der Sonnenstrahlen und trotz des herabgezogenen Hutes erkannte ich das düstere Gesicht Rafael Ijurras. Damit begriff ich meine Lage vollkommen: Er war es, der den Jäger-Capitain haben wollte.

Neuntes Kapitel.
Der Kampf am Felsen.

Obgleich unsere Feinde noch in Bewegung waren, erwarteten wir doch keinen Angriff mehr. Sie standen nicht mehr in einer Linie und in keiner Ordnung, sondern gruppierten sich unregelmäßig; einige standen auf der Prärie still, andere waren in Bewegung und einer von ihnen trennte sich von dem Haupttrupp und spornte sein Pferd zum Galopp. Wir glaubten, er würde fortreiten, aber dies war nicht seine Absicht. Nachdem er eine Strecke auf der Ebene geritten war, lenkte er sein Pferd plötzlich in einem Bogen ab, wahrscheinlich um uns zu umgehen. In einer Entfernung von zwanzig Schritten folgte ihm ein zweiter Reiter, der dasselbe Manöver wiederholte, dann ein dritter und vierter und endlich galoppierten fünf von dem Trupp im Kreise um uns herum, während die übrigen sechs an ihrem Platze blieben. Wir bemerkten, dass die fünf die Lanzen zurückgelassen hatten und nur ihre Karabiner führten.

Dies wunderte uns nicht; wir errieten ihre Absicht. Die fünf waren abgeschickt worden, damit sie uns im Kreise umreiten, sich zuweilen auf Schussweite nähern, ihre Karabiner abfeuern, einige von unsern Pferden töten und uns in fortwährender Beschäftigung erhalten sollten. Falls sie uns verleiteten, unsere Büchsen abzuschießen, so würden die anderen sechs, welche sich bereits näherten, auf uns losgestürzt sein, ihre Flinten abgefeuert und dann ihre Lassos mit Geschick gebraucht haben.

Wir wussten, dass wir durch die List unserer Feinde in eine gefährliche Lage geraten waren; doch gaben wir uns nicht der Verzweiflung hin, sondern änderten sogleich unsere Stellung. Wir machten nicht mehr nach einer Richtung Front, sondern stellten uns Rücken gegen Rücken, mit der Büchse in der Hand, sodass jeder ein Drittel des Kreises vor seinem Gesicht im Auge hatte.

Die fünf Reiter verloren keine Zeit bei ihrem Manövrieren; sie galoppierten zweimal in einem Kreise um uns herum und näherten sich dann in einer Spirallinie mehr und mehr. Als sie auf Schussweite herangekommen waren, feuerte jeder sein Gewehr ab, zog sich wieder auf den Haupttrupp zurück, vertauschte sein leeres Gewehr mit einem geladenen und galoppierte wieder zurück. Bei der ersten Salve waren die meisten ihrer Kugeln über unsere Köpfe geflogen und wir hörten sie hoch über uns in der Luft pfeifen; eine jedoch, die besser gezielt war, traf Rubes Stute in die Hüfte, sodass das alte Steppenpferd mit heftigem Geschrei ausschlug. Die Kugel tat nur geringen Schaden, gab aber doch zu erkennen, was zu erwarten war, und wir hegten jetzt größere Befürchtung, als die Reiter in ihren Kreis zurückkamen.

Weswegen aber erwiderten wir ihr Feuer nicht? Die fünf Männer, welche rings um uns galoppierten, waren fünf der besten Reiter auf der Welt, ohne Zweifel die auserlesensten Leute des Trupps. Jeder, der sich dem gefährlichen Bereiche unserer Büchsen näherte, verschwand hinter dem Körper seines Pferdes. Ein Stiefel und Sporn über der Vertiefung des hohen Sattels, eine Hand, welche die Mähne des Pferdes festhielt: Das war alles, was man von den Reitern sehen konnte. Während des ganzen Manövers gab es keinen Augenblick, wo wir einen von den fünf Reitern hätten treffen können, so gut geschützt wir auch waren; viel leichter hätte man einen fliegenden Vogel herunterholen können. Wir hätten ihre Pferde töten und krank schießen können; aber dies wäre nicht der Mühe wert gewesen, eine Büchse abzuschießen. Wir durften keine Kugel an die Pferde verschwenden und aus diesem Grunde hielten wir unser Feuer zurück.

Die fünf Reiter kamen wieder herangaloppiert und schossen ihre Gewehre ab und diesmal mit besserem Erfolg. Eine Kugel traf Garey in die Schulter und riss ein Stück von seinem Jagdhemde fort, während eine zweite dicht an der Wange des alten Rube vorüberpfiff und das Katzenfell seiner Mütze streifte.

„Hurra!", rief Rube und schlug mit der Hand nach der Stelle, wo ihn das Blei gestreift hatte. „Das war nahe genug! Sollte mich wundern, wenn es nicht eins von meinen Ohren mitgenommen hätte!"

Der alte Trapper begleitete diese Bemerkung mit seinem gewöhnlichen bittern Lachen. Plötzlich veränderte sich aber sein Gesicht, als sein Blick auf Gareys blutende Schulter fiel.

„Beim Himmel!", rief er; „bist du getroffen? Bill! Sprich, Junge!"

„Es ist nichts", antwortete Garey schnell; „nur ein Streifschuss. Ich fühle es nicht."

„Weißt du das gewiss?"

„Ganz gewiss!"

„Bei der lebendigen Bergkatze, das können wir hier nicht länger ansehen!", rief Rube in ernstem Tone. „Denke nach, Junge, was geschehen soll!"

Mir war plötzlich ein Gedanke gekommen.

„Warum wollen wir nicht nach dem Felsen galoppieren", fragte ich mit einem Blick gegen den Hügel; „dort können sie uns nicht umkreisen. Wir können den Ort bald durch einen scharfen Ritt erreichen; und wenn wir den Rücken gegen den Felsen kehren und die Pferde vor uns haben, sind wir imstande, den Halunken Trotz zu bieten."

„Ja, ja!", wiederholte Garey; „das ist wahr! Wir haben keinen Augenblick zu verlieren, denn sehet nur, sie werden gleich wieder hier sein!"

Ehe sie zurückkehrten und zum dritten Male schießen konnten, hatten wir unsern Entschluss gefasst, unsere Pferde losgebunden und machten uns zum Aufsteigen bereit. Dies geschah so ruhig, dass der Feind unsere Absicht nicht argwöhnte und uns den Weg nach dem Felsen noch ganz frei ließ. Unsere Lage war aber nach einer Minute verändert worden, wenn die fünf Reiter wieder um uns kreisten. Ohne die Zeit weiter zu verlieren, sprangen wir alle drei gleichzeitig in den Sattel, gaben den Pferden die Sporen und ritten in gerader Linie auf den Fels los.

Ich selbst hätte leicht vorwärtskommen können, auch Garey, der den Schimmel mit einem Kappzaum von ungegerbtem Leder lenkte; aber Gareys Pferd, ein kleines, langsames Tier, hielt uns auf. Wir ritten geradeaus auf die Mitte des Hügels, dessen Felsenfläche sich wie eine Mauer aus der Fläche erhob. Dabei richteten wir uns gerade auf den Mittelpunkt, als erwarteten wir, es werde sich ein Felsentor öffnen und uns Einlass gestatten.

Als die Mexikaner unsere Bewegung sahen, erhoben sie ein triumphierendes Geschrei. Nach ihrer Meinung begaben wir uns freiwillig in eine Lage, aus welcher ein Rückzug unmöglich war. Wir galoppierten bis dicht an die Felsenmauer. Dann hielten wir an, sprangen aus dem Sattel, stellten uns mit dem Rücken gegen den Hügel, die Pferde vor uns, nahmen den Zügel in die Zähne und richteten die glänzenden Rohre unserer Büchsen wieder gegen den Feind, allen, welche sich in unseren Bereich wagen würden, den sichern Tod drohend.

Diese verteidigende Stellung wirkte schnell auf unsere Verfolger. Sie machten auf der Steppe Halt und diejenigen, welche voraus waren, wendeten und galoppierten zurück.

„Sehet!", rief Rube; „sie sorgen dafür, ein gutes Stück Steppe zwischen unsere Flinten und ihre feigen Körper zu bringen!"

Wir sahen sogleich den Vorteil unserer neuen Stellung; wir konnten alle drei gegen den Feind Front machen; er mochte uns auf irgendeiner Seite bedrohen. Wir standen nicht mehr in Gefahr, von ihnen umkreist zu werden. Der Halbkreis hinter uns wurde durch den Hügel gedeckt, der sich nicht erklettern ließ. Wir brauchten nur den Raum vor uns zu schützen, welcher oben eng, vertieft und durch zwei schiefe Felsenwände gebildet wurde. Die Mauern, welche ihn umschlossen, zogen sich auf beiden Seiten dreihundert Schritte weit, sodass sich unsere Stellung von keinem gedeckten Orte bestreichen ließ. Es ließ sich kein besserer Ort zur Verteidigung wählen; die Guerilleros mochten nach Belieben um uns galoppieren, so boten

Wir konnten alle drei gegen den Feind Front machen.

wir ihnen immer die Stirn. Dieser Vorteil war auf den ersten Blick einzusehen.

Auch unsere Feinde erkannten ihn bald und ihr Triumphgeschrei verwandelte sich in Ausrufungen des Unwillens.

Plötzlich aber erscholl aufs Neue ein Siegesgeschrei aus ihren Reihen. Als wir die Augen auf sie lenkten, sahen wir zu unserem Schrecken, dass eine Verstärkung zu ihnen stieß. Fünf neue Reiter, die ohne Zweifel zu dem Trupp gehörten, kamen herbei. Sie mussten hinter dem Felsen von der Ansiedlung hergekommen sein, doch hatten wir sie nicht bemerkt, weil wir vorwärtsgaloppierten.

Nachdem die neuen Verbündeten angekommen waren, ritt der Trupp sogleich zu Zweien ab und umkreiste die kleine Vertiefung, in welcher wir Zuflucht gefunden hatten. Diese Bewegung war bald geschehen und vor uns standen sechs Paare in gleicher Entfernung, die übrigen drei, darunter Ijurra, behielten ihre Stellung.

In einem andern erkannte ich einen Bösewicht, den ich häufig in dem Flecken gesehen hatte. Er war ein Mann von großer Gestalt und, was unter den Mexikanern selten ist, rothaarig. Er wurde im vertrauten Verkehr El Zorro oder der Fuchs genannt und ich hatte aus guter Quelle gehört, dass der Bursche nichts weniger sei als ein Räuber und auch kein Geheimnis daraus machte. Der mexikanische Räuber ist seinen Landsleuten gewöhnlich genau bekannt, zeigt sich während seiner Mußestunden in volkreichen Städten und mischt sich ungehindert unter die Gesellschaft. Der Fuchs war überdies einer von den zuverlässigsten Leuten Ijurras.

Die Absicht unserer Feinde wurde bald offenbar. Da sie sahen, dass uns ein Rückzug unmöglich war, so wollten sie uns nicht sogleich angreifen, sondern uns einer Belagerung unterwerfen, bis uns vielleicht Hunger oder Durst zur Übergabe zwingen würde. Diese Berechnung war auf Wahrscheinlichkeit gegründet. So gering ihr Mut, so groß war ihre Schlauheit.

Rube war außerordentlich ärgerlich. Als die Mexikaner sich in dieser Weise aufstellten, bedauerte er, dass wir hier einen Zufluchtsort gesucht hatten.

„Wie werden wir wieder hier herauskommen?", fragte er mürrisch; „ich will mich skalpieren lassen, Bill, wenn es nicht besser gewesen wäre, wir hätten sie auf der Steppe bekämpft und ehe wir vom Hunger geschwächt waren. Reich' mir ein wenig Tabak, Bill, vielleicht lässt sich mein Magen dadurch beruhigen; ich bin so hohl im Leibe wie meine alte Stute – ei, sehet doch einmal die Stute!"

Dieser Ruf veranlasste uns, nach der Gegend zu blicken, wohin der Sprechende zeigte. Die Szene, welche wir schauten, zwang uns, trotz unserer unglücklichen Lage, zu einem lauten Gelächter.

Die alte Stute, welche Rube viele Jahre lang im Gebirge und auf der Steppe geritten hatte, war ein fast ebenso sonderbares Geschöpf wie er selber. Es war ein hageres, dürres, starkknochiges Tier mit langen Ohren, eine echte Rosinante. Die langen Ohren gaben ihm das Ansehen eines Maultiers und man hätte es von Weitem für ein Tier von gemischter Herkunft halten können; dem war aber nicht so: Es war ein echter Mustang und ungeachtet seines kläglichen Aussehens ein reiner Andalusier.

Auf diese alte Stute war unsere Aufmerksamkeit jetzt plötzlich gelenkt. Nachdem wir uns durch unsern wilden Ritt auf der Steppe von ihr getrennt hatten, kümmerten wir uns, Garey und ich, wenig um das alte Geschöpf. Es gelangte allmählich in die Nachhut der Mexikaner. Dadurch ließ es sich aber nicht von der Absicht abbringen, sich wieder an seinen Herrn anzuschließen.

Bei einem Rufe Rubes brach es durch die Linie der uns umschließenden Reiter und eilte auf uns zu. Dabei hielt es die Nase in die Höhe, als folgte es seinem Gebieter durch den Geruch. Als die Mexikaner es vorüberlaufen sahen, eilte einer ihm nach, um es zu fangen. Dabei bediente er sich keines Lassos, vielleicht weil er glaubte, dass die Stute und der alte Sattel mit den Habseligkeiten Rubes, welche es trug, kaum wert wäre, einen Lasso danach auszuwerfen. Die Stute beim Zügel zu ergreifen, war jedoch nicht so leicht auszuführen. Als sich der Bursche in dieser Absicht bückte, ließ die alte Stute ihr wildes Geschrei hören und warf die Hinterbeine hoch in die Luft, sodass sie gerade auf die Rippen des Mexikaners niederfielen. Wir hörten den lauten Schlag, der Mann wankte im Sattel und stürzte zu Boden – wie es schien, schwer verwundet und mit ein paar zerbrochenen Rippen. Rubes gellendes Lachen antwortete dem Schrei der Stute, und erst, als sie herangekommen war, stellte er seine wilde Lustigkeit ein.

„Holla! Da bist du ja, altes Tier!", rief er, als das Pferd vor ihm stehen blieb; „du hast ihm gut ausgezahlt. Ja, juchhe! Altes Blaufell, willkommen! Und meinen Sattel hast du auch mitgebracht! Hurra! Ist dies nicht schön, Bill? Sie ist eine gute Last Biberfelle wert! Ja, das bist du, altes Tier! Komm´ hierher!"

Nach diesen Worten zog der Trapper das Vieh an den Felsen und stellte es als eine Barrikade vor seinem eigenen Körper auf.

Unsere unwillkürliche Heiterkeit dauerte nicht lange; unser Herz wurde abermals mit neuen Befürchtungen erfüllt.

Zehntes Kapitel.
El Zorro.

Der Gegenstand, welcher diese Befürchtung erregte, war eine große Flinte, welche wahrscheinlich einer der letzteren Reiter namens El Zorro, der sogenannte Fuchs, mitgebracht hatte. Sie schien eine lange Muskete oder Elefantenflinte zu sein, wie sie die südafrikanischen Jäger gebrauchen. Wir bemerkten bald zu unserer Bestürzung, dass sie eine Unze Blei fast ebenso weit wie eine von unsern Büchsen trug; dabei traf sie so genau, dass es wahrscheinlich wurde, El Zorro würde noch vor Sonnenuntergang unsere Pferde und vielleicht uns selbst niedergeschossen haben. Es musste noch eine halbe Stunde dauern, ehe die Dunkelheit uns in ihren freundlichen Schutz nehmen konnte, und er hatte schon seine Arbeit begonnen. Der erste Schuss war gefallen. Die Kugel traf dicht bei meinem Kopf den Felsen, dass mir die Kreidestücke um die Ohren flogen, und fiel dann platt gedrückt vor meinen Füßen nieder. Der Knall war lauter, als der eines Karabiners. Als Rube die Wirkung des Schusses sah, ließ er sein gewöhnliches bedeutungsvolles Pfeifen und dann einen Ausruf hören, welcher anzeigte, dass der alte Trapper dieses neue Geschütz für nicht wenig schädlich ansah. Ebenso Garey. Seine Miene verriet, was wir alle drei dachten: dass uns diese Angriffswaffe wahrscheinlich in eine noch schwierigere Lage versetzen werde. El Zorro konnte uns nach Belieben niederschießen. Wir vermochten mit unsern Büchsen weder sein Feuer zu erwidern noch zum Schweigen zu bringen. Die Gefahr zeigte sich bald. Der Räuber hatte seinen ersten Schuss aus freier Hand getan, denn wir sahen ihn die Büchse erheben; ein Glück war es, dass er nicht mit einer Stütze gezielt hatte. Dieses Glück sollte uns indes nicht länger günstig sein. Wir sahen, dass Ijurra zwei Lanzen in die Erde steckte, sodass sie sich in gehöriger Höhe kreuzten und eine so vollkommene Unterlage bildeten, wie sie sich nur ein Schütze wünschen konnte.

Als die Flinte wieder geladen war, kniete El Zorro hinter der Lanze nieder, legte sein Gewehr in die Gabel und zielte wieder.

Ich war überzeugt, dass er nach mir oder meinem Pferde zielte. Dies würde mir schon die Richtung des schwarzen Rohres verkündigt haben, wenn ich nicht noch gesehen hätte, dass Ijurra ihm wiederholte Anweisung gab. Ich war genügend geschützt und hatte nicht für mich zu fürchten, aber ich war für mein tapferes Pferd besorgt, das mich beschirmte.

Ich wartete mit pochendem Herzen. Ich sah den Blitz des abgebrannten Zündkrautes, die rote, aus der Mündung schießende Flamme und fühlte zu gleicher Zeit, dass die schwere Kugel das Pferd traf. Die Holzsplitter, die

Bruchstücke des Sattels flogen mir um das Gesicht. Die Kugel war durch den Sattelknopf gegangen, so stand mein edles Ross noch unverletzt da. Der Schuss war zu gut, als dass ich mich hätte freuen können.

Ich wurde ebenso ärgerlich wie Rube, als der alte Trapper durch einen ausdrucksvollen Ruf plötzlich meine Aufmerksamkeit von El Zorro und seiner Flinte ablenkte.

Rube stand zu meiner Rechten und ich sah ihn auf einen Gegenstand am Fuße des Felsens zeigen. Ich konnte nicht sehen, was er meinte, da mir sein Pferd im Wege stand. Im folgenden Augenblick bemerkte ich jedoch, wie er mir und Garey zurief, nachzukommen und den Felsen entlangeilte. Unverzüglich setzte ich mein Pferd in Bewegung und auch Garey trabte so schnell wie möglich nach. Nach wenigen Schritten verstanden wir das Unternehmen unseres Gefährten. Etwa zwanzig Schritte von dem Orte, wo wir zuerst gehalten hatten, lag ein großer Felsblock auf der Erde. Es war ein vom Felsen herabgestürztes Bruchstück, das jetzt mehrere Fuß vom Grunde entfernt lag; sein Umfang und seine Lage gewährten hinlänglichen Raum für uns alle, sowohl zum Beschützen der Menschen wie der Pferde. Es war nicht unbegreiflich, dass wir es nicht früher bemerkt hatten, denn seine Farbe glich genau der des Felsens und ließ sich in einer Entfernung von zwanzig Fuß nicht von Letzterem unterscheiden. Außerdem waren unsere Augen von Anfang an nach einer andern Richtung gelenkt gewesen.

Wir hielten uns daher nicht mit weiteren Betrachtungen auf, sondern eilten unter Freudengeschrei mit unsern Pferden hinter den Felsen. Die Guerilleros stießen dagegen ein Geschrei der Wut aus, denn sie erkannten sogleich, dass ihre langen Flinten ihnen nichts weiter nützen würden. El Zorros Tätigkeit war zu Ende und wir sahen ihn und Ijurra zornig hin- und herlaufen.

Auf der ganzen Steppe hätten wir keinen passenderen Zufluchtsort finden können. Bei unsern Feinden erweckte unser plötzliches Verschwinden eine Art von Verwunderung, denn von ihnen aus konnte der Raum zwischen dem Felsen und der Wand nicht bemerkbar sein. Es mochte seltsam erscheinen, dass sie von diesem vorgeschobenen Felsblock nichts wussten und uns den Weg dahin freigelassen hatten, denn die Mehrzahl von ihnen waren Eingeborne dieser Gegend und mussten den Fels, der zu den Merkwürdigkeiten der Gegend gehörte, häufig besucht haben. Die Sache ließ sich so erklären: Wie mein Begleiter mir sagte, war diese Stelle ein beliebter Halteplatz für die Comanchen, welche vielleicht durch den nahen Quell darauf gelenkt worden waren. Aus diesem Grunde war der Fels seit Jahren ein gefährlicher Ort und wurde von Neugierigen wenig besucht. Keiner von den

Helden, die wir vor uns sahen, mochte sich seit vielen Jahren so weit auf die Ebene hinausgewagt haben.

Unsere Flucht verlor jedoch bald in den Augen unserer Feinde ihren wunderbaren Charakter. Unsere Gesichter und die dunklen Läufe unserer Büchsen, welche sich am Rande des weißen Felsens zeigten, mussten sie die Lage der Dinge erkennen lassen. El Zorro feuerte noch eine Zeit lang seine große Flinte ab, aber die bleiernen Kugeln fielen unschädlich zu unsern Füßen nieder. Als der Räuber endlich zu feuern aufhörte, ritt er mit einem andern nach der Niederlassung ab, wahrscheinlich um einen Auftrag auszurichten.

Die Belagerer konnten jetzt von einem einzelnen Manne beobachtet werden. Dies übernahm Garey und überließ Rube und mir, auf einen Fluchtplan zu sinnen.

Wollten wir uns einen Weg durch sie bahnen, so mussten wir immer mit der ganzen Bande Mann gegen Mann kämpfen; wir hätten dies mit leichtem Erfolge tun können, als uns nur elf gegenüberstanden. Nach kurzer Überlegung sahen wir jedoch einen andern Ausweg: Wir konnten einen Fluchtversuch in der Dunkelheit machen. Gelang es uns, die ausgebreitete Linie der Feinde durch einen kühnen Angriff zu durchbrechen, so konnten wir vielleicht in der Verwirrung und unter dem günstigen Schutze der Nacht entkommen. Dies bot einige Wahrscheinlichkeit dar.

Als ich den Anführer der Mexikaner zuerst erkannte, wurde ich schon von einem unangenehmen Argwohn erfasst. Ich hatte seitdem nicht weiter darüber nachgedacht, da die Verteidigung alle meine Gedanken in Anspruch nahm. Jetzt kehrte der düstere Zweifel zurück. Wusste Isolina de Vargas, dass Ijurra der Anführer einer Guerilla war? Sie konnte kaum unbekannt damit sein, denn er war ihr Vetter und der Bewohner des nämlichen Hauses. Hatte sie ihn auf unsere Fährte geschickt? War die Jagd des wilden Rosses eine List, ein wohlüberlegter Plan, um mich von meinen Truppen zu trennen und dieselben auf diese Weise leichter zur Beute für die mexikanischen unregelmäßigen Truppen zu machen? Vielleicht waren meine wenigen Begleiter jetzt abgeschnitten, vielleicht war der Posten von einem überlegenen Feind angegriffen und genommen worden. Ich sollte nicht allein meine Ehre, sondern auch mein Leben verlieren. Denn ich, der Capitain eines berühmten Trupps, hatte mich durch die List eines Weibes verlocken lassen.

Andererseits hatte Ijurra in seinem bösen Charakter Grund genug, mir nach dem Leben zu trachten, denn ich hatte ihn schon von unserem ersten Zusammentreffen an beleidigt. Überdies stand dort das schöne Geschöpf, das weiße Ross, eingefangen vor meinen Augen. Ijurra konnte leicht ohne Isolinas Willen von dem Unternehmen benachrichtigt worden sein und den

Ausgang von den zurückgekehrten Viehhütern erfahren haben. Er hatte Zeit genug gehabt, seine Bande zu sammeln und mich zu verfolgen. Isolina wusste vielleicht nicht einmal, dass er die unregelmäßige Truppe anführte. Seine Handlungen waren, wie ich gehört hatte, stets in das Geheimnis der Abenteuer gehüllt. Er hatte die Hinterlist im Dienste Santa Annas gelernt. Isolina konnte daher mit allen seinen Handlungen unbekannt sein.

Während ich diese Betrachtungen anstellte, lehnte ich mich mit dem Rücken gegen das Felsstück und mit dem Gesicht gegen die Wand. Vor mir befand sich in der Klippe ein Spalt, der sich wie eine Rinne nach oben zog und gegen den Gipfel tiefer wurde. Es war eine flache Schlucht, augenscheinlich vom Wasser gebildet und vermutlich von dem Regen, der von der glatten Oberfläche des Hügels herabgeflossen war. Der Fels war auf allen Seiten senkrecht, aber diese Schlucht hatte eine bedeutende Steigung, sodass ich sogleich darauf dachte, die Wand könnte vielleicht an dieser Stelle zu erklettern sein. Ich untersuchte nun den Felsen von unten nach oben genauer und gelangte allmählich zu der festen Überzeugung, dass sich der Gipfel von einem geschickten Kletterer ohne große Schwierigkeit erreichen ließe. Es befanden sich an dem Felsen knorrige Vorsprünge, welche dem Fuße als Halt dienen konnten; hin und wieder hingen aus diesen Spalten kleine Büsche der kriechenden Zedern hervor, womit sich der Hinaufsteigende helfen konnte.

Dabei fiel mir auch auf, dass die Oberfläche des Felsens an verschiedenen Stellen abgeschlurft war. Es waren ganz frische Zeichen, die offenbar nicht von dem Einfluss der Elemente herrührten. Nachdem ich sie genauer besichtigt hatte, erhielt ich die Überzeugung, es seien Spuren von einem menschlichen Fuße, von dick besohlten Schuhen herrührend. Der Felsen musste offenbar schon erklettert worden sein.

Ehe ich die Entdeckung meinen Begleitern mitteilte, wollte ich mich doch überzeugen, ob derjenige, der diesen kühnen Versuch gemacht, wirklich den Gipfel erreicht hatte. Bei der Dämmerung konnte ich das obere Ende der Schlucht nur undeutlich erkennen, überzeugte mich aber dennoch, dass der Versuch gelungen sei.

Es regten sich in mir unklare Erinnerungen, die aber immer deutlicher wurden, sodass ich mir die Frage beantworten konnte, welcher kühne Bursche diesen Versuch gewagt habe und in welcher Absicht dies geschehen sei. Ich kannte den Mann, welcher diesen Felsen erklettert hatte, und wunderte mich jetzt, dass ich nicht schon früher an ihn gedacht hatte.

Unter den vielen seltenen Charakteren des bunten Trupps, dessen Anführer ich war, war ein Mann mit Namen Elijah Quackenboss einer der seltsamsten. Er war ein Gemisch von Nordamerikaner und Deutschen und stammte aus einem Gebirgsorte in Pennsylvanien. Er war in seiner Heimat Schullehrer gewesen und hatte einige Büchergelehrsamkeit erworben; für mich wurde er dadurch interessant, dass er Pflanzenkunde trieb. Er besaß eine ziemlich schätzenswerte Bekanntschaft mit der Flora und den Bäumen des Waldes, und dies war umso überraschender, da eine Neigung für dieses Studium unter den Amerikanern selten ist.

Seltsamer als seine geistige Befähigung war seine körperliche Beschaffenheit. Seine Gestalt war groß, gebogen und ungeschickt; seine Glieder schienen viel eher Gegenstücke zueinander zu sein, als genau mitsammen zu passen. Seine Arme und seine Beine waren ungleich und sahen aus, als ob sie nur zufällig zusammengetroffen seien; ebenso stand es mit seinen Augen, die niemals nach derselben Richtung sahen; mittelst des rechten konnte Elijah Quackenboss jedoch mit der Büchse zielen und einen Nagel auf eine Entfernung von hundert Schritten treffen. Wegen seiner eigentümlichen Gewohnheit hielten ihn seine Kameraden für etwas verrückt, umso mehr, als ihnen seine Beschäftigung mit botanischen Forschungen einfältig vorkam. Da der „deutsche Lige", wie sie ihn spöttischerweise nannten, jedoch das Schwarze zu treffen wusste und sich als ein tapferer Bursche zeigte, so verschonten sie ihn mit ihrem Spott.

Ich habe nie einen eifrigeren Botaniker gesehen als Quackenboss. Er ließ sich durch keine Anstrengung von seiner Beschäftigung abhalten. Gleichviel, ob er durch den Dienst ermüdet war oder nicht; er machte sich in der freien Zeit zur Aufsuchung seltener Pflanzen auf, wanderte weit von dem Lager weg und geriet nicht selten in eine gefährliche Lage. Seit seiner Ankunft auf texanischem Boden hatte er sich dem Studium der Kaktusgewächse gewidmet, und jetzt in Mexiko, wo diese merkwürdigem Gewächse heimisch sind, war er ordentlich toll nach diesen Pflanzen geworden. Jeden Tag seiner Nachforschungen fand er eine neue Form der Kaktusgeschlechter. Die Ähnlichkeit unserer Neigung führte uns oft in eine Unterhaltung und ich erinnerte mich, dass er mir gesagt hatte, er habe vor wenigen Tagen eine neue, merkwürdige Art auf einem Hügel der Prärie entdeckt. Dabei setzte er hinzu, er sei auf diesen Hügel geklettert und hätte die Pflanzen auf dem Gipfel desselben und sonst nirgends in der Umgegend bemerkt. Der Hügel war unser Fels. War Elijah Quackenboss hinaufgestiegen? Wenn dieser ungeschickte Mensch es imstande gewesen war, warum sollten wir dann nicht die Höhe erklettern können?

Ohne erst zu überlegen, welche Vorteile uns aus diesem Verfahren erwachsen könnten, teilte ich meine Entdeckung den Kameraden mit und beide schienen darüber entzückt. Garey glaubte leicht den Weg hinaufkommen zu können, auch Rube meinte, seine Knochen seien dazu noch nicht zu steif, denn er habe erst vor einigen Monaten einen viel schlimmeren Felsen erklettert.

Nach wenigen Augenblicken zeigten sich jedoch meine Gefährten enttäuscht. Weswegen sollten wir hinaufsteigen, wenn wir nicht auf der andern Seite hinunterkommen könnten? Freilich wären wir auf dem Gipfel vor einem Angriff des Trupps sicher gewesen, aber nicht vor einem schlimmeren Feinde, dem Durste, den wir jetzt fürchteten. Wir konnten auf dem Gipfel des Felsens kein Wasser finden; wir würden dadurch unsere Lage nicht verbessert, sondern nur verschlimmert haben. Dieses meinte Garey. An unserm jetzigen Aufenthaltsorte hatten wir für den Fall der Not ein überflüssiges Pferd zu verzehren und die andern konnten uns bei unserer Flucht behilflich sein. Erkletterten wir den Felsen, so mussten wir die Tiere zurücklassen. Der Gipfel war zwar noch so hoch, dass wir sie durch unsere Büchsen gegen den Feind hätten schützen können, aber sie mussten mit der Zeit vor Hunger und Durst umkommen.

Der plötzlich in uns erwachte Hoffnungsschimmer erlosch also ebenso schnell. Es nutzte uns nichts, den Felsen zu erklettern; wir befanden uns an unserm jetzigen Orte wohler und konnten diesen so lange behaupten, wie der Durst es gestattete. Eine unüberwindliche Festung hätte doch nicht bessere Dienste geleistet.

Garey und ich, wir waren gleichzeitig zu diesem Entschluss gekommen. Rube sprach sich anfänglich nicht aus. Er stand mit den Händen auf der langen Büchse, den Kolben auf die Erde gestützt, ruhig da, während er aufmerksam in den Lauf des Gewehres zu blicken schien. Auf diese Art pflegte er eine schwierige Frage zu lösen, und wir, die wir diese Eigentümlichkeit des alten Trappers kannten, blieben stumm und überließen seinem Instinkt, wie er es nannte, sich zu entwickeln.

Elftes Kapitel.
Ein Fluchtversuch.

Endlich kam ein leises, fröhliches Pfeifen über Rubes Lippen und er richtete zu gleicher Zeit seinen Körper auf. Garey verstand dieses Zeichen und wusste, dass es eine neue Entdeckung zu bedeuten habe.

„Nun, Rube, was gibt es, alter Junge?", fragte er.

„Wie lang ist dein Lasso, Bill?", fragte Rube dagegen.

„Zwanzig Ellen, gut gemessen", antwortete Garey.

„Und der Ihrige, junger Bursche?"

„Ungefähr ebenso lang, vielleicht etwas darüber."

„Gut", rief Rube mit zufriedener Miene; „wir wollen den Burschen noch das Spiel verderben; ja, ja!"

„Holla, alter Junge! Nicht wahr, du hast einen Plan?", fragte Garey.

„Gewiss hab´ ich einen!"

„Nun, da lass ihn hören, Kamerad!", sagte Garey, als er sah, dass Rube wieder in Schweigen versank. „Es ist nicht viel Zeit, nachzudenken."

„Zeit genug, Bill! Sei nicht so ungeduldig, Junge; wir haben Zeit genug! Ich will meine alte Stute gegen den Rappen des jungen Burschen wetten, dass wir vor Sonnenaufgang aus der Patsche heraus sind. Wie werden sie fluchen, wenn sie die Stelle leer finden! Haha!"

Der alte Sünder lachte noch ein paar Sekunden so heiter, als ob tausend Meilen in der Runde kein Feind vorhanden sei. Wir zitterten vor Ungeduld, wussten aber, dass unser Kamerad in seiner wunderbaren Laune sei und es nichts nutze, ihn anzutreiben. Als sein Lachen vorüber war, nahm er eine ernste Miene an und schien sich mit der Lösung eines Rätsels zu beschäftigen.

„Zwanzig Ellen von Bill", murmelte er vor sich selbst, „und zwanzig von dem jungen Burschen und sechzehn von mir, machen im Ganzen gerade sechsundfünfzig Ellen. Davon sind die Knoten abzurechnen, wenngleich wir auch dazu die Zügel haben. Bill, dieser Strick genügt vollkommen, um ein halbes Dutzend von den Gelbhäuten aufzuhängen, wenn ich sie, Jungen, erwische, und ob ich dies tun werde? Pah! – Nun hört, Jungen, wie wir davonkommen wollen! Sobald es finster genug ist, müssen wir zuerst dort hinaufklettern. Wir wollen unsere Lassos dort mit hinaufnehmen, die drei zusammenbinden und wenn das nicht ausreicht, noch ein paar Zügel zu Hilfe nehmen; dann binden wir das Ende des Seils oben auf dem Gipfel an einen Baum und klettern an der andern Seite hinab, versteht ihr mich? Wenn wir einmal unten auf der Prärie sind, so laufen wir geradezu nach der

Ansiedlung. Endlich, wenn wir dort hingekommen, nehmen wir ein paar von den jungen Jägern, einige junge Burschen, reiten geraden Weges nach dem Hügel und geben den Gelbhäuten dort eine solche Tracht Prügel, wie sie seit dem Anfang des Krieges noch nicht gesehen haben. Was meint ihr?"

Der Plan versprach allerdings viel. Gelang es uns, ihn im Einzelnen auszuführen, ohne entdeckt zu werden, so konnten wir vielleicht in wenigen Stunden auf dem Platze des Fleckens sein und unsern Durst in klarem Wasser löschen. Diese Hoffnung erfüllte uns mit neuer Kraft und wir setzten alles in Bereitschaft. Einer wachte, während die andern beiden arbeiteten. Unsere Lassos wurden aneinandergeknüpft und die vier Pferde mithilfe der vier Zügel mit den Köpfen zusammengebunden und so befestigt, dass sie hinter dem Felsen bleiben mussten. Dann erwarteten wir den Anbruch der Nacht.

Wir waren in peinlicher Ungewissheit, ob die Nacht dunkel werden würde. Da eine Schicht bleifarbiger Wolken den Himmel bedeckte und der Mond nicht vor Mitternacht scheinen konnte, so versprachen wir uns, von dem Umstande begünstigt zu werden. Rube, welcher sich rühmte, die Zeichen der Witterung ebenso gut zu verstehen wie ein Salzseematrose, betrachtete den Himmel.

„Nun, alter Bursche, was hältst du davon?", fragte Garey; „wird es dunkel werden?"

„So schwarz wie ein Bär", antwortete Rube und fügte dann in einem weiteren Gleichnis hinzu: „So schwarz wie das Innere eines alten Büffels auf einer verbrannten Steppe."

Garey und ich mussten in die Heiterkeit des alten Trappers einstimmen, der herzlich über seinen spaßhaften Einfall lachte.

Rubes Vorhersagung erwies sich als richtig: Es brach eine finstere Nacht herein. Die bleifarbige Schicht zerteilte sich in schwarze Wolkenhaufen, welche langsam über das Gewölbe des Himmels hinzogen. Es näherte sich ein Sturm und schon hörte man Tropfen senkrecht auf unsere Sättel herabfallen. Dies alles verursachte uns Freude. In demselben Augenblick jedoch zuckte ein Blitz über den Himmel und erleuchtete die Steppe wie mit tausend Fackeln. Es war nicht jenes bleiche Licht, das man in nördlichen Gegenden sieht, sondern eine glänzende Schlange, welche durch den ganzen Raum fuhr und der Tageshelle gleichkam. In dieser unerwarteten plötzlichen Erscheinung sahen wir ein Hindernis für unsern Plan. Bald darauf flammte ein zweiter Blitz und erleuchtete die Steppe wie ein Theater. Wir konnten die Truppe mit ihren Waffen und Kleidern, sogar die Knöpfe und Jacken erkennen. Sie boten uns mit ihren gespenstisch erleuchteten Gestalten und den riesenhaft vergrößerten Körpern einen wilden Anblick dar.

Der Blitz war von keinem Donner, weder von einem schnellen Schlage noch von einem fernen Rollen gefolgt; das darauffolgende Schweigen machte die Szene nur noch furchtbarer.

„Ganz recht!", murmelte Rube, als er sah, dass die Belagerer noch ihren Platz innehatten. „Wir müssen uns zwischen den Blitzen hinaufschleichen, zuvor aber wollen wir ihnen zeigen, dass wir noch da sind."

Wir streckten die Gesichter und Büchsen über den Rand des Felsens und erwarteten in dieser Weise einen Blitz; dieser kam so schnell wie vorhin und der Feind musste uns bemerkt haben.

Unser Plan war fertig; Garey sollte zuerst hinaufsteigen und das Seil mitnehmen und wartete nur auf das Verlöschen eines wiederholten Blitzes. Das eine Ende des Lassos wurde um seinen Leib befestigt, sodass es hinter ihm herabhing. Als der Blitz leuchtete, stand er bereit, und als derselbe erlosch, begann er, an dem Felsen aufzusteigen. O wie ersehnt wäre uns eine lange Dunkelheit gewesen!

Mein Herz klopfte gewaltig. Rube beobachtete die Mexikaner, wobei er seinen Kopf so viel wie möglich zeigte. Meine Augen waren auf die Felsenmauer gerichtet, wo ich unsern Kameraden in der tiefen Finsternis vergebens suchte. Ich lauschte und konnte ein leises Krachen an dem Felsen hören, das immer schwächer wurde; Garey klomm mit seinen Wildschuhen hinauf, und das Geräusch war so leise, dass es nur von uns vernommen werden konnte.

Nach fünf Minuten, die mir entsetzlich lang wurden, flammte ein neuer Strahl und ich ließ meine Augen an der steilen Mauer emporgleiten. Garey befand sich noch immer dort und hatte kaum die Mitte erreicht. Er stand auf einem Vorsprung, den Körper an den Felsen geschmiegt und die Arme waagerecht ausgestreckt, als ob er gekreuzigt worden; so blieb er regungslos, solange der Schein dauerte.

In der Nähe, wo ich stand, wuchsen ein paar Büsche kriechender Zedern aus dem Felsen und verdeckten mit ihrem dunklen Laube die Gestalt des Kletternden. Nach einer langen Dunkelheit folgte ein neuer Blitzstrahl. Ich betrachtete die Schlucht und erblickte keine menschliche Gestalt mehr. Ich sah eine dunkle Linie den Felsen vom Rande bis zum Fuße durchschneiden. Es war das Seil, welches Garey mit hinaufgenommen hatte; er war glücklich auf dem Felsen angekommen.

Jetzt kam die Reihe an mich, denn Rube wollte durchaus den gefahrvollen Posten behaupten. Ich machte mich mit der Büchse auf dem Rücken bereit, nachdem ich mein wackeres Ross zum Abschied gestreichelt hatte. Beim letzten Schimmer des Blitzes fasste ich den herabhängenden Lasso und zog mich hinauf. Ich vertraute dem Seil, denn ich wusste, dass es oben befestigt war oder von Gareys starker Hand gehalten wurde. Das Aufsteigen war nicht schwer; ich kletterte mit Leichtigkeit von einem Absatz zum andern und hatte den Gipfel des Felsens erklettert, noch ehe das Licht zurückgekehrt war.

Wir legten uns in dem Gebüsch, welches am äußersten Rand wuchs, platt auf die Erde. Ich sah jetzt, dass das Seil an dem Stamm eines Bäumchens befestigt war, und bald bemerkten wir an dem Zucken, dass Rube hinaufzuklettern begann. Nicht lange darauf sahen wir ihn, dann zeigte sich seine magere dunkle Gestalt an dem Rand und endlich taumelte er atemlos an uns vorüber in das Gebüsch. In der Dunkelheit schien es mir, als ob sein Kopf kleiner aussähe als gewöhnlich.

Wir wagten noch einen Blick auf die Mexikaner zu werfen. Sie befanden sich noch auf ihrem Posten und konnten nichts von unserm Vorhaben wissen. Rube hatte seine Pelzmütze an den Felsblock angehängt, um sie in den Glauben zu versetzen, dass auch wir noch an unserm Platze wären, und so erklärte sich das seltsame Aussehen des alten Trappers.

Rube kam allmählich wieder zu Atem, holte das Seil herauf und dann schlichen wir uns über den glatten Gipfel, um einen Ort zum Hinuntersteigen zu suchen. Auf der andern Seite fanden wir, was wir brauchten: einen Baum, der nahe am Rande der Klippe stand. Wir wählten eine von den vielen kleinen Tannen aus und banden das Seil fest um den Stamm derselben.

Es war jedoch noch viel zu tun, ehe wir hinabzusteigen versuchen konnten. Die Klippe musste mehr als hundert Fuß hoch sein. An einem Seil von dieser Länge hinabzugleiten, war ein äußerst schwieriges Unternehmen. Von uns war vielleicht keiner imstande dazu. Der Erste konnte leicht herabgelassen werden, auch wohl der Zweite, der Dritte aber musste an dem Seil hinabgleiten.

Wir hielten uns nicht lange bei diesen Betrachtungen auf. Meine Kameraden fanden bald einen Platz, wodurch diese Schwierigkeit beseitigt wurde. In einem Augenblick zogen sie ihre Messer; man suchte ein Stämmchen, schnitt dasselbe in kurze Stücke, kerbte diese und knüpfte sie in geringen Zwischenräumen an das Seil. So war unsere Jakobsleiter fertig.

Jetzt brauchten wir uns nur noch zu überzeugen, ob das Seil die nötige Länge habe. Durch die Knoten war es etwas verkürzt worden; doch wurde auch diesem Schaden bald abgeholfen. Wir banden einen kleinen Stein an das eine Ende und ließen ihn dann vom Rande hinabfallen. Wir horchten und hörten, dass der Stein dumpf auf den Steppenrasen niederfiel. Das Seil reichte daher an die Erde. Wir zogen es wieder herauf, lösten den Stein und befestigten die Schlinge unter Rubes Arme. Wir hatten ihn gewählt, weil er am leichtesten war und daher die Stärke des Seils am wenigsten in Anspruch nahm. Beim Hinaufsteigen hatten wir freilich dem Seil nur die Hälfte der Last zu tragen gegeben, da unsere Füße entweder auf dem Felsen oder auf den Vorsprüngen ruhten. Sobald Rube die Ebene erreicht hatte, sollte er das Seil prüfen, ehe Garey oder ich hinabzusteigen versuchten. Er sollte nämlich sein eigenes Gewicht durch einen großen Stein vermehren, sodass etwa Gareys Gewicht, des Schwersten von uns beiden, herauskam.

Nach diesen Anordnungen rutschte der alte Trapper schweigend über den Felsenrand und Garey und ich ließen das Seil langsam nach. Es glitt in Folge des hinabsteigenden Körpers Fuß für Fuß durch unsere Hände.

Indem wir langsam und vorsichtig nachgaben, trugen wir Sorge, dass kein Ruck entstand, damit der Körper unseres Kameraden nicht zu heftig gegen die Felsen geschwenkt werde.

Wir saßen beide dicht nebeneinander, die Gesichter gegen die Ebene gewandt. Mehr als drei Vierteile des Seils hatten wir schon hinabgleiten lassen und freuten uns, dass die Probe bald vorüber sein werde, als plötzlich die Spannung des Seils so schnell nachgab, dass wir beide auf den Rücken fielen.

In demselben Augenblick hörten wir das zerreißende Seil schnappen und vernahmen von unten her einen lauten Schrei.

Wir sprangen auf und zogen unwillkürlich das Seil hinauf. Es trug kein Gewicht mehr, sondern kehrte so leicht wie ein Bindfaden in unsere Hände zurück.

Wir sahen uns fragend an, obgleich wir keiner Erklärung bedurften; denn die Sache lag klar auf der Hand: Das Seil war gerissen und unser Kamerad zu Boden gefallen.

Ohne ein Wort zu sprechen, sanken wir auf die Knie, krochen bis an den Rand des Abgrundes und schauten hinab. Da wir in der Finsternis nichts erkennen konnten, so warteten wir, bis das Licht wiederkehren würde.

Wir horchten mit gespannter Aufmerksamkeit, ob wir ein Stöhnen oder einen Schmerzensschrei hörten; es war ein wiederholtes Geräusch: das Geheul des Präriewolfes, aber keine menschliche Stimme. Ein Schrei des Schmerzes wäre uns willkommener gewesen, denn wir hätten daraus vernommen, dass Rube noch am Leben sei. Nein, er war stumm, tot, vielleicht zerschmettert.

Es dauerte nur kurze Zeit, bis der Blitz wieder flammte. Noch vorher vernahmen wir Stimmen, die vom Fuße des Felsens zu uns gelangten; es waren Stimmen von zwei Personen, aber nicht die des Trappers. Es waren die Stimmen von Mexikanern, die Stimmen unserer Feinde.

Beim Scheine des Lichts sahen wir dieselben. Es waren ihrer zwei, die zu Pferde saßen und sich dicht am Felsen unten auf der Erde bewegten. Wir konnten sie deutlich sehen; aber den verstümmelten Leichnam unseres Kameraden sahen wir nicht. Wir hatten beim andauernden Lichte den ganzen Boden überblickt und jeden Gegenstand erkennen können. Rube war, er mochte lebendig oder tot sein, nicht dort.

War er den Mexikanern in die Hände gefallen? Die beiden Männer, welche wir sahen, trugen Lanzen, hatten aber keinen Gefangenen bei sich. Außerdem würde sich Rube, wenn er nicht schwer verwundet war, nicht ohne Widerstand ergeben haben; wir hatten weder einen Schuss noch einen Schrei gehört.

Bald wurden wir von jeder Unruhe befreit.

Die Reiter fuhren in ihrer Unterhaltung fort, und da die stille Luft ihre Stimmen nach oben gelangen ließ, so konnten wir einen Teil ihres Gesprächs verstehen.

„Tausend!", sprach der eine ungeduldig. „Du hast dich geirrt, es war der Präriewolf, den du gehört hast."

„Ich bin überzeugt, dass es die Stimme eines Mannes war, Capitain."

„Dann muss sie von einem der Männer hinter dem Felsen gekommen sein; hier ist niemand. Doch lass uns nach der andern Seite des Felsens zurückkehren!"

An den Hufschlägen vernahmen wir, dass sie sich entfernten, um ihren Plan auszuführen. Derjenige, welcher zuletzt gesprochen hatte, war kein anderer als Ijurra. Es gereichte uns zum Troste, zu wissen, dass ihnen unser Kamerad nicht in die Hände gefallen war. In welchem Grade er verletzt war, konnten wir nicht ahnen. Das Seil war nahe am Ende gerissen, sodass sich der größte Teil desselben unten befand. Dies hatten wir in der ersten Verwirrung nicht bemerkt; jetzt sahen wir es, als wir das Seil in unsere Hände zurückbrachten. Da er von dem Orte verschwunden war, so konnte er keine zu starke Verletzung erlitten haben.

Aber wohin war er gekommen, war er fortgekrochen, und befand er sich noch in der Nähe des Felsens? In diesem Falle konnten sie ihn noch treffen. Es gab weder ein Versteck am Fuße des Felsens noch auf der umliegenden Ebene.

Garey und ich waren über den Ausgang besorgt, umso mehr, da die Mexikaner den Schrei gehört hatten und ihn suchten. Auf einer so kahlen Ebene musste er bald zu finden sein.

Wir fassten den Entschluss, über den Gipfel zu eilen und die Bewegung der beiden Reiter zu beobachten. Wir folgten ihren Stimmen und knieten wieder über ihnen am äußersten Rande des Hügels. Dort hatten sie Halt gemacht, um den Boden zu untersuchen, und warteten nur auf den Blitz. Wir waren über ihnen in Schussweite und warteten ebenfalls.

„Wir können sie aus dem Sattel holen!", flüsterte mein Gefährte.

Ich zauderte noch einen Augenblick; vielleicht bewog mich die Vorsicht dazu, denn ich hoffte jetzt auf eine sichere Befreiung.

In diesem Augenblick strahlte der Blitz; im gelben Schein zeigten sich die hohen, dunklen Gestalten der Reiter; sie waren kaum fünfzig Schritte von der Mündung unserer Gewehre entfernt. Wir hätten sie sicher treffen können und ich fühlte mich fast versucht, den Bitten meines Gefährten nachzugeben.

In diesem Augenblick bemerkten wir einen Gegenstand, der uns beide veranlasste, die schon halb gerichteten Büchsen zurückzuziehen. Es war der Körper unseres Kameraden Rube. Er lag flach auf der Erde, die Arme weit ausgestreckt und das Gesicht in das Gras geduckt. Von der Höhe aus gesehen, erschien er wie die Haut eines jungen Büffels, die auf dem Rasen zum Trocknen ausgebreitet war. Wir wussten jedoch, dass es der Körper eines in braunes Hirschleder gehüllten Mannes war; der Körper des Trappers ohne Ohren.

Er lag wie eine riesige Eidechse auf dem Rasen; solche Stellung konnte eine Leiche nicht haben.

Der Zweck dieser Stellung war leicht einzusehen. Als das Licht ringsum flackerte, fühlten wir schmerzliche Besorgnis in unserm Herzen. Der Körper war kaum fünfhundert Schritte entfernt, obgleich er aber von unserer Stellung aus vollständig sichtbar war, hatten ihn die Reiter unten doch nicht bemerkt; sobald es wieder dunkel wurde, hörten wir, wie sie nach vorn zurückritten und Ijurra abermals seinen Zweifel aussprach.

Es war ein Glück für sie, dass sie die ausgestreckte Gestalt nicht erblickt hatten, auch ein Glück für Rube, für uns alle!

Wir blieben auf unserm Platze und warteten auf einen wiederholten Blitz; als dieser kam, war das braune Hirschleder nicht mehr zu sehen. Etwas entfernt glaubten wir, die nämliche Gestalt in derselben Stellung zu erkennen; das schimmernde Steppengras ließ jedoch nichts deutlich unterscheiden.

Gewiss wussten wir aber, dass unser Gefährte entkommen war. Zum ersten Mal atmete ich wieder frei auf und hoffte auf ein glückliches Gelingen. Auch mein Kamerad war beruhigt, und es versteht sich von selbst, dass wir mit erleichtertem Herzen und mutigen Schritten über den Felsen zurückkehrten.

Natürlicherweise dachten wir nicht mehr daran, hinabzusteigen; dies war auch mit dem Stückchen Seile, das übrig geblieben war, unmöglich.

Wir gingen nach der Vorderseite zurück, um die Mexikaner im Auge zu behalten und sie möglichst zu hindern, unsern Pferden nahezukommen, wenn sie zufällig entdecken sollten, dass wir den Platz hinter dem Felsen verlassen hatten.

Jetzt, wo wir weniger für unsere Person zu fürchten hatten, waren wir umso besorgter für unsere Pferde. Ich wenigstens hatte mich weniger um Moros und des Schimmels Schicksal bekümmert, solange ich für den letzten Augenblick meines Lebens zu fürchten hatte. Da ich aber überzeugt war, dieses gefährliche Abenteuer zu bestehen, so machte auch die Zukunft ihre Anrechte wieder geltend, und ich wünschte nicht nur mein eigenes Ross, sondern auch das schöne Geschöpf zu behalten, welches mich in alle diese Gefahren gestürzt hatte.

Ich, wie mein Begleiter, glaubte fest, dass alle Gefahr vorüber sei und wir in wenigen Stunden befreit sein würden. Diese beruhigende Überzeugung gewannen wir aus dem Umstande, dass wir wussten, Rube würde die Niederlassung erreichen und mit einer Anzahl Befreier zurückkehren.

Freilich hatten wir manche Besorgnis. Die Jäger konnten nicht mehr dort, das Heer vielleicht abmarschiert, die Piquets wohl gar zurückgezogen sein. Es war sogar möglich, dass Rube gefangen oder getötet wurde.

Die letzte Voraussetzung setzte uns in die geringste Unruhe. Wir setzten so großes Vertrauen auf den Trapper, dass wir überzeugt waren, er würde in das amerikanische Lager eindringen; nötigenfalls in das feindliche. Noch soeben hatten wir einen Beweis seiner Geschicklichkeit erhalten; mochte die Armee vorgerückt sein oder nicht, so musste sie Rube vor dem Morgen erreichen, und wenn er unterwegs ein Pferd hätte stehlen müssen. Er konnte die Jäger bald auffinden und Holingsworth würde selbst ohne Befehl ein halbes Dutzend Jäger hergegeben haben.

Im schlimmsten Falle gab es im Lager genug Herumtreiber, welche zu einem solchen Dienst angeworben werden konnten. Wir hegten keinen Zweifel, dass unser Kamerad mit Hilfe zurückkehren würde.

Die Zeit ließ sich freilich nicht bestimmt voraussagen. Es konnte vor dem anbrechenden Morgen, vielleicht erst am nächsten Tage oder sogar in der folgenden Nacht geschehen. Aber das hatte nichts zu sagen. Wir konnten unsere Festung acht Tage, noch länger, einen Monat gegen hundert Mann halten. Solange unsere Büchsen den Felsen schützten, konnte kein stürmender Haufen heran, kein unternehmender Mann unsere Felsen erklimmen.

Auch fürchteten wir weder Durst noch Hunger. Denn das Glück war uns günstig, und selbst auf diesem einsamen Gipfel fanden wir die Mittel, unsere Bedürfnisse zu befriedigen.

Als wir über den flachen Gipfel gingen, stießen wir auf riesige Echinocacti, welche wie Ameisenhaufen oder wie riesige Bienenstöcke auf der Erde wuchsen, hoch gewölbt, fast zehn Fuß im Durchmesser. Garey zog das Messer, schnitt die stachlige Schale heraus, höhlte die Spitze aus und vertiefte die weichere, saftige Masse. Nach Verlauf einer Minute hatten wir an dieser Pflanzenquelle der Wüste unsern Durst gestillt.

Ebenso leicht stillten wir den Hunger. Wie ich vermutet hatte, waren die Bäume mit hellgrünem Laube, die ich aus der Ebene gesehen, Nussfichten, von welchen es in Amerika mehrere Arten gibt, deren Zapfen essbare Samenkörner enthalten. Wir sammelten ein paar Händevoll davon und stillten unsern Hunger. Obgleich sie geröstet besser geschmeckt haben würden, begnügten wir uns, sie roh zu essen.

Mit solchem Proviant für die Gegenwart und solchen Hoffnungen für die Zukunft hatten wir die ohnmächtige Wut unserer Feinde nicht länger zu fürchten. Wir legten uns am Ende der Schlucht nieder, um die ferneren Unternehmungen unserer Gegner zu beobachten und unsere Pferde vor ihrem Angriff zu schützen. Als der Blitz erschien, sahen wir sie noch immer auf der Wache. Vor jedem Posten hielt ein unberittener Mann, während ein Kamerad in dem Zwischenraum auf- und abging. Diese Maßregel war schlau getroffen, dass wir in der Dunkelheit nicht an ihnen vorüberschleichen sollten.

Das Blitzen nahm allmählich ab und die Zwischenräume zwischen den einzelnen Lichtern wurden immer länger.

Während eines dieser Zwischenscheine hörten wir den Schall von entfernten Hufschlägen; es war das Traben von Pferden auf harter Ebene. Der Steppenbewohner unterscheidet leicht den Hufschlag eines belasteten von dem eines ledigen Pferdes. Mein Begleiter erklärte sogleich, die Pferde seien beritten.

Die Mexikaner hatten gleichzeitig mit uns dieselbe Bemerkung gemacht und zwei von ihnen ritten fort, zu kundschaften; dies konnten wir nur hören; denn sechs Fuß von unsern Gesichtern ließ sich in der Dunkelheit kein Gegenstand erkennen.

Obgleich das Geräusch aus bedeutender Entfernung kam, merkten wir doch, dass die Reiter sich dem Felsen näherten. Dieser Vorfall gab uns noch keinen Anlass zu Hoffnungen.

Rube konnte den Flecken noch nicht erreicht haben. Die neuen Ankömmlinge waren El Zorro und seine Gefährten, die zurückkehrten.

Die Sache klärte sich bald auf. Die Reiter kamen heran und begrüßten laut die Mexikaner, während sich die Pferde der beiden Trupps wie alte Bekannte anwieherten.

In diesem Augenblick zeigte sich wieder ein schimmernder Blitz und wir gewahrten zu unserm Erstaunen nicht allein El Zorro, sondern eine Verstärkung von dreißig Mann. Dies hatten wir aus dem Traben so vieler Hufe vorher gefürchtet.

Diese feindliche Verstärkung ließ uns nicht ohne Unruhe. Jedenfalls würden sie nicht zaudern, die Festung hinter dem Felsen anzugreifen. Sie mussten wenigstens unsere Pferde gefangen nehmen. Es waren ihrer fünfzig Mann, und der Trupp, den Rube mitbrachte, konnte für eine solche Macht zu klein sein.

Ein Teil unserer Besorgnisse wurde wieder gehoben. Wir sahen zu unserm Erstaunen, dass vorläufig kein Angriff beabsichtigt wurde. Sie erhöhten die Stärke ihrer Schildwachen und trafen andere Anordnungen zur Fortsetzung der Belagerung. Sie machten es mit uns so wie die Jäger, die den grauen Bären, den Löwen und den Tiger nicht in ihrem eigenen Lager anzugreifen wagten. Sie fürchteten, dass unsere Büchsen und Revolver eine große Verheerung anrichten würden, und wollten uns lieber aushungern. Anders ließ sich wenigstens ihre feige Absicht nicht erklären.

Nachdem die Mitternachtsstunde vorüber war, hörten die Blitze, welche zuletzt nur in langen Zwischenräumen geleuchtet hatten, gänzlich auf. Ihr unbeständiger Schein wurde von einem dauernden, sanften Lichte ersetzt; denn der aufgehende Mond stieg am östlichen Himmel empor. Noch immer schwebten Säulen von Wolken am Himmel und zogen langsam über das Gewölbe hin. Doch waren ihre Massen getrennt und das Firmament durch die Zwischenräume zu erblicken. In der blauen Tiefe oder durch die nebeligen Ränder der Wolken zeigten sich die Venus, vereinzelte Sterne und Sternbilder. Die Scheibe des Mondes schien hell und zeichnete sich scharf an den dunklen Wolken ab; ihre Strahlen übergossen die Steppe, dass das Gras wie bereift aussah.

Weder Nebel noch Dunst waren zu sehen. Der Blitz hatte die Luft von den Gasen gereinigt, gekühlt und durchsichtig gemacht. Obgleich der Mond in abnehmendem Lichte war, überblickte man doch die Ebene wie eine silberne Fläche nach allen Seiten bis zum Horizont und konnte jeden Gegenstand unterscheiden. Wenn jedoch die lichten, schwarzen Wolken am Himmel dahinzogen, verursachten sie Zwischenräume, während welcher die Steppe in tiefe Dunkelheit gehüllt war.

Bis jetzt war ich mit Garey am Ende der flachen Schlucht geblieben, in welcher wir den Gipfel erklettert hatten. Hinter uns stand der Mond, und die Mexikaner befanden sich auf der westlichen Seite des Felsens. Der Hügel warf seinen Schatten weit auf die Ebene hinaus, und an dem klar gezeichneten Rande sahen wir die Reihe der nebeneinander aufgestellten

Schildwachen. Da wir in dem niedrigen Gesträuch knieten, konnten wir von ihnen nicht gesehen werden, während wir den ganzen plaudernden, rauchenden und singenden Trupp deutlich erblickten.

Nachdem wir sie eine Zeit lang still beobachtet hatten, verließ mich Garey, um den Gipfel zu umgehen und die östliche Seite zu untersuchen. Nach jener Richtung lag die Ansiedelung, und wir konnten, wenn das Piquet noch dort stand, die Reiter bald erwarten. Meine Jäger würden gewiss nicht gezögert haben, wenn sie zu einem solchen Zweck gerufen wurden, und wären unter Rubes Anführung bald im Rücken des Hügels erschienen.

Garey war kaum eine Minute von mir fort, als ein dunkler Gegenstand draußen auf der Ebene meinen Blick auf sich lenkte. Ich glaubte, die Gestalt eines Mannes zu sehen. Sie lag flach auf der Erde, gerade wie vorhin der alte Rube. Sie war sicher sechzig Schritte von dem Felsen entfernt und hinter der Linie der Mexikaner, sodass ich sie nicht deutlich sehen konnte. Darauf beschattete eine über die Mondscheibe ziehende Wolke die Ebene und machte den dunklen Gegenstand vollends unsichtbar.

Ich richtete das Auge noch immer auf die Stelle, auf die Rückkehr des Lichts wartend. Als die Wolke vorüber war, befand sich die Gestalt nicht mehr an dem früheren Orte, sondern in derselben Stellung wie vorhin, näher bei den Reitern. Er war kaum zwanzig Schritte von der mexikanischen Linie entfernt; ein Büschel hohen Grases verbarg ihn jedoch vor den Augen der Mexikaner, denn keiner von ihnen gab durch ein Zeichen zu erkennen, dass er ihn bemerkt habe. Ich in meiner hohen Stellung konnte ihn dessen ungeachtet doch sehen. Ich überzeugte mich deutlich, dass es der Körper eines Mannes, und zwar eines nackten Mannes sei, denn er glänzte im Mondscheine. Bis jetzt hatte ich gefürchtet, dass es Rube sein könne. Ich wünschte durchaus nicht, dass sich Rube bei seiner Rückkehr auf diese Weise zeigte. Er konnte doch nicht allein zurückkommen. Und weshalb sollte er den Spion spielen, da er doch die Stellung unseres Feindes genau kannte? Diese Erscheinung setzte mich daher in Verlegenheit und Zweifel. Der Gedanke jedoch beruhigte mich, dass der nackte Körper nicht Rube sein konnte. Die Haut war von dunklerer Farbe als die des alten Trappers. Rubes Hautfarbe war zwar durch Sonne, Schmutz, Schießpulver, Fett und den Rauch des Steppenfeuers in Kupferbraun verwandelt wie die eines echten Indianers; aber ich wusste, dass er sein Hirschleder nie ablegte.

Eine Wolke warf wieder ihren Schatten und ich sah nichts von der liegenden Gestalt. Als der Mond schien, war sie hinter dem Grasbüschel verschwunden. Ich durchforschte den nächstliegenden Boden, ohne sie

mehr zu sehen; weiter hinaus aber sah ich die Gestalt eines vorwärtsgebeug-
ten Menschen vorübergleiten; ich folgte ihr mit den Blicken, bis sie in der
Ferne verschwand.

Während ich noch aufmerksam in dieser Richtung hinblickte, bemerkte
ich plötzlich mehrere, ja viele Gestalten, die sich am Rande der Prärie ab-
zeichneten.

„Es ist doch Rube und dies sind dort die Jäger!", dachte ich.

Ich blickte mit der äußersten Anstrengung hin. Es waren ohne Zweifel
Reiter; aber zu meinem Erstaunen bemerkte ich, dass sie nicht dicht beiei-
nander ritten, sondern in einer langen Linie wie die Glieder einer riesigen
Kette. Auf diese Art ritten meine Jäger niemals, ausgenommen in engen
Schluchten oder auf Waldwegen.

Jetzt kam mir ein neuer Gedanke, ich hatte zu wiederholten Malen in
meinem Leben ein gleiches beunruhigendes Schauspiel gesehen. Diese einfache Linie war mir bekannt: Es war eine Bande indianischer Krieger auf dem
Kriegspfade, auf dem nächtlichen Marsch.

So war auch das Benehmen des Spions erklärt: Es war ein Kundschafter
der Indianer. Der Trupp, zu welchem er gehörte, wollte diesem Felsen sich
nähern, vielleicht, um dort zu lagern; er war auf Kundschaft vorausgeschickt
worden.

Ich konnte nicht erraten, welchen Bericht er überbringen würde; die Reiter hielten an, vielleicht, um die Rückkehr des Boten zu erwarten. Sie waren
so weit entfernt, dass die Mexikaner sie nicht sehen konnten; einige Augenblicke später entschwanden sie auch meinen Augen auf der dunklen Steppe.

Ich beschloss, wieder den Mondschein zu erwarten, ehe ich mich mit
Garey bespräche.

Es dauerte eine Viertelstunde, ehe die Wolke verschwand; dann sah ich
zu meiner Verwunderung eine Anzahl Pferde ohne Reiter auf der Steppe,
kaum eine halbe Meile vom Felsen entfernt. Es war kein Reiter zu sehen
und, wie es schien, war es eine Herde wilder Pferde, die während der Dunkelheit herangaloppiert war und jetzt ohne Regung still stand.

Ich richtete die Augen auf die ferne Steppe, aber die dunklen Reiter waren nicht mehr zu erblicken, sie mussten außerhalb meiner Sehweite
davongeritten sein.

Eben wollte ich meinen Kameraden aufsuchen und ihm das Geschehene
mitteilen, als ich ihn neben mir erblickte. Er war um den Gipfel herumge-
gangen, ohne etwas zu bemerken, und kehrte jetzt zurück, um zu erfahren,
ob die Mexikaner sich noch immer ruhig verhielten.

„Ho!", rief er, als er die Pferde erblickte. „Was ist das? Eine Herde wilder
Pferde? Es ist wunderbar, dass die Mexikaner sie nicht sehen."

Gareys Worte wurden durch ein wildes Geheul unterbrochen, welches sich von der mexikanischen Linie hören ließ; im nächsten Augenblick sahen wir den ganzen Trupp in den Sattel springen und sich in Bewegung setzen.

Wir glaubten anfänglich, dass sie die Herde wilder Pferde entdeckt hätten und aus diesem Grunde plötzlich aufgebrochen seien. Zu unserm Erstaunen aber sahen wir, dass wir selbst sie in Aufregung versetzt hatten: Anstatt sich gegen die Ebene zu kehren, ritten die Mexikaner dicht an den Felsen und schossen unter wildem Schrei ihre Karabiner gegen uns los. Unter den Übrigen konnten wir die große Flinte El Zorros erkennen und hörten seine Bleikugel dicht an unserm Ohr vorüberzischen.

Anfangs war es uns rätselhaft, wie sie uns entdeckt hatten. Der Mond war aber höher am Himmel aufgestiegen und der Schatten, den der Hügel warf, allmählich kürzer geworden. Indem wir auf die Pferde hinausblickten, waren wir unvorsichtigerweise stehen geblieben, sodass der riesige Schatten unserer vergrößerten Gestalten auf der Ebene sichtbar geworden war. Unsere Feinde brauchten dann nur aufzublicken, um unsern Standpunkt zu erkennen.

Wir knieten sogleich in dem Gebüsch nieder und ergriffen unsere Büchsen. Durch unser unerwartetes Erscheinen auf dem Felsen hatten unsere Feinde vorläufig ihre gewohnte Vorsicht verloren, und mehrere von ihnen näherten sich auf Schussweite. Es mochten auch einige von den letzten Ankömmlingen sein. In der Dunkelheit konnten wir ihre Gestalten nicht erkennen, aber die eine, welche unglücklicherweise auf einem Schimmel saß, lenkte die Kugel des Trappers auf sich.

Er zielte und ich hörte das scharfe Knacken. Einen Augenblick später hörte ich ein dumpfes Stöhnen von unten und sah den Schimmel im Mondschein hinausgaloppieren, ohne dass ein Reiter auf seinem Rücken saß.

Abermals zog eine Wolke über den Mond und verhüllte die Ebene unsern Blicken. Eben als Garey lud, ließ sich in der Dunkelheit ein Schrei vernehmen; er hielt inne und lauschte. Der Ruf wiederholte sich, und zwar in dem wilden Tone, welcher nur der Kehle des Indianers eigen ist. Es war unbedingt das Geschrei der indianischen Krieger.

„Es ist der Kriegsruf der Comanchen!", rief Garey, nachdem er gehorcht hatte; „hurra, es ist der Kriegsruf der Comanchen; die Indianer kommen über sie."

Während des Geschreis hörten wir das schnelle Traben von Pferden, unter deren schweren Tritten die Erde zu beben schien. Die Hufschläge näherten sich; die Indianer griffen die Mexikaner an.

Als der Mond hinter einer Wolke hervortrat, konnten wir nicht länger zweifeln. Auf jedem der wilden Pferde saß ein bis zum Gürtel nackter Indianer, dessen im Mondschein leuchtender Körper einen furchtbaren Anblick darbot.

Die Mexikaner saßen jetzt alle im Sattel und zeigten dem unerwarteten Feinde die Front, jedoch nicht mit großer Entschlossenheit. Garey behauptete, sie würden den Angriff nicht aushalten, und er hatte recht.

Als die Wilden sich der mexikanischen Linie auf kaum hundert Schritte genähert hatten, machten sie plötzlich Halt. Dieser Halt dauerte nur einen Augenblick, gerade hinreichend, um die Stellung ihrer Feinde zu erkennen und einen Hagel von Pfeilen abzusenden. Dann flogen sie, die langen Speere schwingend, mit wildem Geheul vorwärts.

Die Guerilleros nahmen sich nur Zeit, ihre Karabiner abzuschießen, aber nicht wieder zu laden. Die meisten von ihnen warfen ihre Gewehre weg, nachdem sie dieselben abgeschossen hatten, und machten sich auf die Flucht. Der ganze Trupp kehrte dem Feinde den Rücken, setzte die Pferde in Galopp und eilte in schleunigster Flucht um den Felsen herum.

Die Indianer folgten ihnen jedoch schnell mit teuflischem Geheul. Sie wurden noch wütender, da ihnen der verhasste Feind entrinnen wollte. Letzterer war durch uns gewarnt worden. Im andern Falle hätten die Indianer sie überfallen, als sie aus dem Sattel waren; dann würde ihr Schicksal ein anderes gewesen sein. Im Sattel und zur Flucht bereit, konnten die meisten von ihnen entrinnen.

Als wir sahen, welche Richtung die Verfolgung nahm, eilten wir nach jener Seite des Felsens hin. Von dem Rande aus konnten wir beide Parteien deutlich erkennen, als sie am Fuße des Hügels vorüberkamen. Beide ritten in einzelnen Gruppen, die Hintersten der Mexikaner kaum dreihundert Schritt von den Vordersten der Verfolger entfernt. Die Indianer stießen noch immer ihren Kriegsruf aus, während die Mexikaner schweigend, totenstill vor Schrecken, davonritten.

Plötzlich verkündete ein Schrei eines der Mexikaner ein kurzes, verzweiflungsvolles Zeichen, eine neue Gefahr; im nächsten Augenblick hielt der ganze Trupp an.

Wir forschten mit Augen und Ohren nach der Veranlassung dieses außerordentlichen Verfahrens. Von der andern Seite, in einer Entfernung von kaum dreihundert Schritten, galoppierte eine Truppe Reiter heran. Sie wurde gerade vom Monde beschienen; wir konnten ihre Waffen blitzen sehen und ihre lauten Stimmen hören. Die Hufe ihrer Pferde erschollen auf der Steppe und wir erkannten das schwere Traben des amerikanischen Pferdes. Das dumpfe Hurra, welches weder Mexikaner noch Indianer ausrufen, gab uns noch größere Gewissheit.

„Hurra! Die Jäger!", rief Garey, indem er den Ruf aus voller Kehle erwiderte.

Vom Anblick dieses neuen Feindes betäubt, hatten die Mexikaner einen Augenblick still gehalten, in dem Glauben, es sei ein zweiter Indianertrupp. Der Halt dauerte nur kurze Zeit. Vom schwachen Licht begünstigt, bogen sie links ab und flüchteten in die offene Ebene hinaus.

Als die Indianer sie eine andere Richtung einschlagen sahen, suchten sie ihnen in einer schrägen Linie zuvorzukommen; aber die herankommenden Jäger machten eine ähnliche Bewegung und die Wilden und Amerikaner ritten jetzt in einem Winkel aufeinander los.

Die Finsternis vergrößerte sich jetzt, denn der Mond, der ein paar Minuten lang schwach geschienen hatte, wurde plötzlich von einer Wolke völlig verdunkelt; wir konnten nichts mehr vom Kampfe sehen, aber wir hörten die feindlichen Truppen zusammenstoßen; wir vernahmen das Kriegsgeschrei der Indianer, vereinigt mit den Rufen der Jäger; wir hörten das Krachen der Büchsen und den Knall der Revolver, das Klirren der Säbelklingen, den Klang zerbrochenen Stahls, das Wiehern der Pferde, das dumpfe Siegesgeschrei und das schmerzliche Stöhnen der Gefallenen.

Mit ängstlichem Herzen und gespannten Nerven standen wir auf dem Felsen, den furchtbaren Tönen lauschend.

Es dauerte nicht lange; der Kampf war bald vorüber. Als der Mond schien, erblickten wir ausgestreckte Gestalten von Menschen und Pferden auf der Erde liegen.

Fern im Süden sahen wir einen dunklen Flecken am Rande der Steppe verschwinden. Es waren die feigen Mexikaner. Im Westen galoppierten einzelne Reiter oder zerstreute Gruppen davon; das Triumphgeschrei, welches vom Kampfplatze zu uns hinausdrang, verkündete jedoch, dass die Jäger Herren des Schlachtfeldes geblieben waren.

„Wo bist du, Bill?", rief eine Stimme am Fuße des Felsens, welche wir beide erkannten.

„Hier bin ich", antwortete Garey.

„Nun, ich glaube, wir haben es den Indianern gut gegeben; aber die Gelbhäute sind davongekommen."

Der Kampf hatte nicht länger als zehn Minuten gedauert. Das ganze Gefecht glich einem Mondscheintraum, durch das Zwischenspiel in der Dunkelheit unterbrochen. Die Bewegung der Personen, die sich daran beteiligten, war so schnell gewesen, dass nach dem ersten Feuer keine Büchse wieder geladen wurde. Die Mexikaner mussten bei dem indianischen Kriegs-ruf ihre Gewehre verloren haben, denn der Boden war mit Karabinern und Lanzen besäet; unter der Beute befand sich auch El Zorros große Flinte.

Trotzdem waren die Sachen sowohl für die Mexikaner, wie für die Indi-aner verhängnisvoll gewesen; fünf von den Mexikanern waren umgekommen, und eine doppelte Zahl von Indianern lag leblos auf der Ebene. Die Mexikaner lagen am Fuße des Felsens, wo sie bei dem ersten Feuer der Jäger gefallen waren. Die Indianer befanden sich weiter hinaus auf der Ebene und waren von aufeinanderfolgenden Revolverschüssen gefallen. Sie mochten vielleicht von dieser Waffe gehört, vielleicht auch einen Revol-ver zuweilen in der Hand eines Trappers oder Reisenden gesehen haben; es war aber das erste Mal, dass sie mit einem Trupp Männer zusammentrafen, welcher mit einer so furchtbaren Waffe versehen war. Die Jäger waren näm-lich das erste militärische Korps, welches in der Schlacht Colt′sche Pistolen führte; denn der hohe Preis der Waffe verhinderte die amerikanische Regie-rung, dieselbe auf andere Truppen auszudehnen. Aber auch die Jäger hatten den Kampfplatz nicht ohne Schaden verlassen; zwei waren, von Speeren der Comanchen durchbohrt, tot aus dem Sattel gestürzt; mehr als ein Dutzend hatten schwere Pfeilwunden erhalten.

Während Quackenboss den Felsen erkletterte, besprach ich mit Garey die seltsamen Ereignisse, welche wir beobachtet hatten. Von unten her er-hielten wir außerdem noch mancherlei Erklärungen. Wie uns der Kriegsruf bereits gelehrt hatte, waren die Indianer eine Bande Comanchen. An diese Stelle waren sie durch bloßen Zufall gelangt, es war ein Kriegertrupp auf der Kriegsfährte, mit der Absicht, eine reiche mexikanische Stadt auf der andern Seite des Rio Grande, etwa zwanzig Meilen von der Niederlassung, zu plün-dern. Ihre Kundschafter hatten die Reiter am Felsen entdeckt und als Mexikaner erkannt; diese Feinde sieht der stolze Comanche mit der größten Verachtung an. Aber die mexikanischen Pferde mit den silberbeschlagenen Sätteln, die bunten Decken aus seinem Tuche, die mit silbernen Knöpfen besetzten Beinkleider, die übrigen Kleidungsstücke und Waffen waren in seinen Augen nicht so verächtlich; der Angriff wurde daher gemacht, um diese Dinge zu erbeuten; obgleich der alte Hass gegen das spanische Ge-schlecht und das Verlangen, sich für das ihnen zugefügte Unrecht zu rächen, die Indianer schon überdies zu einem feindlichen Angriff veranlassen konnte. Wir erfuhren dies alles von einem verwundeten Krieger, der sich bei genauer Untersuchung als ein ehemaliger mexikanischer Gefangener zu erkennen gab.

Das Übrige ließ sich noch leichter erklären. Rube hatte, wie wir voraus-setzten, die Niederlassung glücklich erreicht und, nachdem er seine

Geschichte erzählt hatte, waren fünfzig Jäger, Holingsworth an der Spitze, schnell nach dem Felsen geritten. Rube hatte sie mit seiner gewöhnlichen Klugheit geführt. Sie waren ebenso wie die Indianer während der Dunkelheit geritten, aber in entgegengesetzter Richtung herangekommen. Um die Mexikaner zu überraschen, hatten sie den Hügel zwischen sich und ihren Feinden gehalten. So hatten sie sich bis auf die nötige Entfernung zu einem Angriff genähert, als sie den Kriegsruf der Wilden hörten und die fliehende Bande trafen. Die Voraussetzung, dass alle, welche von dort kamen, Feinde sein mussten, führte sie auf die herankommenden Reiter; sie galoppierten dann weiter und standen den bemalten Indianern in der Ebene gegenüber. Die Überraschung, welche dies unerwartete Zusammentreffen sowohl bei den Jägern, wie bei den Indianern veranlasste, begünstigte die feigen Guerilleros: Während des kurzen Haltes und des darauffolgenden Kampfgewühls galoppierten sie davon und entgingen der Verfolgung.

Wären die Jäger nicht angekommen, so würden die Indianer uns jedenfalls von unsern Feinden befreit haben. Ich wäre mit meinen Gefährten unentdeckt geblieben, aber wir würden unsere kostbaren Pferde verloren haben. Jetzt schwangen wir uns bald in den Sattel und ritten, von jeder Gefahr befreit, der Niederlassung zu.

Wheatley ritt an meiner Seite. Holingsworth blieb mit einer Truppe zurück, um die Beute aufzulesen und unsere unglücklichen Kameraden zu bestatten. Ehe wir fortritten, wendete ich mich um und betrachtete einen Augenblick den Kampfplatz. Holingsworth stand auf der Ebene; dann ging er zwischen den Leichen der fünf Mexikaner umher und drehte sie nacheinander um, dass der Mond ihre bleichen Gesichter beschien. Er bewegte sich so seltsam und ernst, dass man glauben konnte, er wolle einen gefallenen Freund aufsuchen oder er sei ein umherstreifender Räuber, der die Leichen plündern wollte. Es war keins von beiden der Fall. Er suchte einen Feind. Er fand ihn nicht. Nachdem er die Gesichtszüge der fünf Männer betrachtet hatte, wendete er sich gleichgültig von dem Orte ab.

„Was gibts Neues, Wheatley?", fragte ich.

„Neuigkeiten, Capitain? Großartige Neuigkeiten! Es heißt, wir könnten Mexiko auf dieser Linie nicht erreichen und sollten daher alle abberufen und in einem Hafen weiter unten am Meerbusen, ich glaube in Vera-Cruz, eingeschifft werden."

„Ah! Das ist freilich eine großartige Neuigkeit."

„Sie gefällt mir durchaus nicht", fuhr Wheatley fort, „und umso weniger, als der alte Befehlshaber zurückgerufen und wir von Scott befehligt werden sollen. Nach dem, was der alte Taylor zustande gebracht hat, behandelt man ihn schlecht."

Ich begriff wohl, weshalb Wheatley einen Widerwillen gegen die neuen Pläne der Regierung hegte. Die Ansiedlung mit ihren Hütten und staubigen Straßen erschien dem Texaner wie eine Stadt voll goldener Paläste und er mochte sein Quartier nicht gern verändern; jetzt glaubte er, dass das Gerücht begründet sei und das Piquet bald zurückgerufen werde.

„Was sagt man von mir?", fragte ich.

„Von Ihnen, Capitain? Was glauben Sie denn, was man von Ihnen sagen sollte?"

„Ist nicht in meiner Abwesenheit von mir gesprochen worden?"

„Nein, wenigstens nicht im Hauptquartier, denn dort hat man Sie gar nicht vermisst."

„Das ist eine gute Nachricht."

„Holingsworth und ich glaubten, Ihnen keinen bessern Dienst zu leisten, als wenn wir die Sache verschwiegen, bis wir die Überzeugung hätten, dass Sie wirklich tot wären. Wir hatten noch nicht alle Hoffnung aufgegeben, denn der Mexikaner, welcher Sie geführt hatte, brachte die Nachricht zurück, es seien Ihnen zwei Trapper nachgegangen. Aus seiner Beschreibung erkannte ich den alten seltsamen Burschen Rube und war überzeugt, dass er imstande sein würde, Sie zu finden, wenn noch etwas von Ihnen übrig wäre."

„Sie haben wohl gehandelt, mein Freund, und ich danke Ihnen dafür! Durch Ihre Vorsicht wird mir viel Unangenehmes erspart werden. Gibt es sonst noch Neuigkeiten?"

„Nein", sagte Wheatley; „wenigstens keine, die der Rede wert wären. Doch etwas!", fuhr er nach einer Pause fort; „Sie erinnern sich der schurkischen Viehhirten, die sich im Dorfe umhertrieben, als wir ankamen? Nun, sie sind alle so plötzlich verschwunden, dass auch nicht einmal ein Fettflecken von ihnen übrig geblieben ist. Man kann durch die ganze Ansiedlung gehen, ohne einen Mexikaner anzutreffen, ausgenommen Weiber und Greise. Der Alkalde, den ich fragte, wohin sie gegangen seien, schüttelte nur den Kopf. Sie sind natürlicherweise zu einer Guerillabande gestoßen und es sollte mich sehr wundern, wenn sie sich nicht in der Truppe befanden, die wir eben verjagt haben. Ganz gewiss! Holingsworth hat, wie ich gesehen habe, die fünf Toten untersucht und er wird uns sagen können, ob er einen alten Bekannten darunter gefunden hat."

Ich wusste mehr über die Sache als Wheatley und gab ihm über die Mexikaner und ihren Anführer die nötige Erklärung.

„Das dachte ich mir wohl! Rafael Ijurra! Jetzt wundert es mich nicht, dass Holingsworth sich so schnell zum Aufbruch bereit machte und den Hügel nicht schnell erreichen konnte. Ei, wie töricht sind wir gewesen, dass wir die Burschen davonkommen ließen! Wir hätten jeden Einzelnen von ihnen gleich an Ort und Stelle aufhängen sollen. Ja, das hätten wir tun sollen!"

Wir ritten einige Minuten schweigend weiter. Ich stand zwanzigmal im Begriff, zu fragen, hoffte aber, Wheatley würde es mir selber mitteilen. Da er jedoch ein peinliches Stillschweigen beobachtete, forschte ich ihn endlich mit gleichgültiger Miene aus, indem ich fragte, ob uns niemand aus dem Lager auf dem Posten besucht hätte.

„Keine Seele", antwortete er, wieder in Gedanken versinkend.

„Ist gar kein Besuch da gewesen? Hat niemand nach mir gefragt?"

„Nein", antwortete er. „Doch halt! – Ja! Man hat nach Ihnen gefragt!", setzte er mit eigentümlichem Lächeln hinzu.

„Und wer?", fragte ich, scheinbar in gleichgültigem Tone.

„Das kann ich gerade nicht sagen", entgegnete der Leutnant in heiterem Tone; „aber man scheint sich gewaltig um Sie beunruhigt zu haben. Ein mexikanischer Bursche ist unzählige Male hin und her gelaufen. Er war offenbar von jemandem abgeschickt worden, aber er war verschwiegen und wollte nicht sagen, wer ihn schicke und was er wolle; er fragte nur, ob Sie zurückgekehrt wären, und schien immer sehr niedergeschlagen, wenn man es verneinte. Er kam und ging immer auf dem Wege, der nach der Hacienda führt. Wir hätten den Burschen als Spion festnehmen können", fuhr Wheatley in spöttischem Tone fort, „aber wir glaubten, er sei von einem Ihrer Freunde geschickt worden."

Mein Leutnant schloss mit besonderem Nachdruck und ich konnte im Mondschein ein Lächeln auf seinem Gesichte sehen. Ich war nicht in der Stimmung, dies übel zu nehmen. Mein Kamerad hätte sich in diesem Augenblick jede Freiheit nehmen können. Ich ritt in dem festen Bewusstsein zurück, dass ich von Isolina nicht vergessen sei.

Nach kurzer Zeit erblickten meine Augen die vergoldete Wetterfahne der kleinen Kapelle, darunter zeigten sich, mild vom Mondlicht beleuchtet, die weißen Mauern der Hacienda.

Zwölftes Kapitel.
Elijah Quackenboss.

Als wir in die Einsiedlung einritten, zeigte sich am östlichen Horizont das milde Licht des Morgens. Mein Hunger war befriedigt, denn ein paar meiner Jäger hatten den Inhalt ihrer wohlgefüllten Brotbeutel mit mir geteilt; meinen Durst hatte ich aus Wheatleys wohlgefüllter Feldflasche gelöscht.

Meine Nerven waren jetzt von der anhaltenden Spannung befreit und ich fühlte mich todmüde; halb ausgekleidet warf ich mich auf meine Ledermatratze und entschlief sogleich.

Ein paar Stunden der Ruhe hatten den erwünschten Erfolg und verliehen meinem Körper und meinem Geiste wieder neue Kräfte. Ich erwachte gesund und hoffnungsvoll.

Ich kleidete mich sorgfältig an, verzehrte schnell mein Frühstück und stieg dann mit einer brennenden Zigarre zu meinem Lieblingsorte, dem platten Dache, welches die Mexikaner Azotea nennen.

Der schöne Hengst stand mit stolz gewölbtem Halse inmitten einer Menschenmenge, die ihn bewundernd betrachtete. Die Jäger, die Hökerinnen des Platzes und einige düstere Leperos richteten ihre erstaunten Blicke auf das wilde Ross.

„Dies herrliche Geschenk ist einer Fürstin würdig", dachte ich bei mir.

Ich hatte mich so sorgfältig gekleidet, weil ich beabsichtigte, das Geschenk selbst zu überbringen; doch gab ich dies nach reiflicherem Nachdenken aus verschiedenen Rücksichten auf. Dazu gehörte vorzugsweise die Befürchtung, ein Besuch von mir könnte die Familie in der Hacienda in Verlegenheit setzen. Mit jedem Tage wurde das patriotische Gefühl in der Gegend lebhafter. Es war schon gefährlich, den Verdacht zu wecken, als stände man mit uns Amerikanern in gutem Vernehmen. Das Ross sollte jedoch kein Geschenk sein, sondern nur den Liebling, der durch meine Hand gefallen war, ersetzen. Ich wollte nicht als Geber erscheinen und deswegen den schönen Gefangenen durch meinen schwarzen Stallknecht übersenden. Dem Tiere war bereits der Lasso als Zaum um den Kopf gelegt und der Neger wartete auf den Befehl, es fortzuführen.

Es trat jedoch ein Vorfall ein, der zu meiner Freude die allgemeine Aufmerksamkeit von meinem Schimmel ablenkte. Der Held dieses lächerlichen Vorfalls war Elijah Quackenboss.

Elijah Quackenboss war unter allen meinen Leuten am schlechtesten bekleidet und er ging gewöhnlich in Lumpen. Dies rührte daher, weil ein

Anzug von Tuch seiner ungeschickten Gestalt schlecht saß und überdies bei seinen botanischen Ausflügen in sehr kurzer Zeit abgenutzt wurde.

Das nächtliche Gefecht hatte für Quackenboss einen großen Nutzen gehabt. Mit seiner Kugel hatte er einen von den fünf Mexikanern vom Pferde geworfen; seine Kameraden verlachten zwar diese Behauptung anfänglich als eine Prahlerei, aber Quackenboss bewies ihnen die Wahrheit dadurch, dass er seine Kugel aus der Leiche des Mannes schnitt und sie ihnen vor Augen hielt. Alle wussten, dass Elijahs Büchse eigentümlich gebohrt und die Kugel daher von den übrigen zu unterscheiden war; alle mussten daher einräumen, dass Quackenboss seinen Mann getötet habe.

Nach den Gesetzen des Jägerkriegs erhielt Quackenboss das Eigentum jenes Feindes als Beute und so erschien er denn jetzt, nachdem er seine Lumpen abgeworfen hatte, in dem vollständigen mexikanischen Kostüme, mit Schärpe, Decke, Jacke, Hut aus Wachstuch und riesigen Sporen. Seine Beine steckten in einer mexikanischen Sammethose und seine langen Arme in den Ärmeln einer gestickten Jacke. Die ganze Erscheinung des umgekleideten Jägers war so seltsam, dass sie auf dem Platze das Gelächter seiner Kameraden und der versammelten Einwohner hervorrief. Selbst die braunen Indianerinnen stimmten ein, indem sie ihre weißen Zähne fletschten.

Elijah hatte aber auch einen Comanchen-Mustang zur Beute gemacht und denselben, da sein eigenes Pferd nicht viel taugte, mit Sattel und Zaum versehen. So beritten, erschien er auf dem Platze. Das Pferd war so gut und prächtig, dass viele seiner Kameraden ihn darum beneideten.

Kaum war das Gelächter verstummt, als der Befehl zum Aufsitzen gegeben wurde und jeder auf sein Pferd sprang. Nachdem Elijah jedoch seine Schenkel im Sattel zurechtgesetzt hatte, begann der Comanche nach allen Richtungen hin auszuschlagen. Bald sah man seine Hinterbeine, bald seine Vorderbeine, bald alle viere zusammen in der Luft schweben.

Zur Verwunderung seiner Kameraden behielt Quackenboss seinen Platz. Obgleich er der schlechteste Reiter seines Trupps war, saß er doch immer fest im Sattel. Die Jäger gerieten in nicht geringes Erstaunen über diese glänzenden Reiterkünste, bis plötzlich einer der scharfsichtigeren Umstehenden die Erklärung des Geheimnisses fand; er hatte zufällig unter das Steppenross gesehen und rief sogleich aus:

„Seht nur einmal! Er hat die Sporen ineinander geklemmt!"

Alle blickten nach unten und stimmten in ein neues Gelächter ein, als sie dies wirklich bestätigt fanden.

Elijah, der wohl vermutete, dass der Mustang ausschlagen würde, hatte das Tier mit seinen außerordentlich langen Beinen so völlig umschlossen, dass sich seine Absätze unten trafen. Dabei hatte er aber nicht auf seine neuen Sporen gerechnet, deren Räder, sechs Zoll im Durchmesser, den armen Mustang zum Ausschlagen reizten. Diese Räder hatten sich ineinander verschlungen und hielten den Reiter so fest, als ob er in dem Sattel angeschnallt sei; sie versenkten sich mit den Rädern in die Rippen des Tieres, sodass dieses nach jedem Sprung grimmiger wurde und sich seines grausamen Reiters zu entledigen suchte.

Der Auftritt hätte vielleicht noch lange gedauert, wenn nicht eine mitleidige Seele dem Ross den Lasso um den Hals geworfen und es dadurch zur Ruhe gebracht hätte.

Ich benutzte die Verwirrung, meinen schwarzen Diener mit seinem Auftrage fortzuschicken. Von meinem Platze auf dem Dache blickte ich ihm erwartungsvoll nach und sah, wie er mit dem stolzen Rosse den Hügel hinaufging und durch das Haupttor der Hacienda hinschritt.

Bald darauf kehrte der Stallknecht ohne das Pferd zurück. Das Geschenk war also angenommen worden. Ungeduldig wartete ich, bis sich die schweren Schritte auf der Treppe hören ließen und danach ein glänzend schwarzes Gesicht sich auf dem Dache zeigte.

Er brachte tausend Dank zurück; aber weder einen Brief noch eine Botschaft. Ich war ärgerlich, denn ich hatte einen besseren Dank erwartet. Mein Bedienter war jedoch völlig zufrieden, denn er zeigte in seiner Handfläche ein schönes Goldstück, das er als Trinkgeld erhalten hatte.

Jetzt verlangte ich ungeduldig nach meinem Pferde. Ich schwang mich in den Sattel, eilte von dem Platze und spornte, als ich das Freie erreicht hatte, mein Pferd zum Galopp an.

Mein Weg führte mich an den Fluss hinauf durch eine Niederung, die dicht mit Gummibäumen und Silberpappeln bedeckt war.

Nach einem kurzen Ritt kam ich in die Nähe eines Hügels, wo ich die Spuren eines Rosses bemerkte. Dieselben schienen noch frisch zu sein und der Reiter konnte sich nicht weit von mir entfernt haben, denn ich glaubte noch Hufschläge zu hören. Ich eilte schweigend weiter, konnte jedoch niemand erreichen. Die untergehende Sonne färbte bereits die Steppe mit ihren purpurroten Strahlen. Ich lenkte mein Pferd wieder den Hügel hinab und vertiefte mich wieder in den Schatten der Mimosen, in der Absicht heimzukehren.

Mein Pferd hätte, sich selbst überlassen, wahrscheinlich den richtigen Weg eingeschlagen. Ich konnte aber, in Nachdenken versunken, wohl wiederholt am Zügel gezogen haben, denn nach Verlauf einiger Zeit befand ich mich in der Mitte eines dichten Waldes, ohne die Spur einer Fährte. Ich wusste nicht, ob ich die rechte Richtung nach dem Dorfe verfolgte und ritt eine Zeit lang weiter, ohne die Fährte wieder treffen zu können. Voller

Zweifel, kehrte ich plötzlich um und erreichte eine Waldebene, wo ich ebenfalls nirgends einen Weg antraf. Das Unterholz der kleinen Palmen gestattete nicht, in eine große Entfernung zu sehen, und ich war jetzt der Überzeugung, von meinem Wege abgekommen zu sein.

Wäre es noch früh am Tage gewesen, so würde mich dieser Umstand nicht beunruhigt haben; aber die Sonne war schon untergegangen und die Dunkelheit wurde durch den Schatten der bemoosten Bäume noch vermehrt. In wenigen Minuten musste die Nacht einbrechen und ich war genötigt, im Walde zu bleiben, so dünn gekleidet und hungrig ich auch war. Es musste eine schlechte Nacht werden, denn ich war zu erschöpft, um viel nachzudenken, zu kalt, um zu schlafen, und überdies fing der Regen in großen Tropfen an zu fallen.

Da ich trotz meiner wiederholten Versuche die Fährte nicht treffen konnte, hielt ich mein Pferd an und lauschte; meine Ohren mussten mir jetzt bessere Dienste leisten als meine Augen.

Ich hörte den Knall einer Büchse, die nur wenige Hundert Schritte von mir entfernt im Walde abgeschossen sein konnte. Auf feindlichem Boden hätte dieser Laut mich beunruhigen können, wenn ich nicht in dem scharf pfeifenden Knall die Büchse eines Jägers erkannt hätte. Bald darauf hörte ich auch einen dumpfen Schall, als ob ein schwerer Körper von bedeutender Höhe zur Erde herabfiele. Als ein Jäger erkannte ich genau, dass es die Beute sein musste, welche die Kugel erlegt hatte. Der Schuss war von einem Amerikaner abgefeuert worden, aber von wem? Drei oder vier unter meinen Jägern hatten solche Büchsen; es waren lauter Hinterwäldler, denen man erlaubt hatte, ihre Lieblingswaffe statt der Dienstgewehre zu tragen. Es mochte einer von diesen gewesen sein.

So schnell das Unterholz es gestattete, ritt ich nach dem Orte hin. Aber ich sah niemand an der Stelle, wo der Schuss gefallen sein musste. Plötzlich rief eine wohlbekannte Stimme hinter mir: „Holla! Es ist der junge Bursche.“

Ich drehte mich um und sah meine Kameraden, die Trapper, aus dem Gebüsch kommen, in welchem sie sich aus Vorsicht verborgen hatten, als sie die Hufschläge meines Pferdes hörten. Rube trug die Beute, die ich fallen gehört hatte, eine fette Truthenne, auf der Schulter, und auf Gareys Rücken sah ich das leckere Stück von einem Hirsche.

„Ich sehe, Sie haben mit gutem Erfolg für Proviant gesorgt“, sagte ich zu den Herankommenden.

„Ja, Capitain, es wird an Rationen nicht fehlen“, erwiderte Garey. „Ihre Jäger haben uns zwar genug angeboten, aber wir konnten es nicht gut annehmen, da wir versprochen hatten, für uns selber zu sorgen.“

„Ja, das ist gewiss", setzte Rube hinzu, „wir sind freie Gebirgsmänner und wollen bei niemand schmarotzen, nein, das wollen wir nicht!"

„Und, Capitain, da für Sie gerade nichts Besonderes zu essen vorhanden zu sein scheint, so können Sie ja die Truthenne und auch etwas vom Hirschschenkel annehmen. Nicht wahr, Rube, es bleibt für mich und dich noch genug übrig?"

„Freilich", lautete die Antwort.

Ich ging auf den Wunsch der Jäger bereitwillig ein, denn die Speisekammer des Lagers hegte keine Leckerbissen, wie einen wilden Truthahn oder Wildbret. Wir entfernten uns alle drei von dem Orte und gelangten, von den Trappern geführt, bald auf den rechten Weg. Auch sie waren willens, sich nach dem Posten zu begeben, denn sie hatten seit Mittag in dem Walde gejagt und ihre Pferde in dem Flecken zurückgelassen.

Etwa eine halbe Meile waren wir unter den Bäumen hingegangen, als wir einen schmalen Weg erreichten, der meine Begleiter in nicht geringere Verlegenheit als mich setzte; auch sie kannten die Gegend nicht und wussten nicht, welche Richtung einzuschlagen war. Es war sehr dunkel, blitzte aber von Zeit zu Zeit. Dabei regnete es aus allen Schleusen des Himmels und wir wurden durch und durch nass. Niemand konnte in der Nacht die Richtung erkennen, denn das ganze Himmelsgewölbe war in schwarze Wolken gehüllt und weder ein Lichtstreifen noch ein Stern zu erblicken.

Als der Blitz leuchtete, sah ich, wie Rube sich niederbeugte und eine Spur bemerkte. Er hatte tiefe Geleise von Rädern, augenscheinlich von einem plumpen Karren, bemerkt und untersuchte sie.

Der alte Trapper richtete sich empor, als hätte er die Inschrift eines Wegweisers gelesen, und rief, weitergehend:

„Es ist ganz richtig! Hier entlang!"

Als ich ihn fragte, auf welche Weise er sich für diese Richtung entschieden habe, antwortete er:

„Sehen Sie, junger Bursche, es ist die Fährte eines mexikanischen Karrens. Jeder, der einmal ein solches Ding gesehen hat, weiß, dass es auf zwei Rädern sitzt. Es sind aber vier Spuren zu sehen, und zwar von demselben Räderpaar und folglich muss der Karren hin- und zurückgefahren sein. Da nun aber nicht vorauszusetzen ist, dass die Rückfahrt nach der Ansiedlung führt, so muss der Weg hier entlanggehen."

„Aber wie erkannten Sie denn die Rückfahrt?"

„Das ist ebenso leicht als einen Baum zu fällen. Die Rückfahrt ist um ein paar Stunden frischer."

Indem ich über den eigentümlichen Instinkt unseres Führers nachdachte, ritt ich schweigend weiter. Bald darauf begann Rube, der einige Schritte vorausging, wieder:

„Die Radspuren machen die Sache nur gewisser, sonst hätten Sie den Weg auch aus einem andern Zeichen erkennen können."

„Und was für ein anderes Zeichen haben Sie?", fragte ich.

„Das Wasser", antwortete er. „Sie können sehen, dass es hierhin läuft. Hören Sie es auch?"

Ich hörte deutlich das Geräusch von fließendem Wasser, welches wie ein kleiner Bach dahinströmte.

„Ja, ich höre es."

„Nun", fuhr der Trapper fort, „das ist der Abfluss von dem Regen und wenn wir ihm ebenfalls folgen, so müssen wir an den Fluss kommen, was wir ja beabsichtigen. Sind wir einmal da, so werden wir ja den Weg weiter finden. Aber es regnet so stark, dass eine Moschusratte ertrinken könnte. Puh!"

Der Erfolg zeigte, dass der Trapper sich nicht verrechnet hatte. Wir folgten der Richtung, welche das Wasser eingeschlagen hatte, und bald darauf sahen wir, wie ein plätschernder Bach unter dem Gebüsch hervorschoss und von unserm Pfade in einem spitzen Winkel ablief. Als wir durch das angeschwollene Bächlein schritten, sahen wir die Strömung noch in derselben Richtung, die unser Weg verfolgte; wir mussten also sicher an den Fluss gelangen.

Eine halbe Meile weiter erblickten wir auch das Ufer des Flusses und gelangten auf die Hauptstraße, die nach der Ansiedelung führte. Wenige Minuten weiterschreitend, erreichten wir die Grenze des Dorfes, wo uns die Schildwache mit dem lauten Ruf: „Wer da?" anhielt.

„Freunde", antwortete ich. „Sind Sie es, Quackenboss?"

Ich hatte den alten Botaniker an seiner Stimme erkannt und sah ihn beim Leuchten des Blitzes an einen Baumstamm gelehnt.

„Halt, die Parole", erwiderte er in entschlossenem Tone.

An dieses Zauberwort hatte ich beim Ausreiten nicht gedacht und erwartete, da ich es nicht kannte, einen unangenehmen Auftritt; doch wollte ich die Schildwache auf die Probe stellen. Ich erklärte, die Parole nicht zu wissen, nannte aber meinen Namen und Rang.

„Kümmert mich alles nichts", gab Quackenboss mürrisch zur Antwort, „ohne die Parole kommen Sie nicht vorbei."

„Es ist ja dein Capitain, verwünschter Narr", rief Rube ärgerlich.

„Das kann sein, ich kann ihn aber ohne die Parole nicht vorüberlassen", antwortete die Schildwache in unerschütterlichem Tone.

In eine schlimme Lage versetzt, schlug ich vor, Quackenboss solle nach dem Korporal von der Wache oder nach dem Leutnant schicken.

„Ich habe niemand zu schicken", antwortete Quackenboss.

„Dann will ich gehen", antwortete Garey schnell, denn er glaubte in seiner Unschuld, es wäre kein Grund vorhanden, ihn zu hindern. Schon machte er ein paar Schritte auf die Schildwache zu, als Quackenboss mit donnernder Stimme rief:

„Halt! Noch einen Schritt und ich jage dir eine Kugel durch den Leib."

„Was heißt das? Eine Kugel? Holla! Du willst ihn totschießen?", rief Rube vorspringend. „Wie? Wenn du schießt, verwünschter Maultierkopf, so soll es das letzte Mal sein, dass du die Tatze an einen Drücker legst, nur vorwärts!"

Rube stand mit erhobener Büchse da, beim Schein des Blitzes sah ich die Schildwache gleichfalls mit angelegtem Gewehr dastehen. Ich wusste, dass er sicher zielte, und zitterte für die Folgen.

„Halt, Quackenboss!", rief ich. „Schieße nicht! Wir wollen warten, bis jemand kommt."

Bei diesen Worten zog ich meine beiden Begleiter zurück. Der Jäger mochte mich jetzt an dem Tone meiner Stimme erkannt oder mich beim Blitz deutlicher gesehen haben; ich sah, dass er das Gewehr bei Fuß nahm. Dennoch weigerte er sich, trotz alles Zuredens, uns vorbeizulassen. Nachdem ich zwischen Quackenboss und meinen beiden Begleitern den Frieden wieder hergestellt hatte, blieb ich ruhig stehen, um zu warten, ob vielleicht sich jemand nähern würde. Diesen Augenblick zeigte sich wirklich ein Jäger auf der Seite des Platzes. Quackenboss rief ihn an und er wurde nach einem längeren Gespräch abgeschickt, den Korporal von der Wache herbeizuholen. Dieser kam und erlöste uns aus unserer Not; wir konnten uns ungehindert auf den Platz begeben, doch hörte ich, wie Rube der Schildwache im Vorübergehen zumurmelte:

„Du verwünschter Maultierkopf, wenn ich dich draußen auf der Steppe hätte, wollte ich es dir wohl zeigen!"

Dreizehntes Kapitel.
Ijurras Drohungen.

Der Leser wird wohl bemerkt haben, dass ich die Absicht hegte, die schöne Isolina zu meiner Gemahlin zu machen, aber ich war arm und wollte es nicht wagen, die Hand dieser reichen Dame zu fordern. Wenn schon aber meine Habe nicht ihrem Reichtum gleichkam, so hoffte ich doch, dass ich mir den Weg zu Rang und Ruhm bahnen würde; der Ruhm hält dem Reichtum das Gleichgewicht. Ein Mann mit einem klugen Kopfe und entschlossenen Herzen konnte vielleicht einst zurückkehren und mit gutem Rechte um die Tochter des reichen Hacienderos werben.

Aber vorläufig stand eine bittere Trennung bevor.

Voll düsterer Betrachtungen ritt ich eines Tages aus und drang in den dichten Wald. Es war kein Weg vorhanden, aber ich sah die Spur des Schimmels, den Isolina ritt, und diese war leicht zu verfolgen. Ich war noch keine fünfhundert Schritte vom Hügel entfernt, als ich aus geringer Entfernung Stimmen durch den Wald schallen hörte. Durch mein langes Leben an der Grenze war ich vorsichtig geworden und hielt unwillkürlich an, um zu lauschen.

Ich erkannte eine weibliche Stimme und auch der Klang ließ mich nicht in Ungewissheit, wem sie angehörte; es war Isolina, welche sprach.

Mit wem sprach sie? Wem war sie in diesem Walde begegnet? Als sie zu sprechen aufhörte, lauschte ich auf die Antwort. Ich hörte die Stimme eines Mannes; es war die Stimme Rafael Ijurras. An dem Felsen hatte ich hinlänglich auf ihren Ton geachtet, um sie im Gedächtnis zu behalten. Der Ton war wohlklingend und harmonisch, aber er berührte mein Ohr widerwärtig.

Ich glitt leise aus dem Sattel und schlich mich wie ein Jaguar an die Sprechenden heran. Mein Pferd war an solche Bewegung gewöhnt und blieb ungefesselt an dem Orte stehen; ich hatte nichts zu fürchten, dass es mich verraten würde. Mit den Händen die Zweige auseinanderbiegend, näherte ich mich vorsichtig, Schritt für Schritt. Die Blätter der Sabalpalmen, welche auf kurzem Stiele wie große grüne Fächer wachsen, begünstigten mich; sie bildeten einen vollkommenen Schirm, sodass das schärfste Auge mich nicht hätte bemerken können.

Nach einigen Sekunden erreichte ich den Rand der kleinen Lichtung und erblickte durch die Bäume Isolina und ihren Vetter. Isolina saß noch zu Pferde, Ijurra stand neben ihr, hielt mit der einen Hand den Sattelknopf und hatte mit der andern den Zügel erfasst. Ich sah jetzt aus dieser Stellung, dass

Isolina zufällig mit Ijurra zusammengetroffen war und dass dieser sie zurückhielt. Ich konnte ihr Gesicht nicht sehen, da es Ijurra nach der anderen Seite hin zugewandt war; an dem Tone ihrer Stimme aber erkannte ich, dass dies Isolina war. Bis jetzt konnte ich nichts von dem hören, was gesprochen wurde, denn das Geräusch der Blätter unter meinen Füßen und der Zweige, durch die ich mich drängte, verhinderten mich, etwas zu verstehen. Als ich, fünfzig Schritte von den Sprechenden entfernt, anhielt, konnte ich die Unterhaltung, welche in lautem Tone geführt wurde, deutlich vernehmen.

„Du weigerst dich also?", fragte Ijurra.

„Ich habe es schon früher getan, Rafael; durch dein Benehmen hast du keinen Grund gegeben, meine Ansicht über dich zu ändern."

„Mein Benehmen hat hierbei nichts zu schaffen; du hast andere Gründe", erwiderte Ijurra mit leuchtenden Augen. Dabei presste er die Lippen zusammen und schien bemüht, seinen ausbrechenden Zorn zurückzuhalten. „Du willst diesen Yankee-Capitain heiraten?", fragte er in nachdrücklichem Tone; „aber das sollst du nie! Das schwöre ich bei allen Heiligen. Höre mich an, Isolina de Vargas! Ich habe dir etwas zu sagen, was vielleicht nicht angenehm sein wird."

„Du kannst mir nichts Angenehmes sagen; aber ich höre."

„Zuerst habe ich hier gewisse Schriftstücke, welche dich und deinen Vater betreffen."

Ich sah, wie er unter seiner Jacke ein paar zusammengefaltete Papiere hervorholte, sie auseinanderlegte und ihr vor das Gesicht hielt.

„Diesen Pass", fuhr er fort, „hat der amerikanische Befehlshaber der Donna Isolina de Vargas ausgestellt; du hast ihn vielleicht schon früher gesehen, und hier ist ein Brief, den Don Ramon de Vargas an den General-Commissär der amerikanischen Armee gerichtet hat, und noch ein anderer an jenen Capitain – das ist ein schönes Verräterstückchen!"

„Und was weiter?"

„Es ist nicht gut für dich", fuhr er fort, „dass der General Santa Anna jetzt über diese Republik gebietet; meinst du, er würde solchen verräterischen Briefwechsel nicht bestrafen? Wenn ich ihm diese Schriftstücke vorlege, so erhalte ich den Befehl, sowohl dich, wie deinen Vater in aller Eile zu verhaften; ja, auch die Besitzung wird konfisziert und wird die meinige."

Ijurra schwieg, um eine Antwort zu erwarten; aber Isolina blieb stumm. Da ich ihr Gesicht nicht sehen konnte, glaubte ich, die Drohung hätte sie eingeschüchtert.

„Das ist ein schönes Verräterstückchen!"

„Nun, Señorita", fuhr Ijurra fort, „jetzt begreifst du wohl unsere gegenwärtige Stellung? Wenn du einwilligst, meine Braut zu sein, so sollen diese Papiere auf der Stelle vernichtet werden."

„Nie!", antwortete Isolina.

„Nie", wiederholte Ijurra, „dann fürchte die Folgen! Ich werde den Verhaftsbefehl für Euch erhalten und die Besitzung wird die meinige sein, sobald die Schurken von Amerikanern aus dem Lande getrieben sind."

„Ha, ha!", lachte sie. „Du irrst dich, Rafael Ijurra. Trotz deinem Scharfsinn vergissest du, dass die Besitzung meines Vaters auf der texanischen Seite des Rio Grande liegt, und ehe diese Schurken von Amerikanern vertrieben sein werden, wird dieser Fluss als Grenze festgestellt. Wer sollte dann das Recht zum Konfiszieren haben? Weder du noch dein feiger Befehlshaber."

Durch diese Worte wurde Ijurra nur noch wütender, sein Gesicht erbleichte und er schien nicht mehr Herr über sich selbst; aber auch Isolina mochte diese Beleidigung nicht mehr länger ertragen.

„Erbärmlicher Mensch", rief sie mit gepresster Stimme, „fort aus meinem Wege!"

„Noch nicht", antwortete Ijurra, indem er den Zügel fester hielt, „ich habe dir noch etwas mitzuteilen."

„Schurke, lass den Zügel los!"

„Nein, vorher musst du mir versprechen –"

„Ich sage noch einmal, lass den Zügel los, sonst trifft diese Kugel dein Herz!"

Als ich aus dem Dickicht hervorsprang, um zu ihrem Schutze herbeizueilen, sah ich, wie sie mit der rechten Hand das Pistol erhob und die Mündung desselben gegen Ijurra richtete. Der Feige kannte ihren entschlossenen Charakter und die Drohung hatte Erfolg. Er ließ die Zügel aus seinen Händen und trat, mit einem Blick voll Hass und Furcht, einen Schritt zurück.

Kaum fühlte das Pferd die Zügel frei, als es, durch die Sporen noch mehr gereizt, vorwärtssprang und Ross und Reiterin hinter den Palmenbäumen verschwanden.

Sie hatte meiner Hilfe nicht bedurft und ich sah und hörte nichts mehr von ihr, als ich an Ort und Stelle ankam.

Ich eilte auf Ijurra zu, der allein stand. Er hatte mir den Rücken zugekehrt und blickte nach der Richtung, in welcher Isolina verschwunden war. Dabei stieß er einen Schrei grimmiger Rache aus. Dies hinderte ihn, mich zu hören, obschon ich nur noch drei Schritte hinter ihm stand. Er war vollkommen in meiner Gewalt und ich hätte ihn mit meinem gezogenen Degen von hinten durchstoßen können. Ein gemeiner Mensch würde mit dem

Schurken auf der Stelle fertig gewesen sein; er hätte sich an meiner Stelle nicht zu einem ehrlichen Kampfe verpflichtet gehalten. Ich hatte vor mir einen Todfeind, einen meineidigen Schurken, einen Mörder, der nach meinem Leben getrachtet hatte.

Ich hegte nur einen Augenblick den Gedanken, die Gesetze der Ehre außer acht zu lassen; so schlecht und elend er war, konnte ich ihn doch nicht hinterrücks erlegen. Ich trat näher, schlug ihm auf die Schulter und nannte seinen Namen.

Bei dieser Andeutung meiner Gegenwart schrak er zusammen, als wäre er von einer Kugel getroffen. Als er sein Gesicht nach mir wendete, sah ich, dass die Glut des Zornes einer Todesblässe gewichen war, seine Augen hatten einen furchtsamen Ausdruck. Die Überraschung mochte diese Wirkung auf ihn hervorgebracht haben; außerdem wohl meine entschlossene Miene und mein gezogener Säbel.

Wir standen uns zum ersten Mal gegenüber und ich bemerkte jetzt, dass er größer war als ich. Aber ich sah den furchtsamen Ausdruck seines Auges und seine zitternden Lippen und fühlte, dass ich sein Herr sei.

„Sind Sie Rafael Ijurra?", fragte ich zu wiederholten Malen.

„Ja, mein Herr; was wünschen Sie von mir?", antwortete er nach einer Pause.

„Sie haben da einige Schriftstücke in der Hand, von denen mir ein Teil gehört. Ich muss Sie bitten, mir dieselben zu überreichen."

„Sind Sie Capitain Warfield?", fragte er nach einer Pause, während ich bemerkte, dass er die Dokumente mit zitternden Händen festhielt.

„Ich bin Capitain Warfield, und das sollten Sie jetzt wohl wissen."

Ohne auf diese Bemerkung zu achten, antwortete er:

„Freilich, – hier ist ein Brief, der diese Adresse führt und den ich auf der Straße gefunden habe; er steht zu Ihren Diensten."

Bei diesen Worten überreichte er mir den Befehl des Commissars, behielt aber noch immer die übrigen Schriftstücke.

„Es war noch eine Einlage dabei, die Sie in der Hand halten. Ich bitte, mir dieselbe ebenfalls zu überreichen."

„Aha! Ein Billett mit der Unterschrift Ramon de Vargas? War dieses eingeschlossen?"

„Allerdings, und es gehörte natürlicherweise zu dem Briefe."

„Hier ist es, mein Herr."

„Sie sind noch im Besitz eines andern Dokuments, eines Passes, den der amerikanische Befehlshaber für eine gewisse Dame ausgestellt hat. Er gehört nicht Ihnen, Señor Ijurra, ich bitte Sie, ihn mir zu geben, denn ich will ihn der Dame zurückstellen, der er gehört."

Er blickte schnell zu beiden Seiten, als ob er entfliehen wollte; aber er sah, dass ich ihn im Auge behielt und meine Hand in Bereitschaft hatte.

„Es ist freilich ein Pass vorhanden", antwortete er nach einer Pause, indem er sich zum Lächeln zwang. „Für mich ist es ein wertvolles Dokument; aber es steht Ihnen zu Diensten, Capitain."

Während er mir das Papier überreichte, zwang er sich wieder zum Lächeln, ich legte alle drei Dokumente in meine Jacke, nahm dann eine Kampfstellung an und rief meinem Gegner zu, er solle ziehen und sich verteidigen.

Er trug, wie ich, einen Degen; ich sah keine Pistole bei ihm und hatte selbst keine. Meine Waffe war viel leichter als der Degen meines Gegners; aber ich setzte großes Vertrauen darauf. Gegen einen so feigen Gegner hatte ich überdies nichts zu fürchten; weder durch seine schwere Klinge noch durch seine große Person ließ ich mich einschüchtern. Zu meinem Erstaunen zögerte er aber, den Degen zu ziehen.

„Sie müssen ziehen", rief ich in bestimmtem Tone, „oder jetzt sterben! Wollen Sie, Feigling, getötet werden, während Sie die Klinge in der Scheide haben?"

Auch durch diesen Hohn wurde er nicht ermutigt. Ich hatte niemals einen größern Feigling gesehen. Seine blassen Lippen zitterten, seine Augen schweiften wild nach allen Seiten, um Gelegenheit zur Flucht zu suchen; und wenn sich eine solche gezeigt hätte, wäre er sicherlich davongelaufen.

Zu meiner Verwunderung schien er plötzlich Mut zu fassen. Er zog die Klinge mit der Entschlossenheit eines tapfern Mannes aus der Scheide. Seine Furcht vor dem Kampfe schien verschwunden. War es die Verzweiflung, die ihm Mut gab? Sein furchtsames Aussehen veränderte sich, die Augen blitzten wütend und rachgierig, und seine Zähne pressten sich aneinander.

Wir kreuzten die Klingen und die sprühenden Funken verkündeten den beginnenden Kampf.

Um dem ersten Stoß meines Gegners auszuweichen, machte ich eine halbe Wendung und drehte mich glücklicherweise schnell, sonst würde ich die Stelle nicht lebendig verlassen haben. Indem ich mich auf die andere Seite wendete, erblickte ich zwei Männer mit gezogenem Säbel auf uns zulaufen; ich erkannte auf den ersten Blick Guerilleros. Ijurra musste sie schon längst gesehen haben, denn sie waren jetzt nur noch zwanzig Schritte von uns entfernt. Dadurch war es erklärlich, wodurch sich sein Benehmen geändert hatte. Durch ihre Ankunft erhielt er Mut, den Kampf zu wagen, denn er rechnete darauf, dass sie imstande sein würden, mich von hinten anzufallen.

„Heda, heda!", rief er. „El Zorro, Jose, Anda! Anda!"

Jetzt wurde ich meiner Gefahr bewusst. Ich stand einer furchtbaren Übermacht gegenüber, und da der große Mann Hilfe bekommen hatte, war er nicht mehr der Feigling, den ich früher vor mir gehabt hatte. Hätte ich es für möglich gehalten, so würde ich den Rückzug angetreten haben; aber mein Pferd war zu weit entfernt und die Ankommenden befanden sich gerade auf dem Wege, den ich hätte einschlagen müssen.

Zu Fuß zu entfliehen, konnte ich nicht hoffen, denn diese Männer liefen so schnell wie Indianer, das hatte ich oft gesehen. Sie waren bereits nahe, ich sollte überfallen und hinterrücks durchbohrt werden.

Es blieb keine Zeit zum Überlegen; ich sprang ein paar Schritte zurück, sodass ich alle drei vor mir hatte und ihre Schläge nacheinander parieren konnte.

Der ungleiche Kampf war ein verwirrtes Gewühl von Schlägen und Stößen, bei welchen ich verwundet wurde, aber auch selbst verwundete.

Ich fühlte, wie aus mehreren Teilen meines Körpers das Blut unter meinen Kleidern hervor und über mein Gesicht rann. Mit jedem Augenblick wurde ich müder und schwächer. Der Riese stand mit gehobenem Arm vor mir. Seine Klinge war an der Spitze mit meinem Blute gefärbt und sollte eben den letzten Stoß tun. Indem ich einen Hieb Ijurras abwehrte, hatte ich meine Kraft erschöpft und konnte jenen letzten Streich nicht mehr parieren; ich stieß einen Schrei der Verzweiflung aus.

Plötzlich entfiel die Klinge der Hand meines Gegners; sein erhobener Arm sank schlaff herab; auf den Gesichtern meiner Feinde zeigte sich eine große Verwirrung. Hinter mir hörte ich einen lauten Knall und sah, dass El Zorros Arm durch einen Schuss zerschmettert wurde.

Ich erwachte wie aus einem furchtbaren Traume. Kurz vorher hatte ich gegen drei entschlossene Männer gekämpft, jetzt sah ich sie mir den Rücken wenden und in der größten Hast davonlaufen. Nicht weit konnte ich ihren Lauf verfolgen; denn sie drangen in das Gebüsch und verschwanden.

Als ich mich nach der anderen Seite wendete, sah ich einen Mann mit einer Flinte in der Hand über die Lichtung herangelaufen kommen und sich mir nähern. Er musste den Schuss getan haben. Er trug mexikanische Kleidung und musste zu den Mexikanern gehören. Vielleicht hatte er nach mir gezielt und aus Versehen seinen Kameraden verwundet. Aber er musste kühner sein als die Übrigen, da er allein herbeieilte, um mich anzugreifen.

Schon setzte ich mich in Bereitschaft, es mit diesem neuen Gegner aufzunehmen; ich fasste meinen Säbel fest und wischte mir das Blut von den Augen. Als er aber dicht vor meiner Klinge stand, erkannte ich an den langen Affenarmen und den krummen Beinen meinen Jäger Elijah Quackenboss.

Der Jäger hatte nicht wieder geladen, sondern kam in der Absicht, mich beim Handgemenge zu unterstützen, obgleich er keine andern Waffen führte als seine leere Flinte. Aber der Bursche war trotz seiner unförmlichen Gestalt doch so kräftig und muskulös, dass er es mit zwei von meinen Feinden vollkommen aufgenommen hätte. Meine Angreifer waren jedoch durch den Knall der Flinte wie die Rehe verscheucht worden, entweder weil sie eine größere Macht in der Nähe glaubten oder weil sie sich der furchtbaren Büchsen der Trapper erinnerten und vermuteten, dass sie ebenfalls zu meiner Rettung herbeikommen würden. Als ich den seltsam gekleideten Jäger deutlicher ansah, überzeugte ich mich, dass ich meine Rettung dem Botaniker verdankte. Von dem Lauf seiner Flinte hing eine große kugelförmige Kaktuspflanze herab und in jedem Knopfloch, in allen Taschen seines Anzugs waren Blätter, Zweige, Früchte und seltene Pflanzen zu sehen. Er hatte im Walde botanisiert und war, als er zufällig den Lärm des Kampfes hörte, zu rechter Zeit herbeigeeilt, um den Gnadenstoß zu verhindern, den mir El Zorro geben wollte.

„Dank, Quackenboss, mein wackerer Freund, Ihr kamt zur rechten Zeit, um mich zu retten."

„Es war ein schlechter Schuss, Hauptmann, ich hätte dem roten Kerl den Schädel zerschmettern sollen, aber er ist wohlfeil davongekommen."

„Es war ein guter Schuss, Ihr habt ihm wahrscheinlich den Arm zerschossen."

„Ein erbärmlicher Schuss, der Kaktus hinderte mich am Zielen. Sind Sie verwundet, Capitain?"

„Ich bin verwundet, aber wahrscheinlich nicht tödlich; ich fühle mich durch den Blutverlust geschwächt und mein Pferd werden Sie dort finden – gehen Sie dorthin – holen Sie mein Pferd – "

Ein paar Minuten lang war ich ohne Besinnung. Als ich wieder zum Bewusstsein kam, sah ich, dass mein Pferd neben mir stand. Der Botaniker beugte sich über mich und verband meine Wunde mit Streifen, die er von seinem Hemde abgerissen hatte. Er trug nur einen Stiefel, den andern hatte er mit Wasser gefüllt, wovon er mir bereits einen Teil eingetränkt hatte und den andern dazu verwendete, meine Schläfe zu netzen und mein Gesicht vom Blut reinzuwaschen. Ich fühlte mich bald stark genug, in den Sattel zu klettern, und während mein Begleiter mein Pferd leitete, schlugen wir den Weg nach der Ansiedlung ein. Unterwegs mussten wir dicht an der Hacienda vorüberkommen; bei der dunklen Nacht konnte man uns aber nicht bemerken. Dies war mir erwünscht, denn ich fürchtete, durch meine zerrissene und befleckte Uniform und durch mein wildes Aussehen unnötige

Besorgnis zu erwecken. Wir kamen unvermerkt vorüber und nach einer halben Stunde befand ich mich sicher in meinem Quartier.

Das Ereignis des Tages bedrückte meinen Geist lange; der Gedanke an die Zukunft setzte mich in Unruhe; namentlich war ich um Isolinas Sicherheit besorgt und wurde es immer mehr, je länger ich darüber nachsann. Der Mann, welcher so bittere und rohe Drohungen gegen sie ausgestoßen hatte, bebte sicherlich vor nichts zurück. Ich hatte ihm freilich viel von seiner Macht geraubt, indem ich ihm die gefährlichen Schriftstücke abnahm. Aber er konnte sich noch immer vieler Mittel für seine Eifersucht und Habgier bedienen. Er war ein unverantwortlicher Anführer einer sogenannten patriotischen Guerilla, die eigentlich nichts weiter als eine Räuberbande war. In diesem Amte konnte er alles versuchen. Wenn wir von unserm Posten abzogen, war der Schurke ein unumschränkter Gebieter der Gegend. Er konnte jede Handlung ungestraft begehen, denn er erhielt seine Macht von dem Diktator, dessen Laster er nachahmte und der jede Schändlichkeit seiner Anhänger billigte. Es war eine schlimme Bedeutung, dass Ijurra gerade mit seiner Bande in dieser Gegend wieder erschien, als wir eben abberufen wurden. Sie mussten schon früher von dem Feldzugsplan der amerikanischen Armee gewusst haben, was mir Wheatley mitteilte, erwies sich als richtig. Der Oberbefehlshaber Scott war angekommen und der größte Teil des Heeres sollte eine Expedition gegen Vera Cruz unternehmen. Unser alter Feldherr verlor dadurch einen großen Teil seiner besten Truppen, aber wir hatten den Trost, bei ihm zu bleiben.

Die Armee war bereits in Bewegung, ganze Züge und Brigaden waren auf dem Marsche, um nach dem Süden eingeschifft zu werden, die Übrigen hatten bereits ihre Befehle zum Abzuge erhalten. Die Provinz am Rio Grande sollte nicht aufgegeben werden; aber die Armee, welche zurückblieb, durfte sich nur auf einen kleinen Umkreis beschränken. Wir sollten nicht nur unsern kleinen Posten verlassen, sondern auch die benachbarten Städte des bisherigen Hauptquartiers räumen; unsere Linie wich auf fünfzig Meilen vom Flecken zurück und es war ein trauriger Gedanke für mich, dass unsere amerikanische Truppe das abgelegene Dorf vielleicht niemals wieder besuchen würde.

Es unterlag keinem Zweifel, dass der Feind mit unsern Bewegungen bekannt war. Die Leute der Umgegend wenigstens wussten seit mehreren Tagen, dass die Jäger am folgenden Morgen abziehen sollten. Ein großer Teil der Bewohner des Orts hatte sich in der letzten Zeit, je näher unser Abmarsch heranrückte, viel mürrischer und unfreundlicher gezeigt. Es war sogar zu mehreren Straßenkämpfen gekommen, bei welchen auf beiden Seiten bittere Feindschaft erregt, Messer gezogen und Blut vergossen worden war. Es blieb uns auch nicht verborgen, dass um diese Zeit denjenigen Bewohnern, welche sich freundlich gegen uns bewiesen hatten, rohe Spöttereien und Drohungen unter die Tür geschoben worden waren. Selbst der Alkalde hatte mehrere solcher Zuschriften erhalten.

Einige hielten diese Handlungen für einfältig und schrieben sie persönlichen Feindseligkeiten oder dem ungebildeten Patriotismus des Pöbels zu. Wie wir später erfuhren, war dies jedoch nicht der Fall; vielmehr unterstützten mehrere Mitglieder der Regierung diese Rohheit und ließen in jedem Dorfe und in jeder Stadt, durch welche die amerikanische Armee kam, eine sogenannte schwarze Liste anfertigen.

Vergebens versuchte ich, nach der Rückkehr einen Plan für die Sicherheit meiner Verlobten zu erdenken. In der Hoffnung, dass der Bösewicht Ijurra noch in unsere Hände fallen könnte, hatte ich Holingsworth mit einem Jägertrupp ausgeschickt und erwartete ungeduldig seine Rückkehr. Um Mitternacht kehrte er endlich von dem Streifzug zurück, hatte aber nichts von den Guerillas gesehen.

Vierzehntes Kapitel.
Grausamkeiten der Guerilla.

Die Morgenröte zeigte sich am Himmel, als unsere Hörner zum Aufbruch bliesen und die Jäger aus ihrem Schlummer erweckte. Als sich die Sonne zeigte, sah man Menschen und Pferde in reger Bewegung. Beim abermaligen Ertönen des Horns wurde gesattelt und die Züge stellten sich zum Abmarsch auf der Plaza auf.

In der Mitte der Plaza stand ein Wagen mit einem weißen Plan, mit Maultieren bespannt. Er enthielt das ganze Gepäck des Korps und diente zu gleicher Zeit als Krankenwagen. Gepäck und Kranke waren bereits untergebracht, und der Hornist erwartete meinen Befehl, zum Abmarsch zu blasen.

Ich war wieder zu meinem Lieblingsaufenthalt, dem platten Dache, hinaufgestiegen; vielleicht sollte ich das letzte Mal den Fuß hierhersetzen. Meine Augen bemerkten nur die Hauptpunkte des Bildes, welches die Plaza darbot: gesattelte und gezäumte Pferde; Männer, welche Decken, Halfter und Mantelsäcke zurechtlegten und anschnallten; einige Männer, die bereits zu Pferde saßen, andere, die vor der Tür den letzten Schluck mit ihren mexikanischen Bekannten tranken. Hin und wieder sah man einen Jäger in voller Rüstung vor dem Gitter eines Fensters stehen, mit dem Gesicht nach dem Innern und sich mit jemandem angelegentlich unterhalten. Andere nahmen ihren Abschied unter dem Schatten der Kirchmauer und gruppenweise auf der Plaza selbst. Die Leute des Orts waren trotz der frühen Stunde schon alle aufgestanden und die braunen Mädchen ließen sich am Brunnen von den Jägern die Krüge füllen und auf die Köpfe heben; dann folgte ein freundliches Gespräch.

Alle, die wir zurückließen, schienen Freunde zu sein. Durch die offenen Türen und Fenster blickten keine feindlichen Gesichter. Nur hin und wieder schlich ein mürrischer Lepero in seiner Decke umher oder kauerte sich an der Straßenecke, ingrimmig unter seinem breitkrempigen Hut hervorblickend. Die größere Zahl dieser Klasse war, wie bekannt, bei der Guerilla: Aber einige hörten dem Gespräch mit den Frauen mit unterdrücktem Zorn zu. Während ich einen hastigen Blick auf die Abschiedsszene warf, entging es mir nicht, dass die Gesichter einiger der jungen Mädchen nicht bloß Trauer, sondern auch Furcht ausdrückten. In diesem Augenblick empfand ich selber ein Gefühl von Unentschlossenheit in mir. Ich hatte mich die ganze Nacht mit dem Gedanken beschäftigt, dass meiner Verlobten während meiner Abwesenheit Gefahr drohen würde; aber es war mir nicht gelungen, irgendeinen Ausweg zu finden. Die Gefahr, welche sich meine Einbildungskraft vormalte, war unbestimmt, aber umso entsetzlicher. Nur ein einziger Plan zeigte sich allenfalls ausführbar: Ich konnte eine Zusammenkunft mit Isolina und ihrem Vater herbeiführen und sie bitten, den Schauplatz der Gefahr zu verlassen, sie konnten nach San Antonio de Bexar gehen und dort das Ende des Krieges abwarten.

Aber es war fast keine Zeit mehr übrig, denn wir sollten vor Sonnenaufgang unterwegs sein und schon brach der Tag an. Aber selbst wenn ich dies unbeachtet gelassen hätte, da ich meine Truppe leicht wieder einholen konnte, so war es höchst gefährlich, die Familie eines hochstehenden Mannes zu einer solchen Stunde zu wecken.

Im letzten Augenblicke bot mir Holingsworth einen Ausweg, indem er mir vorschlug, ich sollte meinen Rat schriftlich hinschicken. Ich folgte diesem Vorschlage, schrieb schnell einige mahnende Zeilen und es fand sich ein zuverlässiger Bote, welcher versprach, den Brief an seinen Bestimmungsort abzuliefern, sobald die Familie erwacht sein würde.

Mit etwas erleichtertem Herzen gab ich den Befehl zum Abmarsch. Als ich das Horn hell und laut schallen hörte und mein lebendiges Ross unter mir tanzte, fühlte ich meinen Geist beruhigter.

Diese Erheiterung war aber nur flüchtig und vorübergehend; bald stellte sich die frühere Besorgnis wieder ein; was ich mir auch vorführte, so vermochte ich nicht die Last von meiner Brust abzuwälzen.

Mein Abschied von Isolina hatte mich mit Befürchtungen für die Zukunft erfüllt und es war nicht befremdend, dass ich Zweifel und Besorgnis über die zukünftige Zeit hegte; denn ich sollte mein Leben in dem ungewissen Spiel des Krieges wagen, ich konnte auf dem Kampfplatze fallen oder durch ein hitziges Fieber umkommen, welches im Felde mehr Soldaten tötet als das Schwert und die Kugel; es war sogar möglich, dass ich mich zu Wasser und zu Lande den verschiedensten Gefahren aussetzen musste. Seltsamerweise fürchtete ich aber für mich am wenigsten; eine dunkle Ahnung sagte mir, dass Isolinas Sicherheit bedroht war, dass ich sie vielleicht nicht wiedersehen sollte.

Dieses furchtbare Gefühl wurde so lebhaft, dass ich mehrere Male mein Pferd anhielt, in der Absicht zurückzureiten; dann verschwand aber der düstere Gedanke wieder und ich verfolgte meinen Weg mit größerem Mute.

Es würde auch nicht geraten gewesen sein, nach der Ansiedlung zurückzukehren. Schon als wir dieselbe verließen, hörten wir von fern ein höhnisches Gelächter und das Geschrei: Tod den Texanern! Meine Jäger waren mit Mühe zurückzuhalten, denn durch jenes Geschrei wurde der Rachedurst in ihnen erweckt. Einer hatte sich im Gefühl der Sicherheit zu lange aufgehalten und sich durch geistige Getränke berauscht. Dieser wurde geprügelt, auf jede Art misshandelt und wäre sogar ermordet worden, wenn nicht die Klügeren vom Pöbel davon abgeraten hätten, weil sie fürchteten, dass die Texaner, die noch nicht weit entfernt waren, wieder zurückkehren könnten.

Meine Leute waren so erbittert, dass sie die Absicht hegten, umzukehren, um den Ort in Brand zu stecken. Die Lehre, welche der Misshandelte erhalten hatte, war indessen sehr heilsam, denn das unerlaubte Zurückbleiben gehörte zu den übelsten Gewohnheiten meiner Jäger; überdies war der Geprügelte ein nichtsnutziger Bursche, der das Mitleid seiner Gefährten kaum verdiente.

Unterwegs wurden wir etwas von der Guerilla gewahr; man feuerte sogar von einem Hügel mehrere Schüsse auf uns. Eine Abteilung, welche ich nach dem Ort hinschickte, traf aber keinen Feind an. Von ferne sahen wir zu wiederholten Malen einige Bewaffnete die Hügel hinabreiten und bemerkten auch Hufspuren. Ohne Zweifel gehörten die Reiter zu der Bande Ijurras; ich glaubte aber damals, dass eine andere stärkere und gut organisierte Macht in der Nähe versteckt wäre, und hielt es für notwendig, mit der größten Vorsicht vorzurücken.

Übrigens hegten meine Jäger das heftigste Verlangen, mit dem Anführer jener organisierten Macht, dem bekannten Canales, zusammenzutreffen, ihn gefangen zu nehmen oder seinen Trupp zu besiegen; sie hielten dies für eine fast ebenso heldenmütige Tat, als Santa Anna selber gefangen zu nehmen.

Auch für mich hatte der Gedanke, mit dem berühmten Parteigänger einen Kampf zu bestehen, den größten Reiz; diese Hoffnung setzte mich sogar in solche Aufregung, dass sich die düsteren Ahnungen auf kurze Zeit aus meinem Geiste verloren.

Wir erreichten jedoch die Stadt, ohne Canales zu treffen; er befand sich entweder nicht auf diesem Wege oder vermied, sich zu zeigen. Canales hatte es vorzugsweise auf reiche Gepäckzüge abgesehen und wurde schwerlich durch unsern einzigen Wagen verlockt, der nur mit Bratpfannen, Feldkesseln, verwundeten Soldaten und zerrissenen Decken beladen war; mit den Jägern selber traf er gewiss nur ungern zusammen, denn er hatte es am wenigsten auf Ruhm abgesehen.

Als wir die Stadt erreichten, fanden wir zu unserm Erstaunen die Division noch anwesend. Sie hatte noch vormittags abmarschieren sollen, aber durch einen Gegenbefehl aus dem Hauptquartier war die Bewegung noch auf einige Tage verschoben worden.

Da bereits alle Gebäude, die uns zur Verfügung standen, von den Truppen eingenommen waren, so wurden wir Jäger genötigt, uns im Freien zu lagern, und erhielten unsern Lagerplatz eine halbe Meile von der Stadt angewiesen. Nachdem wir am Ufer des schönen Baches unsere Pferde angebunden und unsere Zelte aufgeschlagen hatten, waren wir auf unsere Bequemlichkeit bedacht.

Ich hielt mich nicht lange im Lager auf. Kaum waren unsere Zelte aufgeschlagen, so kehrte ich wieder nach der Stadt zurück; ich hatte dabei die doppelte Absicht, mich ein wenig durch geselligen Verkehr zu zerstreuen und zugleich Nachrichten über die Bewegung der Armee zu erhalten. Unter den verschiedenen Regimentern der Division hatte ich einige alte Bekannte und war nach der langen Einsamkeit nicht abgeneigt, meinen Geist durch die Erneuerung früherer freundschaftlicher Verhältnisse zu erheitern.

Im Hauptquartier hörte ich bestimmt, dass wir vor acht Tagen nicht abmarschieren würden. Nachdem ich diese Nachricht erhalten hatte, begab ich mich nach dem Sammelplatz der fröhlichsten Offiziere und traf hier meine ehemaligen Freunde, durch die ich auf kurze Zeit von meinen peinigenden Gedanken befreit wurde.

Ich wurde auch hier mit Nachrichten aus dem Lager bekannt gemacht und erfuhr, welche Helden in den Zeitungen ausposaunt wurden. Ich konnte meinen Spott nicht unterdrücken, als ich vernahm, dass verdienstvolle Männer kaum bekannt waren, während man die Namen derjenigen, die sich auf dem Schlachtfelde beinahe als Feiglinge erwiesen hatten, zu einem volkstümlichen Ruf gebracht hatte. Ein General, der sich im heftigsten Kampfe in einem Graben versteckt hatte, wurde vor allen durch Reden und Gedichte gepriesen. Die Zeitung sprach rühmlich von einem tapferen Dragoneroffizier, der eine Batterie erobert haben sollte; man sah sein Bildnis an allen Fenstern hängen; meine Jäger aber hatten jene mexikanischen Kanonen erobert.

Angenehm war es mir zu bemerken, dass sich zwischen unsern Truppen und den Bewohnern der Stadt ein freundschaftliches Verhältnis hergestellt hatte. Es war dies durch das vortreffliche Benehmen unserer Truppen bewirkt worden, denn man verglich unser Betragen mit dem, welches die mexikanische Armee selber vor kurzer Zeit gezeigt hatte. Die eigenen Landsleute nämlich hatten die Gewohnheit, sich alle möglichen Dinge zuzueignen, unter dem Vorwande, dass dies zur Verteidigung des Staats notwendig sei. Wir dagegen bezahlten alles in baren amerikanischen Dollars, und zwar zu hohen Preisen. Wenn einmal ausnahmsweise eine Gewalttätigkeit seitens unserer Soldaten vorkam, so wurde sie von dem General streng bestraft. So verglichen unsere Feinde das bescheidene Betragen der Amerikaner mit dem dünkelhaften und frechen Benehmen ihrer eigenen Militärs, die sich in ihren goldbestickten Uniformen brüsteten und sich besser dünkten als die Bürger. Innerhalb der Mauern ging alles in der höchsten Ordnung zu; das Privateigentum wurde streng geachtet und keine Privatwohnung von unsern Truppen besetzt; die Mehrzahl der Soldaten lebte unter Zelten und selbst die Offiziere mussten sich mit unbequemen Wohnungen behelfen, um nicht in Privathäusern einquartiert zu werden. Diese Milde setzte die Amerikaner fast in Erstaunen, während sie bei den Truppen beinahe Unzufriedenheit erregte. Anders ging es zwischen den Nachzüglern und den Leperos zu und hier fielen zuweilen grausame Auftritte vor.

Wenn schon uns die Leute wegen unseres menschlichen und milden Verfahrens geneigt waren, so wurde dieses Wohlwollen noch dadurch erhöht, dass sie einsahen, wir beabsichtigten den Krieg in allem Ernst; sie hielten es nicht für unmöglich, dass das ganze Tal des Rio Grande amerikanisches Gebiet werden würde; mochte ihnen dies angenehm oder unangenehm sein, so fürchteten sie in uns doch ihre künftigen Gebieter.

Es ließ sich leicht erklären, dass uns die reichen Kaufleute geneigter waren als das eigentliche Volk; denn das Letztere besaß in höherem Grade die beschränkte Vaterlandsliebe und war williger, für den heimischen Druck zu kämpfen, als seine Freiheit von einem fremden Volke anzunehmen. Die reichen Familien von Mexiko hatten dagegen guten Grund, freundlich gegen uns zu sein, da ihr Vermögen durch ihre eigene Regierung schlecht behütet worden war.

Während meiner Anwesenheit waren sogar sehr vertrauliche Verhältnisse eingegangen. Einer unserer Offiziere hatte sich mit einer reichen Dame des Orts vermählt und man hatte die Hochzeit glänzend und prächtig gefeiert. Ein zweiter war verlobt und man hoffte, dass er zahlreiche Nachfolger finden werde. Nach solchen angenehmen und interessanten Nachrichten konnte ich mit leichterem Herzen nach dem Lager zurückkehren.

Der Besuch meiner Kameraden brachte wieder eine angenehme Aufregung in mir hervor, die aber leider zu bald verrauschte; ich hatte nichts weiter zu tun, als vor meinem Zelte umherzuschlendern, und bald wurde ich wieder von meinen quälenden Besorgnissen eingenommen.

Es gibt gewisse Zeiten, wo wir innerlich eine gewisse Warnung zu hören glauben, ebenso wie wir in der äußeren Welt durch manche Tiere vor dem Erdbeben und dem Sturm gewarnt werden. Dieser Glaube an Ahnungen wurde stärker, wenn ich auf meinem ledernen Sofa ausgestreckt lag und mich meinen Gedanken überließ. Ich fand jedoch einige Erleichterung in einem Plan, den ich entwarf.

126

Ich wollte zwanzig meiner besten Leute nehmen, mit ihnen zurückreiten, den Trupp in der Nähe der Hacienda verstecken und das Haus allein betreten, um meine schriftlichen Ratschläge noch mündlich zu unterstützen. Fände ich meine schriftlichen Ratschläge bereits befolgt, so wollte ich umso beruhigter und zufriedener zurückkehren; aber ich fürchtete nur zu sehr, dass Don Ramon sie verworfen hatte. Deshalb reifte der Entschluss in mir, die Wahrheit zu erfahren und noch einmal mit meiner Verlobten zusammenzutreffen.

Ich hatte meinen Leuten die Stunde bestimmt, wann wir unbemerkt das Lager verlassen wollten.

Die Stunde der Dunkelheit war dazu festgesetzt, und zwar aus Vorsicht, weil ich nicht wünschte, dass dieser Streifzug im Hauptquartier bekannt werde. Allerdings wurden wir als unregelmäßige Truppen fast immer von der Division getrennt und man vermisste unsere Abwesenheit selten; namentlich hatte ich in meiner Stellung eine gewisse Unabhängigkeit, die mir gefiel. Dennoch wünschte ich nicht, dass die beabsichtigte Expedition offen bekannt würde. Ich beabsichtigte zwar, nur einen kleinen Trupp mitzunehmen, dennoch war Vorsicht nötig, denn wenn ein Schnellbote uns auf der Straße überholte, so konnte er die Nachricht von unserer Unternehmung vorausbringen. Ich hatte ferner die erste Stunde der Dunkelheit gewählt, weil ich nicht die Bewohner der Hacienda durch einen nächtlichen Besuch erschrecken wollte. Wenn wir scharf ritten, konnten wir in anderthalb Stunden die Tore des ländlichen Hauses erreicht haben.

Beim Ausgang der Dämmerung saßen wir im Sattel und ritten schweigend in das Gehölz, das unser Lager begrenzte. Nachdem wir eine Zeit lang auf einem schmalen Pfad geritten waren, gelangten wir auf die Straße, welche dem Fluss aufwärts nach der Ansiedelung hin folgte. Die Trapper Rube und Garey, welche als Kundschafter dienten, zogen zu Fuß voraus, während ihre Pferde hinten beim Trupp blieben.

Die Art, in welcher wir marschierten, nahm ich stets auf unsern Zügen im Walde an. Befindet sich eine Streitmacht auf dem Marsche, so ist es gut, wenn die Späher immer zu Fuß gehen, mag der Haupttrupp aus Fußvolk oder Reiterei bestehen. Sie können dann jeden Vorteil des Bodens benutzen, sich im Walde verborgen halten und die Biegung der Straße umso sicherer auskundschaften. Die größte Gefahr für einen Späher und folglich auch für einen Trupp, welchem er angehört, liegt darin, dass er zuerst gesehen werden kann; diese Gefahr vermehrt sich aber, wenn er zu Pferde ist. Man kann ein Pferd nicht leicht verstecken und der Schall der Hufschläge ist in der Ferne zu hören; ein Mann zu Fuß, namentlich ein solcher wie unsere beiden

Trapper, wird gewöhnlich den Feind früher entdecken, als er selber entdeckt oder überfallen wird. Natürlicherweise darf sich der Späher nicht so weit entfernen, dass es ihm unmöglich wird, sich auf seinen Trupp zurückzuziehen.

Wir setzten volles Vertrauen auf die Männer, die wir ausgeschickt hatten, und ritten in mäßigem Schritt vorwärts, um sie nicht einzuholen. Von Zeit zu Zeit erblickten wir sie in der Ferne, wie sie am Rande des Gebüsches entlangschlichen oder sich dahinter duckten, um die vor ihnen liegende Straße auszukundschaften. Es war uns nicht lieb, dass wir ihre Gestalt im Mondschein deutlich erkennen konnten, eine dunklere Nacht wäre uns lieber gewesen.

Der Weg, welchen wir ritten, zeigte keine Spur von Wohnungen und zog sich durch ein niederes Holz, ohne Lichtungen oder Häuser zu berühren. Nur auf dem halben Wege zwischen der Stadt und der Ansiedlung stand ein einsames verfallenes Haus. Wir waren diesem Hause etwa eine halbe Meile nahegekommen, als wir ein seltsames Gemisch von Stimmen hörten. Es waren Menschenstimmen, die uns von dem Winde zugeführt wurden und die wir bald als weibliche erkannten. Die meisten wenigstens hatten den weichen Klang der weiblichen Stimme; doch mischten sich zuweilen auch rauere Töne in das Gemurmel.

Wir hielten an und lauschten. Die Stimmen erschollen noch immer in verworrenem Gemisch und es war deutlich, dass sie nicht Freude, sondern im Gegenteil Jammer und Wehklage ausdrückten.

„Es sind Weiber, die sich in Not befinden", sagte einer in nachdrücklichem Tone.

Unwillkürlich drückten wir bei diesen Worten unsern Pferden die Sporen ein und galoppierten vorwärts.

Wir hatten kaum dreißig Schritte zurückgelegt, als ein Mann aus der entgegengesetzten Richtung schnell auf uns zukam. Als wir den Späher Garey erkannten, hielten wir an und warteten, dass er näher käme.

Ich, der ich mich an der Spitze des Korps befand, erkannte des Trappers Gesicht im hellen Mondschein und sah, dass er uns eine schlimme Nachricht verkündigen würde. Indem er die Hand auf meinen Sattel legte, sagte er in leisem, traurigen Tone: „Schlimme Nachrichten, Capitain!"

„Schlimme Nachrichten?", stammelte ich; „sprechen Sie, Garey, um des Himmels willen!"

„Die Schurken haben in der Ansiedlung den Teufel gespielt und sich noch schlimmer als Indianer benommen; aber, kommen Sie, Capitain, und sehen Sie selber! Die Weiber sind hier in dem Schuppen in der Nähe und Rube versucht, die armen Geschöpfe zu trösten."

Ich beantwortete Gareys letztes Wort nicht, sondern ritt so schnell, wie ich konnte, vorwärts.

In zwei Minuten hatte ich den Rancho erreicht und erblickte ein Schauspiel, das mein Blut erstarren machte.

Auf dem freien Raum vor der Hütte stand eine Gruppe von sechs bis sieben Frauenzimmern, größtenteils Mädchen. Rube mit drei andern Männern stand bei ihnen und bemühte sich, sie in gebrochenem Spanisch zu trösten. Die Frauen waren halb nackt, ihr langes schwarzes Haar fiel verworren über ihre Schultern und ich erblickte Blut daran, ebenso wie auf ihren Wangen, auf ihrem Nacken und an ihren Händen. Im Mondschein zeigte sich auf der Stirn einer jeden ein rotbrauner Fleck, als ob die Haut verbrannt sei. Ich ritt näher und untersuchte es: Es war das Zeichen von einem glühenden Eisen und in der Mitte des scharlachroten Kreises konnte ich die Umrisse der beiden Buchstaben erkennen, welche wir auf unsern Knöpfen trugen: U. S.

Das Mädchen, welches mir zunächst stand, warf das starre Haar von den Wangen zurück und hob die Hände empor. Mein Blut erstarrte, als ich sah, dass ihre Ohren abgeschnitten waren.

Ich konnte mich bald überzeugen, dass man mit den andern auf gleiche Weise verfahren war; über ihren Nacken rieselte ein roter Strom. Die Männer waren in ähnlicher Weise verstümmelt, man hatte ihnen die rechte Hand abgehauen. Entsetzlicher Anblick! Die Männer und Frauen sammelten sich um mich und umfassten flehend meine Knie. Die meisten von ihnen waren mir bekannt, aber ich konnte ihre Züge jetzt nicht erkennen. Sie waren Freunde des Trupps gewesen.

Meine Begleiter zogen die Pistolen und Messer und verlangten in rasender Wut, ich sollte sie vorwärtsführen. Selbst die Kaltblütigsten unter ihnen erschienen wie wahnsinnig. Ich konnte sie kaum zurückhalten, bis wir die Geschichte gehört hatten, die uns von allen Zungen erzählt wurde. Einer der Männer, ein gewisser Pedro, sprach zusammenhängender und wir erfuhren von ihm Folgendes:

Kurz nachdem wir die Ansiedlung verlassen hatten, waren die Guerillas in das Dorf gedrungen mit dem Geschrei: „Es lebe Santa Anna! Es lebe Mexiko! Tod den Yankees!" Sie erbrachen mehrere Schenken, berauschten sich an Mezcal und vereinigten sich mit dem Pöbel. Zwei Bewohner des Orts, der Schmied und der Ochsenschlächter, spielten eine hervorstechende Rolle. Dann zerstreuten sie sich nach verschiedenen Richtungen und drangen mit Gebrüll in die Häuser. Alle, welche sich freundlich gegen die Amerikaner gezeigt hatten, wurden unter Flüchen und Verwünschungen auf den öffentlichen Platz geschleppt, angespieen und mit Kot und Melonenschalen beworfen. Einige riefen: „Schlagt sie tot!" Andere verlangten, man solle sie zeichnen, damit ihre Freunde sie wiedererkennen könnten. Die Weiber, welche mit ihnen verbunden waren, zeigten sich noch wilder als die Männer. „Schneidet ihnen die Ohren ab!", riefen sie, und dem Schmied gebot man, das Eisen zu bringen.

Der Schmied und der Schlächter, die halb betrunken waren, kamen der Forderung bereitwillig nach. Während der Erste sein Eisen zum Brandmarken brauchte, verübte der Letztere sein blutiges Gewerbe mit dem Messer.

Die Anführer der Guerillas waren maskiert und sahen dem Vorgange von dem Hause des Alkalden zu. Pedro hatte den einen trotzdem an seiner hohen Gestalt und dem roten Haar als El Zorro erkannt und zweifelte nicht, dass es die Bande des Don Rafael Ijurra war.

Ich fragte Pedro, ob die Bande die Ansiedlung nach ihrem Fortgehen verlassen hätte.

Pedro glaubte es nicht. Die übrigen Opfer waren, nachdem sie den Händen des Pöbels entronnen, in das Gehölz geflohen und nach dem amerikanischen Lager gelangt. Rube hatte die Einzelnen auf der Straße bei dem Hause zurückgehalten, um unsere Ankunft zu erwarten.

Pedro fürchtete, es sei noch nicht alles; der Alkalde sei sicherlich ermordet worden. Die letzte Mitteilung machte mir der Bursche flüsternd und mit traurigem Blick.

Es entstand jetzt die Frage, ob wir eine Verstärkung holen lassen und ihre Ankunft erwarten oder sogleich gegen die Ansiedlung vorrücken sollten. Alle waren einstimmig für das Zweite.

Wir waren stark genug und der Durst nach Rache zu groß. Die Frauen setzten ihren Weg nach dem Lager fort; Pedro, den wir zur Überführung brauchten, musste hinter einem der Leute aufsitzen und uns begleiten.

Als wir weiterritten, sahen wir eine Gestalt auf der Straße, die bei unserer Annäherung sich in einem Gebüsch zu verstecken suchte. Rube und Garey eilten voraus und brachten nach wenigen Minuten einen jungen Mexikaner zurück.

Er war ebenfalls ein Opfer der Wut geworden, hatte aber den Schauplatz später verlassen als alle Übrigen.

Ich fragte, ob sich noch die Mexikaner im Dorfe befänden.

Sie hatten es verlassen.

„Wohin sind sie gegangen?", fragte ich ängstlich.

„Sie nahmen den Weg am Flusse entlang nach der Hacienda de Vargas. Sie kamen bei mir vorüber, während ich hinter einem Aloegebüsch versteckt war, und ich hörte ihr Geschrei, als sie vorüberzogen."

130

„Was für ein Geschrei?"
„Sie riefen: Tod den Verrätern! Tod dem Vater! Tod Isolina!"

Fünfzehntes Kapitel.
Wieder auf des Rosses Fährte.

Ich versäumte keine Zeit, noch mehr zu hören, sondern trieb mein Pferd im vollen Galopp auf der Straße dahin. Meinen Leuten war es kaum möglich, mir zu folgen. In fünf Minuten gelangten wir zur Stelle, wo sich die Straße teilte und links nach dem Dorfe führte. Wir erblickten niemand und ritten rechts des Weges nach der Hacienda. Nach einer Meile mussten wir das Haus erreicht haben und schon nach einem kurzen Wege es aus der Entfernung sehen können; jetzt verdeckten nur die Bäume noch seinen Anblick. Vorwärts!

„Was bedeutet jenes Licht? Stehet das Gehölz in Flammen? Woher kommt der gelbe Schimmer, der durch die Bäume dringt?"

„Ha! Die Hacienda steht in Flammen!"

„Nein, das ist nicht möglich; es ist ein steinernes Haus, das kaum so viel enthält, um ein Feuer anzuzünden. Es ist nicht möglich!"

Es war nicht der Fall. Als wir aus dem Walde kamen, sahen wir die Hacienda vor unsern Augen liegen. Die weißen Mauern schimmerten in dem gelben Scheine des Feuers, aber das Haus stand unverletzt da. Der Schein im Walde wurde durch einen mächtigen Scheiterhaufen veranlasst, der vor der Tür brannte.

Wir hielten an und betrachteten erstaunt das Feuer. Der Holzvorrat des Hauses hatte den Stoff zu dem mächtigen Scheiterhaufen geliefert; die Glut verdunkelte den bleichen Schein des Mondes.

Wir sahen die Hacienda und die ganze Umgebung so deutlich wie bei Tageslicht.

Was bedeutete dieses Opferfeuer?

Um das Feuer bewegten sich viele Gestalten, Männer, Weiber, gesattelte Pferde, Hunde. Große Stücke Fleisch wurden über glühenden Kohlen gebraten, andere Stücke gierig verschlungen. Sind es Wilde, welche jenen lodernden Holzstoß umgeben? Nein, wir sahen deutlich die Gesichter und die schwarzen Bärte der Männer, die Weiber in baumwollenen Kleidern, die Sommerhüte, Decken, die Tücher, Mäntel von Sammet, die Schärpen und die Säbel; wir unterschieden ihre schreienden und singenden Stimmen und erkannten die üppigen Bewegungen des Nationaltanzes. Es sind keine Indianer, sondern die Schurken, welche wir suchen. Ich hätte der Stimme der Klugheit Gehör geben und sie umzingeln sollen. Aber ich fürchtete, auch nur einen Augenblick zu spät zu kommen. Auch von meinen Leuten rieten nur ein paar zum Zögern, die übrigen verlangten einen augenblicklichen

Angriff. Der Befehl wurde gegeben und wir flogen mit einem Hurrageschrei vorwärts. Unsere Feinde kannten dieses dumpfe Hurra recht gut. Sie würden keinen Widerstand geleistet haben, aber der Ruf warnte sie, dass sie wie eine Herde Rehe davonstoben. Noch ehe wir mit unsern Pferden den steilen Hügel erreichen konnten, war der größte Teil der Mexikaner schon aufgestiegen und in der Finsternis davongaloppiert. Sechs von ihnen fielen unter unsern Schüssen und ebenso viele wurden mit ihren Weibern gefangen; aber der schlaue Schurke war gewiss doch entkommen. Eine Verfolgung war in dem dunklen Walde nicht möglich.

Ich dachte auch an etwas ganz anderes.

Ich ritt in den Hof, der von dem Scheine des Feuers erleuchtet war und ein Bild der Zerstörung darbot. Unter der Veranda und auf dem Pflaster lagen zerbrochene, umgestürzte, kostbare Möbel. Vergebens rief ich die Namen Don Ramon und Isolina mit lauter, durchdringender Stimme.

Noch immer rufend, stieg ich ab und eilte in die Veranda, von einem Zimmer zum andern, von dem Flur nach dem Saal, nach dem platten Dache hinauf, selbst in die Kapelle hinter dem Hause, aber ich erhielt keine Antwort. Der Altar wurde von den Mondstrahlen erleuchtet, aber ich sah keine menschliche Gestalt. Das ganze Haus war verlassen und die Dienerschaft, selbst die Weiber aus der Küche, waren verschwunden. Zwei Begleiter waren mit den Gefangenen draußen geblieben. Ich mit meinem Pferde war das einzige lebende Wesen innerhalb dieser Mauern.

Mein Herz hegte noch eine Hoffnung. Sie waren vielleicht meinem Rat gefolgt und hatten sich vor der Ankunft des Pöbelhaufens entfernt. Ich eilte hinaus, um die Gefangenen zu fragen. Die Weiber wie die Männer mussten mir etwas Bestimmtes darüber sagen können.

Von den Männern konnte ich keine Auskunft mehr erhalten, dies zeigte mir der erste Blick. Der Schein des Feuers beleuchtete einen großen Baum. An den Ästen desselben hingen über der Erde sechs menschliche Gestalten, die bereits aufgehört hatten, zu leben.

Pedro hatte die beiden Anführer des Tumultes erkannt, die andern waren aus dem Orte und hatten an dem Vorgange teilgenommen. Die Richter hatten kurzen Prozess gemacht, sie hatten Lassos über die Äste des Baumes geworfen und alle sechs hinaufgezogen.

Mich verlangte nicht nach Rache und ich erschrak über diese Hinrichtungen, welche meine Leute vollzogen hatten. Ich wendete mich an die Weiber, welche sich noch in den Händen der Jäger befanden. Sie sahen mürrisch, verstört und eingeschüchtert aus. Auf meine Frage schüttelten sie die Köpfe und schwiegen; einige behaupteten, von Ramon und seiner Tochter nichts zu wissen. Alle Drohungen blieben ohne Erfolg. Entweder sie wussten nichts, oder sie fürchteten sich, es zu sagen.

Voll Zorn und Verzweiflung ließ ich meine Augen umherschweifen und erblickte eine Gestalt, die sich im Schatten der Mauer versteckte. Ein Freudengeschrei entfuhr meinen Lippen, als ich den Diener der Hacienda erkannte. „Cyprio!", rief ich aus. Er kam aus seinem Versteck und näherte sich dem Orte, wo ich stand.

„Sage mir, Cyprio, wohin sind sie?"

„Teurer Herr, es ist furchtbar!"

„Erzähle mir schnell alles, Cyprio!"

„Señor, Männer mit schwarzen Masken brachen in das Haus; sie schleppten den Herrn fort und dann trugen sie Donna Isolina auf den Hof. Ach, ich kann Ihnen nicht sagen, was sie vorher getan haben! Die arme Señorita! Ich konnte sehen, dass ihr das Blut über die Wangen hinablief. Ein paar gingen in den Stall und führten das weiße Pferd heraus, das von der Steppe gebracht worden ist, dann banden sie ihm die Donna Isolina auf den Rücken; heiliger Gott! Welcher Anblick!"

„Fahre fort!"

„Dann führten sie das Pferd über den Fluss auf die jenseitige Ebene. Sie gingen alle mit und wollten sich den Spaß ansehen. Ach, welch´ ein Spaß! Mich hinderten sie durch Schläge und Drohungen, mitzugehen. Aber ich sah alles von dem Gipfel des Hügels! O, heilige Maria!"

„Fahre fort!"

„Dann stachen sie das Pferd in die Schenkel und rissen die Zügel fort und das Tier lief, mit brennenden Raketen hinter sich und Isolina auf dem Rücken. Die arme Señorita! Sie sahen das Pferd, bis es weit, weit auf der Steppe war; dann konnten sie es nicht mehr sehen. Guter Gott, die junge Dame ist verloren!"

„Wasser! Wasser! Rube! Garey!"

Ich machte einen Versuch, den Brunnen im Hofe zu erreichen; aber nachdem ich ein paar Schritte weit getaumelt war, sank ich ohnmächtig nieder. Mein Körper war noch von dem Blutverlust des gestrigen Kampfes erschöpft. Die furchtbare Nachricht hatte meine Kräfte zu heftig erschüttert. Aber ich blieb nur kurze Zeit ohne Bewusstsein, das kalte Wasser brachte mich wieder zum Leben.

Als ich das Bewusstsein wieder erhielt, lag ich mit dem Rücken gegen die Einfassung des Brunnens. Rube, Garey und andere standen neben mir. Außerdem waren mehrere Reiter in den Hof gekommen. Es waren aber nicht die Jäger, welche das Lager in meiner Gesellschaft verlassen hatten, sondern

Neuangekommene. Die Mädchen hatten ihre Geschichte in dem Lager erzählt, die Männer hatten nicht weiter auf Befehl gewartet, sondern waren zu Zweien und Dreien davongeritten. Jeden Augenblick kamen mehrere Reiter mit Büchsen bewaffnet unter lautem Geschrei herbeigeritten.

Es erscholl der Ruf: „Nach der Ansiedlung! Nach der Ansiedlung!" Wheatley und Holingsworth, in Pedros Begleitung, ritten mit einem Trupp nach dem Dorfe.

Ich fühlte, wie schon gesagt, keinen Rachedurst in mir; auch lag mir nichts daran, die Mexikaner zu verfolgen; ich musste die Fährte des weißen Rosses aufsuchen.

In einem Augenblicke hatten wir Cyprio ein Pferd gegeben, ein halbes Dutzend der besten Spürer aus meiner Truppe ausgewählt. Im nächsten Augenblick saßen wir zu Pferde, ritten den Hügel hinab, wateten durch den Fluss, galoppierten durch das nahe Gehölz und erreichten die offene Steppe.

Unter Cyprios Anführung fanden wir den Ort, der durch jene Grausamkeit entweiht war. Die Erde war von den Hufen zertreten, mit geschwärzten Papierstücken, zerbrochenen Raketenstäben und halbverbrannten Zündrohren bedeckt.

Wir hielten hier nicht an, sondern ritten unter der Leitung unseres Führers im Mondschein weiter, verfolgten die Fährte des weißen Rosses und befanden uns bald weit auf der Prärie.

Eine Meile weit galoppierten wir vorwärts, denn es kam darauf an, keine Zeit zu verlieren. Dem Scharfsinn des jungen Mexikaners vertrauend, untersuchten wir nicht lange die Fährte, sondern ritten gerade nach dem Orte hin, wo er das Pferd zuletzt gesehen hatte.

Cyprio hatte uns eine richtige Auskunft gegeben: Er hatte das Pferd dicht am Rande einer Baumgruppe vorüberkommen sehen, es aber nicht weiter erblickt.

Jenseits dieser Gruppe fand ich mit Rube und Garey die Fährte. Sie war so eigentümlich, dass sich niemand täuschen konnte. Drei von den Hufen waren scharf in den Rasen eingedrückt, aber die Rundung des rechten Vorderfußes wurde durch einen Einschnitt unterbrochen. Bei jenem furchtbaren Satze über das Felsenbett der Schlucht war nämlich ein Stück des Hufes abgesprungen.

Indem wir die Fährte aufnahmen, ritten wir in langsamem Schritt und vorsichtig weiter. Der Steppenrasen war durch langen Regen angefeuchtet und wir konnten die Fährte erkennen, ohne abzusteigen. Von Zeit zu Zeit kamen trockene Stellen, wo die Hufe sich kaum eingedrückt hatten. Dann sprang einer aus dem Sattel und schritt zu Fuß voraus; Rube oder Garey, welche das Amt übernommen, folgten der Fährte so schnell, dass wir unsere

Pferde nicht im Schritt halten konnten. Lautlos glitten sie mit vorgebeugtem Körper, die Augen auf den Boden des Pfades geheftet, vorwärts. Wir alle schwiegen und meine Leiden waren zu groß, als dass ich ein Wort hätte sprechen können.

Von Cyprio hatte ich nur beim Wegreiten weitere Auskunft erhalten. Der Schlächter hatte wahrscheinlich sein Amt ausgeübt, Cyprio hatte ihr Blut über den Hals und die Kleider strömen sehen, aber nicht bemerkt, dass Donna Isolina gebrandmarkt worden sei. Trotzdem konnte die Schandtat vollbracht worden sein, während der Diener in seinem Versteck lag.

Während ich in meinen Qualen überlegte, auf welche Weise man sie auf dem Pferde befestigt haben könnte, trat das bekannte Bild des Kosaken-Hetman vor meinen Geist. Es lag eine weite Entfernung zwischen der Ukraine und dem Rio Bravo; hatten diese Ungeheuer jemals von Mazeppa gehört, da sie dieses Schauspiel am Ufer des mexikanischen Flusses noch einmal aufführten?

Cyprio hatte gesehen, auf welche Weise man sie befestigt hatte.

Man hatte sie der Länge nach auf den Rücken des Pferdes gelegt, ihren Kopf auf das Schulterblatt, das Gesicht nach unten. Ihre Arme waren um den Hals des Tieres geschlungen und die Handgelenke unten zusammengebunden; ihre Hände waren durch einen Gürtel festgehalten, den man um ihre Hüften befestigt und an den Bauchgurt des Pferdes gebunden hatte; ihre zusammengebundenen Knöchel waren auf dem Hinterteil des Pferdes befestigt.

Ich stöhnte laut, als ich diese Beschreibung vernahm. Es war keine Hoffnung, dass diese grausamen Fesseln reißen würden, die Riemen von ungegerbtem Leder zerrissen nicht. Pferd und Reiter blieben ungetrennt; weder Hunger noch Durst, nicht einmal der Tod konnte sie dieser unfreiwilligen Verbindung entreißen.

Während ich meinen Kameraden die Verfolgung der Fährte überließ, ritt ich mit schlaffem Zügel und gesenktem Kopfe weiter.

Wir waren noch nicht weit geritten, als sich der Trapper mir mit tröstenden Worten näherte.

„Grämen Sie sich nicht, Capitain!", sagte Rube; „ich werde sie finden, ehe ihr Schaden zugefügt ist. Ich glaube nicht, dass der Schimmel weit galoppieren wird, denn er weiß, dass jemand auf seinem Rücken ist; nur das Feuerwerk hat ihn zum Laufen gebracht, er wird bald stehen bleiben; dann werden wir ihn einholen, Ihr Rappe bedarf dazu nur ein paar Sprünge."

Ich schöpfte wieder Hoffnung, aber der flüchtige Lichtstrahl erlosch wieder im folgenden Augenblick.

„Wenn nur der Mond aushält!", fuhr Garey zweifelnd fort.

„Der Mond wird auslöschen!", sagte Rube in mürrischem, aber zuversichtlichem Tone.

Wir blickten alle aufwärts. Der Vollmond stand am wolkenlosen Himmel beinahe im Scheitelpunkte und konnte vor morgen nicht untergehen.

Wir fragten Rube, was er meine.

„Sehet dorthin!", antwortete er; „erblickt Ihr tief unten auf der Steppe die blaue Lilie?"

Wir sahen im Osten am Horizont einen dunklen Streifen.

„Das ist kein Wald und auch kein Hügel", fuhr Rube fort; „das ist eine Wolke, die ich schon früher gesehen habe. Nun wartet nur! Genau in zehn Minuten wird das verwünschte Ding den Mond bedecken und den hübschen blauen Himmel so schwarz machen wie das Fell eines Negers."

Wir überzeugten uns bald, dass die Prophezeiung des alten Trappers in Erfüllung ging. Am Himmel stiegen Wolkenmassen auf und bedeckten den Mond mit einer schwarzen Wand; anfangs nur einzeln, aber dies war nur ein Vortrupp einer festen Kernmacht, welche bald heranzog und sich wie ein Leichentuch über den Himmel ausbreitete.

Die Mondscheibe wurde vollständig bedeckt und die Prärie lag düster und beschattet da.

Die Erde selbst war nicht sichtbar, noch weniger die leitenden Hufspuren; wir konnten daher die Fährte nicht weiter verfolgen. Wir machten Halt, ritten aneinander und berieten, was zu tun sei.

Die Beratung war nur kurz; die Männer, welche zum Trupp gehörten, waren mit allen Verhältnissen der Steppe und des Waldes genau bekannt. Es bedürfte nur kurzer Zeit, um über das nötige Verfahren einig zu werden. Blieb der Himmel bewölkt, so mussten die Verfolgungen bis zum Morgen eingestellt oder die Fährte bei Fackelschein weiter verfolgt werden.

Natürlicherweise entschlossen wir uns zu Letzterem. Es war früh in der Nacht und viele Stunden konnten vergehen, ehe der helle Tag anbrach. Diese Stunden konnten wir nicht in Untätigkeit versäumen, selbst durch ein langsames Vorrücken wurden unsere peinlichen Gedanken verscheucht.

Aber woher sollten wir eine Fackel bekommen? Es gab kein Holz in der Nähe, wir befanden uns mitten auf der kahlen Steppe und hatten kein Mittel, eine Fackel herzustellen. Nirgends in der Nähe zeigte sich die Mesquite, welche zu solchem Zweck ausgezeichnet ist. Selbst Rubes Scharfsinn reichte nicht aus, eine Fackel aus nichts zu machen.

„Hören Sie, mein Capitain!", rief ein alter, reisender Kanadier mit Namen Leblanc; „ich will zurückreiten und aus der mexikanischen Stadt eine Laterne bringen."

Der Gedanke des Kanadiers war gut, denn wir befanden uns nur erst ein paar Meilen weit von dem Dorfe.

„Ich weiß", fuhr er fort, „wo zwei bis drei große, prächtige Lichte von Wachs versteckt sind. Wenn mein Capitain erlaubt, dass Monsieur Quackenboss mit mir geht, so werden wir sie holen."

Der Kanadier sprach dies in seinem Kauderwelsch, aber ich verstand ihn recht gut. Er wusste den Aufbewahrungsort der Wachskerzen. Es wurde beschlossen, den Gedanken auszuführen, und Leblanc und Quackenboss traten unverzüglich den Rückweg nach dem Dorfe an.

Wir andern stiegen ab, banden unsere Pferde im Grase an und legten uns nieder, um ihre Rückkehr zu erwarten.

Während ich schlief, zogen in meiner Einbildungskraft furchtbare Bilder vorüber. Ich sah, wie das weiße Ross von Wölfen und schwarzen Geiern verfolgt wurde; wie es, um diesen hungrigen Feinden zu entgehen, über die Ebene galoppierte, sich in das Dickicht stürzte; aber hier traf es auf den roten Panther oder den wilden Bären, die scharfen Dornen der Akazie, die widerhakigen Spitzen des Kaktus und die rückwärts gebogenen Krallen der wilden Aloe. Ich sah, wie das rote Blut an seinen Flanken herunterströmte, nicht sein Blut, sondern das des hilflosen Opfers, welches auf seinem Rücken ausgestreckt lag.

Ich sprang auf und lief wie wahnsinnig auf der Steppe hin und her. Der gutmütige Trapper trat näher und versuchte, mich zu trösten.

Er meinte, es würde nicht schwer sein, das Pferd wieder einzufangen; es sei jetzt halb gezähmt und würde vor mir nicht entfliehen; falls es dennoch davonliefe, könnten wir es einholen; sobald wir es erst erblickt hätten, könnten wir es nicht wieder aus den Augen verlieren. Auch die Señorita könnte nicht so leicht Schaden nehmen; Wölfe, Bären und Panther wären nicht so leicht zu fürchten; vor dem folgenden Abend würden wir sie noch einholen und sie vielleicht hungrig und ermüdet, aber hoffentlich unverletzt finden.

Ich musste trotz seiner rauen Worte die freundliche Absicht würdigen.

Quackenboss und der Kanadier blieben nicht lange. Wir hatten ihnen zwei Stunden Zeit zur Ausführung ihres Auftrages gestattet, aber wir hörten sie schon viel früher über die Ebene galoppieren.

Nach wenigen Minuten kamen sie herbeigeritten und wir bemerkten drei weiße Gegenstände in den Händen Leblancs, welche sich an Länge und Stärke mit tüchtigen Spazierstöcken vergleichen ließen.

Die zurückkehrenden Boten brachten zugleich Nachrichten aus dem Dorfe. Dasselbe war seit unserm Abmarsch sehr unfreundlich behandelt und viele Bewohner misshandelt worden. Der Alkalde war noch am Leben;

man vermutete auch, dass Don Ramon nicht tot, sondern nur von den Guerillas als Gefangener fortgeschleppt worden sei. Die Jäger befanden sich noch in der Niederlassung; viele waren willens gewesen, mit Leblanc und Quackenboss zurückzukehren; ich hatte aber den Befehl geschickt, dass sie alle nach dem Lager zurückgeführt werden sollten. Ich hielt die Zahl, welche ich bei mir hatte, für genügend und diese konnte nicht so leicht vermisst werden wie eine stärkere Truppe. Sobald wir in das Lager zurückgekehrt waren, blieb immer noch Zeit genug, die Anstifter jener Schandtaten festzunehmen.

Wir nahmen uns keine Zeit, die Geschichte im Einzelnen anzuhören, sondern zündeten die Lichter an und verfolgten die Fährte weiter.

Glücklicherweise wehte der Wind nur schwach, eben hinreichend, um die Wachsfackeln zu einer helleren Flamme anzufachen. Bei dem hellen Scheine waren wir fähig, die Fährte ebenso schnell wie bei Mondschein zu verfolgen. An dieser Stelle war das Pferd noch immer im gestreckten Galopp gelaufen; wir konnten seinem Laufe leicht folgen, da es in gerader Richtung lief.

Es war zwar dunkel, aber wir sahen doch, dass wir auf einen Ort hineilten, der uns allen wohl bekannt war, nämlich auf den Steppenhügel, und wir hegten zugleich die schwache, aber freudige Hoffnung, das Pferd könne dort Halt gemacht haben.

Nach einem Ritte von einer Stunde sahen wir den weißen Felsen in unserem Gesichtskreise und das Licht unserer Kerzen wurde von dem schimmernden Stein wie von einer Diamantenwand zurückgeworfen. Wir folgten immer der Fährte und näherten uns vorsichtig.

Das Pferd musste dort Halt gemacht oder wenigstens seinen wilden Lauf eingehalten haben. Die Fährte zeigte, dass es im Schritte herabgegangen war; aber in welcher Richtung war es weiter gegangen? Die Hufspuren waren nicht mehr zu erblicken. Es war über den Kies geschritten, welcher die Ebene viele Schritte weit in der Umgebung des Felsens bedeckte, aber weiter hinaus war keine Fährte sichtbar.

Mit unsern Fackeln leuchtend, gingen wir mehrere Male um den Felsen herum. Hier lagen Gerippe von Menschen und Pferden mit abgeschnittenen Köpfen, Überreste von Waffen, Fetzen von Kleidern; lauter Erinnerungen an unser letztes Gefecht; dies alles war zu sehen, aber keine Spuren von dem Pferde.

Wir gingen wiederholt nach beiden Seiten um den steinigen Kies und den äußersten Rand desselben umher, aber es war keine Fährte zu finden. Wir suchten eine lange Stunde vergebens. Bei besserem Licht hätten wir die Fährte vielleicht gefunden, vielleicht auch jetzt mit Wachslichtern, aber es trat plötzlich ein hindernder Umstand ein. Die großen Tropfen, die von Zeit zu Zeit einzeln auf die Felsen fielen, waren nur die Vorläufer eines heftigen Regensturmes, bei dem das Wasser wie aus Kübeln herabstürzt. Dieser Regensturm brach los, während wir noch nach der Fährte suchten. Augenblicklich erloschen die Lichter und unser vergebliches Suchen hatte ein Ende erreicht.

Dumpf schweigend, stellten wir uns nebeneinander unter den Felsen.

Meine Leute waren ermüdet, einige ganz erschöpft. Nur wenige blieben mit dem Zügel in der Hand unter dem vorspringenden Felsen stehen; die andern sanken, mit dem Rücken gegen die Wand gelehnt, nieder und schliefen fast augenblicklich ein. Für mich gab es weder Schlaf noch Ruhe. Einige Worte, die zu meinen Ohren drangen, zeigten mir, dass zwei von meinen Leuten der Müdigkeit nicht nachgegeben hatten; sie unterhielten sich und ich erkannte die Stimmen der Trapper. Diese Männer, die an unermüdlichen Kampf, an fortwährenden Krieg gegen die Natur selber gewöhnt waren, dachten nicht daran, sich für besiegt zu halten, bevor der letzte Versuch menschlichen Scharfsinns misslungen war. Aus ihrer Unterhaltung ersah ich, dass sie die Hoffnung noch nicht aufgegeben hatten, die Fährte wiederzufinden. Sie sannen bereits über einen Plan nach, wie sie dieselbe verfolgen könnten. Mein Eifer erwachte und ich hörte ihnen, obgleich sie leise sprachen, zu. Garey hatte eben das Wort:

„Du magst recht haben, Rube; das Pferd muss dorthin gegangen sein, und wenn dies der Fall ist, so müssen wir auch seine Fährte aufsuchen. Erinnere ich mich recht, so ist der Teich von Schlamm umgeben. Wir können das Licht unter dem Hute des Deutschen tragen."

„Ja", antwortete Rube in näselndem Tone, „und wenn ich nicht irre, so werden wir weder das Licht noch den Hut brauchen: Sieh´ nur dort die lichte Wolke; ich will eine hübsche Summe wetten, dass sich der Schauer mit einem Ziegenschwanz messen lässt. Pah, du wirst sehen, dass keine zehn Minuten vergehen, bis wir den Mond wieder so hell wie vorher erblicken."

„Dann ist es umso besser, Alter, aber wir tun gut, wenn wir es zuerst mit der Fährte versuchen; die Zeit ist kostbar, Rube!"

„Freilich; hole das Licht und den Hut! Dann wollen wir uns auf den Weg machen. Die Übrigen können hierbleiben, sie würden uns doch nur lästig fallen."

„Lige!", rief Garey, zu Quackenboss gewandt; „Lige, gib uns doch ein wenig deinen Hut!"

Man hörte als Antwort nichts als ein lautes Schnarchen, denn der Jäger war, den Rücken an den Felsen und den Kopf auf die Brust gelehnt, in tiefen Schlaf gesunken.

„Die verwünschte Schlafmütze", rief Rube ungeduldig und mürrisch. „Wecke ihn, Bill, kitzele ihn mit deinem Bowiemesser oder bearbeite ihm die Rippen mit deinem Ladestock! Mach´ ihn munter, Bill!"

„Heda, holla! Lige!", rief Garey, indem er den Schläfer bei den Schultern rüttelte. „Ich brauche deinen breitkrempigen Hut!"

„Oho, Bill!", sprach Quackenboss im Traume; „er will mich abwerfen, ich kann nicht herunter, die Sporen haben sich verwickelt, oho!"

Rube und Garey brachen in ein lautes Gelächter aus, sodass die übrigen Schläfer erwachten; nur Quackenboss schlief weiter und hatte im Traum noch immer mit dem wilden, indianischen Pferde zu schaffen.

„Verwünschtes Maultier", rief Rube; „lass ihn schlafen, solange er will; wir brauchen ihn nicht, aber nimm ihm den Hut vom Kopf!" Der verdrießliche Ton, in welchem der Trapper sprach, bewies deutlich, dass er dem Jäger es nicht verziehen hatte, wie er ihn damals als pflichttreue Schildwache behandelte.

Quackenboss, der den Rücken an den Felsen gelehnt hatte, schlief mit gesenktem Kopfe und gab nur ein lautes Schnarchen zur Antwort. Garey machte weiter keinen Versuch, den Schläfer zu wecken, sondern nahm ihm den Hut vom Kopfe; beide versahen sich mit einer von den großen Kerzen und machten sich dann auf den Weg, ohne ein Wort zu sagen oder ihre Absicht zu erklären.

Sie gingen anfänglich geraden Weges von der Klippe, doch ließ sich nicht erkennen, wie weit sie diese Richtung verfolgten. Sie hatten das Licht nicht angezündet und ihre Gestalten verschwanden vor meinen Blicken, nachdem sie etwa zwanzig Schritte weit gegangen waren.

Die Jäger waren über die Absichten der Trapper nicht so recht klar und sprachen die verschiedensten Vermutungen darüber aus; dann nahmen sie ihre ruhende Stellung wieder ein und sanken trotz der Kälte wieder in Schlummer.

Nach kurzer Zeit ließ Quackenboss seine Stimme hören. Was Gareys Rufen und Schütteln nicht vermochte, das hatte der Regen bewirkt, der auf seinen kahlen Schädel gefallen war: Quackenboss war aus seinem festen Schlaf erwacht.

„Holla! Wo ist mein Hut?", fragte er verwundert, indem er sich aufraffte und unter dem Felsen umhertastete. „Wo ist mein Hut, ihr Burschen? Hat einer von euch meinen Hut gesehen?"

Durch dieses Geschrei wurden die Schläfer wieder erweckt.

„Was für einen Hut, Lige?"

„Ein schwarzer Hut, ein mexikanischer Sombrero."

„Verwünschter Dummkopf, glaubst du, es könnte jemand in solcher schwarzen Nacht einen schwarzen Hut sehen? Schlaf′ lieber!"

„Nein, Jungen, ich lasse mir solchen Unsinn nicht gefallen; ich will meinen Hut wiederhaben. Wer hat meinen Hut?"

„Weißt du gewiss, dass es ein schwarzer Hut war? Pah, der Wind hat ihn fortgeweht."

„Mein Gott", rief der Kanadier. „Ist Ihr großer, breiter Hut verloren, Herr Quackenboss? Ist es wahr? Ihr großer, breiter Hut? Wahrhaftig, die Wölfe haben ihn fortgeschleppt, sie haben ihn aufgefressen!"

„Höre mit deinem Geschwätz auf, Franzose! Hast du den Hut?"

„Ich Ihren Hut? Nein, Herr Quackenboss! Wahrhaftig, ich habe ihn nicht!"

„Hast du ihn, Stanfield?", wendete sich der Botaniker an den Hinterwäldler aus Kentucky.

„Hole der Henker deinen Hut! Was soll ich mit deinem Hute machen? Ich habe meinen eigenen!"

„Hast du meinen Hut, Bill?"

„Nein", lautete die Antwort; „ich habe meinen eigenen und der sieht nicht schwarz aus, wenn nicht die Nacht selbst so schwarz ist wie die heutige."

„Ich will dir etwas sagen, alter Bursche: Du hast deinen Hut verloren, während du auf dem Mustang rittst; das Pferd hat dir den Hut vom Kopf geschlagen."

Dieser Scherz wurde mit schallendem Gelächter aufgenommen. Quackenboss schimpfte nun auf seinen Hut und auf seine Kameraden, fuhr fort, an der Erde umherzukriechen und nach seinem verlorenen Sombrero zu suchen. Die Übrigen lachten und scherzten auf seine Kosten; aber ich achtete nur wenig auf diese lustige Unterhaltung, denn meine Gedanken waren mit andern Dingen beschäftigt.

Meine Augen richteten sich auf die helle Stelle am Himmel, welche Rube gezeigt hatte, und mein Herz hüpfte vor Freude, als ich bemerkte, dass sie allmählich größer und heller wurde. Noch immer strömte der Regen herab, aber der Rand der Wolken am östlichen Himmel hob sich, wie von einer unsichtbaren Hand gezogen, höher und höher. Wenn dies fortdauerte, so musste der Himmel, wie Rube gesagt hatte, wieder klarer werden und der Mond so hell wie vorher scheinen. Dies war eine freundliche Hoffnung.

Zuweilen warf ich einen Blick auf die Steppe hinaus und horchte nach irgendeinem Laut; ich hoffte, entweder die Stimme der Trapper oder den Schall ihrer rückkehrenden Schritte zu vernehmen. Keiner dieser Laute war zu hören.

Schon wurde ich ungeduldig, als ich plötzlich auf der fernen Ebene einen lichten Streifen bemerkte, der bald wieder zu erlöschen schien; im Augenblick darauf zeigte sich aber an demselben Orte ein feststehendes Flämmchen, gleich einem einsamen Stern, der durch graue Nebel blinkt. Eine Zeit lang schien sich das Licht, welches ich für das angezündete Licht der Trapper erkannte, hin und her zu bewegen. Es wendete sich in gleichen Strecken oder in unregelmäßigen Kreisen oder im Zickzack. Zwischen ihm und unserem Aufenthalt sahen wir ein Wasser schimmern, es mochte ein Teich oder vielleicht ein Stück der Steppe sein, das der Regen überschwemmt hatte.

Es währte nicht lange, so stand das Licht still. Ein lauter Ruf ließ sich über die Ebene vernehmen; wir erkannten alle die Stimme des Trappers Rube. Bald setzte sich das Licht wieder in Bewegung, als ob es in gerader Richtung über die Steppe getragen würde. Wir folgten mit aufmerksamen Blicken und sahen, dass es sich immer weiter entfernte; meine Gefährten vermuteten daher, die Trapper hätten die Fährte wiedergefunden.

Dies wurde uns bald durch Garey bestätigt, dessen lange Gestalt wir im Nebel zurückkehren sahen; wir konnten zwar den Ausdruck seines Gesichts im Dunkeln nicht erkennen, aber seine Haltung zeigte doch, dass er uns gute Nachricht bringe.

„Rube hat die Fährte gefunden, Capitain", sagte er in ruhigem Tone. „Dort geht er, wo das Licht scheint; er wird aber bald nicht zu sehen sein, wenn wir ihm nicht eilig folgen."

Ohne ein Wort zu sprechen, nahmen wir die Zügel, sprangen wieder in den Sattel und ritten dem flimmernden Sterne nach, der uns über die Ebene winkte.

Bald hatten wir Rube eingeholt und sahen ihn trotz des Regens schnell auf der Fährte forteilen, indem er das Licht durch den großen Hut schützte.

Der alte Trapper war jedenfalls auf diesen neuen Beweis seines Scharfsinns stolz und er antwortete unsern zahlreichen Fragen immer mit einem undeutlichen Laut. Garey erklärte jedoch den Neugierigen, während wir weiterritten, in welcher Weise die Fährte von seinem Kameraden Rube wieder aufgefunden worden sei.

Rube erinnerte sich des Quells am Felsen und dies war das Wasser des Baches, das wir im Schein des Lichts hatten schimmern sehen. Mit Recht vermuteten die scharfsichtigen Trapper, das Pferd würde dort Halt machen, um seinen Durst zu löschen. Es war über den steinigen Kies, welcher den Hügel umgab, geeilt, um den nächsten Weg zum Wasser zu nehmen, und folgte der trocknen Erhöhung, welche geraden Wegs von dem Felsen nach

dem Teiche hinführte. Da es langsam lief, hatten seine Hufe auf dieser Erhöhung keine solche Spuren hinterlassen, die sich bei Fackelschein
erkennen ließen; daher hatten wir die Fährte eine Zeit lang verloren. Rube
erinnerte sich jedoch, dass der Teich von einem weichen sumpfigen Boden
umgeben war; in diesem mussten die Hufe einen tiefen Eindruck zurückgelassen haben. Um sie zu finden, war es nur nötig, das Licht zu schützen, und
der breite Hut von Quackenboss bot gerade das Erforderliche und entsprach
dem Zweck besser als ein Regenschirm.

Die Trapper fanden, wie sie vermutet hatten, die Fährte in der sumpfigen
Strecke, welche den Teich umgab. Das Ross hatte da seinen Durst gelöscht,
war sodann wieder in westlicher Richtung von dem Hügel im Galopp entflohen. Weshalb hatte es wieder die Flucht ergriffen? War es durch etwas
erschreckt worden? Oder hatte die seltsame Reiterin auf seinem Rücken es
beunruhigt.

Ich fragte Garey, denn ich wusste, dass er die Ursache kannte. Ich drang
in ihn und er gab die Antwort endlich mit sichtbarem Widerwillen.

„Es sind Wolfsspuren auf der Fährte.“

Sechzehntes Kapitel.
Wölfe und Wolfsjagden in Amerika.

Fast in jedem Teil Nordamerikas sind die Wälder mehr oder weniger von Wölfen bevölkert und obgleich diese von derselben Größe sind wie die auf dem alten Festlande, so werden sie doch allgemein für weniger wild und gefräßig gehalten; nicht etwa, dass sie eine Herde unschuldiger Schafe verschonten, wenn sie darauf treffen; aber es ist selten bekannt geworden, dass sie selbst im äußersten Hunger einen Menschen angefallen hätten. Gleich den schwarzen Bären, welche dieselben Wälder bewohnen, sind sie in gewissem Grade unstet und bewohnen nicht immer dieselben Landdistrikte, sondern wechseln von Zeit zu Zeit ihren Aufenthalt; die Ursache davon haben selbst die ältesten Jäger noch nicht entdecken können. Zuweilen werden sie einzeln angetroffen, oft zu dreien oder vieren, manchmal sogar in der Zahl von einem Dutzend oder zwanzig. Es scheint jedoch nicht, dass die Zahl ihre Kühnheit oder Wildheit vermehre, sie ergreifen sogar vor einem einzelnen Reisenden die Flucht, wenn sie in einer Herde beisammen sind. Nur wenige, sehr wenige Beispiele gibt es, wo Reisende, welche die unbewohnten Wälder durchzogen, von Wolfsherden verfolgt wurden. Unter den wenigen Beispielen, die mir erzählt wurden, waren die Reisenden jedoch ohne Ausnahme beritten. Dies verleitet mich zu dem Schluss, dass das Pferd und nicht der Reiter der Gegenstand ihrer Verfolgung war.

Diese Tiere sind eine so große Plage in einigen der neuen Staaten, dass wenige Ansiedler auch nur ein Schaf zu halten wagen, denn selbst, wenn es scheint, als hätten die Wölfe die Distrikte verlassen, so kommen sie gewöhnlich doch in der nächsten Jahreszeit zurück und begehen dieselben Verwüstungen wie vorher. Es scheint, als würden sie bei ihren Verheerungen zuweilen allein durch ihre bösartige Natur geleitet, denn in einer einzigen Nacht töteten ein paar Wölfe zwanzig oder dreißig Schafe und verzehrten mit Ausnahme des Bluts nicht einen Bissen von einem einzigen Opfer. Ihr Lebensunterhalt scheint im Allgemeinen außerordentlich ungewiss und wenn man von ihrer äußeren Erscheinung, ihrer hageren und abgezehrten Gestalt schließen soll, so mögen sie selten eine ausreichende Mahlzeit finden. Der wilde Hirsch ist gewöhnlich ihrem Angriff ausgesetzt und obgleich ein starker Bock es an Geschwindigkeit mit ihnen aufnimmt, so setzen sie doch ihre Verfolgung zwei oder drei Tage fort, bis das schüchterne Tier im wahren Sinne des Worts erschöpft und niedergejagt ist. Bei der eifrigsten Verfolgung geben sie zuweilen einen Laut von sich, der einem kurzen, barschen Bellen gleicht. In verschiedenen der Vereinigten Staaten

145

ist seitens der Regierung ein Preis auf ihren Kopf gesetzt; abgesehen von der allgemeinen Feindschaft, welche die Ansiedler gegen sie hegen, trägt dieser Preis noch wesentlich zu ihrer Vertilgung bei.

Zu diesem Zwecke legen die erfahrensten Jäger eine beträchtliche Anzahl Fallen an diejenigen Orte, welche am häufigsten von den Wölfen besucht werden, bedecken sie leichthin mit trockenem Laube, wobei aber jeder Anschein von Absichtlichkeit vermieden wird. Die Fallen werden an keinen Baum befestigt, aber jede ist mit einer Kette von einigen Fuß Länge versehen, an deren Ende drei starke Haken angebracht sind, sodass, wenn ein Wolf beim Bein gefangen ist und den Versuch macht, die Falle mit sich fortzuziehen, einer der Haken sicherlich an einer Baumwurzel oder irgendeinem andern Hindernis sitzen bleibt, ehe das gefangene Tier mit seiner ungewohnten Last weit gekommen ist. Diese Vorsicht scheint notwendig, denn der Wolf ist ebenso scheu wie listig und wenn die Kette nur im geringsten sichtbar wäre, so würde er auf seiner Hut sein. Hochwild wird häufig in Wolfsfallen gefangen und seltsamerweise hüten sich die Wölfe gewöhnlich, ihnen nahezukommen, wenn sie sich in dieser Lage befinden. Trotzdem pflegen einige Wolfsjäger ein lebendiges Schaf an einen jungen Baumstamm zu binden und die Fallen rundherum zu stellen; dieser Plan ist aber, so weit mir bekannt geworden, selten von Erfolg.

Wenn eine Ansiedlung oder ein besonderer Landdistrikt fortgesetzt von Wölfen verheert worden ist, so kommen die Bewohner zu einer allgemeinen Wolfsjagd überein und treffen die nötigen Vorkehrungen. Diese Jagden finden jedoch nur selten statt, und zwar nur in solchen Ländereien, wo der Boden etwas hügelig ist, denn in der Ebene ist ein Unternehmen dieser Art mit großen Gefahren verbunden. Vor allem ist es notwendig, einen Zentralpunkt festzustellen, einen Platz, wohin die Wölfe getrieben und dann vernichtet werden. Es ist durchaus entweder eine kegelförmige Erhöhung oder ein Grundstück in Form eines Beckens oder Amphitheaters notwendig, um die Jäger vor den Kugeln zu sichern, welche von der entgegengesetzten Seite des Kreises abgeschossen werden, sobald sich die Jagd ihrem Ende naht. Die Größe des Grundstücks, welches eingeschlossen oder abgetrieben werden soll, richtet sich nach der Zahl der Personen, welche sich an der Jagd beteiligen. Ich habe Wolfsjagden beigewohnt, wo so viele Leute beisammen waren, dass ein Bezirk von vierzig oder fünfzig englischen Meilen im Umkreise abgetrieben wurde. Beim Beginn der Jagd werden die Teilnehmer in Compagnien geteilt, welche ihre Hauptleute unter sich erwählen; das Ganze wird von bestimmten Oberoffizieren angeordnet und überwacht. Von höchster Wichtigkeit ist es, dass die Linie vollkommen abgeteilt ist, ehe das Zeichen zum Vorrücken gegeben wird, und dies ist in einem dunklen und dicken Gehölz keine leichte Sache. Wenn der Augenblick zum Vorrücken gekommen ist, ertönt ein Horn. Da mehrere Jagdhörner auf gleiche Zwischenräume verteilt sind, so macht das Signal die ganze Reihe von rechts nach links oder von links nach rechts durch, je nachdem man übereingekommen ist. Sobald das Signal nach seinem Ausgangspunkt zurückgekehrt ist, rückt die ganze Linie nach dem Mittelpunkt vor. Es ist Sitte, dass kein Schuss abgefeuert werden soll, als auf Wölfe, Bären und Panther; es ist aber äußerst schwierig, eine Gesellschaft von tausend Hinterwäldlerschützen zu verhindern, dass sie nicht auch auf einen Hirsch oder was irgend ihnen in den Weg kommt, feuern. Doch kommt es vor, dass ein Teil derjenigen, welche an solchen Wolfsjagden teilnehmen, nicht mit Feuerwaffen versehen werden können; in diesen Fällen müssen Mistgabeln, Keulen und dergleichen Geräte ihre Stelle vertreten, dienen jedoch mehr als Verteidigungs-, denn als Angriffswaffe, da es unwahrscheinlich ist, dass ein Bär oder Wolf geduldig warten sollte, bis man ihn wie eine Kuh oder einen Ochsen vor den Kopf schlägt. In dem Maße, wie die Gesellschaft vorrückt, nähern sich die Personen, welche den Kreis bilden, allmählich einander; da aber einzelne Teile des Waldes gewöhnlich mehr Hindernisse darbieten als andere, so kommen diejenigen Jäger, welche auf solche Hindernisse stoßen, aus ihrer Richtung oder bleiben wenigstens so weit zurück, dass die regelmäßige Linie leicht verschoben oder durchbrochen wird. Befindet sich zufällig das Wild in der Nachbarschaft eines Ortes, wo dies geschieht, so entrinnt es natürlicherweise durch die Öffnungen; dies glückt aber selten, denn von allen Seiten werden ihnen die Flintenkugeln wie ein Hagelschauer nachgeschickt, zur großen Gefahr derjenigen, welche noch im Dickicht zurückgeblieben sind. Wenn der Kreis bis auf ungefähr eine Meile zusammengerückt ist, so fliehen zuerst die Hirsche, die sich gewöhnlich in beträchtlicher Zahl vorfinden, in verschiedene Richtungen davon und sobald sich nur die kleinste Öffnung in der Linie findet, huschen sie hindurch. Nicht derselbe Fall ist es mit den andern Tieren. Durch den Lärm, der von allen Seiten erschallt, beunruhigt, flüchten sie nach dem Mittelpunkte des Kreises und man sieht sie daher erst, wenn die Linie auf ihre engste Grenze zusammengezogen ist. Die Bären nehmen gewöhnlich noch die Zeit wahr, auf irgendeinem Baum einen Zufluchtsort zu suchen; die Panther, wenn solche mit eingeschlossen waren, ahmen das Beispiel nach oder suchen irgendein Versteck in einer Felsenspalte auf. Die Wölfe hingegen, da sie nicht klettern können, sind genötigt, auf der terra firma zu bleiben. Ist jedoch dickes Untergehölz in der Nähe, so versuchen sie, sich so gut wie möglich dort zu verstecken, bis die Jäger sie daraus vertreiben.

Ich bemerkte schon vorhin, es sei zur Sicherheit der Jäger notwendig, dass die Jagd auf einem Hügel oder einem vertieften Grunde geschlossen werde. Denn wenn die Jäger von allen Seiten herangedrungen sind, bis ihre Opfer auf einen Raum von etwa sechshundert Fuß im Durchmesser beschränkt werden, so würden die Kugeln, welche von einer Seite des Kreises abgefeuert werden, das Leben der gegenüberstehenden Jäger gefährden. Ist hingegen ein kleiner Hügel als der Punkt gewählt, wo die Hauptszene der Jagd stattfinden soll, so können die Jäger von den gegenüberliegenden Seiten schießen, ohne die Sicherheit der übrigen zu gefährden. Dasselbe findet seine Anwendung auf ein ausgehöhltes oder vertieftes Grundstück, denn da die Wölfe sich so weit wie möglich nach der Mitte des Kreises hindrängen, so können sie von den umliegenden Hügeln geschossen werden, ohne dass die gegenüberstehenden Jäger sich Schaden zufügen.

Ich weiß nicht, woher es kommt, aber ich erinnere mich, von keiner dieser Jagden gehört zu haben, wo nicht eine bedeutende Anzahl der Wölfe entflohen wäre. Entweder sie lauerten auf einem abhängigen Felsen oder einem Baumstamm, bis ihre Feinde vorüber waren, und schlichen sich dann davon, oder das Ungestüm der jungen und unlenksamen Leute unter den Jägern war so groß, dass sie sich so unvorsichtig in den Mittelpunkt des Ringes hineindrängten, dass es für die übrigen unmöglich war, von ihrer Feuerwaffe Gebrauch zu machen, ohne das Leben der Jünglinge zn gefährden. Wenn jedoch viele von den Wölfen durch irgendeinen Übelstand entschlüpfen, so ist der Zweck der Ansiedler fast ebenso wohl erreicht, als wenn sie alle vernichtet wären, denn sie sind in einen solchen Schrecken gesetzt, dass die entflohenen unter keinen Umständen sich wieder in derselben Gegend blicken lassen.

Siebzehntes Kapitel.
Verfolgung der Fährte.

Das Ross wurde also von Wölfen verfolgt.

Die Trapper hatten die Spuren der Tatzen im Schlamme erkannt, und zwar beide Arten von Wölfen: Den großen, braunen, texanischen Wolf und den kleinen, bellenden Kojoten, der nur in der Ebene vorkommt, – eine vollständige Herde war an den zahlreichen Spuren zu erkennen. Auch bewiesen die Fährten diesen scharfsinnigen Männern, dass die Wölfe das Pferd verfolgten. Garey erklärte es mir auf meine Frage.

Jenseits des Quells erhob sich der Boden ein wenig und das Pferd war hier hinaufgesprungen, nachdem es am Quell getrunken hatte. Dorthin waren ihm die Wölfe ebenfalls gefolgt, der Eindruck ihrer Klauen war in dem weichen Tone zurückgeblieben. Diese aufgekratzten Streifen zeigten Garey, dass sie in der größten Schnelligkeit liefen, und sie würden nicht einen so weiten Sprung gemacht haben, wenn sie nicht eine Beute verfolgt hätten. Da keine andern Spuren als die Pferdehufe und die ihrigen vorhanden waren, so lag es klar vor Augen, dass sie das Ross verfolgten; außerdem wurde die Fährte des Pferdes von der Fährte der Wölfe gedeckt.

Garey zweifelte ebenso wenig an seinen Folgerungen, wie ein Mathematiker an der Wahrheit eines Lehrsatzes im Euklid zweifelt.

Ich empfand zu meinem Schmerz, dass ich Gareys Folgerungen für wahr annehmen musste; sie waren wenigstens wahrscheinlich, zu wahrscheinlich. Wäre das Pferd nicht belastet, sondern frei gewesen, so würden es die Wölfe nicht verfolgt haben. Solange sich das wilde Ross in seiner vollen Kraft befindet, wird es selten von ihnen angegriffen; nur die alten und kranken Pferde, die trächtigen Stuten und schwachen Füllen fallen diesen hungrigen Bestien zur Beute. Der gemeine Wolf und der Kojote sind ebenso schlau wie der Fuchs und erkennen durch einen gewissen Naturtrieb, wenn ein Tier tödlich verwundet ist. Einen verwundeten Hirsch, der dem Jäger entrann, verfolgen sie hartnäckig, geben aber bald die Jagd auf, wenn sie merken, dass das Tier nur leicht verwundet ist. Durch jenen Naturtrieb hatten sie erfahren, dass das Pferd nicht von einem freien Reiter geleitet wurde; sie hatten gemerkt, dass sich nicht alles in Ordnung befand, und folgten mit gierigem Geheul in der Hoffnung, Ross und Reiter einzuholen.

Da wir wussten, dass sich bei dem Felsen viele Wölfe aufhielten, so wurde jene Vermutung noch umso wahrscheinlicher.

Das halbwilde Vieh des Steppenbewohners trank dort an der Quelle und der Kojote wie der kräftigere texanische Wolf erbeutet dort häufig ein schwaches Kalb. Die Quelle wurde überdies beständig von Hirschen und Antilopen besucht, auch die Überreste unseres Gefechts mussten jenen hässlichen Tieren ein nächtliches Mahl liefern und die Stelle zu ihrem Lieblingsaufenthalt machen. Sie hatten im Pferdefleisch und Menschenblut geschwelgt und waren nur umso heißhungriger geworden.

Es war wahrscheinlich, dass die Wölfe das belastete Ross früher oder später erreichen mussten. Vielleicht gelang es ihnen erst nach einem langen Galopp über Berg und Tal, durch Sumpf und Dickicht, jedenfalls aber holten es diese ausdauernden unermüdlichen Verfolger endlich ein. Dann warfen sie sich auf seine Flanken, schlugen die Zähne in seine Schenkel, in die Glieder des hilflosen Opfers auf seinem Rücken, Ross und Reiter stürzten zur Erde, sie rissen beide in Stücken, zerfleischten, verschlangen sie.

Ich ächzte laut bei diesem furchtbaren Gedanken.

„Sehen Sie", sagte Garey, indem er auf den Boden zeigte und seine Kerze so hielt, dass die Stelle beleuchtet wurde, „da ist das Pferd ausgeglitten. Sehen Sie, da ist die Fährte des großen Wolfes. An dem Kratzen seiner Hinterpfoten sehe ich, dass er einen Sprung gemacht hat."

Ich untersuchte das Zeichen, das meinen Augen ebenso leserlich war, wie Garey angedeutet hatte. Es waren noch andere Spuren von Wölfen zu sehen, aber einer hatte jedenfalls einen weiten Satz gemacht, um sich an das Tier anzuklammern. An den Hufspuren ließ sich deutlich sehen, dass das Pferd ausgeglitten sei, während es auf dem feuchten Boden vorwärtssprang; dadurch war der wachsame Verfolger zum Sprunge verleitet worden.

Wir eilten weiter; in unserer Aufregung vermochten wir keinen Augenblick zu halten, die Jäger wie die Trapper teilten meine Besorgnisse und meinen Eifer. Wir eilten so schnell, wie es möglich war, ohne die Fackel zu verlöschen.

Nach fünf Minuten drang der Mond unter dem Rande der schwarzen Wolke hervor, welche ihn bisher verhüllt hatte, und seine weiße Fläche schien in so ungewöhnlichem Glanze, als ob der Sturm sie noch gereinigt hätte. Die Erde war fast so deutlich zu sehen wie am Tage; wir löschten die Kerze aus und folgten der Fährte jetzt beim Mondschein mit größerer Schnelligkeit.

Das wilde Ross hatte noch immer seinen Galopp fortgesetzt und war Meilenweit in der größten Schnelligkeit fortgeflogen. Noch immer waren ihm die gierigen, unermüdlichen Wölfe auf dem Fuße gefolgt. Wir sahen die Zeichen ihrer anhaltenden Verfolgung, die Eindrücke ihrer Tatzen an einzelnen Stellen.

Jetzt vernahmen wir das Rauschen von Wasser; wir mussten in der Nähe eines Flusses sein, denn das Rauschen kam aus der Gegend, wohin uns die Fährte führte.

Als wir näher kamen, sahen wir eine leuchtende Fläche im Mondschein vor uns schimmern, und die Spur führte uns in gerader Richtung darauf hin.

Es war ein Fluss; nahebei befand sich ein Wasserfall und das durch den Regen angeschwollene Wasser stürzte in weißem Schaum über die Felsen. Es sah im Mondschein wie eine Schneelawine aus. Die Trapper erkannten einen Nebenfluss des Rio Bravo, der von Norden her von der hohen Steppe kam.

Wir eilten an das Ufer; die Fährte führte uns nach dem schäumenden Wasserfall, gerade nach dem Rande des brausenden Wassers und hörte dann plötzlich auf. Die Hufspuren führten nicht wieder zurück; das Pferd war also in den Fluss gesprungen.

Es konnte nicht anders sein: Das Pferd hatte sich gerade an der Stelle in den Wasserfall gestürzt, wo der Schaum am glänzendsten war und der Sturz sich an dem Felsen brach. An den Spuren der Hufe, die sich am Ufer zusammendrängten, erkannten wir den Punkt, von wo es aufgesprungen war; an dem tiefen Eindruck im Rasen konnten wir sehen, dass es einen kühnen Satz gewagt hatte. Die Verfolger waren ihm dicht auf dem Fuße gefolgt, und es hatte sich mit einem verzweifelten Sprunge in das Wasser gestürzt. „War es glücklich hinübergekommen?", fragten wir uns. Dies war unwahrscheinlich, fast unmöglich. Trotz der schaumbedeckten Oberfläche war die Strömung doch schnell, als ob sie Mann und Ross fortreißen musste. Zum Durchwaten schien der Fluss zu tief. War das Pferd zum Schwimmen gezwungen gewesen? Dann müsste es von der Strömung fortgerissen, sein Körper unter das Wasser gezogen worden sein, seine hilflose Reiterin. –

„Pah, das Pferd ist nicht geschwommen", sagte Rube ein wenig verdrießlich, „wo habt ihr denn zum Geier eure Augen, ihr alle zusammen? Seht nur hierher, und ich will es euch sagen, woher ich es weiß. Seht ihr die Farbe des Wassers dort? Es ist so braun wie ein Büffel im Frühling, es ist frisch heruntergekommen und vor dem Regen konnte nicht die Hälfte davon hier im Bette sein. Das Pferd konnte also ganz leicht durchwaten, und damals ist es durchgewatet. Es ist ganz gewiss vor dem Regen übergesetzt, denn seht nur diese Spuren! Sie entstanden, ehe noch ein Tropfen Regen herunterkam, sonst würden sie viel tiefer in den Boden eingedrückt sein. Pah! Das Pferd ist glücklich hinübergekommen, ohne sich ein Haar auf dem Schenkel nass zu machen. Ängstigen Sie sich nicht wegen des Ertrinkens, junger Bursche! Das Mädchen ist noch sicher."

„Und glaubt Ihr, dass die Wölfe ihr über den Fluss gefolgt sind?"

„Kein einziger; das Viehzeug hat mehr Verstand. Sie wussten wohl, dass ihre Beine nicht lang genug waren und dass der Strom sie eine Meile weit fortgerissen hätte, ehe sie halb hinüber geschwommen wären. Ich sage, die Wölfe sind diesseits geblieben; sehen Sie hierher, da sind ihre Spuren! Wahrhaftig, das Ufer ist aufgewühlt wie von einer Schafherde."

Ich betete zum Himmel, dass dies keine bloße Vermutung sein möchte. Rube glaubte fest an seine Worte, und auch ich fühlte mich beruhigt, denn ich hatte mich gewöhnt, ein unbedingtes Vertrauen in die Erfahrung des Trappers zu setzen. Mit leichterem Herzen sprang ich wieder in den Sattel, meine Begleiter folgten meinem Beispiel und wir ritten am Ufer entlang, um eine Stelle zum Übersetzen zu suchen. Ich hielt mich jedoch nicht lange auf. Moro war manche hundert Schritte weit mit mir auf dem Rücken geschwommen und hatte manche Ströme, reißender als dieser, mit seiner stolzen Brust geteilt.

Ich lenkte ihn nach dem Ufer, gab ihm die Sporen und setzte in den Fluss.

Hinter mir hörte ich ein Plätschern; einer meiner Begleiter nach dem andern vertraute sich dem Wasser an und schwamm schweigend hinüber. Einer nach dem andern erreichte das jenseitige Ufer und ritt hinauf.

Ich überzählte schnell die Leute, als sie aufritten. Einer war noch nicht angekommen. Rube fehlte. Wie alle Handlungen dieses seltsamen Menschen, so war auch das Übersetzen einzig in seiner Art. Vielleicht hatte er diese Art gewählt, um etwas Besonderes für sich zu haben; vielleicht wollte er auch seinen Mustang weniger beim Schwimmen hindern. Er war langsam in das Wasser geritten und blieb so lange im Sattel sitzen, bis die Stute keinen Grund mehr fand, dann glitt er rückwärts über die Schenkel hinunter, nahm den Schweif zwischen die Zähne und schwamm halb wie ein Fisch an der Angel gezogen, halb rudernd, um den Übergang zu erleichtern. Kaum berührten die Füße des Pferdes den Boden wieder, so zog er sich von hinten herauf und erreichte den Sattel.

Ich spornte mein Pferd und kam bald an der Stelle an, wo ich die Fährte wiederzufinden erwartete. Zu meiner Freude erblickte ich gerade dem Punkt gegenüber, wo das Pferd in das Wasser gegangen war, Hufspuren. Es war also durchgewatet.

Als wir die Fährte wieder aufgenommen, ritt ich mit leichterem Herzen weiter. Garey bestätigte es, als er die Augen auf die Fährte richtete, dass das Ross hier im Schritt gegangen war. Die Reiterin musste durch diese sanfte Bewegung ihre Qual vermindert fühlen. Das Pferd hatte auch vielleicht Halt gemacht; es konnte nicht viel weiter gelaufen sein, da seine Beine durch die wilde Verfolgung ermüdet sein mussten.

Auch wir waren alle ermüdet, aber bei dieser angenehmen Vermutung dachten wir nicht an unsere Mühe und folgten in froher Stimmung der Fährte.

Wir waren jedoch nur wenige Hundert Schritte von dem Flusse entfernt, als wir abermals auf ein ernstliches Hindernis stießen, das nicht nur unser Weiterkommen erschwerte, sondern unser ferneres Suchen fast unmöglich machte. Dieses Hindernis war ein Eichenwald, nicht von Rieseneichen, sondern im Gegenteil von den jenem Lande eigentümlichen Zwergeichen.

„Das ist unangenehm!", rief Rube verdrießlich. „Ihr könnt alle absteigen und eure Tiere ruhen lassen, wir werden hier kriechen müssen."

So war es in der Tat. Auf Händen und Knien kriechend, folgten wir mehrere mühselige Stunden lang ziemlich langsam der Fährte. Die Spuren des Pferdes waren deutlich und mussten mit Tageslicht leicht zu verfolgen sein, aber die kleinen Eichen standen so dicht und regelmäßig nebeneinander, als ob sie von Menschenhänden gepflanzt wären, und das Mondlicht konnte ihr dichtes Laub kaum durchdringen. Die Fährte ging gerade durch die Mitte und wir hatten noch nicht den äußersten Rand erreicht, als schon die Strahlen des Morgens sich mit dem Mondlicht mischten.

Nach kurzer Zeit wurde der Wald heller, die Zweige wichen mehr auseinander, die Bäume standen teils einzeln, teils in zerstreuten Gruppen; endlich zeigte sich der Rasen der Steppe vorherrschend.

Die Mühe des Suchens hatte jetzt ihr Ende. Die Sonne warf ihr volles Licht auf die Fährte, sodass dieselbe leicht aufgenommen werden konnte; wir wurden weder durch Sümpfe noch Gebüsche gehindert und ritten schnell über die Steppe.

Das Pferd hatte diese Strecke ebenfalls eilig zurückgelegt; nachdem es den Wald von Zwergeichen verlassen hatte, war es eine Zeit lang im Schritt fortgegangen, aber plötzlich, wie sich an den Spuren zeigte, abgesprungen und hatte seinen rasenden Galopp wieder begonnen.

Wodurch war es wieder erschreckt worden? Wir wussten nicht, was wir davon denken sollten, und selbst die Trapper waren in Verlegenheit.

War es abermals von Wölfen angefallen worden? Oder von einem andern Feinde? Keins von beiden. Es war eine grüne Steppe, ein glatter Grasboden, aber es fanden sich Stellen vor, wo wenig Pflanzenwuchs herrschte, einige kahle Flecken, die der Regen fast aufgeweicht hatte. An einem solchen Orte hätte sich leicht die Tatze des Wolfs hinlänglich eingedrückt, um den scharfen Augen der Männer sichtbar zu werden. Das Pferd war hier vorbeigekommen, nachdem der Regen aufgehört hatte. Es war weder von einem Wolfe noch von einem andern Tiere verfolgt worden.

Ein Ruf der vorausreitenden Späher machte unserm Nachdenken ein Ende. Beide hielten an und zeigten auf die Erde, ohne ein Wort zu sprechen. Ein jeder sah mit seinen Augen den fortgesetzten Galopp und erklärte sich denselben.

Gerade vor uns war der Rasen von zahlreichen Pferden zertreten. Es waren nicht vier, sondern wohl vierhundert Hufspuren in das Gras eingedrückt, alle so frisch wie die Fährte, welcher wir folgten; die Fährte des Schimmels mischte sich mit ihnen und ging unsern Blicken verloren.

„Es ist eine Herde wilder Pferde", erklärten die Führer auf den ersten Blick. –

Wie schon oben erwähnt, ist ein großer Teil von Mittel- und Südamerika mit reichem Graswuchs bedeckt, wo sich Herden von Hornvieh und von wilden Pferden im Überfluss vorfinden. Die Letzteren sollen die Nachkommen von einigen spanischen Pferden sein, welche von den Entdeckern von dem Festlande herübergebracht worden sind, erscheinen aber in ihrem Äußern als eine Abart ihrer berühmten Vorfahren, obgleich einige wenige von erstaunlicher Schönheit sind; in Bezug auf den Charakter zeigen sie einen seltsamen Gegensatz zu unsern zahmen Tieren; sie sind schlank und hager, und ihre Gestalt ist eher eckig als gerundet, ihre Bewegungen sind schnell und voll Kraft, und der Blick ihrer klugen und ausdrucksvollen Augen zeigt Misstrauen und Furcht vor Gefahr. Im gefangenen Zustande sind sie schwer zu zähmen. Sie leben herdenweise und scheinen sogar eine Art von geselligen Einrichtungen zu haben; denn wenn sie in der trockenen Jahreszeit oder bei Annäherung der Regenzeit wandern, so bilden die stärksten männlichen Tiere den Vor- und Nachtrab, ein kräftiges Pferd leitet den Zug. Sie senden auch Einzelne zum Rekognoszieren aus, welche Nachricht geben müssen, sobald eine Gefahr in der Nähe ist. Zu andern Zeiten wird ihr geselliges Leben durch heftige Kämpfe unterbrochen, in welchen sie sich untereinander den Nacken und die Köpfe auf schreckliche Weise mit ihren Zähnen zerfleischen. In früheren Zeiten fingen die eingeborenen Stämme diese Pferde nur für ihren eigenen Gebrauch, aber jetzt ist ein Handel mit ihnen in Aufnahme gekommen.

Die Jäger nehmen gewöhnlich verschiedene Reservepferde mit sich, wozu sie die geschwindesten auswählen. Wenn sie einer Herde wilder Pferde nahekommen, so verbergen sie sich so viel wie möglich, indem sie sich an der gedeckten Seite ihrer Pferde herabhängen lassen. Bei der Verfolgung werfen sie ihre geschlungenen Seile oder Lassos und fangen ihr auserwähltes Opfer selbst in beträchtlicher Entfernung in der Schlinge. –

Es waren also die Spuren von unbeschlagenen Hufen, welche unsere Späher aufgefunden hatten; aber daraus ließ sich noch nicht beweisen, dass es wilde Tiere waren. Wenn ein Trupp Indianer vorübergeritten wäre, so würden dieselben Spuren zurückgeblieben sein; aber die Trapper behaupteten zuversichtlich, dass diese Pferde nicht geritten worden waren. Die Hufspuren von Fohlen, welche sich dabei fanden, bewiesen, dass eine Herde Mustangs vorübergekommen war. Da, wo wir ihre Spuren zuerst fanden, waren sie in vollem Galopp davongelaufen; die Fährte des Schimmels wich von der früheren Richtung ab und traf endlich in einem spitzen Winkel mit der ihrigen zusammen.

„Ja", sagte Rube, „ich sehe, wie es steht: Sie sind über das merkwürdige Aussehen des Schimmels erschrocken gewesen und davongelaufen. Sehen Sie! Da ist seine Fährte obenauf, er ist ihnen nachgelaufen. Dort hat er einige überholt. Seht nur! Das Vieh hat sich nach beiden Seiten zerstreut. Hier sind sie im Galopp wieder zusammengekommen, eine Anzahl vor ihm, eine Anzahl hinter ihm. Pah! Jetzt werden sie ihn doch wohl kennen und sich nicht mehr fürchten. Seht dort! Der Schimmel ist mitten unter der Herde."

Ich schlug unwillkürlich die Augen auf, denn ich glaubte nach diesen Worten, die Pferde wären zu sehen; aber der Trapper ritt, während er sprach, vorwärtsgebeugt und richtete die Blicke auf die Erde. Alles, was er sagte, las er von der Oberfläche der Steppe ab – diese Schriftzeichen, die für mich unverständlich waren, schien er leichter zu deuten als die Blätter eines gedruckten Buches.

Ich wusste, dass er die Wahrheit sagte.

Der Schimmel war einer Herde wilder Pferde nachgaloppiert, hatte sie eingeholt und war an diesem Orte in ihrer Mitte gewesen.

Bei dieser Entdeckung wurde mein Geist von düstern Gedanken erfüllt, aufs Neue drängten sich schreckliche Ahnungen auf. Ich erkannte sogleich, dass meine Verlobte sich in einer neuen furchtbar gefahrvollen Lage befand.

Ich sah sie in der Mitte einer wiehernden Herde wilder Pferde – Hengste mit glühenden Augen und dampfenden Nüstern, die zornig und eifersüchtig gegen das weiße Ross bäumten und mit mörderischen Hufen darauf losschlugen, mit wütend geöffnetem Rachen und blitzenden Zähnen – es war ein entsetzliches, grauenhaftes Bild.

Und die Wirklichkeit war nicht fern. Ich ritt schnell die nächste Erhöhung der Steppe hinauf und erblickte vom Kamme derselben genau den Auftritt, den meine Einbildungskraft so furchtbar heraufbeschworen hatte.

War es ein Traum? Wurden meine Augen von der Fantasie getäuscht? Nein, dort war die Herde wilder Pferde, die bäumenden wiehernden Hengste, dort stand in der Mitte das weiße Ross ebenfalls hoch aufgerichtet und auf seinem Rücken – „Barmherziger Gott, rettet sie!"

Diesen lauten Ruf entriss mir das furchtbare Schauspiel. Ich nahm mir nicht Zeit, den Rat meiner Begleiter anzuhören, sondern gab meinem Pferde die Sporen und galoppierte den Hügel hinab auf die Pferde zu.

Die Trapper und die Jäger, welche in gleichem Antriebe handelten, hatten ihre Pferde ebenfalls angespornt und folgten mir dicht auf dem Fuße.

Die Herde war noch fern, der Wind wehte scharf von ihr her. Da wir den Hügel erst zur Hälfte hinab waren, so hatten die wilden Pferde uns weder gesehen noch gewittert.

Ich rief so laut wie möglich und pfiff, um sie in die Flucht zu jagen. Auch meine Gefährten riefen sämtlich, aber unsere Stimmen drangen nicht bis zu der kämpfenden Herde.

Da fiel mir ein besseres Mittel ein. Ich zog die Pistole aus dem Halfter und feuerte mehrere Schüsse ab.

Schon der erste würde genügt haben. Trotz des entgegenstehenden Windes wurde der Knall gehört, und die erschrockenen Steppenpferde standen plötzlich vom Kampfe ab. Einige flogen davon, andere umkreisten uns wildschnaubend und mit erhobenem Kopfe; noch andere kamen fast in den Bereich unserer Büchsen, drehten sich dann mit gellendem Wiehern um und flogen davon. Nur der Schimmel blieb mit seiner Last am ersten Orte zurück. Ich war noch viele Hundert Schritte weit entfernt, als ich sah, dass er sich bäumte, sich auf den Hinterfüßen drehte und dann in entschiedener Flucht davoneilte.

Ich folgte dem einzigen Gedanken, der mich in diesem Augenblick beseelte, und galoppierte hinter ihm her, so schnell mein Pferd laufen konnte; ich hielt mich nicht auf, mich mit meinen noch weit entfernten Gefährten erst zu beraten.

Ich bemerkte bald, dass mein wackeres Pferd ermüdet war, und wurde von Besorgnis erfüllt; es hatte am vorigen Tage den Sattel zu lange getragen und war durch die beschwerliche Nacht ermüdet worden. Ich fühlte, wie es ermüdet mit immer schwächeren Schlägen galoppierte. Das Steppenross musste noch frisch sein.

Aber von dem Ausgang hing Leben und Tod ab. Meine Verlobte musste gerettet werden; ich musste die Sporen anwenden und den Schimmel einholen, selbst wenn Moro sterben sollte.

Die Jagd führte über eine wellenförmige Prärie. Wir galoppierten über die wogenartigen Anschwellungen, die schnell hintereinander folgten. Wir schossen abwechselnd bergauf und bergab; es war ein scharfer, tödlicher Galopp für mein armes Pferd.

Sollte der fürchterliche Galopp niemals beendigt werden? Wurde der Schimmel nie müde? Er musste doch mit der Zeit ermüdet werden und anhalten und Moro war ihm an Kraft und Schnelligkeit überlegen.

Aber das Steppenpferd hatte einen doppelten Vorteil: Es war vor der wilden Jagd nicht gebraucht worden und befand sich auf heimatlichem Boden.

Ich hielt meine Augen unverwandt darauf gerichtet, ein geheimnisvolles Gefühl ließ mich befürchten, es könnte verschwinden, sobald ich mich umschaute. Die seltsame Erinnerung an die erste Jagd erfüllte noch immer meinen Geist, ich vertiefte mich fast wie damals in den Glauben an übernatürliche Erscheinungen.

So behielt ich den Gegenstand meiner Verfolgung und die zwischen uns liegende Strecke im Auge und blickte nach keiner Seite. Die Entfernung schätzte ich bald voll Hoffnung, bald voll Zweifel ab. So bald sich der Boden veränderte, wurde auch der Zwischenraum anders. Bald näherte ich mich, wenn mir die Senkung der Erhöhung zugutekam, bald vergrößerte sich die Entfernung, wenn die Schnelligkeit meines Pferdes durch steile Abhänge gehemmt wurde.

Endlich galoppierte ich über den letzten Hügel der Steppe und erblickte voll Freude eine flache Ebene vor mir. Hier musste ich mich dem Schimmel schnell nähern, das wurde mir zu meiner Freude deutlich.

Zuletzt sah ich zu meinem Entzücken, dass ich dem Schimmel näher kam. Es lagen jetzt nur noch dreihundert Schritte zwischen uns. Ich war so nahe, dass ich ihre Gestalt erkennen konnte; sie lag noch ausgestreckt, die Glieder an den Rücken des Pferdes geschnallt, die Kleider aufgelöst und zerrissen, ihr verworrenes Haar schleppte am Boden. Wenn das Pferd zuweilen den Kopf zurückwarf, um sein wildes Wiehern vernehmen zu lassen, konnte ich sogar ihre bleichen Wangen sehen.

Ich war nahe genug, um mich hörbar zu machen. Ich schrie, so laut ich konnte, ich rief ihren Namen, heftete die Augen auf sie und horchte voller Angst auf eine Antwort. Es schien mir, als erhöbe sie den Kopf, als ob sie mir antworten wollte. Ich konnte aber keinen Laut hören. Vielleicht wurde ihr schwacher Schrei von dem Geräusch der Hufe übertäubt. Ich rief wieder ihren Namen, immer wieder. Da war es mir, als hörte ich einen Schrei, ihr Kopf erhob sich vom Körper des Pferdes. Ich konnte mich nicht geirrt haben.

„Dank dem Himmel! Sie lebt!"

Kaum hatte ich dieses kurze Dankgebet gesprochen, als ich fühlte, wie mein Pferd unter mir nachgab, als ob es unter die Erde sinke. Ich wurde aus dem Sattel geschleudert und flog kopfüber auf die Ebene. Mein Pferd war in den Bau eines Präriehundes eingebrochen und in Folge des falschen Trittes gestürzt. –

Es wird hier am Orte sein, etwas über ein so seltsames Tier, wie der Präriehund ist, mitzuteilen.

Der Präriehund oder das Prärie-Murmeltier gehört zu derselben Tiergruppe wie das Murmeltier der Alpen, mit welchem wahrscheinlich jeder bekannt ist, welcher eine Reise in die Schweiz gemacht oder Tschudis oder andere Beschreibungen von der Alpenwelt gelesen hat.

Im nördlichen Amerika kommen verschiedene Arten Murmeltiere vor, und diese Tiere sind in den höhergelegenen Gegenden der nördlichen Länder auf beiden Hemisphären heimisch. Sie werden eigentlich zu der Familie der Eichhörnchen gerechnet und sind in der Tat nicht sehr verschieden von unsern wohlbekannten Eichhörnchen; durch die Veränderung des Baues, wodurch sie geeignet werden, auf der Ebene anstatt im Walde zu leben, unterscheiden sie sich allerdings einigermaßen in ihrem Äußern. Der Präriehund, wie die Jäger ihn genannt haben, wahrscheinlich von der eingebildeten Ähnlichkeit zwischen seinem Geschrei und dem Bellen eines Hundes, lebt in großen Gesellschaften in den endlosen Prärien Amerikas. Doktor Woodhouse, welcher der Expedition nach den Vereinigten Staaten unter dem Capitain Setgreaves beigeordnet war, sagt über eine der Hundestädte, wie die Trapper sie nennen, welche Texas durchziehen, dieselbe habe eine Ausdehnung von dreißig englischen Meilen gehabt. Die Höhlen dieser Tiere liegen beinahe in regelmäßigen Entfernungen voneinander, ungefähr zwanzig bis dreißig Fuß. Die Bewohner sitzen am Eingange der Höhlen, lassen ein unaufhörliches bellendes Geschrei hören und wedeln zu gleicher Zeit mit dem Schwanz. Sobald sich eine Gefahr nähert, ziehen sie sich in das Innere der Höhle zurück, und zwar so schnell, dass man nur mit Mühe ihrer habhaft werden kann; selbst wenn man nach ihnen schießt, taumeln sie in der Regel in die Höhle zurück und verschwinden in die Tiefe. Ihre Nester, welche am äußersten Ende der Höhle angelegt sind, bestehen aus zusammengehäuftem trocknem Grase. Die Nahrung dieser Geschöpfe machen hauptsächlich Gras und Insekten aus.

Zwei andere Tiere, offenbar sehr üble Nachbarn, nehmen gewöhnlich teil an den Wohnorten, welche der Präriehund in der Steppe gewählt hat. Die Klapperschlangen haben oft diese Höhlen inne und scheinen jenen Tieren keine Furcht einzuflößen, obgleich sie ohne Zweifel an den jüngern Tieren Raub ausüben. Der fast beständige Gefährte des Präriehundes ist aber eine kleine Eule, welche ihr Nest in den verlassenen Höhlen baut und, ebenso wie ihre früheren Bewohner, am Eingang Wache hält. „Wenn man sich diesen Vögeln nähert, welche man auf dem kleinen Erdhügel neben der

Höhle erblickt", sagt Doktor Woodhouse, „so ziehen sie sich zurück und lassen nur noch ihre Köpfe über der Ebene sehen. Sie beginnen dann zu schnattern und machen die possierlichsten Bewegungen. Wenn man ihnen noch näher kommt, so verschwinden sie ganz und gar in ihre Höhlen oder flattern eine Strecke lang über der Höhle, bis sie einen andern Eingang entdeckt haben, wo sie dieselben Manöver fortsetzen." –

Über einer solchen Höhle war mein Pferd gestürzt.

Mich hatte der Fall weder betäubt noch gelähmt; in wenigen Augenblicken stand ich wieder auf den Füßen, fasste den Zügel und schwang mich in den Sattel. Als ich aber mein Pferd wieder ansporne, waren das weiße Ross und seine Reiterin meinen Blicken entschwunden.

Ich war wütend, verzweifelt, aber dennoch war das Verschwinden des Pferdes diesmal nicht überraschend: Es wurde durch das Dickicht erklärt. Ich konnte das Pferd nicht mehr sehen, aber noch hören. Als ich wieder aufsaß, vernahm ich den Schall seiner Tritte auf dem festen Boden, das Knacken der dürren Reiser und das Rauschen der zurückschnellenden Zweige. Ich verlor keine Zeit, einen Durchgang zu suchen, sondern lenkte mein Pferd dem Schalle nach und stürzte mich in das Dickicht. Mein wackres Ross drang vorwärts, teilte die Büsche mit der Brust oder sprang über sie hinweg; aber kaum war ich zwanzig Schritte weit gekommen, als ich wohl das Unvorsichtige meines Verfahrens einsah: Ich hätte der Fährte folgen sollen.

Ich spornte mein Ross aufs Geratewohl weiter, aber nach kaum hundert Schritten musste ich ungewiss Halt machen.

Das Dickicht rings um mich war still wie der Tod, nicht einmal ein Vogel bewegte sich in den Zweigen. Ich dachte jetzt daran, nach der offenen Steppe wieder zurückzukehren, die Fährte wieder aufzusuchen und ihr aufs Neue zu folgen. Dies war das klügste und das einzig verständige Verfahren. An dem Punkte, wo der Schimmel das Dickicht betreten hatte, ließ sich die Fährte leicht wiederfinden und von dort verfolgen.

Ich wendete mein Pferd herum und spornte es auf die Steppe zu, oder vielmehr dorthin, wo ich diese vermutete.

Erst ritt ich eine halbe Stunde lang durch Gebüsch und Bäume, dann noch einmal so weit in entgegengesetzter Richtung, erst zur Rechten, dann zur Linken, dann hielt ich mein Pferd an, ließ den Zügel auf den Hals fallen und gewann die feste Überzeugung, dass ich mich gleichfalls verirrt hatte. Ich hatte mich im Dickicht verirrt, in jenem verdorrten Dickicht, wo jede Pflanze Dornen trägt.

Nicht ohne Verletzung war ich hindurchgekommen. Meine Kleider waren zerfetzt, und meine Glieder bluteten; und die ihrigen? Die Dornen, die Wunden, die Tränen. Es war ein qualvoller Gedanke!

Ich raffte mich wieder aus dem Zustande der Lähmung auf und spornte mein Pferd vorwärts durch das Gebüsch.

Ich hatte weder am Himmel noch am Boden ein Zeichen zu meiner Leitung. Wohl wusste ich, dass es Leute gab, die in den Geheimnissen der Wildnis erfahren waren und ohne Kompass und Sterne die Himmelsgegenden unterscheiden konnten; ich nicht.

Ich konnte keinen bessern Ausweg erdenken, als dass ich mich der Führung meines Pferdes überließ. Zu wiederholten Malen, wenn ich im dichten Walde oder auf der weiten Ebene verirrt war, hatte ich Vertrauen auf seinen Naturtrieb gesetzt, und es hatte mich aus der Verlegenheit gerettet. Ich warf ihm den Zügel über den Hals und überließ es seiner eigenen Leitung.

Ich hatte bereits mehrmals laut gerufen, in der Hoffnung, von meinen Gefährten gehört zu werden.

Ich konnte von niemand anderem als von meinen Kameraden gehört werden, denn ein anderes menschliches Wesen befand sich schwerlich an diesem Orte. Selbst die unvernünftigen Geschöpfe waren hier selten und man kann in einem mexikanischen Steppengehölz wohl zwanzig Meilen weit reiten, ohne etwas anderes am Leben zu treffen, als etwa die gehörnte Eidechse, die Klapperschlange, das gepanzerte Armadill, den Steppenwolf, hin und wieder das kleine wilde Schwein, welches sich von den Samenkörnern der Tornilla nährt. Überall herrscht Totenstille und der müde Wanderer reist vorwärts, ohne einen andern Laut als den Hufschlag seines Pferdes zu hören, wenn nicht gerade der Wind in den gefiederten Blättern der Akazie rauscht oder die Heuschrecken in dem dürren Grase zirpen.

Ich hoffte noch immer, meine Kameraden würden mich hören; jedenfalls war ich sicher, dass sie die Fährte nicht verlassen würden.

Obgleich sie in weiter Ferne hinter mir waren, als ich in das Dickicht eindrang, mussten sie doch, meiner Spur folgend, sicher zu mir gelangen. Nur war die Frage, ob sie meiner Spur oder der Fährte des Schimmels folgen würden. Das Erstere war wahrscheinlicher, denn ich konnte irgendeinen Grund haben, von der Fährte des Schimmels abzugehen, um ihm den Weg abzuschneiden oder ihn zu überholen.

Dieses überlegend, kam ich zu dem Entschluss, nicht eher weiterzureiten, als bis eine Zeit verflossen sein würde, in welcher sie mich einholen könnten.

Ich fühlte Mitleid mit meinem keuchenden Pferde und stieg ab. Ich rief mehrere Male und feuerte mein Pistol ab. Nach jedem Schuss horchte ich, aber ich vernahm weder einen Ruf noch einen Schuss. Sie mussten sehr weit entfernt sein, da sie den Knall nicht hörten, denn da sie Büchsen und Pistolen bei sich führten, würden sie sonst auf gleiche Weise geantwortet haben. Schon beunruhigte ich mich über ihr Ausbleiben. Ich tat noch mehrere Schüsse, erhielt aber nur das Echo als Antwort. Plötzlich vernahm ich das Kreischen von Vögeln.

Ich sprang in den Sattel und blickte über die Büsche. Von den Stimmen der Vögel geleitet, bemerkte ich bald die Ursache des Lärmens: Die Elstern und Kardinalvögel flogen in den Zweigen hin und her, augenscheinlich durch etwas aufgeregt, was am Boden vorging. Gleichzeitig hörte ich einen seltsamen Lärm, der die Stimmen der Vögel übertäubte, konnte aber nicht erkennen, woher derselbe kam. Ich ritt, so schnell mein Pferd durch das Gebüsch kommen konnte, auf die Stelle zu. Als ich am Rande einer kleinen Baumgruppe herauskam, sah ich das seltsame Schauspiel eines Kampfes zwischen dem roten Panther und einer Herde Javali.

Der Panther wurde von den wilden kleinen Schweinen umringt und kämpfte voller Verzweiflung in ihrer Mitte. Mehrere von seinen Gegnern lagen von seinen starken Tatzen getötet auf der Erde, die Übrigen aber hielten ihren Feind unerschrocken eingeschlossen, sprangen mit geöffnetem Rachen auf ihn los und zerfetzten ihn mit den spitzigen Hauern.

Durch diesen Auftritt wurde mein Jägergeist angeregt. Ich riss die Büchse herunter und zielte; ohne über die Wahl meines Ziels nachzudenken, drückte ich ab und jagte dem Panther eine Kugel durch den Kopf, dass er augenblicklich mitten unter seinen Gegnern niedersank; bald aber musste ich die Wahl meines Opfers bereuen. Ich hätte entweder meine Kugel sparen oder sie gegen einen der Feinde des Panthers richten sollen; denn kaum war derselbe kampfunfähig, so richteten sie ihren Angriff gegen mich und umringten mich und mein Pferd mit der äußersten Wildheit.

Ich hatte kein Mittel, die Bestien von mir fernzuhalten. Es war mir keine Zeit geblieben, die Büchse wieder zu laden, ehe sie mich angriffen, und meine beiden Pistolen waren abgeschossen. Mein Pferd, durch den unerwarteten Anfall der seltsamen Geschöpfe erschrocken, jagte wild schnaubend vorwärts, aber überallhin folgten ihm wenigstens zwanzig der wilden Bestien nach, sprangen an ihm hinauf und zerrissen ihm die Schenkel mit ihren furchtbaren Hauern. Wenn ich in diesem Augenblick aus dem Sattel geworfen wäre, so würde ich in Stücke zerrissen worden sein.

Ich sah kein anderes Mittel als die Flucht, ließ meinem Pferde die Zügel schießen und spornte es. Aber in diesem verworrenen Dickicht konnten die Javali ebenso schnell vorwärtskommen, und nachdem ich hundert Schritte weit geritten war, sah ich mich noch immer von der ganzen Herde umringt.

Die Sache hätte ein sehr unangenehmes Ende nehmen können, aber in demselben Augenblicke hörte ich Stimmen und sah Reiter durch das Unterholz brechen. Es waren Stanfield, Quackenboss und die übrigen. Bald waren sie zur Stelle und lichteten mit ihren Revolvern die Reihen der Javali, sodass sich die übrigen kreischend und grunzend in das Gehölz flüchteten.

Wo waren die Trapper? Sie befanden sich nicht unter meinen Befreiern. Ich erriet, ehe mir die andern antworteten, dass Rube und Garey der Fährte gefolgt waren und es den Jägern überlassen hatten, mir nachzueilen.

Die Trapper mussten jetzt schon weit vorwärtsgekommen sein, denn es war mehr als eine Stunde verflossen, seitdem sie sich voneinander getrennt hatten. Durch meinen unregelmäßigen Ritt hatte ich meine Kameraden zu einem langen Zeitverlust genötigt. Jetzt brauchten wir unsere Spuren nicht zurückzuverfolgen. Der Kanadier Stanfield hatte sich die Lage des Dickichts gemerkt und führte uns fast auf geradem Wege hinaus. Als wir die offene Steppe erreichten, drangen wir auf Rubes und Gareys Spuren wieder in das Dickicht.

Wir mussten schneller vorwärtskommen als die Trapper. Schon waren wir etwa fünf Meilen weit gedrungen, als sich eine seltsame Empfindung, ein Gefühl des Schmerzes in den Augen einstellte. Ich und meine Begleiter schrieben dies dem Mangel an Schlaf zu. Erst nachdem wir eine Strecke weiter gekommen waren, erklärte sich die Sache, denn wir bemerkten, dass Rauch in der Luft sei. Dieser Rauch hatte den beißenden Schmerz in unsern Augen hervorgebracht.

„Der Wald steht in Feuer!", sagte Stanfield.

Stanfield war ein Hinterwäldler und dachte daher sogleich an einen Waldbrand.

Jedenfalls wütete eine Feuersbrunst, entweder im Walde oder auf der Steppe. Der Wind wehte uns entgegen und der Rauch zog mit dem Winde, und die Feuersbrunst musste daher gerade auf der Fährte vor uns sein.

Der Dampf wurde immer dichter; vor uns zeigten sich gelbe Lichtstreifen am Himmel; es war mir, als vernähme ich das Prasseln der Flamme. Die Luft war heiß und trocken; ein erstickendes Gefühl im Halse verursachte, dass wir bald alle erschöpft keuchten. Es war plötzlich so finster geworden und der Rauch blendete uns so, dass wir die Fährte nur mit Mühe erkennen konnten. Meine Begleiter wollten Halt machen, aber ich trieb sie vorwärts und rief, während wir weiterritten.

„Holla!", lautete die Antwort von der rauen Stimme des jüngeren Trappers.

Wir eilten dem Schall der Stimme nach. Der Weg führte uns zu einer Lichtung, in deren Mitte wir durch den Rauch die Gestalten von Menschen und Pferden erkannten. Als ich die Gruppe mit forschenden Augen betrachtete, sah ich nur die beiden Trapper.

Achtzehntes Kapitel.
Das Ross von Indianern gefangen.

„Ah, Monsieur Rube", rief der Kanadier; „glauben Sie, dass der Wald brennt?"

„Wald?", rief Rube mit einem gering schätzenden Blick. „Pah! Hier gibt es keinen Wald. Die Steppe brennt! Spüren Sie nicht den Geruch des Grases? Das Gehölz brennt nicht; fürchten Sie sich nicht, kleiner Franzose, Sie sind ganz sicher!"

Diese Versicherung beruhigte nicht allein den ängstlichen Kanadier, sondern auch die Übrigen, welche bis zu diesem Augenblick gefürchtet hatten, das Dickicht stehe in Flammen.

Ich selbst hegte diese Befürchtung nicht, denn ich sah, dass das Dickicht nicht brennen konnte. An einzelnen Stellen befanden sich zwar dürre Zweige, welche leicht auflodern konnten, aber der größte Teil des Dickichts bestand aus saftigen Pflanzen, die nicht Feuer fingen. Besonders war dies der Fall in der Umgebung der Lichtung, wo die Trapper ihren Aufenthalt genommen hatten; derselbe wurde vollständig von einer Mauer umschlossen, die aus großen Kakteen, Aloen, Opuntien und anderen saftreichen Pflanzen bestand. Wir waren daher in der Lichtung so sicher vor dem Feuer, als ob dieses hundert Meilen von uns entfernt gewesen wäre, und hatten nur von dem Rauch zu leiden, der die ganze Luft erfüllte und eine nächtliche Dunkelheit hervorbrachte. Wegen unserer Sicherheit hegte ich daher keine Besorgnis.

Ich lauschte mit gespannter Aufmerksamkeit auf den Bericht Gareys, der mir entgegengekommen war.

Rube und er waren der Fährte gefolgt, als ich das Dickicht verließ und auf eine weite Prärie gelangte. Wir befanden uns dem Rande des Dickichts nahe, aber sie waren noch eine beträchtliche Strecke auf die Ebene hinausgeritten. Während sie noch immer weiter vordrangen, bemerkten sie plötzlich zu ihrem Schrecken, dass die Prärie vor ihnen in Flammen stand. Der Wind trieb ihnen den Rauch und die Flammen so schnell entgegen, dass sie eilig nach dem Dickicht zurückgaloppierten. Jetzt brach zuweilen ein erschrockener Hirsch durch das Gebüsch und eilte mit der größten Schnelligkeit an uns vorüber. Eine Herde Antilopen stürzte auf die Lichtung und hielt dicht neben uns an, ohne zu wissen, wohin sie sich wenden sollte. Ihnen folgte ein Trupp Präriewölfe, die ebenfalls in unserer Nähe Halt machten, ohne die Antilopen zu verfolgen. Hierauf erschienen ein schwarzer Bär und ein Panther. Die Raubtiere und die sanften Wiederkäuer standen friedlich nebeneinander. Auf den Zweigen ließen sich schreiende Vögel vernehmen; in der Luft kreischte der Adler und durch den Dampf sahen wir schwarze Geier, die nicht daran dachten, auf eine Beute zu stoßen.

Nur die Jäger blieben ihrem Triebe getreu; meine Begleiter waren hungrig; sie legten die Büchsen an und erlegten den Bären und eine von den Antilopen.

Beide Tiere wurden abgehäutet und zerschnitten. Man zündete auf der Lichtung ein Feuer an und röstete ausgesuchte Stücke Wildbret an Säbelklingen und Bratspießen.

Doch fühlten wir ein noch dringenderes Verlangen als den Hunger: den Durst. Wir alle hatten seit mehreren Stunden daran gelitten; durch den langen, beschwerlichen Ritt hatte sich der Durst eingestellt und war jetzt durch den Rauch und die trockene, glühende Luft zu einer unerträglichen Qual gediehen. Wir befanden uns in einer wasserlosen Einöde und durch diesen Gedanken allein wurden die Qualen des Durstes noch unerträglicher. Einige kauten ihre Bleikugeln oder aufgelesene Kieseln, andere fanden Erleichterung, indem sie das Blut der erlegten Tiere tranken; wir anderen stillten unsern Durst an den saftigen Stängeln der Agave und des Kaktus. Doch dauerte diese Erleichterung nicht lange, denn der Saft kühlte zwar unsere Lippen und Zungen, aber durch die bittere Schärfe, welche diese Pflanzen besitzen, wurde der Durst noch vermehrt.

Einige meiner Leute sprachen davon, sie wollten auf der Fährte zurückkehren, um Wasser aufzusuchen, oder sogar weiter als zwanzig Meilen nach dem Flusse zurückzugehen.

Mir war es gleichgültig, ob sie mich verließen oder nicht, wenn mir nur die Trapper treu blieben. Ich fürchtete nicht, dass diese mich verlassen würden. Als ich meine Missbilligung jenes Plans aussprach, erklärten sich übrigens alle bereit, weiterzugehen.

In diesem bedenklichen Augenblicke verzog sich der Rauch und die Luft fing an, sich zu klären. Das Feuer hatte den Rand des Dickichts erreicht und war durch die saftreichen Bäume am Weiterdringen gehindert. Das sämtliche Gras war verbrannt und die Feuersbrunst hatte ihr Ende erreicht. Wir bestiegen unsere Pferde, verließen die Lichtung, folgten noch einige Hundert Schritte weit der Fährte und gelangten aus dem Dickicht auf die verwüstete Ebene.

Der Mensch, welcher die grauen Wogen des Ozeans, eine öde Haide, eine flache, morastige Gegend anschaut, wird gewiss ein Gefühl kalter Einförmigkeit empfinden; dennoch hat das Wasser Bewegung, die Heide Farben und die morastige Fläche bildet eine Abwechselung von Weiß und Braun.

Es ist aber etwas ganz anderes mit einer abgebrannten Steppe, wo das Auge weder Farbe noch Gestalt noch Leben bemerkt. Vergebens überblickt es die endlose Fläche, um eines und das andere aufzufinden; endlich wird das Gemüt durch den Mangel jeder Erscheinung ermüdet, ermattet und entmutigt. Auch der Himmel scheint die schwarze Fläche, das düstere, matte Aussehen des Erdbodens widerzuspiegeln oder sein Glanz verbirgt sich dem Auge, welches von dem düstern Anblick des Erdbodens ermattete.

Nicht immer wird das Auge von einer großen Steppe erfreut, selbst wenn dieselbe mit den schönsten Blumen bedeckt ist. Ich bin über solche Ebenen geritten, welche bis zur äußersten Grenze des Horizonts grünend und blühend aussahen, und dennoch sehnte ich mich nach irgendeinem Gegenstande, der die Einförmigkeit unterbrach: etwa nach einem Felsen, einem Baum, einem Tier oder Menschen, gerade so wie sich der Seereisende nach dem Anblick von Schiffen, Walfischen oder Küsten sehnt und über eine schwimmende Seepflanze in Entzücken gerät.

Es ist also noch nicht die Farbe allein hinreichend zur Befriedigung der Sinne, denn welche Farbe wäre reizender als das frische Grün der mit Gras bewachsenen Steppe; welche Farbe wäre köstlicher als das tiefe Blau des Meeres? Und doch ermüdet das Auge an beiden. Selbst die sogenannte Blumen-Prärie mit ihren Tausenden von vielfarbigen Kelchen, mit ihren goldenen Sonnenrosen, mit ihren weißen Anemonen, ihren purpurfarbenen Cleomenen, mit den roten Malven, mit den blauen Lupinen und dem rot- und orangefarbenen Mohn; alle diese Farben und Schattierungen ermüden endlich das Auge und der Blick sehnt sich nach einer bestimmten Gestalt und nach Leben.

Aber keinen traurigeren, trostloseren Anblick gibt es als den einer verbrannten Prärie. Was ist eine Steppe, wenn ihr ganzer grünender und blumiger Reiz in schwarze Asche verwandelt ist? Der Anblick der traurigen Einförmigkeit ist kaum zu beschreiben, und ein solcher bot sich unsern Blicken dar, als wir das Dickicht verließen.

Die Trapper waren bereits weit voraus und durch den schwarzen Staub, den ihre Pferde aufwarfen, fast verborgen. Eine Zeit lang ritten sie geradeaus, ohne sich nach der Fährte des Schimmels umzusehen. Sie waren, ehe das Feuer anlangte, schon über den Rand des Dickichts hinausgekommen; nach einiger Zeit sah ich, dass sie sich langsamer bewegten und die Augen auf den Boden richteten, um die Spur zu suchen. Ich zweifelte, dass sie dieselbe jetzt finden oder verfolgen könnten, denn die schwachen Hufspuren mussten von der Asche des verbrannten Grases ausgefüllt sein.

Für einen gewöhnlichen Menschen wie mich musste dies unmöglich sein, aber nicht für die Augen dieser scharfsichtigen Jäger. Nach einigen Sekunden hatten sie die Fährte aufs Neue aufgenommen und ritten, von ihrer Spur geleitet, vorwärts. Hier und da bemerkte ich an der Erde einige Vertiefungen, die sich kaum von der übrigen Fläche unterscheiden ließen. Ich würde sie sicher nicht für die Hufspuren eines Pferdes erkannt haben. An einer Stelle, wo die Spuren nur schwer zu erkennen waren, machten wir Halt, um den Trappern Zeit zu lassen.

Durch Neugierde wurde ich veranlasst, mich umzuschauen. Ich gewahrte ein furchtbares, ein entsetzliches, aber nicht erhabenes Schauspiel. Auch das dornige Dickicht, welches dem Auge eine Erleichterung gewährt hätte, war verschwunden; unter den Horizont versunken waren die Umrisse seiner niedrigen Gebüsche, schwarz und ohne Ende dehnte sich nach allen Seiten hin die verkohlte Fläche bis an den Rand des bleifarbenen Himmels aus. Wäre ich allein gewesen, so hätte ich mich leicht dem Gedanken hingegeben, die ganze Welt wäre gestorben.

Während ich auf die weite Wüstenei hinblickte, verlor ich meine Gefährten ganz aus dem Gedächtnis und vertiefte mich in eine Art Traumwelt. Ich bildete mir ein, ich sei gleichfalls tot oder träumte; es kam mir vor, als befände ich mich in der Hölle oder in der Unterwelt der Alten. In der Jugend hatte man mich die nützlichen Wissenschaften vernachlässigen lassen und mich dafür sorgfältig in der klassischen Gelehrsamkeit unterrichtet; es ereignete sich daher wiederholt in meinem Leben, dass sich die Bilder der griechischen und römischen Mythologie mir im Schlaf und im Wachen aufdrangen. Ich bildete mir auch jetzt ein, dass ein gutmütiger Anchises mich in die unterirdischen Bezirke eingeführt habe, die schwarze Ebene erschien mir wie eine Landschaft im Reiche des Pluto.

Endlich meldete mir die Stimme meiner Begleiter, dass die verloren gewesene Fährte wiedergefunden war.

Ich spornte mein Pferd an und holte sie bald ein; ohne auf den Staub zu achten, ritt ich dicht hinter den Trappern, sodass ich hören konnte, was sie sprachen.

Es waren eigentümliche Menschen, diese „Männer des Gebirges", wie sie sich stolz nannten. Solange sie mit einer Aufgabe wie der vorliegenden beschäftigt waren, gaben sie selten ihre Gedanken kund, nicht einmal gegen mich, noch weniger gegen meine Begleiter, welche sie für „Gelbschnäbel" hielten; so nannten sie nämlich alle diejenigen, die nicht die Reise durch die große Steppe gemacht hatten. In ihren Augen galten alle für Gelbschnäbel, obgleich Stanfield und Black Hinterwäldler und der Jäger Quackenboss ein vortrefflicher Schütze, Leblanc ein erfahrener Reisender und alle Übrigen mehr oder weniger in die Geheimnisse des Waldlebens eingeweiht waren. Wollte man etwas anderes sein als ein Gelbschnabel, so musste man auf einer Wermuthsteppe beinahe verhungert sein, am Yellowstone Büffel gejagt, die Indianer bekriegt und eine Anzahl von ihnen erschossen, womöglich die Kopfhaut oder die Ohren verloren, einen Winter am Green River verbracht oder im Schnee der Felsengebirge gelagert haben. Ein Gelbschnabel musste von allen diesen Taten notwendigerweise eine vollbracht haben, ehe er sich zu den Männern des Gebirges zählen und sich an ihre Seite setzen konnte.

Ich war in dem ganzen Trupp der Einzige, den die beiden Trapper nicht für einen Gelbschnabel ansahen, und dennoch schenkten sie mir kaum ihr ganzes Vertrauen. Allerdings musste ich, solange wir uns auf dem Gebiete der Steppe befanden, diese Männer als meine Führer, meine Lehrer, als überlegene Menschen betrachten, wenngleich ich klassische Bildung besaß, mich fein auszudrücken verstand, schön gekleidet war und ein tüchtiges Pferd ritt.

Seitdem ich die Trapper auf der Fährte eingeholt hatte, war ich nicht auf den Gedanken gekommen, sie nach ihrer Meinung zu fragen; es stand auch eine verneinende Antwort zu befürchten, denn der Blick beider schien mir Hoffnungslosigkeit zu verkünden.

Während ich ihnen jedoch auf der schwarzen Fläche nachfolgte, kam es mir vor, als erheiterten sich ihre Gesichter durch einen leisen Anflug von Hoffnung; ich folgte ihnen daher dicht auf dem Fuße und lauschte begierig auf jedes Wort, das sie miteinander wechselten.

„Pah!", sagte Rube; „ich kann es nicht glauben, Bill; die Prärie ist gewiss angezündet worden."

„Und glaubst du, dass die Indianer schuld daran sind?"

„Freilich", fuhr Rube fort; „die Indianer sind jetzt sehr wild, grimmiger und kampflustiger als jemals. Durch den Krieg sind sie noch mehr angestachelt worden und hegen einen Groll gegen uns, weil der General ihr Anerbieten, uns gegen die Mexikaner zu helfen, nicht angenommen hat. Treffen wir Comanchen oder Lipans auf dieser Ebene, so müssen wir sie skalpieren, wenn wir nicht selbst skalpiert werden wollen. Pah!"

„Aber weshalb mögen sie die Steppe angezündet haben?", fragte Garey.

„Die Geschichte, die der Deutsche und der Franzose aus der Ansiedlung gebracht hat, mag die ganze Sache erklären."

Die Geschichte, welche Rube meinte, kannte ich. Quackenboss und der Kanadier hatten bei ihrem Aufenthalte im Dorfe von einem Streifzuge erzählen hören, welchen die Indianer gegen eine benachbarte mexikanische Stadt unternommen hatten. Derselbe hatte an dem Tage unseres Auszugs stattgefunden. Die Indianer hatten den Ort geplündert, geraubt und viele

Gefangene fortgeschleppt. Eine Abteilung von ihnen war nach unserm Abzuge an der Ansiedlung vorübergekommen, hatte die Hacienda de Vargas besucht und alles ausgeplündert, was die Mexikaner zurückgelassen hatten. So viel hatten die Boten davon gehört.

„Es ist ganz natürlich", fuhr Rube fort, „dass die Indianer die nämlichen sind, die wir am Hügel ausgeklopft haben. Sie sind also nicht in ihre Berge zurückgekehrt, wie wir glaubten; sie durften es nicht wagen, nach solcher Schmach ohne Kopfhäute oder Pferde zurückzukehren, denn ihre Weiber würden sie ausgelacht haben. Nun, Bill, begreifst du, was ich meine? Diese Bande hat sich seit jener Zeit fortwährend hier herumgetrieben, bis sie in der mexikanischen Stadt eine schöne Gelegenheit fand, ihre Streiche zu verüben. Sie werden die Prügel nicht vergessen, die sie am Hügel bekamen, und da sie jetzt wahrscheinlich nur noch schwach sind und glauben, dass wir noch in der Ansiedlung wären, so fürchteten sie, wir würden ihnen wegen der Plünderung nachsetzen und zündeten deswegen die Prärie an."

„Bei Gott, du hast recht, aber wohin meinst du, führt diese Fährte? Das Pferd wird doch nicht vom Feuer eingeholt sein?"

Ich beugte mich im Sattel vor und horchte mit gespannter Aufmerksamkeit. Zu meinem Troste gab der alte Trapper eine verneinende Antwort.

„Nein, daran ist gar nicht zu denken", sagte er. „Siehst du, die Fährte läuft ganz gerade oder doch beinahe. Hätte nun das Feuer seinen Anfang genommen, ehe das Ross über die Steppe war, so würde es längst umgekehrt sein und den Rückweg angetreten haben; aber das hat es nicht getan und daraus schließe ich, dass das Feuer hinter ihm angezündet wurde."

Nach diesen Worten atmete ich freier; aus den Worten des Trappers erhielt ich die Gewissheit, dass Ross und Reiterin noch unbeschädigt seien, und ich ritt mit neuer Hoffnung vorwärts.

Nach einer kurzen Pause fuhren die Führer in ihrer Unterhaltung fort und ich hörte ihnen noch weiter zu.

„Wenn die Indianer die Steppe angezündet haben", meinte Garey, „so müssen sie es mit dem Winde getan haben und wir reiten gerade dem Winde entgegen, wir reiten in einer hässlichen Richtung, Rube. Meinst du nicht auch, alter Bursche? Es ist noch nicht lange her, seitdem das Feuer seinen Anfang nahm, und ich glaube nicht, dass die Rothäute weit auf der andern Seite entfernt sind. Sollte uns die Fährte auch gerade auf sie zu führen, so würden wir in eine schlimme Patsche geraten, alter Junge!"

„Ja", erwiderte Rube in leisem, aber nachdrücklichem Tone, „und wenn ich mich nicht sehr irre, so führt sie schnurstracks in ihr Lager."

Bei dieser Antwort erschrak ich und eilte schnell an die Seite des Trappers.

„Meint Ihr, dass das Pferd von den Indianern gefangen worden ist?"

„Das gerade meine ich! Sehen Sie, junger Bursche, das Pferd muss kurz zuvor hier entlanggekommen sein, ehe diese Steppe angezündet worden, und es lässt sich mit gutem Grunde voraussetzen, dass derjenige, der die Prärie ansteckte, gleichviel wer, es windwärts getan haben muss. Ich glaube sogar, dass die Bande das Pferd gesehen hat. Niemand wird ein Pferd mit einem Mädchen auf dem Rücken sehen, ohne neugierig zu werden und ihm nachzusetzen. Die Indianer sind ihm gewiss mit einem verteufelten Geschrei nachgejagt und sie haben es sicherlich gefangen. Ja, sie haben es. Das Pferd wird um diese Zeit schon müde gewesen sein, ja, ich möchte fast glauben – ja, wahrhaftig – sehen Sie dort hin! Dort! Sehen Sie dort die Pferdespuren? Dort! Zu Hunderten so dicht wie die Schafe! Ja, es sind Hufspuren, alle zusammen gewiss Spuren von indianischen Pferden!"

„Vielleicht sind es wilde Pferde, Rube", sagte einer von den herbeireitenden Jägern, der die Spuren betrachtete.

„Wilde Esel!", antwortete der alte Trapper zornig; „hast du jemals ein wildes Pferd gesehen? Glaubst du, ich sei stockblind geworden?"

Nachdem der alte Trapper seinem Zorne Luft gemacht hatte, kniete er nieder, legte die Lippen auf die Erde und begann die schwarze Asche hinwegzublasen. Alle waren herbeigeritten und beobachteten ihn. Er blies die Asche aus der Vertiefung und bewies, dass alles Pferdespuren waren, wie er erklärt hatte.

„So, Meister", sagte er, indem er sich mit triumphierender Miene an den Jäger wendete, der seine Aussage bezweifelt hatte, „und das ist ein beschlagener Huf, noch dazu mit dickem Büffelleder beschlagen. Hast du jemals ein wildes Pferd oder ein wildes Maultier oder einen wilden Esel so beschlagen gesehen?"

Auf diese Frage ließ sich natürlicherweise nicht antworten. Wir sahen alle die Fährte, stiegen ab und untersuchten sie nacheinander.

Es war allerdings die Fährte eines beschlagenen, und zwar eines mit dickem Leder aus der Haut des Büffelochsen beschlagenen Pferdes.

Uns allen war bekannt, dass die berittenen Indianer der Ebene und diese allein diese Art des Beschlages anwenden.

Dies war ein unwiderlegbarer Beweis: Es waren Indianer hier gewesen.

Nach dieser Entdeckung machten wir Halt. Es erfolgte eine allgemeine Beratung, bei welcher jedoch die Übrigen, wie gewöhnlich, auf die Ansichten der Trapper, und vorzugsweise auf Rubes, horchten.

Der alte Trapper hatte Lust, eine Zeit lang zu schmollen; es schien, als wollte er seine Ratschläge für sich behalten. Er konnte sich über nichts mehr ärgern, als wenn man seinen Worten widersprach oder seine Geschicklichkeit in Zweifel zog. Aus diesen Gründen konnte er tagelang verdrießlich sein. Wenige hielt er für so erfahren wie sich selber, und in der Tat gab es auch nur wenige Menschen, die sich in der Kenntnis der Wildnis mit ihm vergleichen konnten. Nicht immer hatte er recht; aber da, wo sein Urteil oder sein innerer Trieb nicht genügten, konnte man gewöhnlich von jedem andern Versuche abstehen.

In dem vorliegenden Falle hatte gerade einer der größten Gelbschnäbel von der Gesellschaft seinen Zweifel ausgesprochen und dadurch war die Sache in Rubes Augen noch verschlimmert.

„Solcher Bursche wie du", sagte er zu dem vorlauten Jäger, „solcher Bursche wie du sollte seinen Kopf einsperren lassen; deine Zunge bewegt sich fortwährend wie ein Ochsenschwanz zur Fliegenzeit. Pah!"

Der vorlaute Jäger gab auf diesen derben Verweis keine Antwort und dadurch wurde Rubes Zorn ein wenig besänftigt; er gewann wieder seine Fassung und schenkte der Frage, um die es sich handelte, seine Aufmerksamkeit.

Es stand jetzt fest, dass Indianer hier gewesen waren; der sicherste Beweis war die eigentümliche Bekleidung der Pferdehufe. Wenn es mexikanische Pferde gewesen und sie beschlagen waren, so hätten sie wenigstens an den Vorderfüßen Hufeisen getragen; wilde Steppenpferde hätten nackte Hufe gehabt, die Fährte texanischer oder amerikanischer Pferde wäre entweder an dem eigentümlichen Beschlag oder an der Größe der Hufe zu erkennen gewesen. Die Hufspuren, welche aber an dieser Stelle zurückgelassen waren, zeigten sich weder als von wilden noch von texanischen noch von mexikanischen Pferden herrührend; es mussten indianische gewesen sein.

Die Hufspuren, welche wir zuerst untersuchten, hätten leicht darüber entscheiden können; aber der Umstand war zu wichtig, um nicht genau ins Klare darüber zu kommen: Wenn Indianer anwesend waren, so hatten wir Feinde, und zwar schlimme Todfeinde zu erwarten.

Meine Begleiter erforschten die Zeichen von den dortigen Feinden mit ganz besonderer Neugier. Sie bliesen die Asche von mehreren Hufspuren weg und untersuchten sie sorgfältig. Die Kundigen der Steppe, die beiden Trapper, erklärten die Umstände noch näher. Die Männer, welche die Pferde geritten hatten, waren im Galopp geritten, und zwar nicht lange in einer Richtung, sondern hierhin und dorthin. Es waren etwa zwanzig gewesen, aber nicht zwei waren nebeneinander galoppiert, denn ihre Spuren vereinigten, kreuzten sich, gingen fast im Zickzack, dann wieder in einem rechten Winkel oder in Bogen und Kreisen über die Ebene.

Dies hatten die Trapper in wenigen Minuten ausgekundschaftet, während sie hin- und herritten. Wir wollten sie in ihrer Beratung nicht weiter stören und machten an dem Orte Halt, wo wir die Spuren zuerst entdeckt hatten, um ihre weiteren Nachforschungen abzuwarten.

Nach zehn Minuten kehrten beide wieder zurück; sie hatten die Zeichen befriedigend erklärt und bedurften keiner weiteren Nachforschungen. Dass die indianischen Reiter diese Stelle passiert hatten, bevor das Gras niedergebrannt war, wussten wir alle; aber nicht, um welche Zeit es geschehen war. Mit großer Leichtigkeit ließ sich erkennen, dass es an demselben Tage und nach Sonnenaufgang geschehen war; aber zu welcher Stunde war es geschehen? Früh oder spät? War der Schimmel vor ihnen oder hinter ihnen? Dies war eine Frage von der größten Wichtigkeit und ich glaubte nicht, dass es sich durch die Zeichen erkennen ließe. Aber zu meinem Erstaunen kehrten die scharfsichtigen Jäger zurück und sagten mir nicht nur genau die Stunde, wann das Pferd hier gewesen war, sondern auch, dass die Indianer es verfolgt hätten. Auf meine Frage gaben sie mir eine genaue, vollständige und offene Antwort.

Nach der Geschwindigkeit, mit welcher das weiße Ross lief, sagte Rube, müsse es ungefähr vor vier Stunden hier gewesen sein. Es hatte sich unterwegs nirgends aufgehalten und lief, das Dickicht abgerechnet, immer im Galopp. „Und da wir die Entfernung und die Zeit kennen, so denke ich, vier Stunden mögen wohl richtig sein, vielleicht etwas weniger oder mehr. Die Indianer sind ihm entweder dicht auf den Fersen gewesen oder der Fährte gefolgt, das lässt sich aus den Zeichen nicht erkennen; aber dass sie hinter ihm her waren, ist Bill und mir ganz klar."

„Aber woran sehet Ihr, dass sie hinter ihm her waren?"

„An der Fährte, junger Bursche, an der Fährte!"

„Und wie konntet Ihr es an der Fährte sehen?"

„Das ist ganz leicht, die Fährte des weißen Rostes ist zuunterst."

Daraus ließ sich allerdings klar folgern, dass die Indianer hinter ihm gewesen sein mussten. Wir hielten uns nicht länger an dieser Stelle auf, sondern ritten weiter, indem wir die Trapper vorausschickten.

Als wir etwa eine halbe Meile weit kamen, wurden die Hufspuren, welche bisher vereinzelt nach verschiedenen Richtungen gegangen waren, plötzlich vereinigt, als ob die Indianer nicht wie gewöhnlich in einer einzigen Reihe, sondern in einem unregelmäßigen Trupp und nebeneinander geritten wären.

Die Trapper verfolgten diese neue Fährte etwa hundert Schritte weit; dann machten sie Halt, stiegen ab, ließen sich auf Hände und Knie nieder und untersuchten die Spuren nochmals bedächtig. Wir Übrigen hielten hinter ihnen und beobachteten lautlos ihr Verfahren.

Beide bliesen den Staub nicht von einer einzelnen Spur, sondern von der ganzen Breite der Fährte hinweg.

Nach einigen Minuten hatten sie den Staub von einer Strecke von mehreren Ellen weggeblasen und wir sahen zahlreiche Spuren von Hufen neben- oder übereinander oder halb verwischt.

Dann kehrte Rube noch einmal an den Ausgangspunkt zurück, kroch, die Augen dicht auf die Erde gerichtet, vorwärts und untersuchte den Abdruck jedes einzelnen Hufes. Ehe er den Ort erreicht hatte, wo Garey kniete, erhob er sich mit einer zufriedenen Miene und rief seinem Gefährten zu:

„Gib dir weiter keine Mühe, Bill! Es ist so, wie ich dachte: Sie haben es gefangen!"

Es bedurfte nicht des nachdrücklichen Tones, in welchem diese Worte gesprochen wurden, um mich von ihrer Wahrheit zu überzeugen. Ich war auf die Mitteilung, die uns eben gemacht worden, schon so ziemlich vorbereitet, denn auch ich war nicht ganz unerfahren in der Kunst, welche meine Gefährten meisterhaft verstanden.

Ich hatte wohl bemerkt, dass die Hufspuren plötzlich zusammenliefen, dass aber die Tiere nach der Vereinigung langsam und im Schritt gegangen waren; man brauchte nur die Hufspur des Schimmels von den übrigen zu unterscheiden, um zu erkennen, dass er sich nicht mehr frei bewegte, sondern ein Gefangener war.

Nachdem die Trapper dies bemerkt hatten, gaben sie die bestimmte Erklärung ab, dass die Indianer den Schimmel gefangen hatten, und zwar mithilfe ihrer Lassos.

„Ei freilich", antwortete Rube, als ich ihn fragte; „da ist ja seine Fährte so klar wie das Tageslicht; freilich haben sie ihn eingefangen!"

Neunzehntes Kapitel.
Rote Schriftzeichen.

„Das Pferd ist hier geführt worden", sagte Rube, „und zwar in der Mitte des Trupps – ein Trupp vorn und einer hinter ihm – so sind sie hier vorbeigekommen. Pah!", fuhr er fort, indem er die Fährte wieder genau beobachtete; es ist eine hübsche Zahl gewesen, wohl mehr als zwanzig, das sind noch gar nicht alle, wenn ich mich nicht irre. Es sind nur ein paar vorausgaloppiert, um das Pferd zu fangen. Ich möchte meine Büchse gegen ein mexikanisches Gewehr wetten, dass noch ein viel größerer Trupp hier in der Nähe ist. Das ist so gewiss, wie die Sonne aufgeht!"

Diese Meinung brachte mich auf neue, ganz widersprechende Gedanken. Zuerst empfand ich Freude darüber, dass der Schimmel eingefangen worden war. Die Indianer waren doch wenigstens Menschen mit menschlichem Herzen. Obgleich sie die Reiterin für eine Weiße, also für eine Feindin erkannten, so ist sie doch ein Weib und in einer hilflosen Lage. Wodurch sollten sie also zur Feindseligkeit veranlasst werden? Es musste ihre hilflose Lage gerade die entgegengesetzte Empfindung erwecken. Sie erkannten in ihr das Opfer der Grausamkeit und das Opfer ihrer eigenen Feinde, dies musste sie zur Teilnahme und zum Mitleid rühren, sie mussten sie befreien, ihre Bedürfnisse stillen, ihre Wunden verbinden, sie pflegen und schützen. Ich war überzeugt, dass sie so menschlich handeln würden.

Aber diese Gedanken waren nur flüchtig und die darauffolgenden viel bitterer und schmerzlicher. Ich musste unwillkürlich an den Charakter der Wilden denken, denen sie in die Hände gefallen war. War es die nämliche Bande, welche die Grenzstadt überfallen hatte, so gehörte sie zu den südlichen Indianern, zu den Comanchen oder Lipans.

Die Überreste der Stämme der Shawanos und Delawaren, sowie der Kickapoos und der Chirokeesen aus Texas streiften allerdings zuweilen bis an die Ufer des Rio Grande, aber bei dieser Angelegenheit waren sie nicht im Spiele. Diese Stämme haben durch den langen Umgang mit den Weißen eine Art von halber Bildung angenommen und die Feindschaft gegen die Europäer fast ganz aufgegeben; sie beschäftigen sich nicht mehr mit Raub und Mord. Sie hatten diesen letzten Streifzug nicht gemacht; das Verfahren, dessen Spur vor unsern Augen lag, passte eher zu dem Charakter der trunksüchtigen Apachen, welche in den letzten Zeiten ihre Streifzüge bis zu dem Fluss hinunter ausgedehnt hatten. Dies kam jedoch ziemlich auf dasselbe hinaus, denn die Apachen sind wie die Comanchen oder noch schlimmer. Mochten die Indianer, auf deren Fährte wir uns befanden, Apachen,

Comanchen, Lipans oder mit ihnen verbündete Stämme sein, so kam darauf nichts an, da sie alle einander ähnlich sind.

Den Charakter dieser rohen Männer des Südens kannte ich zu gut: Sie unterscheiden sich wesentlich von den Indianern des Nordens und es trat in meine Erinnerung manches Bild, manche grausame, wilde, zügellose Szene und manche schreckliche Geschichte aus den südlichen Ebenen, die ich gehört hatte.

Ich verweilte nicht lange bei diesem Gedanken, sondern ritt schnell vorwärts. Und dazu wurde ich aus einem andern Grunde getrieben. Wir alle litten quälenden Durst und schnappten förmlich nach Wasser. Dieses körperliche Leiden zwang uns daher, so schnell weiterzureiten, wie unsere ermüdeten Pferde es vermochten.

Endlich erblickten wir einen Wald, einen großen Laubwald, der im Gegensatz zu der benachbarten schwarzen Ebene umso frischer und erquickender aussah. Es war ein Gehölz von Silberpappeln, das ein Steppenbach begrenzte; darüber hinaus hatte sich das Feuer nicht erstreckt. Kaum fielen die Augen der Reiter und der Pferde auf diesen klaren Bach, so stießen sie ein wildes Freudengeschrei aus. Die Männer sprangen aus dem Sattel und stürzten sich furchtlos bis an die Brust in das Wasser. Einige schöpften die helle Flüssigkeit mit den Händen, andere bückten sich ungeduldig nieder, senkten das Gesicht in die Flut und tranken daraus.

Die Trapper benahmen sich jedoch weniger unbesonnen als die Übrigen. Bevor beide in das Wasser stiegen, richteten sie die Augen unwillkürlich auf die Ufer und den Wald.

Dicht an der Stelle, wo wir Halt gemacht hatten, befand sich ein Übergangspunkt, den eine ausgetretene Fährte von zahlreichen Tieren kenntlich machte. Rubes Augen fielen darauf und leuchteten sogleich in ungewöhnlicher Lebhaftigkeit. „Ich sagte es euch", rief er nach einer Pause; „hier ist die Fährte – die Kriegsfährte!" –

Man könnte fragen, was der oft gebrauchte Ausdruck „Kriegsfährte" eigentlich bedeutet und es wird nicht unnötig sein, diesen Ausdruck, der an der Grenze sehr gebräuchlich ist, näher zu erklären.

Die nördliche Grenze von Mexiko war seit anderthalb Jahrhunderten – man könnte sogar sagen seit drei Jahrhunderten ein unruhiger Staat. Die halbgebildeten Azteken und die verbündeten Stämme der Indianer, welche in Städten wohnen, unterwarfen sich zwar leichter dem Schwerte der spanischen Eroberer; anders aber war es mit den wilden Stämmen, welche freie Jagd in der Ebene übten. Die Steppen, welche die ganze Mitte des nordamerikanischen Festlandes einnehmen, sind von Indianerstämmen bewohnt, die keine andere Herrschaft als die ihrer eigenen Häuptlinge kennen oder gekannt haben. Diese sogenannten Indios bravos ließen sich selbst damals nicht unterjochen, als Spanien in seiner Blüte stand, und die an den Grenzen jener Staaten wohnten, haben sich ihre Freiheit und Wildheit noch bis heut bewahrt. Ich spreche nicht von den großen Nationen der nördlichen Steppen, mit welchen die Spanier selten in Berührung kamen, sondern meine besonders die an der Grenze von Mexiko wohnenden Stämme: die Comanchen, Lipans, Utahs, Apachen und Navajos.

Es findet sich in den spanischen Geschichtsbüchern kein Beweis, dass irgendeiner dieser Stämme sich dem Schwert der Eroberer unterworfen hätte oder durch die Mission der gebildeten Welt gewonnen worden wäre. Die Prärieindianer sind daher von der Herrschaft der Weißen befreit, wie von jeher: Für sie ist es ohne Folge geblieben, dass die Kiele von den Schiffen des Kolumbus das karibische Meer durchfurchten.

Obgleich sie aber ihre Unabhängigkeit dreihundert Jahre behaupteten, haben sie doch auch dreihundert Jahre lang den Frieden nicht gekannt. Seit dem Tag des Cortez bis auf die jetzige Stunde hat zwischen dem roten Indianer und dem weißen Iberer in Nordmexiko fortwährend ein Grenzkrieg bestanden, immer wechselnd zwischen Norden und Süden, aber immer in der Strecke zwischen beiden Ozeanen auf mehrere Breitengrade ausgedehnt. In den nördlichen Gebieten dieser Grenzen streift der Indio bravo umher und im Süden wohnt sein entarteter und unterjochter Verwandter, der „Indio mancho“, in den Städten seiner spanischen Besieger. Der Erste ist frei wie der Wind der Steppe, der andere befindet sich gefesselt, fast im Joche der Sklaverei.

Wie schon erwähnt und wie die Geschichte zeigt, wechselt dieser Grenzkrieg stets zwischen Norden und Süden. Und dies währte bis zu Anfang des gegenwärtigen Jahrhunderts, wo plötzlich eine merkwürdige Veränderung eintrat und die Grenze des streitigen Bodens unaufhörlich nach Süden vorrückte. Das heißt mit andern Worten: Der rote Mensch drang in das Gebiet des weißen Menschen ein und der sogenannte Wilde gewann dem Reiche der Zivilisation einen Teil des Bodens ab und dies geschah nicht etwa langsam und allmählich, sondern mit gewaltigen Schritten: Ganze Provinzen, zehnmal so groß wie England, wurden erobert.

Eine sonderbare Mutmaßung oder eine Tatsache schließt sich daran an. Ich behaupte nämlich, dass die vier Stämme der nordmexikanischen Indianer, die Comanchen, Lipans, Apachen und Navajos, wenn sie sich selbst überlassen geblieben wären, in geringerer Zeit als einem halben Jahrhundert die entnervten Abkömmlinge der Eroberer von ihrem Boden vertrieben haben würden. Diese Behauptung stelle ich in voller Überzeugung auf, denn sie beruht auf tatsächlichen Erfahrungen.

Nachdem die spanische Herrschaft in Mexiko fiel, verlor auch der Spanier sein Übergewicht durch den Indianer, die Praesidios verloren durch die Revolution ihre Kraft und konnten nicht einmal den schwächsten Einfall zurückweisen. Jede neutrale Linie hörte auf, denn ganze Provinzen bildeten ein ausgedehntes Gebiet, welches von den Indianern erobert und bewahrt wurde. Selbst bis an die Tore von Durango, bis an die sogenannten innern Provinzen dehnten die kühnen kupferroten Flibustier in der letzten Zeit ihre Streifzüge aus. Zweihundert Comanchenkrieger oder Apachen wagten es, Hunderte von Meilen in das innerste Gebiet des zivilisierten Mexiko zu reiten; sie greifen irgendeine Stadt oder eine Ansiedlung an, rauben Mädchen und zarte Kinder von ihren Herden, schleppen sie nach ihrer wilden Einöde in Sklaverei und Knechtschaft. Diese Züge finden nicht gelegentlich statt und haben nicht Beute oder Befriedigung der Rache zum Zweck, sondern sie wiederholen sich alljährlich zu der Zeit, wo die Büffel nach Norden gewandert sind, in dem Monat, welchen diese eingebornen Räuber scherzweise den „mexikanischen Monat" nennen.

Und wessen Haupt hat diese wiederholten Schläge zu tragen? Man glaubt vielleicht das Haupt der Armen und Schutzlosen?

Aber dies ist ein Irrtum, wie sich durch eine einzige Tatsache beweisen lässt. Vor wenigen Jahren verlor der Gouverneur des Staates Chihuahua, ein Mann aus den ersten Familien Mexikos mit Namen Trias, einen seiner Söhne durch einen indianischen Streifzug. Der Knabe wurde von Comanchen gefangen genommen. Erst nach langen Jahren, nachdem der Vater unterhandelt und eine bedeutende Summe gezahlt hatte, erhielt er sein Kind wieder. Der Gouverneur einer Provinz also, der über Geld und Soldaten zu verfügen hatte, vermochte nicht die Zurückgabe seines gefangenen Sohnes zu erzwingen, sondern musste sie erkaufen.

Wie man berechnet hat, befinden sich gegenwärtig dreitausend weiße Gefangene, fast alle von spanischer Abkunft, in den Händen der nordmexikanischen Indianer. Es sind größtenteils Frauen, die als Weiber in der Sklaverei ihrer Männer leben; aber auch weiße Männer befinden sich in indianischer Gefangenschaft. Sie sind in der Jugend fortgeschafft worden und zeigen seltsamerweise, Frauen wie Männer, nicht das geringste Verlangen, zu ihrem früheren Leben oder in ihre frühere Heimat zurückzukehren. Diejenigen, welche man zurückkaufen wollte, haben die Wohltat abgewiesen.

An der Grenze ereigneten sich nicht selten rührende Vorfälle, dass ein Vater sein Kind von Wilden zurückbekommen hatte und doch nicht fähig war, seine Liebe zu erwerben oder auch nur zu der geringsten Anerkennung zu bringen. Nach wenigen Jahren, oft nach wenigen Monaten vergessen schon die Gefangenen ihre früheren Verhältnisse und werden zu Indianern.

Uns selber war erst vor Kurzem ein solcher Fall vorgekommen. Der verwundete Krieger, den wir bei dem Gefechte an dem Felsen gefangen genommen hatten, war ein echter Mexikaner und vor wenigen Jahren durch die Comanchen aus einer Ansiedlung am untern Rio Grande entführt worden. Indem wir auf diesen Umstand Rücksicht nahmen und glaubten, dass er sich gern wieder zu seinen Verwandten begeben möchte, schenkten wir ihm die Freiheit.

Er zeigte aber ebenso wenig Dankbarkeit wie natürliche Liebe. Noch in derselben Nacht, nachdem er die Freiheit erlangt hatte, bediente er sich des besten Pferdes unsers Trupps, welches er dem Eigentümer gestohlen hatte, um nach den Steppen zurückzukehren.

Dies sind einige Züge aus dem Grenzleben am Rio Bravo del Norte.

Es bleibt nun immer noch zu erklären, was die „Kriegsfährte" bedeutet.

Folgendes: Von dem Gebiet der Indianer ziehen sich viele breite Pfade Hunderte von Meilen weit nach dem Gebiet der Mexikaner. Sie folgen dem Lauf der Flüsse oder durchschneiden eine öde Fläche, wo sich nur selten Wasser befindet. Man erkennt sie an den Spuren der Maultiere, Pferde und Gefangenen; an einzelnen Stellen findet man auch weiße Knochen, die Gebeine von Männern, Frauen und Tieren, die unterwegs umgekommen sind. – Was bedeuten diese seltsamen Pfade und wer hat sie angelegt? Wer reist auf diesen Straßen durch die wilde wüste Ebene?

Es sind die Straßen der Comanchen und aller der Indianer, welche im mexikanischen Monat auf Krieg ausziehen. Einen dieser Pfade hatte der Trapper im Auge, als er den Ruf ausstieß: Es ist die Kriegsfährte! –

Ich ließ mir keine Zeit, meinen Durst zu stillen, sondern führte mein Pferd über den Bach, um die Fährte jenseits zu untersuchen. Wie sich vermuten ließ, waren die Trapper an meiner Seite.

Da ich mir einmal die Zuneigung dieser beiden Männer erworben hatte, so brauchte ich nicht daran zu zweifeln, dass sie ihr Leben für mich wagen würden; sie hatten schon zu verschiedenen Malen Beweise davon gegeben. Für Garey, der kräftig und voll Mut, voll edler Gesinnung und im eigentlichen Sinne des Wortes schön war, fühlte ich wirkliche Freundschaft, und der junge Trapper erwiderte meine Zuneigung. Gegen seinen älteren Kameraden hegte ich ein Gefühl, welches sich nicht recht erklären ließ: Es war eine Art Bewunderung, die sich aber mehr auf die geistigen Fähigkeiten als auf die sittlichen und körperlichen Eigenschaften des Mannes erstreckte. Seine geistigen Fähigkeiten waren gewissermaßen Naturtriebe; denn seine

Einfälle hatten Ähnlichkeit mit dem Instinkte der Tiere und schienen sich ohne tiefes Nachdenken einzustellen.

Ich wusste, dass mich der alte Trapper sehr gut leiden konnte und mir ebenso eifrig diente wie der jüngere; er hütete sich aber, mir seinen Eifer zu offen zu zeigen, da er dies eher für eine Schwäche hielt. Seine Zuneigung zu mir wurde noch dadurch erhöht, dass ich ihn niemals in seinen Launen hinderte und es auch nie versuchte, mit ihm in der Kenntnis des Steppenlebens zu wetteifern. In dieser Geschicklichkeit war ich sein Schüler und unterwarf mich als ein solcher stets seinem Willen.

Es kam hierzu noch ein anderer Beweggrund: Die Trapper beteiligten sich aus Liebhaberei an dem Unternehmen, welches uns jetzt in Anspruch nahm. Sie liebten solches Unternehmen, wie der Jagdhund die Fährte liebt, und hätten es trotz Hunger, Durst und Ermüdung nicht wieder freiwillig aufgegeben.

Auch sie ließen sich kaum Zeit, ihren Durst zu löschen, und folgten mir durch das Wasser, um mit mir vereint die Spur aufmerksam zu beobachten. Es war eine echte Kriegsfährte. Es zeigte sich keine Spur von einem Hunde, kein Loch von einem Zeltpfahl. Diese Zeichen wären sichtbar gewesen, wenn es ein Lager wandernder friedfertiger Indianer gewesen wäre, außerdem mussten dann auch zahlreiche Fußstapfen von indianischen Weibern vorhanden sein, denn das Weib des gebieterischen Comanchen muss als Sklavin die Ebene ebenso wie das nachfolgende Packpferd zu Fuß durchschreiten.

Obgleich sich keine Spur von indianischen Weibern zeigte, sahen wir doch in dem Boden des Ufers Dutzende von weiblichen Tritten, die aber nicht mit den Schritten einer indianischen Frau zu verwechseln waren, denn sie zeigten sich schmal, kaum eine Spanne lang und leicht in der Erde abgeformt, ohne die breiten Absätze, die einwärts gebogenen Zehen und die Spuren von Wildschuhen. Diese zarten Eindrücke mussten von mexikanischen Frauen herrühren, welche die kleinsten und zierlichsten Füße besitzen.

„Gefangene!", riefen wir, als wir diese Spuren erblickten.

„Ja, die armen Geschöpfe", sagte Rube in mitleidigem Tone, „die verwünschten Indianer haben sie zu Fuß gehen lassen, obgleich es ledige Pferde genug gibt; es ist aber eine gute Anzahl Weiber gewesen, wenigstens zwanzig."

Wir bemerkten außerdem Spuren von mehr als hundert Pferden und ebenso vielen Maultieren. Einige waren mit Hufeisen beschlagen und teils getrieben, teils geritten worden. Sie waren ebenfalls gefangen.

Für meine Gefährten waren diese Zeichen nicht so unverständlich wie für mich. Sie gaben ihnen die Belehrung, dass es der Pfad eines indianischen Kriegertrupps auf dem Rückweg sei. Sie waren mit Raub beladen und hatten eine Menge Gefangene bei sich: Pferde, Maultiere, Frauen, und wie wir an den kleinen Tritten sehen konnten, auch Kinder, die sie vor sich hertrieben, oder hinter sich folgen ließen.

Meine Begleiter sahen aber noch mehr aus der Fährte: Sie zweifelten nicht länger, dass die Indianer Comanchen seien. Sie sahen dies an einem weggeworfenen Wildschuh, den sie aufgehoben und daran eine Lederquaste hängend gefunden hatten.

Die Fährte war von den Indianern erst vor wenigen Stunden zurückgelassen. Trotz der Trockenheit der Luft war der Schlamm an dem Ufer des Baches noch feucht. Die Indianer mussten daher über den Bach gegangen sein, ehe die Steppe in Flammen stand.

Die Pferde, welche über die verbrannte Steppe gefolgt waren, gehörten zu dem Trupp, der den Schimmel verfolgte. Sie hatten den Haupttrupp, der den Raub und die Gefangenen führte, gerade an der Furt eingeholt, und von dort aus waren sie mitsammen weiter gezogen.

Dies war wahrscheinlich, beinahe unzweifelhaft; aber die Sache war so wichtig, dass wir Gewissheit erlangen mussten. Der Huf, den wir alle leicht daran erkennen konnten, dass ein Stück am Rande ausgesprungen war, ließ sich am schlammigen Ufer des Flusses nicht finden; aber der Schimmel konnte den übrigen Pferden voraufgeführt oder geritten worden sein, sodass seine Fährte von den übrigen zahlreichen Hufen bedeckt worden war.

In diesem Augenblick kam der Hinterwäldler zu uns, um an der Untersuchung teilzunehmen. Kaum hatte der Jäger die Fährte erblickt, so zeigte er auf die Spur eines beschlagenen Pferdes und rief in bedeutungsvollem Tone: „Mein Pferd! Bei Gott, mein Pferd! Ich könnte die Fährte auf einer trockenen Sandbank erkennen, denn ich kenne jeden Nagel daran, da ich es mit eigener Hand beschlagen habe."

„Oho!", sprach Rube in bedenklichem Tone. „Das macht die Sache ein wenig anders, aber ich habe es mir gleich gedacht, ja, ja! Der verwünschte Renegat! Ich wusste wohl, dass wir unrecht taten, als wir ihn laufen ließen!"

Rube meinte den Mexikaner, der unter die Indianer gegangen war, und den wir an dem Felsen gefangen genommen hatten. Ich erinnerte mich jetzt, dass Rube damals geraten hatte, ihn zu töten; dieser unbarmherzige Rat war aber nicht befolgt worden.

Der Trapper wusste etwas von der Geschichte des Mannes, er hatte seine Gründe angegeben und wiederholte sie jetzt mit den Worten:

„Er ist ein Renegat und alle Renegaten sind in den Steppen die schlimmsten Feinde der Weißen, namentlich der Texaner. Er war bei der Ermordung der Wilsonschen Familie beteiligt und zeigte sich bei dem Gefecht; er soll auch eine von den Töchtern Wilsons fortgeschleppt und zu seinem Weibe gemacht haben; er ist schlimmer als ein Indianer, weil er den Charakter und die Gebräuche der Europäer kennt. Es war sehr einfältig von uns, ihn laufen zu lassen. Er hat dein Pferd gestohlen, Master Stanfield, aber du kannst es als ein Glück schätzen, dass er nicht auch deine Kopfhaut mitnahm, wahrlich, das kannst du."

Der Renegat hatte Stanfields Pferd gestohlen und der Jäger erkannte jetzt die Spur seines Pferdes, welches wahrscheinlich von dem Räuber geritten wurde.

Daraus ließ sich vielerlei erklären: Der Kriegertrupp musste derselbe sein, den wir an dem Felsenhügel getroffen hatten, derselbe, der die mexikanische Stadt geplündert und die Hacienda beraubt hatte.

Ha, jetzt erinnerte ich mich dieses Renegaten, ich hatte ihn halb wild auf der Straße umhertreiben sehen, nachdem wir ihn freigelassen hatten. Ich hatte ihn einmal gesehen, als ich mit Isolina ausritt, und ich erinnerte mich des wütenden Blicks, den er auf meine Begleiterin warf; jetzt besann ich mich auch, dass ich ihm damals gedroht hatte. Wilde Gedanken bestürmten meinen Geist.

Ich sprang in den Sattel, befahl, schnell vorwärtszureiten, und eilte auf der Fährte voraus.

Wir bedurften jetzt nicht mehr der Geschicklichkeit der Trapper, denn die Fährte war so leicht zu verfolgen, wie eine Heerstraße und ein Blinder hätte den Weg finden können.

Aber ein Pferd fing nach dem andern an zu erschlaffen und bald blieb die Mehrzahl von ihnen mit unsicherem Schritt mehrere Hundert Fuß zurück. Die Leute kämpften gutwillig gegen die Natur an, aber auch sie waren todmüde. Die Pferde ließen sich endlich trotz Sporen und Peitsche nicht mehr vorwärtsreiben, nur mein eigenes vortreffliches Pferd war noch imstande, die Reise fortzusetzen.

Die Nacht brach herein, es dämmerte schon; an dem bewölkten Himmel sah ich, dass kein Mondschein zu erwarten war. Ungern glitt ich aus dem Sattel, ließ mein Pferd weiden und setzte mich auf die Erde. Meine Begleiter kamen lautlos heran, banden ihre Tiere fest und setzten sich um mich her. Einer nach dem andern streckte sich auf dem Rasen aus und in wenigen Minuten war alles eingeschlafen.

Ich konnte nicht lange sitzen bleiben. Ich stand auf und wanderte ohne Zweck umher. Bald stieg ich über meine ausgestreckten schlafenden Gefährten, bald begab ich mich zu den Pferden, bald ging ich am Ufer des Baches auf und nieder. Dann stieg ich zu dem Bett des Baches hinab, schöpfte Wasser mit meinen Händen und benetzte zu wiederholten Malen meine Lippen und die Schläfe. Durch die kühle Flüssigkeit wurden meine Nerven erfrischt und mein Geist besänftigt.

Ich setzte mich ans Ufer des klaren Baches und schaute in das Wasser, das über gelben Sand und glänzende Kiesel vorüberrauschte. Er war vollkommen durchsichtig und obgleich die Sonne schon untergegangen war, bemerkte ich doch in der Tiefe niedliche Silberfische, welche hin und her schwammen. Ich beneidete sie um ihre heiteren Spiele, um ihr Leben in dieser reinen Flüssigkeit. In diesem einsamen Steppenbache lebten sie in voller Freiheit, denn hier gab es keinen Tyrannen der Tiefe, der sie hätte in Schrecken setzen können, weder einen Meerwolf noch einen Alligator noch einen Delfin noch einen Haifisch; sie führten ein beneidenswertes, sorgloses Leben.

Allmählich schien es mir, als ob meine Augenlider niedersänken und ich noch einschlafen könnte. Durch das Gemurmel des Baches wurde meine Schläfrigkeit vermehrt und ich würde vielleicht eingeschlafen sein, wenn nicht in diesem Augenblick mir zufällig ein Gegenstand aufgefallen wäre, der sogleich den Schlaf wieder verscheuchte. Dicht neben dem Orte, wohin ich mich gesetzt hatte, wuchs eine besondere mexikanische Aloe und ich bemerkte, dass eines der großen Blätter umgebrochen und die Spitze oben abgerissen war.

Dies war nichts Ungewöhnliches, da ich wusste, dass die Indianer an unserm Lagerplatze Halt gemacht hatten. Ihre Spur war ringsumher an den zahlreichen Tritten der Pferde und an den abgebrochenen Baumzweigen zu sehen, es konnte daher das Blatt leicht von einem Pferde oder Maultiere abgenagt worden sein; aber ich befand mich dicht neben der Pflanze und sah zu meinem Erstaunen Buchstaben auf dem Blatte.

Ich kniete nieder, bog das mächtige Blatt um, betrachtete die Oberfläche genau und las:

„Von Comanchen gefangen – ein Kriegertrupp – viele Gefangene, Frauen und Kinder – arme Frauen! – nordwestlich von hier – vom Tode gerettet – ich fürchte –"

Hier endete die Schrift plötzlich und es fand sich keine Unterschrift. Aber so plump die Züge mittelst des rohen Materials waren, so zweifelte ich doch nicht, dass sie von Isolina de Vargas herrührten. Ich erkannte die Hand. Sie hatte die dornige Spitze abgerissen, als Griffel benutzt und die

Buchstaben in die Haut des Blattes eingeritzt. Immer wieder las ich die Worte. Ich untersuchte die andern Blätter der Pflanze auf beiden Seiten, aber es ließ sich nichts weiter, als was ich gelesen, entdecken.

Durch jene Mitteilung, die mir ganz unerwartet kam, wurde ich tief erschüttert, jeder Zweifel verschwand und ich erfuhr Isolinas Lage genau.

Es war nicht mehr daran zu zweifeln, dass sie noch lebte, und diese Gewissheit erfüllte mich mit Freude. Sie war sogar unverletzt, sie war imstande zu denken, zu handeln, zu schreiben; der seltsame Brief lieferte den Beweis davon, dass sie sich in voller Gesundheit befand. Selbst wenn sie gefesselt war, mussten wenigstens ihre Hände frei sein, sonst hätte sie jene Worte nicht schreiben können. Ihre Wächter behandelten sie also nachsichtig und rücksichtsvoll.

Von großer Wichtigkeit war es, dass sie wusste: Ich folgte ihr. Hatte sie mich gesehen, als ich ihr nachgaloppierte? Ich hatte ihren Ruf gehört, als sich ihr Schimmel in das Dickicht stürzte. Sie musste mich erkannt haben, denn sie erwiderte meinen Ruf. Sie wusste, dass ich ihr folgte und dass ich ihr weiter folgen würde. Die Schrift hatte sie für mich bestimmt und ich las die Worte, die mir so willkommen dünkten, noch einmal.

Je länger ich aber darüber nachdachte, desto schwerer wurde mir das Herz. Aus welchem Grunde hatte sie so plötzlich abgebrochen? Was hatte sie zu sagen beabsichtigt und zu gleicher Zeit gefürchtet? Diese Ungewissheit eben quälte mich und ich machte mir die entsetzlichsten Vorstellungen in meiner Einbildungskraft.

Meine Gedanken lenkten sich wieder auf ihre Hüter, ich dachte über den Charakter des Prärieindianers nach, der sich so wesentlich vom Waldindianer unterscheidet; die Verschiedenheit ihrer Heimat mag eine Ursache für diesen Charakterunterschied sein. Der südliche Indianer gleicht in seinen geistigen Eigenschaften mehr dem Spanier als dem Nordamerikaner: Dies erklärt sich aus dem Klima, aus seiner Berührung mit der spanischen Bildung, die sich von der angelsächsischen unterscheidet, es erklärt sich ferner daraus, dass er stets beritten ist; dass es ihm vergönnt war, seinen weißen Feind zu besiegen und sich mit den weißen Frauen des spanischen Geschlechts zu verheiraten.

Der berittene Indianer der Ebene ist keineswegs schweigsam und mäßig, sondern genusssüchtig, heiter, schwatzhaft, unsittlich, prahlerisch.

Die Comanchen erwerben sich ihre Weiber, indem sie um sie würfeln oder ihretwegen einen Wettlauf auf den schnellen Steppenrossen anstellen. Wenn sie sich um eine Frau bewerben, so bemalen sie sich in auffallender Weise; sie stehlen Pferde, um die Mittel zu erhalten, sie zu kaufen; sie ziehen in den Krieg, um sie zu rauben.

Und dennoch behandeln sie ihre Weiber höchst tyrannisch. Die Squaw eines Comanchen ist weniger eine Ehefrau als eine Sklavin. Sie hat ein schweres Schicksal zu dulden; sie muss Holz fällen, Wasser holen, das Zelt aufschlagen und niederreißen, den Hund belasten und das Pferd führen, das Fleisch einsalzen und die Felle gerben, den Boden für Mais, Melonen und Kürbisse bearbeiten und die Ernte selbst verrichten, sie muss ihrem faulen Gebieter dienen und sich von seinen Launen abhängig machen, wenn sie nicht etwa die Ohren oder die Nase verlieren will.

Dies ist das Los der indianischen Weiber, aber noch schlimmer ist das der weißen Gefangenen. Diese muss die eben genannten Lasten tragen und außerdem noch die Feindseligkeit der indianischen Weiber ertragen. Die Sklavin behandelt die weiße Gefangene mit Widerwillen, sie schlägt, sie misshandelt und verwundet sie, ohne dass der gleichgültige Gebieter sich einmischt.

Dies alles stellte sich meinem Geiste vor und leider war es keine Einbildung, keine Vorspiegelung der Fantasie, sondern es war die Wirklichkeit, es waren entsetzliche Tatsachen.

Es ist nicht zu verwundern, dass der Schlaf meine Augenlider floh, jeder Gedanke an Ruhe oder Rast wurde verbannt, bevor ich meine Verlobte aus ihrer Gefahr befreit hatte. Auch meine Müdigkeit verschwand; ich fühlte mich so frisch, als ob ich geschlafen hätte, und meine Nerven waren zu neuen Unternehmungen gespannt. Die geschriebenen Worte hatten meine Aufregung, meine Ungeduld, meine peinliche Furcht vermehrt.

Ich wäre am liebsten zu Pferde gestiegen und ohne Ruhe und Schlaf vorwärtsgeritten, ohne die Gefahr zu berücksichtigen – aber was konnte ich allein unternehmen? Und jetzt legte ich mir zum ersten Mal die wichtige Frage vor: Was konnte ich mit meinen wenigen Begleitern unternehmen? Die Räuber waren mit Beute beladen und durch ihre Gefangenen belästigt, wir konnten sie jedenfalls bei Nacht oder bei Tage einholen, aber was dann? Wir waren nur unser neun und verfolgten einen Kriegertrupp von wenigstens hundert Mann.

Der Trupp, den wir verfolgten, war zur Schlacht gerüstet und enthielt die besten Männer des Stammes, welche durch die letzten Siege noch mit größerem Mut erfüllt waren und gegen uns besonders rachgierig gesonnen waren, weil wir sie früher besiegt hatten. Wurden wir selber besiegt, so durften wir keine Gnade von ihnen erwarten, und war etwas anderes möglich? Konnten neun gegen hundert siegreich sein?

Daran hatte ich bis zu diesem Augenblick nicht gedacht, sondern mich nur von meinem inneren Drang fortreißen lassen: Ich hatte nur den einzigen Gedanken gehegt, den Schimmel einzuholen und die Reiterin zu befreien.

Isolina erschien uns jetzt in einer anderen Gefahr als vor einer Stunde: Sie war von dem schrecklichen Lose, auf dem Pferde umzukommen, befreit; aber sah das schlimmere Los vor sich, die Squaw eines Indianers zu werden.

Das freudige Gefühl, das ich anfangs empfunden hatte, war daher von kurzer Dauer. Meine Verlobte war vom Tode gerettet, um einer schmachvollen Zukunft entgegenzugehen: Darin erkannte ich eine neue, viel schlimmere Lage.

Während ich nachsann, senkte sich die Nacht herab und sie schien dunkel zu werden. Der Himmel wurde von schwarzen Wolken bedeckt, sodass weder Mond noch Sterne sichtbar waren.

Es wurde allmählich so dunkel, dass ich die Gestalten meiner Kameraden nicht mehr erkennen konnte, obgleich sie dicht neben mir lagen.

Obgleich ich in Gedanken versunken war, merkte ich doch ein körperliches Unbehagen, welches auf den südlichen Steppen häufig empfunden wird: die Kälte. Mit der Nacht hatte sich ein frostiger Wind eingestellt, der binnen einer halben Stunde heftig und kalt wurde. Die Kälte nahm mit der Gewalt des Windes zu und das Thermometer musste in einer halben Stunde um viele Grade gefallen sein, was auf den mexikanischen Ebenen nicht selten ist. Es war der wohlbekannte Nordwind, der Menschen und Tiere oft mit seinem eisigen Hauch tötet.

Ich habe einen strengen kanadischen Winter ertragen, ich reiste an zugefrorenen Seen, ich übernachtete bei Schneewetter in den Wildnissen von Rupertsland; aber ich kann mich keiner solchen schneidenden Kälte erinnern wie derjenigen, welche ein mexikanischer Nordwind mit sich führt. Das Thermometer fällt in der Tat nicht so tief, aber das Gefühl gibt eine viel richtigere Andeutung der Hitze oder der Kälte; mag dieses Gefühl aus dem Gegensatz entstehen oder durch die plötzliche Veränderung bewirkt werden. Dazu kommt, dass es in solchen Fällen an der geeigneten Kleidung oder an dem Obdach fehlt; es mag an der Beschaffenheit des Blutes und an andern Verhältnissen liegen, genug, man empfindet eine so ungewöhnliche Veränderung der Temperatur schmerzlich. Der kalte Hauch des Nordwindes, den ich oft ertragen hatte, war mir nie peinlicher vorgekommen als in jener Nacht. Der Tag war drückend heiß gewesen und in der ersten Stunde der Dunkelheit sank das Thermometer um ein Beträchtliches von der Höhe, welche es zur Mittagsstunde gehabt hatte; es musste unter dem Gefrierpunkt stehen, denn der Wind führte Schnee und Hagel mit sich. Meine Nerven waren zerrüttet, Ruhe und Schlaf hatte ich seit langer Zeit entbehrt, die Reise des heutigen Tages war heiß und ermüdend gewesen. Wir hatten so lange auf der heißen Oberfläche der sonnenverbrannten Steppe geweilt und waren in Schweiß geraten. Dies alles trug dazu bei, dass wir jetzt die Kälte umso schmerzlicher empfinden mussten. Mir war zu Mute, als ob das Blut in meinen Adern erstarre und erfriere.

Ich war froh, dass ich mich in ein Büffelfell hüllen konnte, welches ein Indianer aus Unvorsichtigkeit verloren hatte. Nicht so gut waren meine Begleiter versorgt. Wir waren aufgebrochen, ohne im Geringsten an ein Nachtlager zu denken, und hatten daher auch keine weiteren Vorbereitungen getroffen. Nur einige hatten zufällig Decken auf den Sattel geschnallt.

Der Nordwind weckte alle plötzlich aus dem Schlummer, wie ein kaltes Sturzbad. Alle tappten im Dunkel umher, einige suchten Schutz unter den Decken, andere unter Gebüsch.

Man nahm die Satteldecken von den Pferden und die armen Tiere standen nun vor Kälte zitternd, den Rücken gegen den schneidenden Wind, die Beine dicht aneinander gezogen; einige suchten hinter den Büschen Schutz, ohne weiter an die Weide zu denken.

Wir konnten leicht ein Feuer anzünden, denn in der Nähe des Orts gab es dürres Holz genug und die große Gattung des Mesquite, welche zum Brennen vortrefflich ist. Einige Leute rieten unbedenklich dazu, aber die Bedächtigen der Gesellschaft stimmten gegen den Vorschlag, und auch die Trapper sprachen sich entschieden gegen denselben aus. Obgleich die Nacht kalt und dunkel war, so würden die Indianer doch weder vom Nordwind noch von der Finsternis abgehalten worden sein, sich hervorzuwagen; ein Trupp konnte sogar in der Nähe umherschweifen, eine Bande konnte wohl wegen des Büffelfells zurückkehren, denn die Malerei auf der innern Seite zeigte, dass es der Staatsmantel eines Kriegers war. Ein Feuer hätte also unser Leben kosten können.

Die Trapper Rube und Garey meinten daher, es sei besser, die Kälte zu ertragen, als unsere Kopfhäute in Gefahr zu bringen.

Dessen ungeachtet wollte aber Rube nicht erfrieren. Er verstand, auf der offenen Steppe ein Feuer anzuzünden, ohne dass es jemand sehen konnte; nach wenigen Minuten hatte er eins zuwege gebracht, das selbst der scharfsichtigste Indianer auf der Steppe nicht entdeckt hätte. Sein Verfahren dabei erregte meine Aufmerksamkeit.

Zuerst sammelte er eine Menge dürres Laub, trocknes Gras und kurzes Reisig von dem Mesquitenbaum und legte alles unter seine Satteldecke, damit es nicht durch Hagel und Regen nass würde. Dann nahm er sein Bowiemesser zur Hand und grub damit in dem Rasen ein Loch von einem Fuß Tiefe und demselben Umfang. In dieses Loch legte er zuerst das Gras und Laub, nachdem er aus seiner Jagdtasche Feuerstein, Stahl und Zunder genommen und letzteren angebrannt hatte. Auf die flammenden Blätter deckte er danach die kleineren dürren Reiser, dann die stärkern und füllte das Loch bis zum Rande; über das Ganze deckte er ein Stück Rasen, welches er zuerst ausgeschnitten hatte und das genau darauf passte.

Nun war sein Ofen vollendet. Der Trapper kauerte sich darüber, sodass er das Feuer zwischen die Schenkel nahm; dann zog er seine alte Decke über die Schultern und ließ sie so weit hinten herabfallen, bis er sie unter seine mageren Schenkel fassen konnte, zog dann die Decke über die Knie und drückte die Enden mit den Zehen fest auf den Boden.

Rube fand bald Nachahmung. Auch der junge Trapper baute sich einen ähnlichen Ofen und die andern wärmten sich mit derselben einfachen sinnreichen Erfindung.

Der gutmütige Garey hatte für mich einen besonderen Ofen gemacht und ich verschmähte es nicht, mich an denselben zu setzen und das große Büffelfell über meine Schultern zu ziehen: So fühlte ich mich warm wie an einem Steinkohlenfeuer.

Ich war nicht in der Stimmung, an der Heiterkeit teilzunehmen, welche das komische Schauspiel bei meinen Begleitern hervorrief. Allerdings gewährt es einen lächerlichen Anblick, wie wir unserer neun dicht beieinander am Boden kauerten, während der blaue Rauch in unsern Decken aufstieg und sich um unsere Köpfe kräuselte, als ob wir alle in Brand ständen.

Der Wind, der Hagel und die Dunkelheit währten die ganze Nacht. Der scharfe Wind, die eisigen Hagelkörner blieben sich gleich. Selbst mit dem größten Eifer und mit der vollkommensten Frische hätten wir in der Dunkelheit der Fährte doch nicht folgen können. Sogar ein breiter Kriegspfad hätte sich unter diesen Umständen doch nicht verfolgen lassen. Es war gefährlich, Licht zu machen, und wir besaßen auch keine Mittel dazu; es fehlte uns an einer Laterne und eine Kienfackel wäre beim ersten Hauch des Nordwindes ausgelöscht worden.

Wir konnten nicht daran denken, vor Tagesanbruch und vor dem Aufhören des wilden Sturmes weiterzureiten. Um Mitternacht zündeten wir neues Feuer an und blieben an Ort und Stelle. Während Hagel und Regen tobten, stützten meine Gefährten die Köpfe auf die Knie und schlummerten ein. Für mich gab es keinen Schlaf, auch meine Gedanken beruhigten sich nicht, ich zählte wie im Fieber auf meinem schlummerlosen Lager die Stunden, die Minuten: Und die Minuten erschienen mir wie Stunden.

Als sich die ersten Strahlen der aufgehenden Sonne im Osten zeigten, saßen wir wieder im Sattel und folgten der Fährte.

Diese führte uns nach Nordwest, wie auf der Agave geschrieben stand, Isolina hatte jedenfalls ihre Hüter von ihren Absichten sprechen hören.

Ich wusste, dass Isolina etwas von der Sprache der Comanchen verstand, aber selbst ohne diese Kenntnis konnte sie die Pläne der Indianer erfahren haben; die südlichen Comanchen besitzen große Sprachkenntnis und viele reden die schöne Sprache von Andalusien; in früherer Zeit war ein Teil des Stammes von Missionsgeistlichen unterrichtet worden: Ohne allen Zweifel hatte Isolina von ihren Plänen reden hören.

Wir näherten uns langsam und vorsichtig dem Lager. Die größte Behutsamkeit war notwendig und wenn wir auch nur von einem einzigen zurückgebliebenen Wilden gesehen wurden, so war dies ebenso gut, als hätte uns der ganze Trupp erblickt. Wurden wir auf der Kriegsfährte entdeckt, so mussten wir alle unser Leben verlieren. Und selbst wenn einige von uns entrannen, so war doch unser Plan vereitelt. Diesen Plan hatte ich während der letzten Nachtwache entworfen; meine Gedanken waren nicht müßig gewesen, dennoch war mir unser Verfahren noch nicht ganz deutlich geworden: Es hing noch von Umständen ab und konnte gehindert oder begünstigt werden.

Wir waren seit zwei Stunden geritten, als wir an dem Ort anlangten, wo die Indianer ihr Nachtlager gehabt hatten.

Die Trapper konnten aus den Spuren im Lager sehen, zu welchem Stamm die Indianer gehörten; wir hatten es eigentlich schon vorher erraten.

Wir fanden die Pfähle eines einzigen Zeltes vor, jedenfalls die Wohnung des obersten Häuptlings. Es waren Schößlinge aus dem nahen Gebüsch, nur für den augenblicklichen Gebrauch bestimmt. Sie waren in einem Kreise eingesteckt und an den Spitzen mit einem Ringe zusammengebunden, sodass das Zelt eine kegelförmige Gestalt gehabt haben musste, diese Form war uns an den Comanchen-Zelten bekannt.

Rube benutzte die Gelegenheit, seine Kenntnis zu zeigen.

„Wenn es Kickapoos gewesen wären", sagte er, „so hätten sie ihre Pfähle nach innen gebogen, um eine Art Rundung hervorzubringen; wären es Wacoes gewesen, so hätten sie an der Spitze ein Loch für den Rauch freigelassen. Die Delawaren und Shawnees haben gerade solche Zelte wie die Weißen, aber sie machen ihr Feuer auf eine andere Art an. Bei einem Feuer, welches die Shawnees anzünden, sind die Scheite mit einem Ende nach innen und mit dem andern nach außen gelegt, gerade so wie die Speichen eines Rades oder wie der Stern auf einer mexikanischen Fahne. Die Cherokeesen haben ebenfalls ordentliche Zelte, machen aber ihr Feuer noch anders. Sie legen die Scheite nebeneinander, zünden sie nur an der einen Seite an und schieben nach, so weit sie abgebrannt sind. Dies ist ihre Art. Ihr seht aber, dass die Scheite hier ganz anders gelegt sind und dass man sie in der Mitte angebracht hat: So machen es die Comanchen."

Rube wusste noch mehr zu folgern. Die Wilden waren ebenso früh aufgebrochen wie wir, und mussten daher auf der Fährte einen Vorsprung von

188

zwei Stunden haben. Weshalb eilten sie? Vielleicht um noch zu rechter Zeit anzukommen und die großen Büffelherden zu treffen, welche sich bei kaltem Wetter im Norden des Comanchengebiets zeigten. Diese Erklärung des Trappers war wahrscheinlich richtig.

Ich fühlte mich seltsam aufgeregt, als ich über die Stelle hinritt; es waren noch andere Spuren als die der Weißen: Man sah Zeichen der Zivilisation und des Raubes, womit die Gefangenen beladen waren: Stücke von zerbrochenen Tassen und musikalischen Instrumenten, einzelne zerrissene, gedruckte Blätter, Flickwerk von seidenen und samtenen Kleidern, ein kleiner Atlaspantoffel, wie nur die mexikanischen Damen tragen, einen abgetragenen und beschmutzten Wildschuh: Dies waren Sinnbilder des Indianerlebens und der Zivilisation. Es war keine Zeit, über diese merkwürdige Unordnung weiter nachzudenken. Ich suchte mit forschenden Blicken nach einem Zeichen, nach einer Spur von meiner Verlobten.

Wie hatte wohl Isolina die Nacht zugebracht?

Unwillkürlich blickte ich auf die Stange des Häuptlingszeltes.

„Junger Bursche", sagte Rube in diesem Augenblick, „ich bin kein großer Gelehrter, aber ich möchte wetten, dass die Schrift hier für Sie und sonst für niemand bestimmt ist."

Mit diesen Worten reichte er mir ein Papier, welches ordentlich zusammengefaltet und mit der Adresse Warfield bezeichnet war. Er hatte es dicht neben dem Platze, wo ein Zelt gestanden, im Grase gefunden, und zwar in dem obern gespaltenen Ende eines Stockes, der mit dem andern Ende in der Erde steckte. Es ließ sich nicht verkennen, dass das Blatt mit Blut geschrieben war, ich öffnete es schnell und las:

„Heinrich, ich bin noch unverletzt, muss aber das traurige Schicksal befürchten, eine weiße Gefangene unter diesen abscheulichen Männern zu bleiben. Zwei von meinen Peinigern machen Anspruch auf mich; der eine ist der Sohn eines Häuptlings, der andere der Elende, welchem du das Leben und die Freiheit schenktest. Der Weiße ist der schändlichere Wilde von beiden: schlecht und roh. Beide haben an dem Einfangen des Rosses teilgenommen und beanspruchen mich deshalb beide als ihr Eigentum. Es soll ein Rat gehalten werden, um zu entscheiden, welchem von diesen Ungeheuern ich übergeben werden soll. Sie kommen, um mich fortzuschleppen. Lebe wohl!"

Dies war der Inhalt des Blattes, welches aus einem Messbuch gerissen war. Ich schob die roten Zeilen in die Brusttasche und eilte auf der Fährte vorwärts, ohne ein Wort mit meinen Begleitern zu wechseln.

Zwanzigstes Kapitel.
Stromaufwärts.

Die Leute folgten mir abermals, ich bedurfte keiner Kundschafter: Über tausend Pferde hatten ihre Spur dem Boden eingeprägt.

Wir ritten in regelmäßigem Schritt ziemlich langsam. Ich eilte nicht, die Indianer einzuholen, und wünschte sie nicht vor Einbruch der Nacht zu erblicken; sie hätten uns sonst ebenfalls gesehen. Der Plan, den ich zur Befreiung meiner Verlobten entworfen hatte, ließ sich nicht bei Tage ausführen; ich musste dazu auf die Dunkelheit, auf den Einbruch der Nacht warten.

Wir hätten die Indianer leicht vor dem Abend einholen können. Sie waren uns nur um wenige Stunden voraus und hatten, wie es Gebrauch auf der Kriegsfährte ist, wahrscheinlich zur Mittagszeit sich und ihren Pferden mehrere Stunden Ruhe gegönnt.

Die Trapper konnten sowohl den Schritt, wie die Entfernung ganz genau bestimmen und daher ihre Schnelligkeit berechnen. Da sich die Spur der armen Gefangenen noch immer auf der Fährte erkennen ließ, so war dies ein Beweis, dass der ganze Trupp im Schritt geritten sein musste: Die Trapper behaupteten, es befänden sich viele Pferde ohne Reiter dabei, die geführt oder getrieben wurden, ebenso viele Maultiere; das Vieh war jedenfalls erbeutet und geraubt worden. Warum ließ man die armen Gefangenen nicht auf diesen Tieren reiten? War dies eine Grausamkeit oder eine rohe Gleichgültigkeit der Hüter? Wurde ihnen verwehrt, ihre körperlichen Schmerzen zu erleichtern, damit ihre Wächter sich umso mehr an den Leiden der Unglücklichen ergötzen könnten?

Alle diese Fragen ließen sich wahrscheinlich bejahend beantworten, denn diese Wilden benehmen sich gegen die Frauen von ihrem eigenen Blut und Stamm ebenfalls nicht besser.

Man spricht freilich von dem Naturzustand des edlen Wilden und von seiner Einfachheit und seiner milden Gesinnung. Man nennt dies mit Unrecht einen Naturzustand, denn der Mensch ist nicht zum wilden Herumtreiben auf der Erde bestimmt, sondern für die Zivilisation, für die Gesellschaft geschaffen. Nur unter ihrem Einfluss erlangt er Anmut und Güte. Überlässt man ihn sich selbst, dem Spiel seiner Triebe, der Befriedigung seiner bösen Gelüste, so wird er zum Tiere, er wird noch schlimmer als das Raubtier; denn der Wolf und der Tiger benehmen sich freundschaftlicher gegen ihresgleichen und sanfter gegen ihre Familie als der Indianer. Jene Raubtiere empfinden die Zärtlichkeit des Familienlebens, aber wo ist der Wilde auf der ganzen Erde, der nicht die Herrschaft sich anmaßt, der nicht den schändlichsten Druck gegen seine schwächere Gefährtin ausübt? Wo ist dieser Wilde zu finden? Nicht auf den blutgetränkten Gefilden von Afrika, nicht auf den waldigen Ebenen am Amazonenstrom, nicht am eisigen Ufer des Polarmeeres, nicht auf der amerikanischen Steppe. Man sage mir nichts von edlen Wilden! Es ist ein Fantasiegebilde der Dichter und Romane, denn der Mann kann nicht edel sein, der im Zorn sich an dem schwächeren Weibe vergreift.

Die Spur der Pferde ohne Reiter, die Schritte von Frauen, von zarten Mädchen und Kindern, die zu Fuß gingen, hatten für mich eine schreckliche Bedeutung. Unter allen diesen zarten Spuren niedlicher Füße gab es eine, die meine Aufmerksamkeit mehr fesselte als die übrigen; es gab eine, welche ich gern als die Fußstapfen einer vornehmen Dame zu erkennen glaubte; diese Spur war vollkommen ebenmäßig, tief eingebogen, man sah die Wölbung des Absatzes, die Reihe der kleinen Kreise, welche durch den Druck der Zehen zurückgelassen, die glatte Oberfläche, welche durch die Berührung mit der Haut hervorgebracht war, aber ich wollte nicht daran glauben, dass es die ihrigen seien; ich hielt es für zweifelhaft, dass man sie nach den Qualen, die sie bereits überstanden hatte, dass man sie noch auf dem mühseligen Wege hingeschleppt hatte; wenngleich ihre Hüter ein grausames Herz und einen rohen Charakter besaßen, so konnten sie ihr unmöglich einen Schmerz zufügen, sie mussten zu einer freundlichen Behandlung geneigt sein. Wie gern hätte ich dies gehofft!

Wir ließen den Feinden Zeit, sich von ihrem Mittagsruheplatz zu entfernen. Wir mussten Späher ausschicken, um jede Biegung des Weges, jedes Gebüsch zu untersuchen, sich jedem Hügel mit der größten Vorsicht zu nähern. Dies forderte Zeit und wir konnten uns nur langsam bewegen. Der Nachmittag war schon vorüber, als wir das Lager der Wilden erreichten. Sie hatten Feuer angezündet und Fleisch gekocht. Als wir, durch den Rauch gewarnt, uns verstohlen näherten, hatten sie den Ort schon verlassen.

Ich durchsuchte wieder die Umgegend, aber die Augen des Trappers waren auch jetzt besser als die meinigen.

„Da ist noch ein Brief, junger Bursche", sagte er, indem er mir noch ein Blatt aus dem Messbuche gab. Ich ergriff es eifrig und las begierig den Inhalt, der kurz lautete:

„Die Beratung findet heute Abend statt. In wenigen Stunden wird entschieden sein, wessen Eigentum ich bin. Ich werde die Flucht versuchen. Sie lassen meine Hände frei, aber meine Füße sind mit Riemen festgebunden. Ich habe vergebens versucht, meine Fesseln zu lösen; wenn ich nur ein Messer hätte! Ich weiß, wo eine scharfe Klinge aufbewahrt wird. Vielleicht gelingt es mir, mich im letzten Augenblick derselben zu bemächtigen. Ich bin fest entschlossen, Heinrich! O, überlasse mich nicht der Verzweiflung; ich muss –"

Das Schreiben hörte hier auf, sie war durch ihre Hüter gestört worden; ohne Zweifel war das Papier hastig verborgen, schnell zusammengefaltet und in das Gras geworfen worden.

Wir hielten uns an dem Orte nur so lange auf, um unsere Pferde ruhen und weiden zu lassen.

Es befand sich Wasser an dem Orte, was wir vielleicht nicht bald wiedersehen würden.

Schon stand die Sonne tief, als wir unsern Marsch, unsern letzten Marsch auf der Kriegsfährte, wieder antraten.

Wir legten ungefähr eine Meile zurück. Unsere Späher waren wie gewöhnlich vorausgegangen; nachdem sie einen Hügel in der Prärie erstiegen hatten, sahen wir sie plötzlich sich hinter einige Büsche verstecken, welche auf der Höhe wuchsen. Wir machten Halt, um das Ergebnis ihrer Forschungen zu erwarten. Dadurch, dass sie eine besondere Stellung einnahmen und mit großer Aufmerksamkeit auf das Gebüsch schauten, wurden wir zu dem Glauben veranlasst, sie erblickten einen Gegenstand von ungewöhnlicher Wichtigkeit.

Und dies war auch der Fall. Wir hatten kaum angehalten, als wir bemerkten, dass sie sich plötzlich von dem Gebüsch zurückzogen, sich emporrichteten und mit der größten Eile den Hügel hinabliefen, indem sie uns winkten, uns und unsere Pferde zu verstecken.

Es fand sich glücklicherweise genug Gehölz in der Umgegend und nach wenigen Augenblicken waren wir mit den Pferden der Trapper sämtlich dorthin geritten.

Durch die Neigung des Hügels war es den Spähern gestattet, schnell zu laufen, und sie hatten die Bäume fast ebenso schnell, wie wir erreicht.

„Was gibt es denn?", fragten mehrere gleichzeitig.

„Indianer auf dem Rückweg!", antworteten die Trapper atemlos.

„Indianer, wie viele?", fragte einer von den Jägern.

„Wer sagte Indianer? Ich sprach von einem Indianer!", antwortete Rube. „Hole der Kuckuck dein Geschwätz! Es ist jetzt keine Zeit zum Schwatzen. Lege die Seile zurecht, Bill. Die Flinten in Ruhe, ihr verwünschten Gelbschnäbel! Das Schießen ist hier nicht am rechten Orte! Ehe ein Biber mit dem Schwanz wedeln könnte, würdet ihr die ganze Bande zurückgerufen haben. Bill mag den Neger mit dem Seil binden und der junge Bursche ihm helfen, der versteht es! Sollten beide fehlen, so fehle ich gewiss nicht! Hört ihr das, ihr Burschen? Dass keiner von euch schießt! Wenn eine Flinte nötig sein sollte, so wird die meinige genügen; aber, wenn euch euer Leben lieb ist, so schießt keine von euren Knallbüchsen eher ab, als bis ich fehle – man würde sie zehn Meilen weit hören! Hast du dein Seil in Ordnung, Bill, und Sie, junger Bursche? Gut, so haltet beide die Augen offen und knebelt den verwünschten Neger wie ein Kaninchen. Da kommt er schon!"

Diese eifrige Ermahnung wurde natürlicherweise in aller Eile gegeben. Als der Sprechende schwieg, sah ich den Kopf und die Schultern eines Wilden über die Erhöhung hervorragen; nach wenigen Augenblicken wurde der Leib sichtbar und dann die Schenkel und Beine, welche einen großen, scheckigen Mustang umspannten. Wie sich versteht, ging das Pferd im Galopp, denn es ist etwas Seltenes, dass ein berittener Indianer von einer andern Gangart Gebrauch macht.

Die Späher wussten, dass der Indianer allein war. Da sich hinter dem Hügel eine offene Steppe ausdehnte, so würden sie es gesehen haben, wenn der Indianer Begleiter oder ein Gefolge gehabt hätte. Er war allein.

Wodurch war er zurückgeführt worden? Wollte er kundschaften? Nein, denn er ritt unvorsichtig und ohne alle sichern Maßregeln, ein Späher würde anders verfahren sein. Er konnte ein Bote sein, aber zu welchem Zweck? Denn die Indianer hatten keine Abteilung, die hinter uns zurückgeblieben war.

Diese Fragen wurden schnell unter uns ausgetauscht und die verschiedensten Vermutungen als Antworten gegeben. Der Kanadier gab die Lösung, welche am wahrscheinlichsten war.

„Er will den Schild holen!"

„Den Schild? Was für einen Schild?"

„Aha! Ihr habt ihn nicht gesehen! Ich sah ihn mit meinen eigenen Augen; er war in dem Grase verborgen, ein großer, sehr großer Schild aus Büffelfell und mit frischen Skalps, mit mexikanischen Kopfhäuten verziert!"

Diese Erklärung war verständlich. Leblanc hatte in dem Gebüsch, wo wir abgestiegen waren, einen Schild bemerkt, welchen wahrscheinlich einer der Tapfersten zurückgelassen hatte. Er war mit frischen, mexikanischen Skalps besetzt und es war möglich, dass der Indianer seine Waffen und seine Siegeszeichen vergessen hatte und sich auf dem Wege befand, sie wiederzuholen.

Es blieb uns weder zu einer Unterhaltung noch zu Mutmaßungen Zeit. Der rote Reiter war am Fuße des Hügels angekommen und es trat die Notwendigkeit ein, ihn binnen zehn Minuten mit dem Lasso einzusaugen oder ihn zu erschießen.

Ich stellte mich mit Garey zu beiden Seiten des Weges auf, indem wir die aufgewickelten Lassos bereit hielten. Der Trapper verstand sich auf den Gebrauch dieser seltsamen Waffe und ich war ebenfalls einigermaßen in ihrer Anwendung erfahren. Die Bäume hinderten uns ein wenig, aber um gehörig springen zu können, beabsichtigten wir, aus dem Gehölz hervorzubrechen und den Reiter zu fesseln.

Rube war mit der Büchse in der Hand hinter Garey geduckt und die Jäger hielten sich ebenfalls in Bereitschaft für den Fall, dass unsere beiden Lassos und Rubes Büchse ihr Ziel verfehlen sollten.

Den Indianer durften wir weder seinen Weg verfolgen noch zurückkehren lassen, denn in beiden Fällen würde er uns verraten haben. Kam er an unserm Aufenthaltsorte vorüber, so musste er unsere Spur unter den tausend andern in einem Augenblick entdeckt haben und würde auf einem andern Wege zurückgekehrt sein. Entrann er uns und galoppierte zurück, so war es noch viel schlimmer. Da er mithin weder vorwärts noch rückwärts durfte, so mussten wir ihn gefangen nehmen oder töten.

Ich wünschte das Erstere, denn ich war frei von jedem Rachegefühl und ich würde ihn nach Belieben haben seines Weges reiten lassen, wäre seine Gefangennahme nicht für unsere Sicherheit notwendig gewesen.

Einige meiner Kameraden hatten ganz andere Gründe. Einen Comanchen-Indianer zu töten, war nach ihrer Meinung kein größeres Verbrechen, als ob man einen Wolf, einen Panther oder einen grauen Bären erlegte. Auch der Trapper hatte die Übrigen nicht etwa aus Barmherzigkeit vom Schießen zurückgehalten, sondern nur aus Furcht, dass der Knall der Flinte gehört werden könnte.

Während der Wilde herankam, konnte ich ihn durch das Laub genauer betrachten. Er war ein schöner Bursche und wahrscheinlich einer der vornehmsten Krieger seines Stammes. Von seinem Gesichte war nichts zu sehen, da es durch hässliche Figuren entstellt war; aber sein Körper war groß, seine Brust breit und gewölbt, seine Glieder ebenmäßig und bis zu den Fußspitzen schön gestaltet. Er saß zu Pferde wie ein Zentaur. Ich hatte keine Gelegenheit, ihn lange zu beobachten, denn er kam schnell auf uns zu galoppiert.

Ich sprengte aus dem Gehölz heraus, schwang den Lasso um den Kopf, schleuderte ihn nach dem Wilden und sah, wie die Schlinge über seine Schultern und bis auf die Hüften herabfiel.

Ich spornte mein Ross nach der entgegengesetzten Seite und merkte an dem scharfen Ruck und dem angespannten Seil, dass ich das Opfer gefasst hatte.

Der Comanchen-Indianer wird gefangen.

Als ich mich im Sattel umwendete und zurückblickte, sah ich, wie Garey mit seinem Lasso den Hals des Steppenrosses und des Indianers umschlungen hatte und festhielt. So waren also Ross und Reiter in unserer Gewalt.

Der Wilde ergab sich nicht, ohne Widerstand zu leisten; denn dies ist bei einem Indianer ebenso wohl Naturtrieb wie bei einem wilden Tiere. Er warf sich vom Pferde, zog sein Messer und durchschnitt die fesselnden Riemen mit einem Ruck. Er wäre im nächsten Augenblick in das Gebüsch entsprungen; aber ehe er sich von der Stelle rühren konnte, war er von einem halben Dutzend kräftiger Arme umschlungen und wurde, obgleich er mit seinem langen, spanischen Messer wild um sich stieß, zu Boden gerissen und festgehalten.

Meine Gefährten wollten in aller Kürze mit ihm verfahren und manche Hand griff nach der Klinge, um ihm den letzten Stoß zu geben; aber ich mischte mich ein, ich wollte sein Blut nicht vergießen und befahl und bat, sein Leben zu schonen.

Damit er uns jedoch nicht weiter lästig werde, banden wir ihn in solcher Weise an einen Baum, dass jede Flucht unmöglich war.

Der Hinterwäldler Stanfield gab an, wie wir ihn fesseln sollten. Dies war eine einfache und sichere Art. Es wurde ein Baum ausgewählt, der so stark war, dass der Wilde den ganzen Stamm mit den Armen umspannte und seine Finger kaum zusammentrafen. Mit den Riemen von ungegerbtem Leder, die wir fest um die Handgelenke knüpften, wurden die Arme hierauf zusammengebunden, dasselbe geschah mit seinen Knöcheln. Wir machten die Enden der Riemen so fest, dass er sich nicht um den Baum drehen und dadurch seine Fesseln zerreißen oder zerreiben konnte. Die Fesseln waren so vollkommen, dass selbst der geschickteste Indianer sich nicht davon hätte befreien können.

In dieser Weise wollten wir ihn zurücklassen. Es war freilich eine zweifelhafte Voraussetzung, dass wir ihn befreien könnten, wenn wir vielleicht auf diesem Wege zurückkehrten. In diesem Augenblicke bedachte ich nicht, welche Grausamkeit wir begingen. Wir hatten freilich Barmherzigkeit geübt, indem wir das Leben des Indianers schonten, und ich war zu sehr durch andere Gedanken in Unruhe versetzt, als dass ich weiter hätte über diese Sache nachdenken können. Zur Vorsicht hatten wir ihn von der Fährte entfernt angebunden, denn es war möglich, dass andere seiner Bande kämen, ihn entdeckten und unsern Plan verhinderten. Er war in der Tiefe des Waldes ein Gefangener, und selbst wenn jemand die Fährte verfolgte, hätte er seinen Ruf nicht hören können.

Wir wollten ihn nicht ganz allein lassen, sondern ihm ein Pferd zur Gesellschaft geben, aber nicht sein eigenes, denn einer von den Jägern hatte

Lust zum Tausch bekommen. Stanfield, der ein schlechtes Pferd hatte, schlug dieses Tauschgeschäft vor: Er band seinen müden Gaul an einen Baum und entführte das scheckige Steppenross mit der heitern Erklärung, er sei mit dem Indianer quitt.

Eben wollten wir den Ort verlassen, als mir ein glücklicher Gedanke einfiel. Es wurde mir klar, dass ich ebenfalls mit unserm Gefangenen ein vorteilhaftes Geschäft abschließen konnte: nicht etwa einen Pferdetausch, sondern einen Austausch der Personen.

Dieser Gedanke war glücklich und versprach einen guten Erfolg. Wie erwähnt, hatte ich den Plan zur Befreiung meiner Verlobten während der Nacht entworfen und unterwegs zur größeren Reife gebracht.

Der jüngste Vorfall erweckte eine Menge neuer Gedanken in mir und von allen verhieß einer, mir zur Ausführung meines Zweckes dienlich zu sein. Jetzt betrachtete ich die Gefangennahme des Wilden als einen glücklichen Umstand, während dies mich im Anfang beunruhigt hatte. Ich schöpfte neue Hoffnungen.

Zu dem einfachen von mir entworfenen Plane gehörte mehr Mut als List. Die gefährliche Lage, in welcher wir uns befanden, hatte indessen meinen Mut genügend erhöht. Ich wollte das indianische Lager heimlich und unter dem Schutze der Nacht betreten, die Gefangene aufsuchen, ihre Fesseln lösen und eine Flucht versuchen.

Befand ich mich erst in dem Lager und in ihrer Nähe, so ließ sich dies alles mit einem einzigen Schlage ausführen. Der Erfolg war weder unmöglich noch unwahrscheinlich, und es fiel mir kein anderer Plan ein, der einen sichereren Erfolg versprochen hätte.

Es wäre eine Torheit gewesen, mit der geringen Zahl meiner Gefährten die Indianer zu überfallen und gegen ihre Übermacht anzukämpfen. Wir hätten nicht nur unterliegen müssen, sondern auch jede Hoffnung, die Gefangene freizumachen, wäre vereitelt worden. Waren die Wilden erst einmal aufgeschreckt und gewarnt worden, so blieb jede weitere Annäherung unmöglich und Isolina wäre auf immer verloren gewesen.

Auch meine Begleiter waren der Meinung, dass ein solches Unternehmen unvorsichtig wäre. Und dies geschah bei ihnen nicht aus Furcht, denn ich wusste, dass sie Mann für Mann bereit waren, alles zu wagen und auf meinen Befehl mit der Büchse in der Hand in das feindliche Lager einzubrechen; selbst der Kanadier, der für nicht sehr tapfer gehalten wurde, hätte nicht gezaudert, da selbst ein furchtsamer Mann unter Tapferen Mut bekommt.

Es fiel uns jedoch nicht ein, ein solches törichtes Verfahren einzuschlagen. Als ich meinen Gefährten daher auf dem Halteplatze meinen Plan mitteilte, wurde er von allen gebilligt.

Mehrere erboten sich, mich zu begleiten, sich mit mir in das Lager der Wilden zu wagen und alle Gefahr mit mir zu teilen; ich fühlte mich jedoch aus verschiedenen Gründen bewogen, allein zu gehen, denn es war mir klar, dass die Gefahr verdoppelt wurde, wenn mich auch nur einer begleitete. Es bedurfte hier nur List und vor allem Schnelligkeit; Stärke war weniger nötig.

Freilich erwartete ich nicht, die Gefangene unbemerkt und unverfolgt fortzuschaffen. Diese Hoffnung wäre töricht gewesen. Isolina wurde jedenfalls gut bewacht: nicht allein von den Hütern, sondern auch von den beiden Männern, welche sich um sie stritten.

Ich erwartete also im Gegenteil eine hastige und schnelle Verfolgung, vielleicht einen Kampf; aber ich vertraute auf meine Schnelligkeit und wusste, dass ich keine hilflose Bürde fortzuschaffen hatte, sondern dass Isolina Mut und Gewandtheit besaß.

Ich konnte auch hoffen, Isolinas Verfolger zurückzuhalten, während ich selber davoneilte. Ich vertraute auf meinen Dolch und meinen Revolver, die ich mitnehmen wollte, und auf meine gute Sache; mein Herz war voll Hoffnung.

Andere Vorsichtsmaßregeln, welche ich beabsichtigte, waren folgende: Es sollten so nahe wie möglich Pferde in Bereitschaft stehen und auch mehrere mit der Büchse bewaffnete Männer sollten sich in der Nähe halten, für den Fall, dass ein Kampf oder eine Flucht nötig sei.

Zu solchem Unternehmen, welches Gelingen oder den Tod zur Folge haben musste, war ich entschlossen. Wenn es missglückte, so lag mir nichts am Leben.

Ich ging indessen nicht unbesonnen ans Werk; je mehr ich aber über den Plan nachdachte, desto größer wurde meine Hoffnung auf Erfolg. Die größte Schwierigkeit bestand darin, in das Lager zu gelangen. War ich erst dort zwischen den Lagerfeuern und Zelten, so konnte ich mich beinahe für sicher halten: Denn ich wusste aus Erfahrung, da ich schon öfter ein Lager der Steppenindianer besucht hatte, dass man mitten unter ihnen und selbst beim Scheine der lodernden Feuer viel schwerer entdeckt wird, als wenn man versucht, bei ihnen einzudringen. Vermutlich hatten sie vorgeschobene Posten, hinter diesen die Pferdewächter und dann die Pferde selbst; letztere sind aber ebenso zu fürchten wie die Menschen. Ein indianisches Pferd ist eine gefährliche Schildwache; es hasst die Weißen ebenso wie sein Herr und lässt keinen an sich herankommen. Während der menschliche Wächter zuweilen nachlässig ist, sogar auf seinem Posten schläft, bleibt das Steppenross immer aufmerksam. Sobald es einen Weißen wittert oder eine Gestalt heranschleichen sieht, fängt es an zu schnauben und zu wiehern und bringt in wenigen Minuten ein ganzes Lager in Aufregung: Auf diese Weise ist durch das Schnauben eines wachsamen Pferdes schon mancher sorgsam entworfene Plan vereitelt worden.

Es würde indessen seltsam sein, wenn das Steppenpferd eine besondere Anhänglichkeit für den Indianer hätte, denn es gibt keinen grausameren Tyrannen, keinen härteren Treiber und schärferen Reiter als einen berittenen Indianer. Es leistet einem Weißen fast denselben Dienst wie einem roten Menschen, und der Trapper, wenn er ermüdet ist, überlässt sich dem Rosse im Vertrauen, dass dasselbe eine treue Wache halte.

Größere Befürchtung war zu hegen, wenn Hunde in dem Indianerlager vorhanden waren. Diese klugen Tiere hätten mich selbst im Lager ungeachtet einer Verkleidung als Feind erkannt. Der Indianerhund unterscheidet sogleich durch den Geruch einen Weißen von einem Roten und hegt einen wirklichen Widerwillen gegen den sächsischen Stamm; ein Wanderer, der selbst in Friedenszeiten ein Indianerlager betritt, kann kaum gegen die mörderische Meute geschützt werden.

Ich wusste aber, dass keine Hunde vorhanden waren: Denn wir hatten keine Spur von ihnen angetroffen. Auf Kriegspfaden oder auf einem Zuge zu einer großen Unternehmung lassen die Indianer die Weiber und die Hunde zu Hause. Dies ist ihre Gewohnheit, welche mir jetzt sehr zustattenkam.

Mein Vorhaben war, verkleidet dorthin zu gehen. Es wäre wahnsinnig gewesen, mich in meiner Uniform dort sehen zu lassen: Denn selbst in der dunkelsten Nacht musste ich mich doch dem Scheine des Feuers nähern, wenn ich die Gefangene aufsuchte.

Ich beabsichtigte daher, die Kleidung der Indianer nachzuahmen, und hatte schon seit einiger Zeit darüber nachgedacht, wie sich dies tun lasse. Der Besitz des Büffelfells kam mir zustatten und musste viel zu meinem Zweck beitragen; es fehlten aber noch viele andere Sachen, um meinen Anzug vollständig zu machen: Die Gamaschen und Wildschuhe, der Federschmuck um den Kopf und den Hals, das lange, straffe Haar, die braune Farbe für Arme und Brust, die Bemalung des Gesichts mit Kreide, Kohle und Zinnober – woher sollte ich dies alles nehmen?

In dem Augenblick, als wir den Wilden gefangen nahmen, war mir dies nicht gleich eingefallen; aber eben als wir im Begriff standen, uns von ihm zu trennen, geriet ich auf den glücklichen Einfall, dass er mich mit allem Nötigen versehen konnte.

Ich stieg ab und betrachtete ihn genau vom Kopf bis zu den Füßen. Mit Entzücken beschaute ich seine hirschledernen Gamaschen, seine mit Perlen gestickten Wildschuhe, die breite Halskette mit Schweinszähnen, die rotgefärbten Adlerfedern und den weiten Mantel aus Jaguarfell, der von seinem Rücken herabfiel.

Der prächtige Mantel war schon von meinen Begleitern mit Begierde betrachtet worden; man hatte sich aber wegen der Gefahr mit dem Entschlusse begnügen müssen, ihn auf den Schultern des Wilden zu lassen. Jetzt vertauschte ich ihn schnell mit dem Büffelfell, ich warf meine Stiefel weg und steckte meine Beine in die mit Skalpen besetzten Gamaschen und in die ledernen Hosen und meine Füße in die Wildschuhe des Comanchen; alles passte glücklicherweise ganz genau; dennoch fehlte noch viel, mich zum Indianer zu machen.

Die Comanchen auf dem Kriegspfade gehen vom Gürtel an nackt und tragen das Hemd nur auf der Jagd oder bei gewöhnlichen Gelegenheiten; wie ließ sich aber die kupferfarbige Haut, die braunen Arme und Schultern, die bunte Brust, das rot, weiß und schwarz angestrichene Gesicht herstellen? Wo sollte ich die nötige Farbe herbekommen? Das Schwarze hätte sich allenfalls mit Schießpulver nachahmen lassen.

„Pah!", rief Rube, der ein zierliches, mit Perlen geschmücktes Beutelchen in der Hand hielt; „ich denke mir, dass die Sachen in diesem Beutel des Indianers vorrätig sind; hier sind sie wirklich!"

Der Sack aus Bocksfell war der sogenannte Medizinbeutel des Indianers. Als Rube die Hand hineinsteckte, zog er mehrere lederne Päckchen hervor, welche Farben von verschiedener Art und auch einen kleinen, glänzenden Spiegel enthielten.

Dass diese seltsamen Dinge sich darin befanden, war durchaus nicht zu verwundern, sondern vielmehr ganz natürlich. Der Indianer reitet zwar zuweilen im Frieden, aber niemals im Kriege aus, ohne seine Schminke und seinen Spiegel mit sich zu führen. Es waren genau die richtigen Farben, welche der gefangene Krieger an seinem Körper hatte.

Mein Schnurrbart wurde sogleich mit einem scharfen Bowiemesser abgenommen. Die Farben wurden ein wenig fett eingerieben und ich stellte mich neben den Indianer, um mich nach seinem Vorbilde zurichten zu lassen. Rube, der als Maler auftrat, bediente sich eines Stückchen Hirschfells als Pinsel und Gareys breiter Handfläche als Palette. Die Arbeit war nach zwanzig Minuten vollendet und ich erschien als eine genaue Abbildung des indianischen Kriegers. Der alte Trapper hatte die hässlichen Schriftzeichen bis auf das Kleinste nachgeahmt, es fehlte nicht einmal die Hand auf der Brust und das rote Kreuz auf der Stirn; das Seitenstück sah ebenso abscheulich aus wie das Original.

Ein Stück, und zwar ein wichtiges, fehlte noch in der Verwandlung: Ich bedurfte noch des langen, schwarzen, straffen Haares, womit das Haupt des Comanchen geziert war. Diesem Mangel wurde bald abgeholfen. Das Bowiemesser diente als Schere und Garey benahm sich als Haarkünstler, indem er den Kopf des Wilden schnell seiner Zierde beraubte.

Als der Wilde die scharfe Klinge an seiner Stirn fühlte, zuckte er zusammen, denn er glaubte, er sollte lebendig skalpiert werden.

„In dieser Weise würde ich dem Neger das Haar nicht abschneiden", rief der Alte; „nimm nur das Fell mit, Bill! Sonst musst du dir noch erst die Mühe machen, eine Perücke zu verfertigen."

Garey befolgte natürlicherweise den grausamen Rat nicht, denn er wusste, dass er nur im Scherz erteilt wurde.

Schnell wurde eine einfache Perücke hergestellt und an meinem langen Haar befestigt; mein eigenes Haar war glücklicherweise schwarz, sodass die Farben zueinander passten.

Es schien mir, als lächelte der Indianer, indem er bemerkte, welchen Gebrauch wir von seinem herrlichen Haar machten, aber es war ein düsteres Lächeln und während der ganzen Zeit kam weder ein Wort noch ein Ruf über seine Lippen.

Meine Gefährten konnten sich nicht mäßigen, sondern lachten laut, als sie unsere seltsame Maskerade sahen: Es mischte sich Lächerliches und Ernstes, aber vor allem spaßhaft sah der Indianer aus, nachdem er kahl geschoren war.

Es war ein Glück, dass der Krieger einen Federschmuck hatte, der in Kriegszügen nur selten gebraucht wird; bei dieser Gelegenheit musste er wesentlich dazu beitragen, das falsche Haar zu verbergen. Ich setzte den Federschmuck auf meinen Kopf und somit war alles geschehen. Der Maler, der Friseur und der Kammerdiener hatten ihre Schuldigkeit getan.

Wir schlichen uns nun vorsichtiger als vorher auf der Fährte weiter und ließen jedes Mal den Weg von den Spähern genau erforschen. Es kam hierbei nicht auf Eile an, denn aus der frischen Spur der Indianer ersahen wir, dass sie nicht weit vor uns voraus waren. Es stand sogar zu befürchten, dass sie uns erblicken könnten. Wir wünschten, sie erst nach Sonnenuntergang zu treffen; früher wäre es uns eher schädlich als nützlich gewesen. Wäre ein zurückgebliebener Indianer mit uns zusammengetroffen, so würden alle unsere Pläne vereitelt worden sein. Wir zögerten also, bis wir glaubten, dass die Indianer das Lager aufgeschlagen und die Nachzügler herangezogen hätten.

Aber ich wollte auch nicht zu spät ankommen. Ich hatte erfahren, dass die Beratung an diesem Abend gehalten werden sollte, und davon hing die

Entscheidung ab. Zu welcher Stunde aber sollte der Rat gehalten werden? Vielleicht sogleich, nachdem man Halt gemacht hatte.

Ein Streit zwischen dem Sohne eines Häuptlings und einem weißen Anführer von Rothäuten konnte nicht lange unentschieden bleiben. Es handelte sich um eine wichtige, folgenschwere Frage; um den Besitz der schönen Isolina. Die Streitfrage würde wahrscheinlich schnell entschieden werden, um die Häuptlinge wieder zu einigen; ich musste also notwendigerweise zur rechten Zeit an Ort und Stelle sein, wenn die Beratung in früher Stunde stattfand.

Ich beabsichtigte, womöglich in der Dämmerung kurz vor Einbruch der Nacht bei dem indianischen Lager anzukommen, um die Gegend auszukundschaften, ehe sie vollständig in Dunkelheit gehüllt war. Dies war notwendig, damit wir, wenn wir fliehen mussten, eine bestimmte Richtung einschlagen konnten.

Bei unserm Vorrücken richteten wir uns nach den Spuren der Fährte. Wir ließen uns dabei von unsern scharfsinnigen Trappern leiten, die genau die Zeit angaben, wann die letzten Spuren entstanden waren. Beide schlichen schnell auf der Fährte vorwärts, indem sie die Augen fortwährend auf die Erde gerichtet hielten.

Ich richtete dagegen meine Augen dorthin, woher ich ein neues Hindernis fürchtete: auf den Himmel.

Das Aussehen des Himmels, die düstern Wolken, der Sturm, die Dunkelheit, die mich in der vergangenen Nacht verdrossen hatten, würden mir jetzt willkommen gewesen sein; aber gerade jetzt war keine Wolke zu erblicken, keine Spur von ihnen, nur grenzenloser, klarer Äther.

In einer Stunde mussten sich Millionen von Sternen und das silberne Licht des Mondes zeigen – eine Nacht, so hell wie der Tag.

Mich beunruhigte diese Aussicht. In meiner törichten Leidenschaft wollte ich den unabänderlichen Naturgesetzen widersprechen und verlangte Wolken, Sturm, Dunkelheit; wie einem Nachtvogel, der sich nur in der tiefsten Dunkelheit wohlfühlt, so war mir beim Anblick des hellen Himmels unwohl zu Mute. Der Mond musste sicher scheinen und dann war das Unternehmen doppelt gefährlich. Gleich nach Sonnenuntergang musste der Mond voll, rund und hell aufgehen und die Erde mit seinem weißen Lichte überziehen.

Bei Mondschein konnte ich allein auf meine Verkleidung rechnen und es war daher ein Glück, dass wir unsere Zeit so gut verwendet hatten.

Aber der Indianer besitzt ein scharfes Auge und seine Beobachtungsgabe gleicht einem Naturtriebe. Wurde ich gezwungen, zu sprechen, so half mir meine Verkleidung nur wenig. Gerade die listige und vollkommene Nachahmung des Originals konnte einen Indianer veranlassen, sich mir zu nähern und mich anzureden. Wie konnte ich mich aber in eine Unterhaltung mit ihm einlassen, da mir die Sprache der Comanchen unbekannt war?

Diese Gedanken beunruhigten mich im Weiterreiten.

Die Nacht näherte sich, die Sonne stand am westlichen Horizont; es war eine peinliche Stunde.

Die Späher waren schon eine Zeit lang vorausgegangen, aber nicht zurückgekehrt, um uns Bericht abzustatten. Wir machten in einem Gehölz Halt und warteten auf sie. Vor uns lag ein Hügel, der mit Bäumen besetzt war, und über diesen führte die Kriegsfährte. Wir hatten die Späher in das Gehölz gehen sehen und richteten die Augen auf die Stelle, wo wir sie wieder zu sehen erwarteten.

Nach kurzer Zeit erkannten wir einen von den Trappern am Eingange des Gehölzes. Wir erkannten Garey und er winkte uns, heranzukommen.

Wir ritten den Hügel hinauf und verließen die Fährte. Der Trapper führte uns durch die Bäume über den hohen Gipfel. Das Gehölz zog sich eine Strecke weiter auf der andern Seite des Hügels hinab; wir machten aber Halt, ehe wir den Rand erreichten, stiegen ab und banden unsere Pferde an die Bäume.

Dann krochen wir auf Händen und Füßen weiter bis nach dem äußersten Rande des Gehölzes. Als wir durch das Laub auf die jenseitige Fläche blickten, sahen wir Rauch und Feuer und in der Mitte ein Zelt von Häuten. Rings um dasselbe gingen dunkle Gestalten, Menschen und Pferde. Es war das Comanchen-Lager, auf welches wir hinabblickten.

Wir waren gerade zur gelegenen Zeit angekommen. Es war Dämmerung und so dunkel, dass wir uns selbst im dichten Schatten der Bäume nicht erkennen konnten, aber doch so hell, dass wir die Stellung des Feindes genau beobachteten. Unser Platz gewährte uns einen vollständigen Überblick über das Lager und die nächste Umgebung desselben. Der Hügel, den wir bestiegen hatten, war eine vereinzelte Erhöhung auf viele Meilen in der Runde und die Ebene, auf welcher sich das Lager befand, dehnte sich vom Fuße des Hügels in unabsehbare Ferne aus.

Diese Ebene war halb mit Baumgruppen, Gebüsch und Streifen Waldes bedeckt, worin der Pecanbaum vorherrschte, daher diese Ebenen auch Pecanprärien genannt werden.

Zwischen den Gruppen und Waldstreifen befanden sich vereinzelte Bäume, deren Wipfel sich in dem freien Spielraum weit verästelt hatten.

Durch diese starken Bäume und vereinzelte Gruppen aus Pecan erhielt die Landschaft fast das Ansehen einer bebauten Gegend, und diese Täuschung wurde noch durch den schlängelnden Bach vermehrt, dessen Fluten in den Strahlen der Abendsonne schimmerten. Es war aber dennoch eine Wildnis, aber eine schöne Wildnis. Die Tätigkeit des Menschen hatte mit der Bildung und Verzierung dieser lieblichen Landschaft nichts zu tun, denn die Baumgruppen waren nicht von Menschenhänden gepflanzt.

Etwa eine halbe Meile vom Fuße des Hügels befand sich am Ufer des Baches das Lager der Indianer. Es war, wie leicht zu erkennen, nicht nur vortrefflich zu einer Verteidigung, sondern auch zum Schutz gegen einen Überfall geeignet.

In dem Mittelpunkt des Lagers lag ein einziges Zelt; die Vorderseite war gegen den Bach gekehrt. Von dem Zelte an senkte sich die Ebene bis zum Wasser hinab, dem Glacis einer Festung ähnlich. Das Lager befand sich gleichsam an dem Wäldchen und nahm die glatte Rasenfläche zwischen den Bäumen und dem Bache ein. Die dunkelfarbigen Gestalten, die wir erblickten, bildeten teils verschiedenartige Gruppen, teils gingen sie umher; einige lagerten auch im Grase oder beugten sich über das Feuer, um das Abendessen zuzubereiten.

Der Platz war durch regelmäßig aufgestellte Speere abgeteilt. Die schlanken, beinahe fünf Fuß hohen Schafte erhoben sich wie kleine Schiffsmaste und waren mit Fähnchen, bunten Federn und Skalpen verziert. Auf dem Boden lagen die bunten Schilder, Bogen, Köcher, die gestickten Jagdtaschen und Medizinbeutel.

Nicht ohne Grausen nahmen wir wahr, dass unter diesen Sachen die weißen, gefangenen Frauen lagen. Es war noch hell genug, um ihre Gesichter zu sehen, und ich betrachtete diese Gestalten und Gesichter mit einem seltsamen Gefühle. Die Strecke war aber zu weit entfernt, als dass ich Isolina hätte erkennen können.

Auf beiden Flanken des Lagers befanden sich die Pferde auf einem breiten Bogen; jedes war an den Lasso angebunden und konnte sich beliebig zum Weiden bewegen. Die beiden Linien dehnten sich hinter dem Lager aus und trafen jenseits des Gehölzes zusammen, sodass der Bach eine gerade Grenzlinie bildete.

Der besondere Vorzug dieses Platzes bestand darin, dass das kleine Gehölz dahinter das einzige in einem weiten Umkreise war, sodass kein Platz gegen einen Überfall besser schützen konnte. Der Feind fand auf der andern Seite des Baches weder Baum noch Hügel noch Vertiefung noch Gebüsch: keine Deckung irgendeiner Art.

Die Stelle konnte zufällig so gewählt worden sein. Es war unwahrscheinlich, dass die Indianer an diesem Orte und zu dieser Zeit einen Überfall fürchteten; die Vorsicht ist aber bei ihnen derartig zur Gewohnheit geworden, dass sie sich in Folge eines gewissen Naturtriebes stets den angemessensten Ort zu ihrem Lagerplatz wählen. Die Bäume lieferten ihnen Holz, der Bach Wasser und die Ebene Futter für das Vieh. Besaßen sie Fleisch zur Nahrung, so waren alle Erfordernisse eines indianischen Lagers vorhanden.

Die Stärke der Stellung konnte ich auf den ersten Blick erkennen, und zwar mehr mit den Augen eines Jägers, als denen eines Soldaten. Im militärischen Sinne bot sie keinen besondern Punkt als Verteidigung, aber man konnte ihr nicht durch List nahekommen, und darauf legt der berittene Indianer den größten Wert. Wenn man ihn nicht überfallen kann und ihm nur fünf Minuten Zeit bleibt, so vereitelt er jeden Angriff. Ist man ihm überlegen, so ergreift er die Flucht und lässt sich nur durch solche Gegner zum Kampfe bringen, die besser beritten sind, als er.

Der Comanche-Krieger denkt mehr auf den Rückzug, als auf die Verteidigung und nimmt den Kampf nur mutig auf, wenn er es mit mexikanischen Feinden zu tun hat.

Meine Hoffnung verminderte sich, je mehr ich das Lager der Indianer betrachtete. Es ließ sich nur bei der dunkelsten Nacht betreten und war für den schlausten Späher ziemlich unzugänglich.

Meine Begleiter mochten in diesem Augenblick wohl dieselben Gedanken hegen, denn obgleich sie schwiegen, sah ich doch in ihren düstern Mienen deutlich die getäuschte Hoffnung. Niemand hatte, seitdem wir am Orte angelangt waren, ein Wort gesprochen.

Es war ein schrecklicher Gedanke, dass meine Verlobte durch eine unübersteigliche Schranke von mir getrennt war und dass jeder Versuch, dieses Hindernis zu beseitigen, meinen eigenen Untergang herbeiführen würde. Wurde es bekannt, dass sie unter den Feinden ihrer Hüter Freunde hatte, so musste ihre Gefangenschaft noch umso härter werden. Ich hätte meine Person der größten Gefahr preisgegeben, um Isolina zu retten, aber ich überzeugte mich, dass jeder Versuch nutzlos sein musste.

Einundzwanzigstes Kapitel.
Das Comanchen-Lager.

Ich mochte das Lager noch so aufmerksam betrachten, so zeigte sich mir doch keine Möglichkeit, demselben unbemerkt nahezukommen.

Wie schon erwähnt, war die ganze umliegende Ebene, tausend Schritt im Umkreise, eine flache, mit Gras bedeckte Steppe. Das Gras war so kurz, dass sich nicht das kleinste Wild, viel weniger der Körper eines Menschen oder eines Pferdes darin verbergen konnte.

Selbst wenn ich die Strecke bis zum Lager hin auf Händen und Füßen gekrochen wäre, würde dies nichts genutzt haben, denn ich musste auch in dieser Lage von den Bewohnern des Lagers oder den Pferdewächtern gesehen werden. Unter diesen Umständen hätte es mir auch nichts geholfen, wenn ich Isolina gefunden hätte: Denn es war ebenso wenig Wahrscheinlichkeit vorhanden, dass wir das Lager ungesehen verlassen könnten. Wenn man uns verfolgte, wie gewiss vorauszusehen war, so blieb uns keine Hoffnung, zu entrinnen. Von allen verfolgt, konnten wir nicht tausend Schritte weit kommen, sondern würden eingeholt, gefangen genommen und von Speeren durchbohrt oder mit der Kriegsaxt niedergeschlagen worden sein. Mein Plan war gewesen, mein Pferd in die Nähe des indianischen Lagers zu bringen und in einer solchen Entfernung zurückzulassen, dass ich es zu Fuß erreichen konnte; dann wollte ich Isolina in meine Arme nehmen und zu meinen Gefährten zurückgaloppieren. Letztere sollten sich in einen Hinterhalt legen, den der Boden an irgendeiner Stelle bieten würde. Dieser Plan wurde aber durch die Eigentümlichkeit des indianischen Lagers vereitelt; ich fand nichts von den erwarteten Bäumen, Gebüschen oder Hügeln, unter deren Schutz wir uns hätten nähern können.

Mit Ausnahme des Gehölzes, in welchem wir uns befanden, gab es keine Bäume in der Nähe. Wollten wir das zweite Gehölz erreichen, so mussten wir gewissermaßen das Lager selber betreten. Wenn wir unsern Standort verließen, so verloren wir jede Deckung. Nur wenige Schritte vorwärts genügten, uns über den Rand des Gehölzes hinauszuführen, wo wir den Indianern jedenfalls sichtbar geworden wären.

Voll Zorn und Ärger richtete ich meine Augen auf den Himmel; es war noch hell. Die Sonne war zwar untergegangen, aber der Mond ging fast gleichzeitig rund und rot auf. Ich würde mit Freuden den Schatten der Erde über die glänzende Kugel haben ziehen sehen, wenn auch nur auf eine Stunde. Es war aber ebenso wenig auf eine Mondfinsternis wie auf einen bewölkten Himmel zu rechnen.

Wenn ich meinen Plan aufgab, blieb mir dann noch ein anderer zur Befreiung Isolinas? Ich konnte keinen anderen aussinnen. Es wäre ein rein verzweifelter Streich gewesen, der allen zum Verderben gereichen musste, wenn wir im Galopp vorwärtsgeritten wären und das Lager angegriffen hätten.

Neun gegen hundert, die wir deutlich zählen konnten, war es nicht möglich, die roten Feinde zu zerstreuen.

Jedenfalls hätten sie uns schon von ferne gesehen und mit Waffen empfangen und vielleicht vollständig vernichtet.

In diesem Augenblick fiel mir ein neuer Plan ein, der, wenn auch gefährlich, doch vielleicht ausführbar war. Es war keine Zeit, die Gefahr zu überdenken, und ich war auch nicht dazu aufgelegt.

Wir hatten das Pferd des gefangenen Comanchen bei uns, dasselbe, welches Stanfield für das seinige ausgetauscht hatte.

Mein Plan war der: Ich wollte das Indianerpferd besteigen und auf demselben dreist in das Lager reiten. Der Gedanke war gut und wich nicht bedeutend von meinem ersten Plan ab, denn ich wollte von vornherein die Rolle eines indianischen Kriegers spielen; es kam jetzt nur darauf an, diese Rolle schon außerhalb des Lagers anzufangen. Die Sache wurde dadurch nur gefährlicher. Die Gefahr lag darin, dass ich mit den Freunden des Kriegers zusammentreffen musste und von ihnen angeredet werden würde. Da sie natürlicherweise eine Antwort erwarteten, so ließ sich diese nicht vermeiden. Die wenigen Worte, welche ich von der Comanchensprache verstand, genügten aber nicht zu einem Gespräch, und ich würde mich entweder durch meine falsche Aussprache oder schon durch meine Stimme verraten haben. Wollte ich in spanischer Sprache antworten, so würde dies Verdacht erregt haben, obgleich viele von diesen Indianern die spanische Sprache reden.

Eine andere Gefahr lag noch darin, dass ich mich nicht auf das indianische Pferd verlassen konnte; es hatte schon unterwegs Stanfield abwerfen wollen, heftig ausgeschlagen und nach seinem neuen Reiter gebissen. Benahm es sich auf meinem Ritt nach dem Lager auf ähnliche Weise, so musste dies die Aufmerksamkeit und den Argwohn der Indianer erregen.

Selbst wenn es mir gelang, den wichtigsten Teil des Unternehmens auszuführen, die Gefangene in dem Lager aufzufinden und den Händen der Wächter zu entreißen, so konnte ich nicht darauf rechnen, mit diesem launenhaften Steppenpferde der Verfolgung zu entgehen; jedenfalls gab es noch ebenso schnelle oder schnellere Rosse, und wir würden zu einem gewissen Tode zurückgeschleppt worden sein. Ganz anders, wenn ich mein eigenes Pferd bis in die Nähe jener Wachen hätte bringen können.

Während ich alle diese Umstände überlegte, gelangte ich zu der Überzeugung, dass ich den Gedanken aufgeben müsste.

Ich teilte meinen Kameraden meine Gedanken mit und fragte sie über ihre Meinung. Diejenigen, welche meinen Beweggründen nicht beipflichteten, betrachteten die Sache als zu gefährlich und rieten mir davon ab. Andere sahen zwar die Gefahr ein, wussten mir aber keinen andern Rat zu erteilen und bestärkten mich in meinem halb gefassten Entschluss. Ein Mann, auf dessen Meinung ich den größten Wert legte, hatte noch nicht gesprochen. Es war der alte Trapper ohne Ohren, den ich für ebenso klug hielt, wie alle Übrigen zusammengenommen.

Mich verlangte danach, den nachdenklichen, stummen, klugen und mutigen Rube zu hören. Er urteilte stets klar und kaltblütig und berechnete alle Hoffnungen, die sich auf ein Gelingen richten, oder alle Gefahren, die für eine Niederlage fürchten ließen; seine Meinung hätte mich zur Entscheidung gebracht.

Rube stand, von den Übrigen entfernt, gegen seine Büchse gelehnt, deren Kolben an einem Baumstumpf ruhte, während die Mündung seine Nase zu berühren schien.

Der Mann und das Gewehr waren von fast gleicher Länge und bildeten, so zusammengestellt, einen spitzen Winkel, dessen nach oben gekehrte Spitze durch die dicht anliegende Mütze des Trappers bezeichnet wurde. Beide Hände hielt er um den Lauf in der Nähe der Mündung, die Finger ineinander geschoben, die Daumen flach an die Nase gelegt.

Man konnte nicht entscheiden, ob er in den Gewehrlauf oder in das Indianerlager blickte.

Für mich hatte diese Stellung nichts Überraschendes, denn ich hatte ihn schon oft darin beobachtet. Es war dies seine Lieblingshaltung, wenn seine ganze Geisteskraft durch eine ungewöhnliche, schwierige Frage in Anspruch genommen wurde. Er beriet sich mit seinem guten Geiste, der im Innern des Gewehrlaufes zu wohnen schien.

Nach einiger Zeit sprach niemand mehr, sondern alle beobachteten den Trapper. Man wartete umso ungeduldiger, als man wusste, dass Rubes Rat durchaus nötig war, ehe irgendein Schritt getan werden konnte.

Die Trapper und Jäger bezeigen einem scharfsichtigen und mutigen Menschen eine ganz besondere Achtung. Sie verlassen sich auf diese Gaben, welche sie mit Unrecht Instinkt nennen, da sie nur durch jahrelange Erfahrung und genaue Beobachtung der Waldnatur erlangt werden können.

Obgleich mehr als zehn Minuten verflossen waren, gab der Trapper weder ein Zeichen noch eine Antwort von sich; Lippen und Muskeln blieben regungslos; nur die Bewegung der kleinen in den tiefen Höhlen blitzenden

Augen war das einzige Lebenszeichen, das er von sich gab. So starr und steif dastehend, glich er mit seiner langen, fahlen Büchse mehr einer Vogelscheuche als einer Bildsäule. Sein guter Geist im Flintenlauf schien noch immer keine Auskunft geben zu wollen.

Nachdem ich ihn eine Weile beobachtet hatte, bemerkte ich, dass er zu gleicher Zeit in den Lauf seiner Flinte und darüber hinaus sah. Bald erhob er das Auge und blickte in die Ebene, dann senkte er es wieder und schaute in die hohle Röhre: So teilte er seine Blicke gleichsam zwischen dem hohlen Zylinder und dem engen Horizont, welcher das Indianerlager umfasste.

Die Übrigen wurden bereits ungeduldig, denn jeder nahm Anteil an dem Ausgang seiner Überlegung, da es sich hier um eine Lebensgefahr handelte.

Keiner versuchte es aber, den sonderbaren Alten zu stören oder zu befragen. Einige von der Gesellschaft hatten bereits seine üble Laune erfahren müssen, wenn sie ihn geärgert oder belästigt hatten, und die scharfen Worte des Trappers ohne Ohren wurden von den meisten gefürchtet. Nachdem Rube endlich den Kopf aufgeworfen und ein halblautes: „Pah!" hatte hören lassen, schloss Garey, dass die Beratung mit dem guten Geiste zu Ende sei, und er trat vertraulich zu ihm.

Ich hatte das Zurückwerfen des Kopfes und den Ausruf des Trappers mit Vergnügen bemerkt, denn es waren dies die Zeichen, dass sich der Trapper einen ausführbaren Plan ersonnen hatte.

Garey und ich traten zu ihm, aber wir fragten ihn nicht, denn wir wussten, dass wir ihm Zeit lassen mussten, seinen Plan erst zu entwickeln. Endlich sagte er nach einem tiefen Atemzuge:

„Nun, Bill und Sie, junger Bursche, was haltet ihr beide von dieser Geschichte? Nicht wahr, Jungens, es sieht böse aus?"

„Sehr böse", antwortete Garey.

„Ich dachte mir das anfangs auch."

„Es ist gar nicht möglich, in das Lager zu kommen", meinte der junge Trapper in mutlosem Ton.

„Den Henker auch! Welcher Gelbschnabel hat dir das in den Kopf gesetzt, Bill?"

„Nun, es gibt wohl einen Plan, mit dessen Hilfe man das indianische Lager betreten könnte, aber es ist nicht viel daran; wir haben eben davon gesprochen."

„Lass einmal hören", antwortete Rube lächelnd, „schnell heraus damit, Junge! Die Zeit ist jetzt kostbar."

„Nun, es ist weiter nichts als dies: Der Capitain will das indianische Pferd besteigen und gradewegs in das Lager reiten."

„Gradewegs darauf los, meinst du?"

„Natürlich! Was würde es nutzen, um den Busch zu gehen, da er von jeder Seite gesehen werden könnte?"

„Ei! Der Schwarze soll mich holen, wenn sie das können. Pah, sie könnten mich nicht sehen, nein, das könnten sie nicht, und wenn jeder Indianer die schärfsten Augen hätte, sie könnten es nicht, Bill."

„Wie?", fragte ich. „Meint Ihr, es wäre möglich, dass sich jemand unbemerkt dem Lager nähern könnte? Meint Ihr das, Rube?"

„Das meine ich, junger Bursche, aber doch nicht ganz genau so. Ich habe nicht gesagt, dass einer von euch es könnte, aber dass dieser Trapper hier, Rube, wie ein Blitz in jenes Lager fahren könnte, ohne dass ein Indianer ihn sähe. Pah, du sprichst wie ein Gelbschnabel, Bill Garey, wenn du meinst, es wäre unmöglich, ungesehen in ihr Lager zu kommen."

„Aber wie lässt sich das ausführen, Rube? Erkläret Euch doch! Ihr wisst, wie ungeduldig ich bin."

„Seid nicht ungeduldig, junger Bursche! Denn es nutzt nichts, und Ihr werdet ein hübsches Stück Geduld brauchen, ehe Ihr Eure Schienbeine dort am Feuer wärmen dürft; aber das könnt Ihr zur rechten Zeit tun, wie Euch der alte Rube sagen wollte; Ihr müsst aber die Augen aufsperren und dürft nicht mit den Zähnen klappern. Versprecht mir nur, meiner Anweisung zu folgen! Denn ich weiß, dass ihr so geschmeidig wie ein Wiesel seid."

„Ich verspreche Euch, Eurem Rat zu folgen."

„Das ist verständig, sehr verständig gesprochen, und nun will ich Euch meinen Rat erteilen."

Nach diesen Worten schritt Rube auf den Rand des Gehölzes zu und winkte mir und Garey, ihm zu folgen.

Am äußersten Rande des Gehölzes angelangt, ließ er sich hinter ein Gebüsch nieder, ich kniete zu seiner Linken und Garey duckte sich rechts von ihm nieder.

Bei dem hellen Mondschein konnten wir die umliegende Ebene deutlich sehen und hefteten unsere Augen starr auf das Indianerlager.

Nachdem wir den Schauplatz einige Minuten lang beobachtet hatten, begann der alte Trapper das Gespräch:

„Nun, Bill Garey und Ihr, junger Bursche, richtet einmal die Augen auf jenes Lager und sehet, ob nicht ein gerader Weg mitten hinein führt, so gerade wie der Schwanz eines gehetzten Fuchses! Wie, seht ihr ihn?"

„Aber doch nicht gedeckt?", fragte Garey weiter.

„Jeder Schritt vollkommen gedeckt."

Garey und ich untersuchten nochmals das Lager und die ganze Umgebung, aber wir konnten keine Deckung bemerken, unter welcher man sich dem Lager hätte nähern können. Es war keine Deckung vorhanden.

Meinte Rube etwa die Wolken am Himmel? Bezogen sich seine Worte vielleicht auf eine bevorstehende Dunkelheit?

Ich erhob meine Blicke und durchforschte noch einmal aufmerksam das ganze Himmelsgewölk. Vergebens aber suchte ich ringsum am Horizont in allen Weltgegenden bis zum Zenit hinauf. Hoch oben in der Luft schwebten zwar ein paar leichte Streifen, aber auch diese, wenn sie an der Mondscheibe vorüberzogen, konnten keinen merklichen Schatten werfen; sie zeigten im Gegenteil beständiges Wetter an; und da sie sich langsam an der Himmelsfläche bewegten, verkündeten sie, dass sich keine plötzliche Wetterveränderung erwarten ließe. Der Trapper konnte also nicht auf die Dunkelheit rechnen, wenn er meinte, das Lager sei gedeckt zu betreten.

„Ich sehe nicht die geringste Deckung, weder Busch noch Gras, Alter", sagte Garey nach einer Pause.

„Wer redet von Busch und Gras", entgegnete Rube. „Man kann seinen Leichnam noch anders verbergen, als dass man ihn in einem Busche oder im Grase versteckt. Du begreifst nachgerade sehr schwer, Bill Garey; dein Hirnkasten ist aus der Ordnung; du hast seit neun Tagen keinen vernünftigen Gedanken gehabt. Gebüsch und Gras! Pah, wer spricht davon? Wo hast du denn die Augen? Siehst du einen Hohlweg?"

„Einen Hohlweg?", fragten Garey und ich gleichzeitig.

„Ja, einen Hohlweg", sagte Rube, „der Hohlweg liegt vor eurer Nase, und wenn ihr ihn nicht seht, so seid ihr so blind wie ein junges Opossum."

Wir gaben weiter keine Antwort, sondern suchten Rubes Meinung zu ergründen und richteten unsere Augen auf den Gegenstand, welchen seine Worte bezeichneten. Er meinte das Bett des Baches.

Wie schon erwähnt, floss der Bach dicht am Lager der Indianer hin, und begrenzte dasselbe auf einer Seite.

Es ließ sich deutlich sehen, dass sich die Strömung nach uns hin richtete, denn der Bach machte an dem Hügel, auf welchem wir standen, eine scharfe Wendung und floss um den Fuß desselben herum. Das Indianerlager befand sich auf dem linken Ufer, von uns aus gesehen auf dem rechten. Ging man daher am linken Ufer hinauf, so musste man notwendigerweise in das Lager kommen.

Bei unsern bisherigen Untersuchungen hatten wir allerdings den Bach schon beachtet und ich hatte schon daran gedacht, vielleicht mit seiner Hilfe unbemerkt in das Lager zu kommen. Aber vergeblich hatte ich danach getrachtet, irgendeinen Schutz in seinem Bette zu entdecken. Die Ufer waren niedrig und weder mit Schilf noch Gebüsch bewachsen. Das Gras der Steppe zog sich bis an den äußersten Rand und reichte beinahe bis auf die Wasserfläche.

Jeder, der den Versuch gemacht hätte, sich im Bett des Baches in das Lager zu schleichen, hätte vollkommen unter dem Wasser gehen müssen, denn selbst wenn er auf der Oberfläche schwamm, musste er bemerkt werden. Gelang es aber selbst einem Mann, so ließ sich doch unmöglich ein Pferd dort hinführen, und ohne Pferd war auf eine solche Flucht gar nicht zu rechnen.

Mir war das wenigstens unmöglich erschienen. Ich hatte die Sache mehrmals überlegt und den Gedanken endlich verworfen. Rube aber zeigte uns gerade, dass dieser Plan ausführbar sei.

„Nicht wahr, Ihr seht doch das Ufer?"

„Es ist nicht viel von einem Ufer zu sehen", antwortete Garey etwas kleinlaut.

„Nun, kein Mensch wird leugnen, dass es weder so hoch ist wie die Klippe am Missouri noch wie die am Schlangenfluss, aber ich denke doch, es wird mit jeder Minute höher."

„Wie meinst du das?"

„Nun, ich meine, dass das andere mit jeder Minute niedriger wird."

„Meinst du das Wasser?"

„Das Wasser fällt, es sinkt zollweise und nach einer Stunde wird das Ufer vor dem Lager eine halbe Elle hoch sein, das ist gewiss."

„Und Ihr glaubt, ich könnte in das Lager gelangen, wenn ich daran hinkrieche?"

„Wer kann Euch daran hindern? Ich bin überzeugt, dass es ein ganz leichtes Stück ist."

„Aber wie soll ich das Pferd in die Nähe bringen?"

„Ganz auf demselben Wege; ich sage Euch, das Bett jenes Baches ist so tief, dass man das größte Pferd verbergen kann. Ihr könnt es so nahe bringen, wie Ihr wollt, aber Ihr dürft nicht zu weit windwärts gehen, sonst spüren es die Steppenpferde auf, und dann ist es mit Euch und Eurem Pferde vorbei. So ungefähr zweihundert Schritt möchte wohl die beste Entfernung sein. Wenn Ihr das Mädchen heraushabt, so könnt Ihr ja so weit laufen; Ihr eilt nach dem Pferde, setzt Euch darauf und galoppiert wie der Wind hierher in das Gebüsch; hier sind wir versteckt und dann wollen wir einmal sehen, ob die Rothäute nicht aus unsern Büchsen genug bekommen! Pah, so muss die Sache ausgeführt werden, ja." Der Plan schien freilich insofern ausführbar, als das Fallen des Wassers, welches Rube bemerkt hatte, meiner Beachtung ganz entgangen war. Dies war der Grund, weshalb Rube so lange gezaudert hatte. Während er, auf seine Büchse gelehnt, dastand, hatte er es beobachtet. Indem er an den starken Regen in der vergangenen Nacht dachte, sah er, dass der kleine Bach dadurch angeschwellt worden war und nun wie die meisten Prärieströme schnell wieder fiel. Während der halben Stunde unseres Aufenthalts hatten seine scharfen Augen ein Fallen von mehreren Zollen bemerkt. Jetzt, wo ich aufmerksamer geworden war, schienen mir die Ufer ebenfalls höher als vorher.

Mithilfe dieses Baches versprach der Plan glücklichen Erfolg. War das Bett tief genug, so konnte ich das Pferd ziemlich nahe bringen, und das Weitere musste der List und dem Zufall überlassen bleiben.

„Auf dem indianischen Pferde hinaufzureiten, würde ich nicht raten", sagte Rube, „Ihr könntet es noch immer versuchen, wenn sich nicht auf die andere Art hineinkommen ließe; aber schwerlich würdet Ihr durch die Wachen kommen; die Mustangs würden jedenfalls schnauben, schlagen und wiehern, dass das ganze Lager in Aufruhr käme und die pfiffigen Indianer bald Eure weiße Haut entdecken. Die andere Art ist viel sicherer."

In kurzer Zeit hatte ich meinen Entschluss gefasst. Rubes Rat hatte die Sache entschieden.

Die meisten Vorbereitungen waren bereits getroffen und es war weiter keine Zeit zu verlieren.

Ich schnallte nur den Sattelgurt fest, sah nach dem Zündhütchen auf meinem Revolver und befestigte die Pistolen und das Messer auf dem Rücken im Gürtel. Nachdem ich die Waffen noch durch einen Mantel verborgen hatte, war ich zum Aufbruch bereit.

Ich war zu unruhig, um noch lange auf das Fallen des Wassers zu warten. Sollte die Stunde der Beratung nicht vorübergehen, so durfte ich nicht länger zögern.

Die dunklen Uferstreifen zwischen dem Rasen und der Wasseroberfläche waren im Mondschein zu erkennen. Die kleinen Fische des Baches schimmerten silberhell und deutlich zeigte sich der darüber befindliche senkrechte Erdstreifen, der um vieles breiter war, als der Wasserspiegel selber.

Ich sprang in den Sattel und meine Gefährten umdrängten mich, um mir Lebewohl zu sagen. Alle drückten mir mit herzlichen Glückwünschen die Hand. An dem Tone einiger konnte ich wahrnehmen, dass sie nicht hofften, mich wieder zu sehen; andere zeigten mehr Zuversicht.

Die beiden Trapper begleiteten mich den Hügel hinab. Da, wo der Bach den Hügel erreichte, befand sich etwas Gebüsch, welches sich den Abhang aufwärts bis zum Gipfel hinzog. Unter dem Schutze desselben stiegen wir hinab und erreichten das Ufer an der Spitze des Winkels.

Ein ähnliches, dünnes Gebüsch umsäumte den Fuß des Hügels und wir hätten diesen Weg verfolgen können, um dem Lager noch näher zu kommen.

Die Deckung war jedoch nicht so gut wie auf dem Hügel, und wenn wir uns zurückziehen mussten, hätten wir an dem kahlen Abhang hinaufgaloppieren müssen. Wir beschlossen daher, unsere Leute an ihrem Orte zu lassen.

Von der Biegung zog sich der Bach in gerader Richtung weiter wie ein langes Band von glänzendem Silber. Die Ufer waren kahl und jeder Schritt nach dem Lager hin musste den Bewohnern desselben verraten werden.

Ich stieg also hier ab und schickte mich an, in das Wasser zu gehen.

Die Trapper erteilten mir noch ihren letzten Ratschlag und drückten mir dann bedeutungsvoll die Hand.

„Fürchtet nichts, Capitain", sagte der Jüngere, „Rube und ich werden uns in der Nähe halten. Sobald wir Eure Pistole hören, kommen wir Euch entgegen."

„Ja!", bestärkte Rube. „Das werden wir, und wenn Euch ein Unglück treffen sollte, – doch davon wollen wir nicht sprechen! Fürchtet nichts, junger Bursche! Haltet nur die Augen offen und die Hände in Bereitschaft, dann werdet Ihr schon durchkommen. Seid Ihr erst aus dem Lager, so dürft Ihr auf uns rechnen; aber nehmt den geraden Weg nach dem Gehölz und galoppiert tüchtig darauf los!"

Ich verlor keine Zeit, sondern führte mein Pferd an eine abschüssige Stelle des Ufers und trat leise in den Bach. Mein gut dressierter Moro folgte unverzüglich und bald standen wir bis an die Brust im Wasser. Der Bach hatte die gewünschte Tiefe. Das Ufer, welches sich senkrecht eine halbe Elle über die Oberfläche erhob, reichte aus, mich meiner ganzen Länge nach und auch die Stirn meines Pferdes zu verbergen. Ich hoffte, dass der Bach bis zum Lager die gleiche Tiefe behalten würde, und in diesem Falle war die Annäherung leicht.

Da die Federn des indianischen Kopfputzes über die Oberfläche des Rasens hervorragten und auffallend erschienen, nahm ich den Zierrat ab und trug ihn in der Hand. Meinen Mantel von Jaguarfell schlug ich um die Schultern, damit er nicht nass werde, und aus demselben Grunde hielt ich meine Pistolen über dem Wasser.

Nachdem diese Vorbereitungen getroffen waren, ging ich im Wasser weiter. In der tiefen Flut machte ich sowohl wie mein Pferd weniger Geräusch, als wenn es seichter gewesen wäre. Die Nacht war so still, dass man das Plätschern gewiss in der Entfernung gehört hätte, aber glücklicherweise befanden sich am andern Teile des Bachs Wasserfälle, deren Brausen man in der Stille der Nacht hören konnte. Diesen Vorteil hatte ich wohl bemerkt, ehe ich an das Unternehmen ging.

Nachdem ich mich zweihundert Schritte vom Gebüsch entfernt hatte, blickte ich zurück. Ich wollte mir die Lage des Hügels und den Ort merken, wo meine Kameraden versteckt waren, denn ich durfte mich nicht in der Richtung irren, falls ich schnell verfolgt wurde.

Der Ort war leicht zu erkennen, und es hätte sich unter allen Umständen kein besserer wählen lassen. Die Bäume, welche den Gipfel bedeckten, hatten eine Höhe von 40 Fuß, und die starken, eckigen, mit Blätterbüscheln besetzten Zweige zeichneten sich am Himmel ab. Ein Trupp, welcher sich von der Ebene näherte, konnte die Bäume mit ihren strahlenförmigen Blättern für ein Heer von Feinden oder für eine Versammlung geschmückter riesiger Krieger halten. Die Wilden hätten glauben können, im Schatten jenes gespenstigen Gehölzes lägen neunhundert Mann, im Fall sie mich verfolgten und mit einer Salve von meinen Kameraden empfangen wurden.

Durch diesen Gedanken in meinem Vertrauen gestärkt, wendete ich mich wieder stromaufwärts und watete im Bache weiter.

Es ließ sich nicht schnell vorwärtskommen. Das Wasser hatte eine verschiedene Tiefe, reichte mir aber gewöhnlich bis an die Hüften, sodass ich nur langsam waten konnte.

Die Strömung ging mir entgegen und hinderte mich bedeutend, obgleich sie nicht heftig war. Meine Bewegung wurde noch dadurch langsamer, dass ich genötigt war, den Kopf und den meines Pferdes unterhalb des Ufers zu halten. Oft war ich gezwungen, mit gebogenem Rücken vorwärtszuschreiten und die Nase meines Pferdes auf das Wasser hinunterzuziehen.

An verschiedenen Stellen hielt ich an, um zu ruhen, denn meine Kräfte waren allmählich erschöpft, und der Atem verging mir. Dies war namentlich der Fall, wenn ich mich bücken musste; meine Ruheplätze wählte ich daher da, wo das Bett so tief war, dass ich aufrecht stehen konnte.

Gern hätte ich mich fortwährend aufrecht gehalten und das Lager im Auge gehabt. Ich wollte die Entfernung und das Lager genau schätzen, aber ich durfte es nicht wagen, den Kopf über das Ufer zu erheben. Der Uferrasen war so glatt wie eine gemähte Wiese und hatte einen ebenen Rand. Hätte ich auch nur die Hand darüber erhoben, so würde sie beim klaren Lichte zu sehen gewesen sein.

Nachdem ich ein Stück aufs Ungewisse vorwärtsgekommen war, vermutete ich in der Nähe des Lagers zu sein. Ich hatte mich beständig an das linke Ufer gehalten, und Rube hatte Recht gehabt: Dasselbe erhob sich eine volle halbe Elle über die Wasserfläche. Ein zweiter glücklicher Umstand war der, dass der Mond auf der östlichen Seite noch tief stand und das Ufer daher einen breiten schwarzen Schatten bis über die Hälfte des Baches warf. Durch diesen Schatten konnte ich sowohl mich wie mein Pferd schützen.

Über meine Vermutung, ob ich in der Nähe des Lagers sei, konnte ich nicht ins Klare kommen, da ich mich nicht sehen lassen durfte.

Das Weitergehen war ebenso gefährlich. Ich hatte bemerkt, dass der Wind vom Bache her und nach dem Lager hin wehte; hätte ich mein Pferd in die Nähe der Mustangs gebracht, so wäre ich gerade windwärts von ihnen gewesen und von ihrem scharfen Geruch gewittert worden. Sie hätten mein Pferd gespürt und ihr warnendes Schnauben hören lassen. Dass der Wind schwach war, verschlimmerte nur die Sache. Er war stark genug, die Witterung fortzupflanzen, aber zu schwach, das Geräusch meines Pferdes zu ersticken; denn während es durch das Wasser watete, schallten seine Hufe auf den Steinen des Bodens.

Mehrere Sekunden stand ich unentschlossen, ob ich mein Pferd weiterführen oder zurücklassen sollte. Allerdings ließen sich Laute aus dem Lager vernehmen, aber sie waren nicht deutlich genug, um mich zu führen.

In der Hoffnung, aus der zurückgelegten Strecke meinen Aufenthaltsort bestimmen zu können, blickte ich rückwärts, aber meine Beobachtung blieb erfolglos, da sich meine Augen in gleicher Höhe mit der Wasserfläche befanden und die Entfernung sich nicht beurteilen ließ.

Ich blickte stromaufwärts und untersuchte den Rand des Ufers. Da gewahrte ich einen Gegenstand, der mich leiten konnte. Ich sah das Hinterteil und den Schenkel eines Steppenpferdes, welches am Ufer angebunden war und die Hinterschenkel dem Bach zuwendete. Den Kopf und die Schultern des Tiers konnte ich nicht sehen, da es weidete.

Zu meiner Freude bemerkte ich, dass der Mustang sich zweihundert Schritte über meinem Standpunkte befand, und dies musste die äußerste Linie des Lagers sein. Ich befand mich also gerade an dem Orte, wo ich mein Pferd zurücklassen wollte: etwa zweihundert Schritte von der Lagergrenze.

Das wesentlichste Erfordernis eines Steppenreisenden, einen Pflock zum Anbinden des Pferdes, hatte ich wohlweislich mitgenommen. Ich bedurfte nur eines Augenblicks, diesen Pflock am Ufer einzutreiben. Dieses Zeichen genügte, meinem Pferde anzudeuten, dass es nicht frei umherstreifen dürfte; und es zerriss nie eine Fessel, mochte sie auch noch so leicht sein.

Nachdem ich das Pferd eilig angebunden hatte, schritt ich gegen den Strom weiter.

Kaum war ich zwölf Schritt weit gegangen, so sah ich den Uferrand durch eine kleine Schlucht unterbrochen, die steil von der Steppe nach dem Flussbett herabführte und sich auf der andern Seite fortsetzte. Es war eine Furt, die von Büffeln, wilden Pferden und andern Steppentieren benutzt wurde.

Anfangs erregte diese Furt Besorgnis in mir, denn sie konnte mich dem Feinde zeigen; diese Furcht verschwand aber, als ich näher kam. Der Rand war steil und so hoch, dass ich ebenso wie vorher geschützt war und keine Gefahr lief, wenn ich vorüberging.

Eben als ich weitergehen wollte, fiel mir ein, dass mir der Hohlweg einen Vorteil gewähren konnte. Ich hatte mein Pferd in einer gefährlichen Lage zurückgelassen. Es stand ungünstig für den Fall, dass ich, scharf verfolgt, zurückkehren musste. Da es sich unter dem Uferrand befand, so konnte ich es zwar leicht besteigen, aber nur mit Schwierigkeit aus dem Bett des Baches herausbringen. Es konnte die Ebene nur durch einen verzweifelten Sprung erreichen; dieser Sprung konnte möglicherweise misslingen und einen gefährlichen Zeitverlust herbeiführen.

Dieser Gedanke hatte mich mit Besorgnis erfüllt. Dieselbe verschwand jetzt, denn die Furt erleichterte sowohl den Zugang zu dem Bache wie zu der Ebene.

Unverzüglich benutzte ich diesen Vorteil, indem ich umkehrte, den Zügel löste und mein Pferd leise den Hohlweg hinanführte.

Ich befestigte es an einer hohen Stelle der Schlucht wie vorher und ließ es dort zurück.

Mit größerer Ruhe und Vertrauen, aber auch mit größerer Vorsicht schritt ich weiter. Ich war jetzt so nah, dass selbst das leiseste Geräusch, ein einziges Plätschern mich verraten konnte.

Ich wollte in dem Hohlweg bleiben, bis ich an dem Standorte der Pferde vorüber sein würde. Dann brauchte ich nicht durch die Pferdewächter und, was noch wichtiger war, nicht durch die Pferde selbst zu gehen. War ich erst mitten unter ihnen, so würden sie mich wahrscheinlich nicht beachtet haben, denn es befanden sich gewiss noch andere Indianer in der Nähe, und meine Verkleidung war gut genug, um die Augen der vierfüßigen Schildwachen zu täuschen.

Ich wollte aber auch nicht zu weit über ihre Linie hinausgehen, weil ich mich sonst dem Feuer und den dort versammelten Gruppen zu weit genähert hätte.

Zwischen dem Orte, wo sich die Männer befanden, und der Stelle, wo die Pferde angebunden waren, hatte ich einen breiten Gürtel bemerkt, der von den Indianern wenig benutzt wurde: Diesen wollte ich an irgendeiner Stelle betreten.

Es gelang mir nach Wunsch; indem ich mich genau am Rande des Hohlweges hielt, kam ich dicht an den weidenden Steppenpferden vorüber und glitt ihnen unter der Nase vorbei; ich hörte, wie sie gerade über mir das Gras abrauften, aber ich schlich so leise, dass sie weder durch ein Schnaufen noch einen Hufschlag meine Annäherung verrieten.

Nach wenigen Minuten war ich so weit von ihnen entfernt, dass ich stillhalten konnte. Ich erhob leise den Kopf und blickte über die Oberfläche der Prärie. Es war niemand in der Nähe zu sehen. In einer Entfernung von hundert Schritten sah ich die Indianer um ihre Feuer versammelt. Sie sprangen, schwatzten und lachten, aber keiner lauschte oder blickte nach mir hin.

Ich fasste den Rand des Ufers und zog mich in die Höhe; langsam und leise stieg ich hinauf, glitt auf den Knien über die Rasenfläche, richtete mich vorsichtig auf und stand wie ein vollständiger Wilder innerhalb des indianischen Lagers.

Ein paar Minuten lang hielt ich mich still wie eine Bildsäule. Ich wagte weder Hand noch Fuß zu rühren, um nicht die Aufmerksamkeit der Pferdewachen oder der am Feuer befindlichen Indianer auf mich zu ziehen. Bevor ich aus der Vertiefung kletterte, hatte ich meinen Kopfputz wieder aufgesetzt. Jetzt steckte ich die Pistolen wieder in den Gürtel, ließ vorsichtig und sorgsam das Jaguarfell von meinen Schultern herabfallen. Ich hatte es sorgfältig vor Nässe geschützt und es umhüllte jetzt meine durchnässten Beinkleider und die obere Hälfte meiner Gamaschen, welche, ebenso wie meine Wildschuhe, mit Wasser angefüllt waren. Ein Indianer konnte seine kupferfarbigen Beine aus verschiedenen Gründen in das Wasser gesteckt haben; auch lief das Wasser schnell von dem Hirschleder ab, und es musste bald ganz getrocknet sein; hier stand also nicht zu befürchten, dass ich Argwohn erregt hätte.

Der Ort, wo ich die Steppe bestiegen hatte, war im ganzen Umkreise des Lagers am wenigsten zu bemerken. Ich befand mich zwischen der roten Glut der Lagerfeuer und dem matten Mondlicht; diese beiden verschiedenen Beleuchtungsarten brachten eine solche Unsicherheit hervor, dass ich vom Lager aus entweder gar nicht oder doch nur ungenügend deutlich gesehen werden konnte; es war daher nicht wahrscheinlich, dass sich einer der Wilden mir nähern würde. Ich kannte das Indianerleben zu gut und wusste, dass es nicht unwahrscheinlich war, wenn sich einer einem einsamen Spaziergange oder dem Trübsinne hingab.

Ich blieb nur so lange an dem Orte, um mir die wichtigsten Züge des Schauspiels einzuprägen. Es zeigten sich viele Feuer und bei jedem befand sich eine Anzahl stehender oder sitzender Menschengestalten. Es war ein glücklicher Umstand für mich, dass die Nacht so kalt war, die meisten Indianer an die brennenden Holzstämme zu locken.

Eines der Feuer, welches größer war als die übrigen, befand sich gerade zwölf Schritte vor dem Eingange des einzigen Zeltes. Die lodernde Flamme verbreitete eine Flut von rotem Licht, das sogar nach meinem Orte hin drang und mir die Augen blendete; es schien mir sogar, als fühlte ich die Wärme desselben auf meinen Wangen.

Um dieses Feuer waren viele stehende Gestalten versammelt. Die Gesichter auf der anderen Seite konnte ich erkennen, und zwar so deutlich, als ob ich neben ihnen gestanden hätte; ich erkannte sogar die gemalten Bilder auf ihrer Brust und ihrer Kleidung; von den auf der nächsten Seite befindlichen konnte ich nur die Gestalten sehen.

Die Gesichtszüge, welche ich erblickte, setzten mich fast in Erstaunen. Ich hatte erwartet, rote Krieger mit Gamaschen, Wildschuhen und den kurzen Röcken, mit bloßen oder mit Federn geschmückten Köpfen und mit Mänteln aus braunen Büffelfellen zu sehen. Einige waren allerdings so angetan, aber nicht alle. Ich sah im Gegenteil Wilde mit Tüchern und Tuchröcken, mit bunten Beinkleidern, mit schwarzen, mexikanischen Wachstuchhüten: Kurz, eine Menge von ihnen war vollständig mexikanisch gekleidet.

Andere trugen Helme oder steife Tschakos, schlecht sitzende Uniformen von rotem oder braunem Tuch, welches gegen das braune Hirschleder ihrer Fußbekleidung seltsam abstach.

Das Erstaunen, womit ich diese Maskerade erblickte, verschwand allmählich, als ich überlegte, dass ich ein Schauspiel aus dem wirklichen Leben vor Augen hatte: dass diese Männer sich in die Beute geteilt, die sie den Gebildeten abgenommen hatten. Ich hätte daher nicht nötig gehabt, mir so große Mühe mit meinem Anzuge zu geben; ich wäre in keiner Gestalt in dieser bunten Gesellschaft aufgefallen; selbst meine Uniform hätte sich zeigen dürfen – nur nicht meine Hautfarbe.

Glücklicherweise hatten einige von dem Trupp noch ihr Nationalkostüm beibehalten; hätten sich diese nicht vollständig bemalt und mit Federn geschmückt gezeigt, so würde ich allein in solcher Gesellschaft zu sehr wie ein Indianer ausgesehen haben.

Natürlicherweise waren alle diese Umstände in der kürzesten Zeit von mir bemerkt worden, während meine Augen Isolina suchten.

Ich forschte mit meinen Blicken nach allen Seiten und betrachtete die Gruppen, welche das Feuer umgaben; wohl erblickte ich viele andere Mädchen, die sich leicht als Gefangene erkennen ließen; aber nicht die Gesuchte.

Viele Gestalten hatten mir das Gesicht zugewendet und ich hätte ihre Züge beim Schein des Feuers bei der schwächsten Beleuchtung und auf einen einzigen Blick erkannt; aber Isolinas Gesicht erblickte ich nicht.

Ich dachte mir, sie müsste im Zelte sein.

Ich verließ meinen bisherigen Standort. Meine Augen waren durch die stete Übung geschärft; ich richtete sie auf das Gehölz im Hintergrunde des Lagers, und erkannte sogleich, dass dieses mir einen großen Vorteil gewährte.

Wie schon erwähnt, stand das Zelt, vor welchem das große Feuer brannte, dicht am Eingange des Gehölzes; es musste hier der Mittelpunkt, der wichtigste Ort für die Bewegung, der Schauplatz für jede wichtige Handlung sein. Auch Isolina war dort im Zelte oder in der Nähe gewiss zu finden und ich beschloss, sie dort aufzusuchen.

Zweiundzwanzigstes Kapitel.
Die Ratsversammlung.

Ich vernahm die gellende Stimme eines Aufrufers, der sich im Lager hören ließ, und darauf folgte eine seltsame Bewegung. Zwar konnte ich den Mann nicht verstehen, aber der seltsame Ton verriet, dass er auf irgendetwas Wichtiges hindeutete oder eine Zusammenkunft verkündete.

Die Indianer regten sich, umschritten das lodernde Feuer, indem sie sich wie bei einem stummen feierlichen Tanze kreuzten, folgten oder begegneten. Auch andere eilten von verschiedenen Seiten des Lagers herbei, um sich an den Handlungen der Männer, die um das Feuer lagerten, zu beteiligen oder wenigstens Zuschauer zu sein.

Ich verlor nicht lange Zeit mit Beobachtungen. Die Aufmerksamkeit war so sehr in Anspruch genommen, dass ich eine erwünschte Gelegenheit fand, das Gehölz unbemerkt zu erreichen.

Ich schritt unverzüglich langsam und mit gleichgültiger Miene darauf zu. Ich ahmte dabei den Schritt eines Comanchen nach; derselbe ist nicht kühn, frei, gewaltig und eigentümlich wie der des Huronen, Irokesen und des Chippewa, sondern gleicht dem gezwungenen geräuschlosen Schritte eines englischen Jockey.

Wahrscheinlich spielte ich meine Rolle gut. Ein Indianer, der von der Pferdewache nach dem Feuer ging, streifte mich und rief mich mit dem Namen Wakono.

„Was gibt es?", antwortete ich in spanischer Sprache, indem ich die Stimme und die Betonung eines Indianers so gut wie möglich nachahmte. Ich wurde überrascht und die Antwort war gewagt, aber ich konnte nicht stumm bleiben.

Der Mann erstaunte ein wenig, dass ich ihm in mexikanischer Sprache antwortete, aber er verstand mich und entgegnete:

„Hörst du den Ruf, Wakono? Warum kommst du nicht, der Rat versammelt sich, und Hissoo Royo ist bereits dort."

Die Wörter „Ruf", „Rat" und den Namen Hissoo Royo verstand ich; das Übrige sagten mir seine Gebärden. Der Name Hissoo Royo war der indianische Name des spanischen Renegaten.

Obgleich ich ihn verstand, war ich doch nicht auf eine Antwort vorbereitet. Ich durfte nicht wagen, spanisch zu antworten, da ich nicht wusste, wie weit Wakono mit dieser Sprache bekannt war.

Ich sah mich in Verlegenheit gesetzt; wie sollte ich den zudringlichen Wilden, der gewiss ein Freund Wakonos war, loswerden, wenn er sich an mich hängte?

Da geriet ich auf einen glücklichen Einfall. Ich nahm eine sehr ernste und würdige Miene an, als wäre ich in tiefes Nachdenken versunken und wünschte, nicht gestört zu werden; ich erhob die Hand, winkte dem Mann, sich zu entfernen, und wendete zu gleicher Zeit den Kopf, indem ich weiterschritt.

Der Indianer folgte dem Zeichen und entfernte sich, aber wie es schien, ungern. Ich blickte zurück und sah, wie er sich mit zögerndem Schritt entfernte, jedenfalls ein wenig über das seltsame Benehmen seines Freundes Wakono erstaunt.

Ich wagte nicht eher, mich umzudrehen, als bis ich im Schatten des Gehölzes war. Als ich zurückblickte, war mein Freund nach dem Feuer hingegangen, und ich sah ihn, wie er sich unter die dort befindliche Menge mischte.

Durch den Schatten war ich jetzt vor jeder Beobachtung geschützt und konnte überlegen, was zu tun sei. Durch das Ereignis, das mich in Schrecken gesetzt hatte, war ich zu gleicher Zeit an Erfahrung reicher geworden. Ich hatte erstens einen Namen erhalten, zweitens erfahren, dass eine Beratung in Aussicht stand, und drittens, dass der Renegat Hissoo Royo an dieser Beratung beteiligt sei.

Dies war eine wichtige Mitteilung, die mir in Verbindung mit dem, was ich schon wusste, jetzt alles klar machte. Es sollte keine andere Beratung stattfinden als die, durch welche der Streit zwischen dem Renegaten und dem andern Häuptling entschieden werden sollte: wer nämlich ein Recht auf meine Verlobte habe.

Die Beratung sollte sich jetzt versammeln und war noch nicht zusammengetreten; ich war also zur rechten Zeit gekommen. Bis jetzt hatte es noch niemand gewagt, Hand an sie zu legen; weder der weiße noch der rote Wilde waren in ihren Besitz gekommen.

Die Feindschaft zwischen den beiden Schurken hatte dazu gedient, Isolina bisher zu schützen; sie war auf eine seltsame Weise vor jeder Rohheit bewahrt worden, dies war ein seltsamer Trost; aber doch immer ein Trost.

Aber wo war sie? Ich sah sie nirgend, obgleich ich von meinem neuen Platze das Lager, die Bewohner und die Feuer noch besser als vorher übersehen konnte.

Sie wird gewiss im Zelte sein oder – ein neuer Gedanke! Vielleicht ist sie im Walde, bis die Beratung die Entscheidung getroffen hat.

An die letztere Vermutung knüpften sich Hoffnungen und Pläne. Ich wollte das Gehölz durchsuchen. Wenn ich sie dort fand, so war mein Unternehmen leicht, viel leichter, als ich geglaubt hatte. Ich konnte sie dann aus den Händen ihrer Wachen befreien. Mit meinen Waffen konnte ich sechs Menschen erlegen; mit den tödlichen Kugeln meiner Revolver konnte ich es sogar mit einer bewaffneten Übermacht aufnehmen, und überdies bemerkte ich, dass die meisten Wilden, auf die Sicherheit des Lagers vertrauend, ohne Waffen umhergingen.

Da eine Beratung zusammenkam, ließ sich aber sogar annehmen, dass ich sie allein oder nur mit einem einzigen Hüter finden würde. Vermutlich gingen die Männer alle hin, einige als Beteiligte, andere, um selber daran teilzunehmen, noch andere, um die Vorgänge neugierig zu beobachten. Es nahmen also gewissermaßen alle Anteil daran. In diesem Augenblick erinnerte ich mich aller Gebräuche dieser wilden Unmenschen.

Ohne weiter Zeit mit Nachdenken zu verlieren, schlich ich in das Gehölz und begann meine Nachforschung.

Es war leicht, vorwärtszukommen, denn weder Unterholz noch die weitläufig stehenden Bäume hinderten mich. Ich konnte mit Leichtigkeit fortschreiten, ohne mich zu bücken. Das dunkle Laub verbarg mich und die Wildschuhe gestatteten mir, ohne Geräusch mit leisen Schritten vorwärtszugehen. Der Boden war vor dem Lichte geschützt, als ob kein Mond geschienen hätte; ich bewegte mich auf einem schmalen, dunklen Gange; das Gehölz bestand fast gänzlich aus dem immergrünen Pecanbaum, der jetzt noch den größten Teil seines grünen Laubes trug; nur wo die Bäume etwas weitläufiger standen, drangen die Mondstrahlen hindurch.

Es war jedoch hell genug, um zu bemerken, dass ich mich in meiner Vermutung getäuscht hatte, dass nicht alle Männer sich in der Versammlung, nicht alle Frauen sich am Lagerfeuer befanden. Ich wurde jedoch nicht beachtet und ging ungehindert weiter; schnell, so weit der Weg es gestattete, durchschritt ich das Gehölz. Ich betrat jede freie Stelle und suchte überall bis an die äußersten Grenzen des Waldes; ich sah mehrere Personen, Männer und Frauen, aber nicht die Gesuchte.

Isolina musste also im Zelte sein.

Ich wendete mein Gesicht nach dem Zelte, ging vorsichtig weiter und erreichte bald die dahinter befindlichen Bäume.

Ich blieb am Rande stehen und blickte vorsichtig durch die Zweige. Ich brauchte nicht länger zu suchen: Meine Verlobte befand sich dort.

Isolina stand vor mir, dass ich sie sehen, hören, sie fast mit den Händen berühren konnte; aber ich wagte es nicht, sie anzurufen, um sie anzusehen.

Seitdem ich das große Feuer zuletzt gesehen, hatten sich die Gruppen bedeutend verändert und es zeigte sich jetzt ein neues Schauspiel, das meine Aufmerksamkeit eine Zeit lang fesselte, ehe sich mein Blick auf Isolina richtete.

Das Feuer loderte nicht mehr oder nur, wenn es einen Augenblick geschürt wurde. Die Stämme waren verkohlt und das Licht, welches sie von sich gaben, war schwächer, aber rot und dunkel glühend. Die Scheite waren jedoch so gelegt, dass sich das Feuer erhielt und das Lager bis zu seinen äußersten Grenzen erhellte.

Die Wilden, welche das Feuer umringten, standen nicht mehr, bildeten auch keine unregelmäßigen Gruppen, sondern saßen oder kauerten, in gleichen Zwischenräumen voneinander, rings um den hohen Haufen der glühenden Kohlen.

Ich zählte die Männer nicht, aber es mochten ungefähr zwanzig anwesend sein. Alle trugen ihr National-Kostüm: Gamaschen und einen kurzen, beim Gürtel anfangenden Rock. Ihr Oberteil war nackt, mit Ausnahme der Armbänder; Nase, Ohren und Hals waren mit Muscheln geziert. Alle waren weiß, braun und rot bemalt. Ich sah ohne Zweifel die beratende Versammlung vor mir.

Auch die übrigen Indianer, welche die erwähnte Verkleidung trugen, waren noch anwesend, standen aber einige Schritte hinter dem Kreise in kleineren Gruppen und unterhielten sich leise; noch andere gingen in weiterer Entfernung von dem Feuer umher.

Ich brauchte kaum zehn Sekunden, um diese Einzelheiten zu beobachten; es war nur nötig, dass meine Augen sich an das Licht gewöhnten; dann verweilten meine Blicke auf Isolina.

In dem Kreise der Indianer, welche das Feuer umschlossen hielten, befand sich eine Lücke von zehn bis zwölf Fuß. Der Boden machte vom Zelte bis zum Bache hin eine kleine Senkung, sodass jener freie Raum sich gerade vor dem Zelte und über dem Feuer befand. An diesem Orte, genau in der Mitte zwischen dem Zelte und dem Feuer und ein wenig hinter dem Kreise der Beratenden, befand sich die Gefangene. Das Zelt lag zwischen ihr und meinem Standpunkte, sodass ich sie nicht gleich hatte bemerken können.

Sie saß auf einer Decke von Wolfsfell. Sie war halb zurückgelehnt und wendete den Rücken dem Zelte zu, während sie auf die Beratung hinblickte. Ich konnte ihr Gesicht nicht sehen, bemerkte aber, dass ihre Arme frei, ihre Füße jedoch gebunden waren. Obgleich ich das Gesicht meiner Verlobten nicht sah, erkannte ich sie doch an den Umrissen ihrer Gestalt; ich konnte mich nicht täuschen.

Ein anderer auffallender Umstand entging meiner Beobachtung ebenso wenig. Auf der andern Seite des Feuers, Isolina gerade gegenüber, erblickte ich etwas, was mir wohl bekannt war: das weiße Ross. Es war nicht angebunden, sondern wurde von einem Indianer gehalten. Da ich es von keinem meiner früheren Standpunkte aus bemerkt hatte, so war es jedenfalls erst vor Kurzem herbeigeführt worden. Man stritt sich auch um seinen Besitz wie um seine Herrin und machte es zum Gegenstand des Prozesses.

Etwas anderes, was meine Aufmerksamkeit erweckte, betrachtete ich nicht mit freundlichem Anteil, sondern mit Widerwillen und Entrüstung.

Fern von dem Kreise der Beratenden und den zuschauenden Gruppen hielt sich der Renegat Hissoo Royo. So wild und teuflisch wie er sah keiner von den andern aus, obgleich die hässlichen, mit den Kriegsfarben beschmierten Gesichter einen hinreichend abschreckenden Anblick darboten.

Dieser Mann hatte von Natur schon hässliche Züge; jetzt waren sie aber wirklich entsetzlich durch die Bemalung, die er, wie jede andere abschreckende Sitte des Indianerlebens, angenommen hatte. Auf seiner Stirn trug er einen weiß gemalten Totenkopf mit gekreuzten Knochen und darüber war ein blutender Skalp deutlich nachgeahmt.

Die natürliche Hautfarbe wurde nicht verdeckt und umso abschreckender war diese unnatürliche Entstellung. Die weiße Haut, die sich an einzelnen Stellen als Grund der bunten Malerei zeigte, bildete einen seltsamen Gegensatz zu den dunklen Farben.

Seinen Nebenbuhler konnte ich trotz aller Bemühung nicht erblicken. Er mochte sich unter den Zuschauern befinden oder noch nicht angekommen sein. Da er der Sohn des obersten Häuptlings war, so war es auch nicht unwahrscheinlich, dass er sich in dem Zelte befand.

Man brachte die große Friedenspfeife und zündete sie am Feuer an, dann ging sie in der Runde von Mund zu Mund und jeder der Wilden nahm einen Zug. Damit wurde die Beratung eröffnet und ich wusste, dass die Verhandlung ihren Anfang nehmen sollte.

Ich hätte keinen bessern Platz wählen können, als den ich zufällig erhalten hatte. Vor mir lag das Feuer, die Beratenden, die umstehenden Gruppen, mit einem Worte: der ganze Lagerraum.

Es war auch von Wichtigkeit, dass ich sehen konnte, ohne selber bemerkt zu werden.

Am Rande des Gehölzes zog sich ein schmaler Schattenstreifen hin, der durch den Saum des Dickichts hervorgebracht wurde. Er glich dem, der mich geschützt hatte, während ich im Wasser watete. Während mich also das Zelt gegen den Schein des Feuers von vorn deckte, schützte mich das dichte Laub der Pecanbäume von hinten, da die Mondstrahlen schräg auf den Wald fielen.

Sobald ich meine vorteilhafte Stellung erkannt hatte, beschloss ich, diesen Ort nicht zu verlassen.

Meine Gedanken waren in diesem Augenblick so geschärft, dass ich alle Umstände in wenigen Minuten beobachtet hatte. In einem Augenblick erkannte ich alles, was sich auf meinen Plan bezog; ich hatte das Lager überschaut und dachte darüber nach, in welcher Weise ich meine Beobachtungen benutzen konnte.

Es war nur eine Art zu handeln möglich: Ich musste nach meinem ersten Plan verfahren. Vor so vielen Augen war es nicht möglich, die Gefangene heimlich zu entführen; ich überzeugte mich, dass sie offen und durch einen kühnen Streich erobert werden musste.

Aber konnte ich in diesem Augenblick den Versuch machen? Konnte ich vorwärtsstürzen und mit meinem Messer die Gefangene befreien, die nur zehn Schritte von meinem Standpunkte entfernt war? War es denn möglich, zu entkommen, ehe die Wilden sich auf uns warfen?

Dies war unmöglich; sie saß den Indianern und namentlich dem Renegaten zu nahe. Der Letztere stand fast nur einen Schritt von ihr entfernt. Er trug ein dreischneidiges, spanisches Messer im Gürtel und hätte mich niedergestoßen, ehe ich fähig war, das Seil von ihren Fesseln zu durchschneiden. Es war unmöglich, ich hatte keine Hoffnung, dass dieser Versuch gelingen könnte. Ich musste daher auf eine günstige Gelegenheit warten. Wohl erinnerte ich mich des letzten Rates, den mir Rube gegeben hatte: nicht zu hastig zu handeln. Er hatte mich ermahnt, den verzweifelten Schlag, wenn es nötig wäre, bis auf den letzten Augenblick zu lassen. Jedenfalls konnten dann die Umstände nicht schlimmer sein als jetzt. Nachdem ich dies überlegt hatte, kam ich zu dem Entschluss, meine Ungeduld zu zügeln und zu warten. Meine Augen wanderten abwechselnd hierhin und dorthin, von Hissoo Royo zu den Gestalten, die am Feuer kauerten, von ihnen zu den entfernten einzelnen Gruppen.

Nur zuweilen fiel mein Blick auf Isolina.

Bis zu diesem Augenblick hatte ich nicht ihr Gesicht, sondern nur die Rückseite ihres Bildes gesehen; ich fühlte einen eigentümlichen Drang, ihr Gesicht zu sehen, denn ich erinnerte mich an das, was mir in der Hacienda erzählt worden war, und ich geriet in die peinlichste Ungewissheit.

Aber es ereigneten sich so viele Umstände zu meinen Gunsten, dass meine Hoffnung auf einen glücklichen Erfolg immer stärker wurde. Auch jetzt lächelte mir das Glück. Die Gefangene drehte den Kopf und wendete mir das Gesicht zu.

Auf der schönen Stirn, auf den Wangen war kein Zeichen, keine Wunde zu sehen; die Haut war unverletzt, glatt und durchsichtig; der Schmied in der Hacienda war barmherzig gewesen.

Vielleicht war er in seinem scheußlichen Werke gestört oder ganz daran gehindert worden; aber der Hals und die Schultern wurden durch die reichen Locken verdeckt, sodass ich unter dem aufgelösten, schwarzen Haar nicht erkennen konnte, ob der Fleischer ebenfalls gestört worden war.

Die Hoffnung, welche ich hegte, war nur schwach, denn Cyprio hatte Blut gesehen. Nach einem Augenblick schon wendete sie ihr Gesicht wieder ab. Ich sah, dass sie von Zeit zu Zeit nach andern Richtungen blickte. Ich bemerkte die Unruhe in ihrem Benehmen, ich verstand ihren Blick und erriet ihre Absicht. Hätte ich ihr nur ein einziges Wort zuflüstern können! Aber sie wurde zu scharf bewacht. Es konnte kein Wort zu ihr gelangen, das nicht von allen, die um das Feuer versammelt waren, gehört worden wäre. Es herrschte tiefes Schweigen, denn die Beratung hatte noch nicht ihren Anfang genommen.

Endlich unterbrach die laute Stimme eines Ausrufers die Stille, sie verkündete den Anfang der Beratung.

Das ganze Verfahren war so förmlich und jeder einzelne Schritt geschah in solcher feierlichen Regelmäßigkeit, dass ich beinahe zu dem Gedanken gekommen wäre, ich befände mich vor einem Gericht der zivilisierten Welt und sollte einer Verhandlung vor Geschworenen beiwohnen. Nur die freie Luft, das Feuer, die Kleidung und die grimmige Bemalung der Wilden erinnerte mich an die Wirklichkeit. Es sollte freilich ein Prozess geführt werden, aber ohne Richter. Die Richter wurden zu gleicher Zeit durch die Geschworenen gebildet, denn die Verhandlung war so einfach, dass angenommen werden konnte, das Gesetz sei jedem ohne Erklärung verständlich. Ebenso fehlten die Advokaten. Beide Teile, der Kläger wie der Beklagte, führten ihre Sache selbst. Diese Sitte, welche sich vielleicht anderswo auch einführen ließe, ist bei dem Gerichtsverfahren in der Steppe ganz gewöhnlich.

Jetzt erscholl der Name Hissoo Royo, von lauter Stimme gerufen. Er wurde durch den Ausrufer aufgefordert, vor Gericht zu erscheinen: Dies hatte wieder Ähnlichkeit mit unsern Gebräuchen.

Der Ausrufer sprach den Namen dreimal aus und bei jeder Wiederholung wurde sein Ton gellender und lauter. Es war nicht nötig, dass der Mann die Kräfte seiner Stimme aufbot, denn der Gerufene befand sich an Ort und Stelle und war zur Antwort bereit. Noch ehe der Widerhall verklang, antwortete der Renegat mit lauter Stimme, trat auf den freien Raum im Kreise, richtete sich hoch auf und blieb mit verschränkten Armen stehen.

Ich überlegte in diesem Augenblick, ob ich vorwärtsstürzen und sogleich mein Geschick und das meiner Verlobten entscheiden sollte. Die sitzenden Krieger schienen unbewaffnet zu sein, und der Renegat, dessen Hand ich am meisten gefürchtet hatte, war auf die andere Seite des Feuers getreten und weit entfernt von mir. Es war eine günstige Lage und ich machte mich einen Augenblick zum Sprunge bereit. Als ich jedoch zufällig auf die Zuschauer im Hintergrunde blickte, sah ich, dass viele sich gerade auf dem Wege befanden, den ich einschlagen musste; die Mehrzahl von ihnen trug Waffen in der Hand oder an ihrem Körper.

Gegen eine solche Macht war ich nicht imstande, anzukämpfen; eine solche Linie konnte ich unmöglich durchbrechen. Der Versuch wäre wahnsinnig gewesen. Ich erinnerte mich an Rubes Rat und stand von dem unbesonnenen Plane ab.

Es folgte jetzt eine Pause, nach welcher einer von den Richtern aufstand und Hissoo Royo durch einen Wink zum Sprechen aufforderte.

Der Renegat begann:

„Rote Krieger und Brüder! Was ich vor dem Rat zu sprechen habe, bedarf nicht vieler Worte! Ich fordere jenes mexikanische Mädchen als meine Gefangene und als mein Eigentum! Wer macht mir mein Recht streitig? Ich fordere das weiße Ross als das meinige, als meine redlich erworbene Beute!"

Der Renegat schwieg, als wollte er weitere Befehle von der Versammlung erwarten.

„Hissoo Royo hat seine Ansprüche auf das mexikanische Mädchen und das weiße Ross geltend gemacht; er sagt nicht, auf welches Recht er sie gründet. Sein Recht mag er der Versammlung darlegen!"

Diese Worte sprach der nämliche Indianer, der den Renegaten aufgefordert hatte und die Versammlung zu leiten schien. Er übte dieses Amt nicht aus höherer Machtvollkommenheit aus, sondern weil er der älteste war; das Alter hat bei den Indianern stets den Vorrang.

„Brüder!", sagte der Aufgeforderte. „Mein Anspruch ist gerecht, und ihr sollt darüber richten. Ich kenne eure redlichen Herzen und ihr werdet sie nicht der Gerechtigkeit verschließen. Ihr braucht euch nur an das Gesetz zu erinnern, dass derjenige, der einen Gefangenen macht, auch das Recht hat, ihn zu behalten und mit ihm anzufangen, was ihm beliebt! So lautet das Gesetz eures Stammes, das des meinigen lautet ebenso, denn euer Stamm ist der meinige!"

Diese Rede wurde von lautem Beifall unterbrochen.

„Hietans!", fuhr der Sprechende fort. „Meine Haut ist weiß, aber mein Herz trägt dieselbe Farbe, wie eure Herzen! Ihr habt mir die Ehre erzeigt, mich unter eure Nation aufzunehmen. Ihr machtet mich zuerst zum Krieger und dann zum Kriegshäuptling. Habe ich euch jemals Veranlassung gegeben, dies zu bereuen? Habe ich euer Vertrauen missbraucht?"

Diese Frage wurde durch lebhafte Rufe verneint.

„Ich vertraue daher eurer Gerechtigkeit und eurer Wahrheit! Ich brauche nicht zu fürchten, dass die Farbe meiner Haut eure Augen blenden werde, denn ihr alle kennt die Farbe meines Herzens!"

Diese listige Wendung bewirkte einen wiederholten Ausruf des Beifalls.

„So hört denn, meine werten Brüder! Ich fordere das Mädchen und das Pferd! Wo und wie ich sie gefunden habe, brauche ich nicht zu sagen, denn eure eigenen Augen waren bei der Gefangennahme zugegen! Es beteiligten sich viele Reiter an der Verfolgung und man spricht, es sei zweifelhaft, wer sie gefangen genommen habe. Aber ich bestreite, dass irgendein Zweifel obwalten könne. Mein Lasso schlang sich zuerst um den Kopf des Tieres, zog sich dann um den Hals zusammen und brachte es zum Stillstande.

Zu gleicher Zeit mit dem Pferde wurde natürlicherweise auch die Reiterin eingefangen. Dies war mein Werk und beide sind meine Gefangenen; beide fordere ich als mein Eigentum. Wer meine Ansprüche bestreitet, der trete hervor!"

Die letzte Herausforderung sprach Hissoo Royo in trotzigem Tone; dann nahm er wieder seine vorige Stellung an und blieb mit verschränkten Armen stumm stehen.

Wieder folgte eine Pause, worauf abermals der alte Krieger, welcher zuerst gesprochen hatte, ein Zeichen gab. Einen Augenblick darauf rief der Ausrufer mit seiner lauten und gellenden Stimme:

„Wakono!"

Bei diesem Namen fuhr ich wie vom Blitze getroffen zusammen. Das war mein eigener Name, Wakono war ich.

Es wurde dreimal und jedes Mal in lauterem Tone gerufen:

„Wakono! Wakono! Wakono!"

Jetzt wurde mir alles klar. Wakono war der Gegner des Renegaten. Es war derselbe, dessen Rock mich bekleidete, dessen Mantel von meinen Schultern herabhing, dessen Federschmuck meinen Kopf zierte, durch dessen Farben mein Gesicht entstellt wurde; Wakono war kein anderer als der Krieger, welcher die rote Hand auf der Brust und das Kreuz auf der Stirn trug.

In diesem Augenblick wurde ich von einem seltsamen Gefühl erfüllt. Ich befand mich in einer gefährlichen Lage. Ich ließ die Zweige, welche ich zurückgebogen hielt, aus meinen bebenden Fingern los; sie schlossen sich vor meinem Gesicht und ich wagte nicht, wieder hinauszusehen.

Einige Sekunden lang stand ich still und ohne Regung; meine Nerven waren in der schrecklichsten Aufregung.

Ich sah nicht hinaus, aber ich lauschte. Es herrschte tiefe Stille. Niemand rührte sich, niemand sprach. Man wartete auf den Erfolg des Ausrufers.

Aufs Neue erscholl die Stimme des Ausrufers und wiederholte dreimal: „Wakono! Wakono! Wakono!"

Es folgte wieder ein tiefes Schweigen, aber ich hörte ein leises Gemurmel der Verwunderung; man war erstaunt, dass der Indianer nicht auf seinen Namen hörte. Ich allein wusste, weshalb er ausblieb; ich wusste, dass er nicht erscheinen konnte.

Ich hatte zwar übernommen, den echten Wakono nachzuahmen, aber ich war nicht vorbereitet, den wilden Häuptling bei diesem Auftritt vorzustellen. Die Zuschauer mussten warten.

In diesem Augenblick der höchsten Gefahr fühlte ich mich sogar geneigt, meine Lage fast lächerlich zu finden. Ich teilte die Zweige noch einmal und wagte es, hinauszublicken.

Es war eine Verwirrung entstanden. Man hatte gemeldet, dass Wakono nicht anwesend sei. Die Anwesenden saßen noch immer ruhig in ihrer Reihe, aber die jüngeren Krieger, welche sich hinter ihnen befanden, stießen raue Rufe aus, bewegten sich unruhig hin und her und drückten in dieser Weise Erstaunen und Ärger gleichzeitig aus.

In diesem wichtigen Augenblicke trat ein Indianer aus dem Zelt. Es war ein Mann von ehrwürdigem Äußern, welches vorzugsweise seinem Alter zuzuschreiben war. Seine Wangen waren gefurcht und sein Haar gebleicht, wie dies bei den Indianern selten ist.

Die ganze Erscheinung dieses Mannes deutete auf eine wichtige Person. Wakono war der Sohn eines Häuptlings, dieser alte Mann war jedenfalls der Häuptling selber.

Dies vermutete ich, und meine Vermutung erwies sich als richtig.

Der weißhaarige Indianer trat an den Kreis und gebot mit einem Winke Stillschweigen.

Man gehorchte ihm augenblicklich. Das Murmeln hörte auf und alle standen lauschend.

Dreiundzwanzigstes Kapitel.
Die letzte Jagd.

„Hietans!", begann der alte Häuptling; „meine Kinder und Brüder im Rat! Ich fordere euch auf, eure Entscheidung in dieser Sache zu verschieben! Ich berufe mich nicht darauf, dass ich euer Häuptling bin! Wakono ist mein Sohn, aber ich fordere deswegen keine Gunst für ihn. Nur Gerechtigkeit und Recht verlange ich, wie es dem Niedrigsten unseres Stammes gebührt! Mehr fordere ich nicht für meinen Sohn Wakono! Wakono ist ein tapferer Krieger – wer von euch weiß es nicht? Sein Schild ist mit vielen Siegeszeichen besetzt, die er den Bleichgesichtern abnahm; seine Gamaschen sind mit Kopfhäuten unserer Feinde geziert und ihre langen Locken hängen an seinen Fersen! Wer will leugnen, dass mein Sohn Wakono ein tapferer Krieger sei?"

Die Frage des Vaters wurde mit beistimmendem Murmeln beantwortet.

„Auch der spanische Wolf ist ein Krieger, ein tapferer Krieger, das leugne ich nicht. Er hat ein kühnes Herz und einen starken Arm. Den Feinden unsers Stammes nahm er viele Kopfhäute ab. Ich ehre ihn wegen seiner Taten; wer unter uns tut das nicht?"

Auf diese Frage antwortete ein allgemeines Rufen der Beratenden und der Zuschauer.

Der Ton und der Eindruck dieser Antwort war so bejahend, dass ich erkennen konnte, der Renegat stehe in hoher Gunst.

Dies bemerkte auch der alte Häuptling und schien ein wenig verdrießlich. Nach einer kurzen Pause fuhr er in ganz anderem Tone fort. Er zeigte die Schattenseiten des Renegaten, und zwar in einem Tone, welcher Gereiztheit und Feindschaft ausdrückte.

„Ich ehre den spanischen Wolf, ich ehre ihn wegen seines kühnen Herzens und seines starken Arms; das habe ich schon gesagt. Aber hört mich, Hietans! Hört mich, Kinder und Brüder! Ein jeder Gegenstand hat zwei Seiten: Tag und Nacht, Winter und Sommer, eine grüne Steppe und eine wüste Ebene; alle diese Dinge haben zwei Arten, und diesen gleicht auch die Zunge des spanischen Wolfes. Sie spricht auf zweierlei Art, die so verschieden voneinander sind wie Licht und Finsternis. Die Zunge Hissoo Royos ist doppelt und gespalten, gleich der Zunge der Klapperschlange; man darf ihr nicht glauben!"

Der Häuptling schwieg und der spanische Wolf durfte antworten. Er machte keinen Versuch, sich gegen den letzten Vorwurf des Häuptlings zu rechtfertigen. Er hielt die Anschuldigung vielleicht für begründet, wusste aber auch, dass ihm dies keinen Tadel in der öffentlichen Meinung zuzog. Er musste ein großer Lügner sein, wenn er die lügenhaften Comanchen übertreffen oder wenn er ihnen auch nur gleichkommen wollte.

Der Renegat leugnete diese Beschuldigung nicht und schien sich auf sein Recht zu verlassen, indem er antwortete:

„Wenn die Zunge Hissoo Royos doppelt ist, dann mag die Versammlung seinen Worten misstrauen und berufe die Zeugen! Es gibt viele Zeugen, die bereit sind, die Wahrheit von Hissoo Royos Worten zu bekräftigen!"

„Hört erst Wakono! Lasst Wakono sprechen, wo ist Wakono?"

Diese Forderung sprachen die Mitglieder der Versammlung fast zu gleicher Zeit.

Man vernahm wieder die Stimme des Ausrufers, welche Wakono aufforderte.

„Brüder!", begann der alte Häuptling wieder; „ich wünsche eben deshalb, dass Ihr eure Entscheidung verschiebet. Mein Sohn ist nicht anwesend, er ist auf die Fährte zurückgekehrt und noch nicht wieder zurück. Ich kenne nicht seine Absicht. Mein Herz ist in Ungewissheit, aber ohne Furcht. Wakono ist ein tapferer Krieger und kann sich schützen. Er wird nicht lange ausbleiben und bald zurückkehren. Deshalb verlange ich einen Aufschub."

Diese Forderung wurde mit einem missbilligenden Gemurmel beantwortet. Die Freunde Hissoo Royos waren wahrscheinlich in größerer Anzahl vorhanden als die des jungen Häuptlings.

Der Renegat nahm wieder das Wort:

„Dies würde eine Zeitverschwendung sein, ihr Krieger; es sind zwei Sonnen untergegangen und die Frage ist noch nicht entschieden. Ich fordere nur Gerechtigkeit. Nach unsern Gesetzen lässt sich das Urteil nicht aufschieben. Die Gefangenen müssen einem gehören, ich fordere sie als mein Eigentum und bin erbötig, mein Recht durch Zeugen zu beweisen. Wenn Wakono Ansprüche zu machen hätte, so würde er anwesend sein und sie geltend machen. Er hatte keinen Beweis für sein Wort und schämte sich, ohne Beweis vor euch zu treten; deshalb entfernte er sich vom Lager."

Diese Worte blieben nicht ohne Eindruck, und ich bemerkte, dass auch der alte Häuptling nicht frei von Argwohn war.

„Wer sagt, dass Wakono im Lager sei?", fragte er mit lauter Stimme.

Unter den zuschauenden Indianern trat einer hervor und ich erkannte ihn als den Mann, dem ich begegnete, als er von der Pferdewache kam.

„Wakono ist im Lager", sagte er, indem er außerhalb des Kreises stehen blieb, „ich sah den jungen Häuptling und sprach mit ihm."

„Wann?"

„Erst vor einem Augenblick!"

„Wo?"

Der Mann zeigte nach dem Orte, wo wir zufällig zusammengetroffen waren.

„Er ging dorthin nach den Bäumen zu, und ich habe ihn nicht wieder gesehen", sagte er.

Durch diese Nachricht wurde das allgemeine Erstaunen vermehrt. Man begriff nicht, warum Wakono sich nicht zeigte, da er doch zugegen war. Hatte er seine Ansprüche aufgegeben, da er sie nicht geltend machte?

Der Vater des Vermissten war ebenso verwundert wie die Übrigen. Er versuchte nicht, seines Sohnes Abwesenheit zu erklären, denn er konnte es nicht. Schweigend und in auffallender Bestürzung blieb er stehen.

Mehrere schlugen jetzt vor, den vermissten Krieger aufzusuchen. Sie beantragten darauf, es sollten Boten in das Lager und in das Gehölz geschickt werden.

Als ich diesen Antrag hörte, fühlte ich mein Blut erstarren und meine Knie zittern. Wurde das Gehölz durchsucht, so hatte ich keine Hoffnung, noch länger versteckt zu bleiben. Wakonos Anzug war auffallend; ich sah keinen ähnlichen. Es trug niemand einen Mantel von Jaguarfell, letzterer musste mich verraten; die Nachahmung musste leicht entdeckt werden, wenn man mich ans Feuer führte, und selbst die Bemalung konnte mich nicht retten. Es wäre bald bekannt worden, welche Behandlung dem wirklichen Wakono widerfahren, und man hätte mich vielleicht gemartert, jedenfalls aber ermordet.

Durch einige Worte des Renegaten wurde ich von meiner Angst befreit, als sie ihren Gipfel erreicht hatte.

„Warum wollen wir Wakono suchen?", fragte er. „Kennt Wakono nicht seinen Namen? Er ist gerufen, mit lauter Stimme gerufen worden. Wakono hat Ohren und kann gewiss hören, wenn er im Lager ist. Wenn ihr wollt, so ruft ihn noch einmal!"

Der Vorschlag erschien verständig und wurde befolgt. Man rief den jungen Häuptling noch einmal bei seinem Namen.

Die Stimme erscholl so laut, dass man sie am äußersten Ende des Lagers und noch viel weiter hätte hören können.

Alle lauschten aufmerksam und warteten in tiefstem Stillschweigen. Keine Antwort erfolgte, kein Wakono erschien auf die Aufforderung.

„Nun, ist es nicht, wie ich gesagt habe?", rief der Renegat triumphierend. „Krieger, ich fordere eure Entscheidung."

Es erfolgte eine lange Pause: Niemand, weder im Kreise noch unter den Zuschauern, sprach ein Wort.

Endlich stand der Älteste der Versammlung auf, zündete die Friedenspfeife wieder an, nahm einen Zug daraus und überreichte sie dem Krieger,
der zu seiner linken Hand saß. Hierauf machte sie die Runde, bis sie wieder
zu dem alten Krieger, der sie angezündet hatte, zurückkehrte. Dieser legte
die Pfeife weg und stellte in leisem Tone die Frage. Man stimmte der Reihe
nach und ebenfalls leise ab. Das Urteil wurde laut verkündet.

Es war eine seltsame, fast unerwartete Entscheidung. Wie es schien, hatten sich die Richter durch ein Gefühl der Billigkeit zu einer
freundschaftlichen Ausgleichung leiten lassen.

Das Pferd wurde Wakono zugesprochen, das Mädchen als Eigentum des
Renegaten erklärt.

Durch die Entscheidung schienen alle zufriedengestellt. Der spanische
Wolf zeigte durch ein düsteres Lächeln, dass selbst er zufrieden sei. Er hatte
jedenfalls den Sieg im Streite errungen.

Selbst der grauköpfige Häuptling schien zufrieden; er zog ohne Zweifel
das Pferd dem Mädchen vor.

Der Renegat zeigte durch sein Benehmen, dass er erfreut war. Er näherte
sich mit siegreicher Miene dem Orte, wo die Gefangene saß. Die Beratung
war zu Ende, und die Indianer, welche bisher gesessen hatten, standen nach
der Verkündigung des Urteils auf. Einige gingen an ihre Geschäfte, andere
blieben beim großen Feuer sitzen und mischten sich lachend, streitend und
mit lebhaften, fröhlichen Gebärden unter ihre Gefährten.

Es schien, als hätte man die feierliche Beratung und die Gegenstände der
Verhandlung vergessen, als dächte man weder an den Kläger noch an den
Verklagten noch an die Veranlassung des Prozesses. Das Pferd war einem
Freunde Wakonos und das Mädchen dem Renegaten überliefert worden;
hiermit schien die Sache zu Ende.

Keiner bekümmerte sich mehr um den Renegaten und die Gefangene mit
dem bleichen Gesicht, nachdem die Beratung zu Ende war.

Meine Gedanken und Blicke beschäftigten sich nur mit ihnen, und ich
dachte an nichts anderes.

Der alte Häuptling war in sein Zelt zurückgegangen und Isolina befand
sich allein.

Leider währte dies nur einen Augenblick, sonst wäre ich vorgesprungen.
Im nächsten Augenblick stand Hissoo Royo neben ihr. Er redete sie spanisch an, um von den Übrigen nicht verstanden zu werden. Aber ich
lauschte auf jedes Wort und es entging mir keine Silbe.

„Nun, hast du es gehört, Isolina de Vargas?", fragte er in frohlockendem
Tone. „Du verstehst die Sprache, in welcher das Gericht gesprochen hat:
Du sollst mein Weib werden, hast du es gehört?"

„Ich habe es gehört", antwortete sie in gelassenem Tone.

„Und du bist gewiss zufrieden? Wenigstens solltest du es sein: Ich bin weiß wie du und habe dich davor geschützt, das Weib eines roten Indianers zu werden. Nicht wahr, du bist mit dem Urteil zufrieden?"

„Ich bin zufrieden."

Sie sprach dies in solchem Tone der Ergebung, dass ich überrascht wurde.

„Das ist eine Lüge", antwortete der rohe Renegat. „Du betrügst mich, Señorita. Noch gestern sprachst du verachtende Worte, und du verachtest mich auch jetzt noch."

„Ich habe keine Macht, dich zu verachten, denn ich bin deine Gefangene."

„Da sprichst du die Wahrheit, du hast weder die Macht, mich zu verachten, noch mich zurückzuweisen. Es kümmert mich auch nicht, ob du es tust. Vielleicht wirst du mir mit der Zeit freundlicher gesonnen; ich werde dich nach meiner eigenen Art behandeln."

Ich hielt den Griff meines Dolches umfasst und stand wie ein Tiger zum Sprunge bereit, aber die Umstände waren mir noch immer ungünstig. An dem Feuer befanden sich noch mehr als vierzig Indianer: Selbst wenn ich den Schurken überwältigt und die Füße Isolinas befreit hätte, durfte ich nicht hoffen, zu entfliehen.

Ich hätte es aber dennoch gewagt, wenn ich nicht durch die folgenden Worte zurückgehalten worden wäre.

Der Renegat gab seine Absicht zu erkennen, Isolina nach einem entfernten Platze des Lagers zu führen. Dies versprach mir eine bessere Gelegenheit. Ich bezwang mich daher und beschloss zu warten. Ich lauschte auf Isolinas Antwort und beobachtete sorgfältig die Bewegungen beider: Sie zeigte auf ihre Füße und auf die Riemen, welche ihre Knöchel gefesselt hielten.

„Wie kann ich dir folgen?", fragte sie im Tone des Erstaunens. Dieser Ton klang so verstellt, dass ich schloss, sie hätte einen besonderen Plan.

„Du hast recht", sagte er, indem er das Messer aus dem Gürtel zog, „ich hatte nicht daran gedacht."

Er vollendete den Satz nicht, sondern zögerte eine Zeit lang, indem er seinem Opfer in die Augen blickte. Darauf schien er seine Absicht geändert zu haben, denn er steckte das Messer wieder in die Scheide.

„Bei der heiligen Jungfrau, ich traue dir nicht", rief er. „Du bist zu leichtfüßig, junge Dame, und könntest versuchen, mir zu entwischen. Es ist so besser. Komm! Erhebe dich! Vorwärts."

Isolina befreit sich von Hissoo Royo.

Nach diesen Worten bog er sich über die Gefangene und umfasste sie mit den Armen; dann hob er sie empor.

Meine Nerven waren durch die letzte Anstrengung gestählt worden; ich blieb kaltblütig an meinem Platze stehen, aber nur eine kurze Zeit.

Der Renegat hob die Gefangene auf, die ihm keinen Widerstand leistete. Er trug sie kaum und ließ die nackten zusammengebundenen Füße im Grase nachschleppen. Er ging an dem Zelte vorüber und näherte sich in schräger Richtung dem Gehölz, ohne dass die Wilden, an welchen er vorüberkam, ihm Beachtung schenkten.

Ich hielt mich noch immer unter dem Baum und schlich am Rande hin. Mit leisen und schnellen Schritten näherte ich mich dem Orte, nach welchem sich der Räuber hinwendete.

Ich kam vor ihm an, bückte mich im Schatten der Bäume und hielt mein Messer fest gefasst.

Der Renegat war durch seine Last aufgehalten worden; er hatte unterwegs Halt gemacht und stand jetzt wenige Schritte vom Rande des Gehölzes entfernt, sein Opfer in dem Arm haltend.

Ich zögerte einen Augenblick, ob ich jetzt hervorbrechen und den Streich ausführen sollte: Es schien die günstigste Gelegenheit dazu.

Eben hatte ich den Entschluss gefasst, als Hissoo Royo seine Last wieder aufnahm und gerade auf den Ort zuschritt, wo ich stand.

Die Entscheidung war also näher, als ich glaubte. Der Mann hatte sich mir um drei Schritte genähert, als ich sah, wie er taumelte, stürzte und die Gefangene mit sich zur Erde riss. Ich würde geglaubt haben, er sei gestrauchelt und zufällig gefallen; aber er stieß zu gleicher Zeit ein furchtbares Geschrei aus.

Auf der Erde entstand ein kurzer Kampf, ich sah Isolina plötzlich emporspringen, sie hielt eine Klinge in der Hand, die im Mondlicht und im Scheine des Feuers blitzte, einen Augenblick bückte sie sich nieder und trennte schnell die Riemen an den Füßen, im folgenden Augenblick flog sie mit der größten Eile über die Rasenfläche des Lagers.

Ohne mich zu besinnen, sprang ich aus dem Dickicht hervor und rannte ihr nach. Als ich an dem Renegaten vorüberging, hatte sich derselbe wieder aufgerichtet und schien nur leicht verletzt zu sein: Er war vorzugsweise durch den Schreck an den Ort gebannt. Er stieß Rachedrohungen aus, rief um Hilfe, schrie und fluchte.

Ich wollte ihn nicht töten und hatte auch keine Zeit zu verlieren; ich war darauf bedacht, die Flüchtige einzuholen und ihr beizustehen.

Das ganze Lager war in Aufregung. Fünfzig Wilde brachen zur Verfolgung auf.

Während der Flucht fielen meine Blicke auf ein Pferd: den Schimmelhengst. Ein Mann führte ihn am Lasso und brachte ihn vom Feuer nach dem Orte, wo sich die Steppenrosse befanden, um ihn im Grase anzubinden.

Das Pferd und der Mann befanden sich gerade vor der Fliehenden, ich sah, dass Isolina auf dasselbe zueilte, und erriet ihre Absicht.

In wenigen Sekunden hatte sie das Pferd erreicht und den Zügel ergriffen, der Indianer setzte sich zur Wehr und wollte ihr dasselbe entreißen, aber er wich zurück, als er die gerötete Klinge vor seinen Augen blitzen sah.

Der Lasso, den er noch fest hielt, wurde augenblicklich durchschnitten. Das heldenmütige Mädchen sprang schnell auf den Rücken des Pferdes und galoppierte davon.

Der Indianer gehörte zu den Pferdewächtern und trug Waffen. Er führte Bogen und Pfeile. Noch ehe das Pferd aus der Schussweite war, hatte er den Bogen gespannt und einen Pfeil abgeschossen. Ich hörte den Pfeil brausen und es schien mir, als hätte er getroffen; aber das Pferd eilte weiter.

Während ich durch das Lager lief, hatte ich einen der langen Speere herausgerissen und noch ehe der Indianer einen zweiten Pfeil auf die Sehne legen konnte, durchbohrte ich ihn.

Ich zog den Speer wieder heraus und lief weiter, indem ich den Schimmel im Auge behielt.

Bald befand ich mich mitten unter den Steppenpferden. Viele von ihnen hatten sich bereits losgerissen und liefen hin und her. Die erschrockenen Wächter wussten nicht, wodurch dieser Lärm veranlasst worden war. Der Schimmel kam mit seiner Reiterin ohne Hindernis durch ihre Reihen.

Ich folgte ihm zu Fuße. Ich hörte das Geschrei der fünfzig Wilden, die hinter mir herkamen. Ich hörte sie: „Wakono!" rufen, aber war bald allen voraus. Auch die Pferdewächter riefen: „Wakono!", als ich an ihnen vorüberkam. Als ich vorbei war, sah ich den Schimmel wieder, der jetzt einen Vorsprung erreicht hatte. Zu meiner Freude nahm er die rechte Richtung nach dem Hügel, wo meine Leute ihn sehen und auffangen mussten.

Ich lief mit der größten Schnelligkeit an dem Bach entlang, erreichte den Hohlweg und sprang, ohne Zeit zu verlieren, hinab, um mein Pferd zu holen.

Aber zu meinem Erstaunen war es verschwunden. Statt meines edlen Rosses stand der gefleckte Mustang des Indianers an der Stelle. Ich schaute den ganzen Bach entlang, aber am ganzen Ufer war Moro nicht zu erblicken.

Ich war erstaunt und wütend. Ich konnte mir das Geheimnis nicht erklären. Rube musste hier im Spiele sein, aber welchen Grund hatte er zu dieser

Handlung? Ich konnte es mir in meiner aufgeregten Stimmung nicht erklären.

Doch blieb mir keine Zeit zum Überlegen. Ich zog augenblicklich das Tier aus dem Wasser, schwang mich auf seinen Rücken und verließ den Hohlweg.

Kaum hatte ich die Ebene erreicht, als eine große Zahl Reiter aus dem Lager kam. Es waren die Wilden, die sich auf die Verfolgung begeben hatten. Der eine war den Übrigen weit voraus und dicht an meiner Seite, ehe ich mit meinem Pferde entfliehen konnte.

Es war der Renegat Hissoo Royo; ich erkannte ihn im Mondschein.

„Sklave", rief er in der Sprache der Comanchen und in furchtbarem Tone, „hast du diesen Plan entworfen, Feigling? Du musst sterben, Wakono; die weiße Gefangene gehört mir und du ..."

Er vollendete den Satz nicht, ich führte noch immer den Speer der Comanchen. Es kam mir jetzt zustatten, dass ich ein halbes Jahr bei einem Lancier-Regiment gedient hatte.

Das Steppenross hielt sich ausgezeichnet und führte mich gerade auf meinen Feind.

Im nächsten Augenblick war der Renegat von seinem Rosse und lag, von meinem Speere durchbohrt, leblos im Grase, das Pferd galoppierte ohne Reiter über die Ebene.

In diesem Augenblick bemerkte ich, dass sich die Wilden bedeutend genähert hatten; es waren mehr als zwanzig und ich musste bald umringt sein.

Da fiel mir ein glücklicher Gedanke ein. Ich hatte bemerkt, dass man mich immer noch für Wakono hielt; die Pferdewächter riefen Wakono, ebenso die Indianer im Lager, als sie vorübereilten, die heranreitenden Verfolger riefen Wakono und der Renegat war gefallen, indem er dieses Wort aussprach – alles verkündigte mich als Wakono: sowohl das scheckige Pferd wie der Kopfputz und der Mantel von Jaguarfell.

Ich gab meinem Pferde die Sporen und hielt dicht vor den Verfolgern. Indem ich den Arm drohend gegen sie erhob, rief ich mit lauter Stimme:

„Ich bin Wakono! Tod dem, der mir folgt!" Ich rief dies in der Sprache der Comanchen, und obgleich ich nicht von der Richtigkeit meiner Worte überzeugt war, hatte ich doch die Befriedigung, zu sehen, dass man mich verstand. Meine verständlichen Gebärden trugen vielleicht dazu bei, die Indianer abzuschrecken.

Meine Verfolger machten keinen Schritt weiter, sondern hielten alle ohne Ausnahme ihre Pferde an.

Ich versäumte weiter keine Zeit mit Unterhandlungen, sondern wendete schnell mein Steppenross und galoppierte so schnell wie möglich davon.

Als ich meinen Weg nach dem Hügel hin nahm, erblickte ich noch immer den Schimmel. Er war nicht zu weit entfernt von mir, ich hätte aber seinen weißen Körper noch aus größerer Ferne bei hellem Mondschein leuchten sehen können.

Ich hatte geglaubt, er wäre viel weiter gekommen; aber mein Gefecht und meine Anrede an die Verfolger hatten doch nur so kurze Zeit gedauert, dass das Tier meinen Blicken noch nicht entschwinden konnte. Es befand sich noch immer zwischen mir und dem Fuße des Hügels. Wie es schien, jagte es am Ufer des Baches entlang. Ich trieb das indianische Pferd, da mir Sporen und Peitsche fehlten, mit der Spitze meines Messers zur größten Eile an. Den Speer führte ich nicht mehr bei mir, denn ich hatte ihn in der Leiche des Renegaten zurückgelassen.

Ich behielt den Schimmel immer im Gesicht. Er eilte auf das Gebüsch zu, welches sich am Fuße des Hügels befand, näherte sich dann der Stelle, wo ich ins Wasser gegangen war, und musste bald meinen Augen entschwinden.

Plötzlich sah ich zu meinem Erstaunen, dass er hinter den Büschen nach links abbog und den Weg über die Ebene verfolgte; ich hatte geglaubt, dass die Reiterin den Schutz des Gehölzes aufsuchen würde.

Es war aber keine Zeit zu verlieren, um lange über dieses Verfahren nachzusinnen, sondern ich lenkte mein Steppenpferd in schräger Richtung und galoppierte weiter.

Auf diese Weise erlangte ich einen Vorteil, aber dennoch war ich mit dem Indianerpferde unzufrieden, denn seine Schnelligkeit ließ sich mit der meines wackern Moro nicht vergleichen. Warum konnte ich nicht auf meinem eigenen Pferde sitzen; wo befand sich Moro und warum war er mir genommen worden?

Der Schimmel eilte am Hügel vorüber und verfolgte den Weg auf der Ebene weiter. Ich kam ihm nicht näher, sondern die Entfernung zwischen mir und ihm vergrößerte sich im Gegenteil mit jedem Augenblick.

Plötzlich erblickte ich einen Reiter, der am Fuße des Hügels dahinjagte, als wollte er mir den Weg abschneiden. Er ritt in rasender Eile durch das Gebüsch, welches den Fuß des Hügels umgab. Ich hörte, wie die Zweige gegen die Flanken seines Tiers schlugen. Er ritt, wie es schien, mit der größten Eile und suchte zu gleicher Zeit, sich vor den Personen, welche auf der Ebene waren, zu verbergen.

Ich erkannte mein Pferd und auf dem Rücken desselben die hagere, lange Gestalt des ohrenlosen Trappers.

Im nächsten Augenblick trafen wir am Ausgange des Gebüsches zusammen. Ohne ein Wort zu sprechen, sprangen wir beide gleichzeitig vom

Pferde, tauschten die Tiere aus und saßen wieder auf. Ich war froh, dass ich endlich wieder meinen Moro unter mir hatte.

„Nun, junger Bursche!", rief der Trapper, als ich ihn verließ. „Galoppieren Sie wie besessen und holen Sie sie ein! Wir werden Ihnen bald auf der Fährte folgen! Vorwärts!"

Ich bedurfte dieses Antriebes nicht. Er war kaum mit dem Sprechen fertig, als ich schon mein Pferd spornte und blitzschnell fortflog.

Ich begriff jetzt erst, dass der schlaue Trapper die Pferde aus einer Kriegslist getauscht hatte. Hätte ich mein eigenes Pferd in der Nähe des Lagers bestiegen, so würden die Indianer wahrscheinlich Argwohn geschöpft und die Verfolgung fortgesetzt haben. Der scheckige Mustang hatte mir vielleicht geholfen, meine Rolle auszuspielen.

Jetzt hatte ich ein zuverlässiges Pferd unter mir und konnte die Verfolgung mit erneuerter Kraft fortsetzen. Zum dritten Mal sollten der Rappe und der Schimmel an Schnelligkeit wetteifern, zum dritten Mal sollte ein Kampf zwischen diesen edlen Tieren stattfinden.

Während ich über die Ebene dahineilte, überlegte ich, ob dieser Wettkampf schwer und anhaltend sein und ob Moro darin unterliegen würde.

Ich ritt ruhig weiter und wagte vor Besorgnis kaum Atem zu holen. Das Steppenross hatte einen weiten Vorsprung und ich war durch meinen Aufenthalt beinahe eine englische Meile weit zurückgeblieben. Die Ebene war frei; der Mond schien hell, sodass ich das Ross nicht aus den Augen verlor; seine schneeweiße Gestalt leitete mich aus der Ferne.

Noch war ich nicht weit galoppiert, als ich bemerkte, dass ich dem Schimmel immer näher kam. Er brauchte nicht seine ganze Schnelligkeit, sondern lief ohne Zweifel langsamer als gewöhnlich.

Wenn die Reiterin hätte ahnen können, wer ihr folgte, oder wenn sie mich nur hätte hören können! Die Entfernung war immer noch zu groß, sie konnte meinen Ruf nicht hören, viel weniger meine Stimme erkennen.

Ich galoppierte also schweigend weiter und näherte mich immer schneller; ich konnte mich nicht täuschen: Ich näherte mich und der Schimmel lief mit Mühe langsam und schwerfällig. Was hatte dies zu bedeuten? War das Tier von der Anstrengung ermüdet?

Ich näherte mich bis auf dreihundert Schritte, und als ich glaubte, dass mein Ruf gehört werden konnte, rief ich laut den Namen meiner Verlobten; ich rief meinen eigenen Namen, aber es ließ sich keine Antwort vernehmen, kein ermutigendes Zeichen des Erkennens sehen.

Die Strecke, welche jetzt zwischen uns lag, war günstig zu einem Wettrennen und ich wollte eben mein Pferd zur größten Schnelligkeit antreiben, als ich zu meinem Erstaunen sah, dass der Schimmel taumelte und stürzte.

Ich ritt mit derselben Schnelligkeit weiter und in wenigen Minuten hatte ich das auf der Erde liegende Pferd und seine Reiterin erreicht. Ich schwang mich aus dem Sattel und ging auf sie zu. Isolina hatte sich freigemacht und stand aufrecht, mit der rechten Hand das blutige Messer umfassend.

„Indianer, komm´ nicht heran!", rief sie in der Sprache der Comanchen und mit einer entschlossenen Gebärde.

„Isolina! Ich bin es!"

„Henry!", rief sie und im nächsten Augenblick standen wir Arm in Arm stumm auf der Ebene. Neben uns stand Moro mit dem stolz gewölbten Halse und biss auf den Stahl, den er zwischen den schäumenden Lippen hielt. Zu unsern Füßen lag das Ross der Steppe, aus seiner Seite ragte ein gefiederter Schaft hervor, der Stachel stach im Herzen. Das Blut strömte aus den weit geöffneten Nüstern, aber die Augen waren starr und die schönen Glieder vom Tode gestreckt.

Dunkle Reitergestalten näherten sich, aber wir flohen nicht vor ihnen, denn ich erkannte meine Gefährten. Als wir auf die Ebene zurückblickten, sahen wir keine Verfolger, aber trotzdem hielten wir uns nicht auf, denn wir konnten die Indianer bald vermuten. Vielleicht wollten Hissoo Royos Freunde die Spur des Wakono verfolgen. Als wir anhielten, dämmerte der Tag; wir ruhten erst, als wir die Prärie hinter uns angezündet hatten.

Ein schönes Akazienwäldchen gewährte uns ein Obdach und weichen Rasen zum Lager.

Meine ermüdeten Gefährten schliefen bald ein.

Ich fand keinen Schlaf, sondern bewachte den Schlummer meiner Verlobten; ihre Wangen ruhten auf dem Mantel von Jaguarfell, das dichte Haar war herabgefallen; meine Augen forschten und ich sah, dass der Matador sie verschont hatte. Vielleicht war er durch Bestechung vermocht worden, seinen grausamen Zweck aufzugeben. Die zarten Ohren waren unverletzt; nur eine unbedeutende Schramme, wo der Ohrring mit roher Hand herausgerissen worden war, hatte den Blutstrom veranlasst, den Cyprio gesehen hatte.

Es war die letzte Nacht, welche wir auf der Steppe verlebten. Vor dem nächsten Abend hatten wir den Rio Grande überschritten und erreichten das Lager unserer Armee, wo meine Verlobte unter sicherem Schutz weilen konnte.

Wir erfuhren nichts weiter von den Comanchen. Nur später erzählte man uns die Geschichte eines einzelnen Indianers, die furchtbare Geschichte von dem Ende des unglücklichen Wakono. Diese entsetzliche Geschichte hört man noch häufig an den Lagerfeuern auf der Steppe erzählen. Der an einen Baum gefesselte indianische Krieger war auf eine schreckliche Weise umgekommen.

Wir hatten nicht die Absicht gehabt, ihn einem solchen Schicksal zu opfern. Es geschah ohne Überlegung; selbst wenn er den Tod verdiente, wären wir auf keine so schreckliche Rache gefallen. Ich war vielleicht der Einzige, der tiefes Mitleid fühlte, aber meine Reue wurde ein wenig gemildert, wenn ich mich an den mit Kopfhäuten geschmückten Schild, an die weinenden und verzweifelnden Gefangenen, an verschiedene grausame Auftritte erinnerte, die ich im indianischen Lager erblickt hatte.

Wakonos Tod war furchtbar, aber wenn man seine Taten bedenkt, doch nicht ganz ungerecht.

Ijurra fand seinen Tod durch die Hand Holingsworth'; ich erfuhr dies, als ich nach dem Lager zurückkehrte. Die Handlung war eine furchtbare Rache, die ich nicht billigen kann und deswegen auch dem Leser nicht in allen Einzelheiten erzählen werde.

Holingsworth hatte seinen Kameraden Weathly bereit gefunden, ihn bei seiner Rache zu unterstützen. Beide hatten mit einer ausgewählten Truppe die Guerilla verfolgt und sich unter Pedros Leitung weit hinaus in das feindliche Gebiet gewagt. Nachdem sie der Guerilla auf Schritt und Tritt bei Tag und Nacht gefolgt waren, hatten sie endlich ihr Lager aufgespürt.

Es fand ein verzweifelter Kampf statt, Mann gegen Mann, bis endlich die Jäger den Sieg errangen. Die meisten der Guerillas wurden getötet, die ganze Bande vernichtet und Ijurra fiel von Holingsworth' Hand. El Zorro erhielt die gerechte Strafe für seine Grausamkeiten von der Hand des texanischen Leutnants.

Die Expedition der beiden Leutnants hatte noch zur Folge, dass man in dem Schlupfwinkel der Guerilleros viele gefangene Amerikaner und Mexikaner und darunter auch den schlauen Diplomaten Don Ramon de Vargas fand. Der alte Herr wurde natürlicherweise erlöst und kam gerade zur rechten Zeit im amerikanischen Quartier an, um seine schöne Tochter und seinen zukünftigen Schwiegersohn, welche ihre Reise in der Prärie beendigt hatten, kurz vor der Hochzeit zu begrüßen.

Vorwort der Ausgabe von 1865

Das vorliegende, für jugendliche Leser bestimmte Werk behandelt, in ähnlicher Weise wie ein früher von uns bearbeitetes*), [*) Waldläufer, Freibeuter und Goldgräber, Berlin 1864.] höchst anziehende Züge aus dem Landschafts- und Völkerleben Mexikos.

Wie jenes Werk des Wildstellers Aimard die Taten heldenmütiger französischer Freibeuter schilderte, so wird in dem vorliegenden der seltsame Eroberungszug einer nordamerikanischen Guerilla erzählt, welcher den doppelten Zweck hatte: die Mexikaner zu unterjochen und die Unterjochten gegen die Indianer zu schützen.

War in jenem Werke des französischen Autors, trotz der abenteuerlichen Ereignisse, das Gepräge der Wirklichkeit nicht zu verkennen, so muss auch dem Verfasser des nachfolgenden Werkes, dem berühmten amerikanischen Schriftsteller, zugestanden werden, dass seinen Schilderungen der Völker, Städte und Wüsten eine frische Naturanschauung innewohnt und dass, selbst da, wo er von der Wirklichkeit abwich, doch seine Einbildungskraft nichts Unwahres geschaffen hat.

Wie alle Darstellungen, welche den amerikanischen Schauplätzen entnommen sind, enthalten auch diese hier mannigfache mörderische Auftritte und Kriegsszenen, die wir am liebsten unsern jungen Lesern vorenthalten hätten, wenn dies nicht auf Kosten der Wahrheit hätte geschehen müssen. Es haben aber die hier geschilderten Gräuelszenen wenigstens den Vorzug, dass sie der ursprünglich rohen Menschennatur zuzurechnen sind: Barbarische Ureinwohner suchen einer ebenso barbarischen Zivilisation das Land wieder abzuringen, von wo sie verdrängt worden sind; kräftige und schlaue Republikaner von Kentucky und Tennessee bestreben sich, die neu-mexikanischen Völker, die sie in ihrem anmaßenden Stolze verachten, unter ihre Botmäßigkeit zu bringen.

Den anziehendsten Teil des Werkes bildet aber die Jagd auf das weiße Steppenross. Es kann kaum etwas Spannenderes und Fesselnderes für die Jugend, namentlich für die Knaben geben. Was für eine Bedeutung für die männliche Jugend das Pferd überhaupt hat, das zeigte uns Goethe in „Wilhelm Meisters Wanderjahren": In jener wunderbaren edlen Provinz, wo die Jugend erzogen wird, gilt die Pflege und Bändigung des Rosses für ein wichtiges Bildungsmittel. Auf welchen Knaben übte nicht das Pferd eine wunderbare Anziehung aus! Und nun vollends das weiße Ross der Steppe, jenes märchenhafte Tier, das in den Erzählungen der mexikanischen und texanischen Jäger und Trapper eine Hauptrolle spielt und welches die indianische Legende folgendermaßen schildert:

„Dies Ross hat unsichtbare Flügel, mit denen es über den Rasen und über den Sand dahin eilt, ohne die geringste Spur darin zurückzulassen; es altert nicht; der Friedensfürst und die Alten unsers Stammes erinnern sich, es in ihrer Kindheit an der Spitze der wilden Herden gesehen zu haben, die es leitete, wie ein Anführer seine Krieger leitet. Unsere Wahrsager behaupten, dass es ein Geist, ein Manitou sei. Seine Gestalt ist unvergleichlich; es schnaubt Feuer aus seinen Nüstern und erhellt die Nacht durch die blendende Weiße seines Fells, mit welcher der Schnee, der die Spitzen der Berge bedeckt, nicht wetteifern kann."

An Unterhaltendem fehlt es also der nachfolgenden Erzählung gewiss nicht; aber auch nicht an belehrendem Inhalt, und der Reichtum des letzteren konnte durch mancherlei wissenschaftliche Einschaltungen umso leichter vermehrt werden, als die zu breite Darstellung des englischen Originals zweckmäßige Kürzungen notwendig machte.

Eduard Wagner.